心旌为谁动

高凤翔 著

远方出版社

图书在版编目(CIP)数据

心旌为谁动 / 高凤翔著 . -- 呼和浩特 ：远方出版社，2017.5

ISBN 978-7-5555-0902-8

Ⅰ . ①心… Ⅱ . ①高… Ⅲ . ①长篇小说－中国－当代 Ⅳ . ① I247.5

中国版本图书馆 CIP 数据核字 (2017) 第 092178 号

心旌为谁动

XINJING WEI SHUI DONG

作　　者	高凤翔
责任编辑	董美鲜　贾玉梅
责任校对	心　妍
装帧设计	王改英
出版发行	远方出版社
社　　址	呼和浩特市乌兰察布东路666号　邮编 010010
电　　话	(0471) 2236471 总编室　2236460 发行部
经　　销	新华书店
印　　刷	内蒙古爱信达教育印务有限责任公司
开　　本	170mm×240mm　1/16
字　　数	320千
印　　张	21.75
版　　次	2017年5月第1版
印　　次	2017年5月第1次印刷
印　　数	1—2 000册
标准书号	ISBN 978-7-5555-0902-8
定　　价	48.00元

前　言

修改完长篇小说《心旌为谁动》并交付给出版社后，原想静下心来好好读几本书，可创作的惯性还未完全停下来，小说里的人物和情节依然任性地往脑海里闯，创作过程也不管不顾地涌入心田。

小说写的是情感故事，本质上探讨的却是面对诱惑时人生选择的问题，也是作品所要揭示的主旨：人生在世，无时无刻不面临着诱惑。选择正确，鲜花掌声；选择偏误，轻则铸成感情痛苦，重则影响人生。这就要求人们要树立正确的世界观和爱情观，具备明辨美丑的能力，更要有抵御诱惑的定力。这样的主旨好像有些高大上，但现实生活确实需要这样的情操，不是吗？

写作过程中，我一直在思考这样一个问题，小说怎么写？文学概论里对此虽有明确的定义，但每位作家的认识和理解不同，于是便有了各种写法和文学流派。显然，这不仅是单纯的技巧问题，而且是对文学的认识问题。事实上，没有哪个作家不想把自己的心血化为精品，创作时都会呕心沥血倾注极大的热情和真诚。但光靠真诚和激情远远不够，创作不但需要相应的生活积累、思想内涵、审美认知和表现技巧等，还需要作家对生活和文学的感悟。文学创作像雕制玉器，如果没有见识、美的发现和高超的表现技巧，怎么会打磨出美轮美奂的精品？

多年来，我一直想在创作的内容和形式上有所突破，使作品更具文学价值。也许自己被多年形成的写作和审美思维框定，好像一直没有走出创作老路的窠臼，总是不自觉地按照个人对生活的观察、理解和经验去写，于是，难免有老生常谈之嫌。有人曾说我的作品有个性，我不知是褒还是贬。褒固然好，贬也正常。但自知之明我还是有的。创新需要站在大师的肩膀上。我书读得不多也不精，生活积累不够厚重，领悟能力不够强，表现技巧不足，怎敢自贴创新的标签？但有一点毋庸置疑，创新理念一直萦绕在我的脑海里，丝毫没敢忘却，因为那是创作成功必备的要件。

创作中我还体悟到，小说创作时思考非常重要，也就是说在生活积淀的基础上深入思考。对生活的典型化叙述是作家的真本事，那是让艺术高于生活不可缺少的手段。因为文学作品是情感的产物，是从心灵流淌出来的，生活不经过作家大脑过滤，怎么会形成上乘之作？因此，作家必须学会用正确的世界观艺术地概括生活，才有可能塑造出感人的典型形象，创作出不同于他人的富有精神内涵的文本。

不知深浅地谈了些许创作感悟，正确与否我不得而知。但我丝毫没有好为人师之意，因为我不具备那样的资质，只是想把创作心得晒出来与读者分享。我清楚，再喋喋不休就有畅谈经验之嫌了，如若那样我简直太不识趣了。

不管做何感想，作家靠作品说话。但愿读者阅读本书后，说凑合着能看，我愿足亦！

二〇一七年二月

第一章

1

星期天，肖梅坐在光线充沛的书房里，身子仰靠在褐色藤椅里，一条腿搭在另一条腿上，听着舒缓的音乐，捧着《艺术美学》在津津有味地研读。她头上系条粉红色发带，在白色连衣裙的衬托下，色彩显得特嫩艳，看上去俨如油画中优雅的知性女子。读到赏心悦目时，她纤纤的手指在身旁的钢琴键盘上轻而快地滑过，有小桥流水之音在屋里荡漾开来。

手机响起情深意浓的醉人歌声。肖梅从桌上拿起手机放在耳边，那边便传来刘梦的声音。她俩既是街坊也是闺蜜，大学同住一个宿舍，两人感情甚笃，亲如姊妹，连衣服都不分彼此。刘梦告诉她，南三环附近有家花店玫瑰花到货了，品种不错。挂了手机，肖梅起身从衣橱里拿出防寒服穿在身上，把《艺术美学》夹在腋下匆匆走出书房。

她喜欢侍弄花花草草，这座城市里流行的品种她这儿一应俱全，亲友们说一进她家就像走入了百花园。上个月她去省城参加培训，回来后发现玫瑰枯萎了，特伤心。她对玫瑰情有独钟，看到它心里就充满一种莫名的甜蜜。

驱车来到花店，果如刘梦所言，玫瑰品种极好。肖梅中意，价也不讲掏钱买下一盆。时值仲春，北方依然春寒料峭，她抱着花盆来到门口，有凛冽的冷气扑面而来，不由得打个哆嗦。她怕冻伤，脱下防寒服把花捂盖好，匆匆跑向停车场。心急腿快，下台阶时，脚下一绊，鞋跟活动了。她穿的是中跟鞋，鞋跟出现故障走路跑偏，很别扭。前边不远处有许多修鞋摊，她拉开车门把花放到后座上，一瘸一拐地朝修鞋摊走过去。

仿佛迎来了财神，修鞋师傅们眼前一亮，操着各种声调热情拉客，样子像不要钱白尽义务似的。有一位师傅与众不同，抱膀静静地坐在折叠椅上，注视着过往行人，像在研究什么。看到妙处，顺手拿过身旁的小本本，低头在上面急速描画起来。格格不入自然夺人眼球，她不顾其他师傅的吆喝来到那人跟前，坐在专为顾客准备的椅子上，把手中的书放在修鞋的工具箱上说："师傅，修鞋。"

修鞋师傅没看她，手继续在本子上忙碌，说："等会儿。"

到嘴边的肉不吃，居然把上帝晾在一旁，世上还有这般做生意的，她不满地站起身准备离去。刹那，修鞋师傅本本上的画牵住了她的目光。那是街上行人的速写，线条流畅，虚实相映，造型生动，市井味浓烈，芸芸众生相跃然纸上。她非常惊讶，在这下里巴的地方，还有这般的阳春白雪？她不懂画，但却隐隐感到，面前是位训练有素的画家，如果没有高超的技能，怎会寥寥数笔形神兼备。她不由得打量起修鞋师傅。他大约有二十七八岁，长相像奶油小生，举手投足颇具大师范。

修鞋师傅停下画笔，身体后仰眯起眼睛审看一会儿本子上的速写，眉眼上泛起满意之色。他合上本子扭头看过来，见她岿然不动地坐在旁边，一愣，说道："哦，你没走。"

她说："我的鞋还没修呢，为什么要走。"

他歉意地说："对不起，让您久等啦。"

或许修鞋师傅有文化的缘故，她说："不客气，没事。"

修鞋师傅笑笑，看得出来，他欣赏她的大度："鞋哪儿坏了？"

她脱下鞋递过去说："鞋跟活动了。"

他检查一下说："小故障，您稍等。"说着拿起刀子熟练地揭开鞋底垫。

她的心抽紧了。她担心这样一个心不在焉的人修鞋技术不会好，自己的鞋是名牌，价格相当于她半个月的工资，被他修坏那损失可大了。她密切地注视着他操作，一旦发现有什么不规范的行为，她会毫不犹豫地制止。他没有注意她的表情，伸手去工具箱里拿锥子，看见放在上面的书，目光一亮，询问说："书在哪儿买的？"

"书店。"她随口敷衍说。

他饶有兴趣地问："哪家书店？"

"新华书店。"她皱了下眉头，为他的不务正业。

他掏出手机，按号，放在耳边："喂，您好，新华书店吧？你们经销的《艺术美学》还有吗？什么，你们没经销过？噢噢，对不起，再见。"挂了手机，他向她投去不满的一瞥。

她脸一烫，为自己的说谎。可一转念，马上为自己找到开脱的充分理由，陌路相逢互不相识，她干嘛非以实相告呢。

他的目光恋恋不舍地离开书本，低头继续修鞋。十几分钟后，他把鞋交到她手里。她穿上一试，无可挑剔。她惊讶地想，没想到他手艺还不错。其实她的鞋曾经在别的摊上修理过，不理想。

她掏了十元钱付给他，说："不用找了。"

他找好零钱递过来说："有价，不吃嗟来之食。"

她匪夷所思地看了他一眼，起身向自己的轿车那边走去。

来到轿车跟前，她拉开车门刚想上车，忽听马路对面有人喊："肖梅！"

2

肖梅回头去看，一对打扮时尚的男女向她走来。男的脑后梳条马尾辫，身穿米黄色风衣，整个一新潮艺术家范。女的一头黄发，蓝眼圈，红嘴唇，超短裙，高筒靴，地道的摩登女郎。如果他们在名字里再加上些洋文，那就是活脱脱的浪迹天涯的国际艺术家。

肖梅调侃地说：“你们不老实在家待着，怎么到处展销？”

男人潇洒地一甩垂在额前的头发说：“不是我们爱卖弄风骚，帅哥靓女深闺紧锁，那不是资源浪费嘛。”

肖梅被他的自诩逗笑了，说：“你们到处乱跑，就不怕动物园把你们抓去供游人观赏？”

女人故作受宠若惊地说：“求之不得！”

肖梅止住调侃问：“你们忙什么去？”

女人斜睨一眼男人，讥讽地说：“别看他们祖辈家居山窝窝，几代土著，可到他们这代，尽整马长犄角的洋事，这不，其胞弟正当马路艺术家，我们过去看看他。”

他们和肖梅是师范大学艺术系的同学，男的叫夏雨，女的叫刘梦。夏雨是拉提琴的，刘梦是跳舞的。因为专业出类拔萃，毕业后双双被选进市歌舞团。歌舞团可不是一般的去处，那里精英荟萃，迈进那道门槛，只要自己努力，迟早会走红的，说不准还有可能蜚声艺坛。

刘梦问：“肖梅你忙什么去？”

肖梅说：“鞋跟活动了，过来修修。”

刘梦意识到什么，指着年轻的修鞋师傅，吃惊地问：“让他修的！”

肖梅扑蛾抖翅地眨动着长长的睫毛回答：“是啊，怎么了？”

刘梦一撇红唇说：“就他，哼，纯是挂羊头卖狗肉招摇撞骗，好鞋也让他修坏了。”

修鞋师傅不爱听了，严正抗议说：“哎哎，乌鸦嘴积点德，别诽谤诋毁本大师。”他指一下身旁的工商营业执照说：“瞧瞧，有资质。”

刘梦揶揄地说：“就你，还大师呢，我呸，神汉吧你！”

修鞋师傅不服，指着肖梅脚上的鞋炫耀地嚷嚷道：“我说密斯刘，你受点儿累，睁开美丽的熊猫眼好好看看，哥们儿手艺是不是前无古人后无来者，你当众颠倒黑白搬弄是非，真让本大师叔（孰）可忍婶（是）不可忍！”

大家哈哈地笑了。

肖梅意识到他们之间的关系，问刘梦说：“你们……”

修鞋师傅抢答说：“她是本大师的嫂夫人，如若不然，她岂敢如此放肆。”

从他们叔嫂的调侃中肖梅得知，修鞋师傅叫夏天，自幼酷爱画画，自学成才。他自恃画技在身，坚信天生我材必有用，怀揣梦想从农村来到城里寻求发展。因没有合适的工作，暂以修鞋谋生。

肖梅斡旋地说：“你们别争了，夏师傅技术确实不错，不信你们看。”说着转动着刚刚修过的鞋给刘梦和夏雨看。

刘梦看了一下，不情愿地点头说：“喔，还凑合，真是士别三日当刮目相看。”

夏天得意地仰起头，一副居高临下状，说：“那是，没两下子敢留分头。”

刘梦鄙夷地说：“你就吹吧，小心风大闪了舌头！”

夏雨和夏天好长时间没见面了，凑过去跟弟弟说话。肖梅用手捅了下刘梦，悄声问：“哎，什么时候结婚？”

娇羞爬上刘梦的眉宇，样子很像一幅名叫《新娘》油画里的主人公：“我们已经结婚了，现正在酝酿作品。”

肖梅吃惊地说：“啊，怎么连我都没通知！”

刘梦歉然一笑，说：“上个月出国演出，看见那里环境浪漫、景色旖旎，我们就在那儿合二为一了。”

肖梅觉得不可思议："行啊你们，浪漫得也太天方夜谭了！"

其实，在校读书时，夏雨和刘梦是同学们众所周知的冤家对头。两人见面就掐，说话就吵，两天不吵三天老早的，不是夏雨把刘梦气得泪如泉涌，就是刘梦把夏雨弄得气喘如牛，大家都说他俩前世有仇。大四那年，有同学要弄他们，故意给他们牵线搭桥。刘梦放狠话说，这辈子她宁可嫁癞蛤蟆、虾耙子、屎壳郎，也不嫁给夏雨；夏雨更狠，声称自己一辈子宁愿打光棍、甩单枪，也不娶刘梦这样的小嘴乌鸦。瞧瞧，水火难容。

肖梅摇着头，深有感触地说："世界之大果然无奇不有，看来老鼠真能给猫当新娘。"

"什么意思你，嫉妒我们吗？"

"瞧你说的，我祝福还唯恐不及呢。"

夏天听见肖梅跟刘梦叽叽喳喳说个不停，扭过头好奇地问："刘夫人和肖小姐，你们说什么呢？"

刘梦白他一眼，说："你个大男人家家的管我们说什么呢，去去，一边凉快去。"

夏天咧咧嘴，自嘲地说："瞧瞧，纯属自取其辱。"

肖梅发现，夏天说话时眼睛不时瞄她手中的书，里面像探出一把钩子，大有把书据为己有之意。既然是熟人，而且印象不坏，就问："你想看这本书？"

"是啊。"

"那你拿去看吧。"

夏天抱拳当胸，连连摇晃着说："谢谢大姐雪中送炭，小生没齿不忘！"

肖梅咯咯地笑着说："夸张了吧，不就一本书嘛。"

刘梦抢白地说："他这人就这样，好小题大做没事整事。"

夏天故作悲哀地说："瞧我这人缘混的，连亲嫂子都当面诋毁，唉！"他悲声唱道："小白菜呀，叶儿黄啊……"

肖梅觉得夏天特好玩。

3

第二天，肖梅上班路过夏天的修鞋摊，看见他仰靠在折叠椅上，跷着二郎腿，手捧《艺术美学》读着，样子有些痞气。她把车停在路边，从车窗探出来脑袋，按声喇叭。声音太大，夏天吓得一哆嗦，不满地看过来。见是肖梅，眉眼显出调侃的笑说："哟，是肖大小姐，您这是鸣锣开道吗？"

肖梅一愣，仅一面之交，怎么就开玩笑，是不是有失庄重？

夏天察觉到肖梅的不快，收敛起油腔滑调，问："您是来拿书的吗？"

"不，我上班路过。"

"您在哪个单位工作？"

"市十二中。"

"哦，是老师，这么说咱俩都带'匠'字。"真是泰山易移秉性难改，他的油滑腔调又不自觉地流露出来。

什么呀，风马牛不相及，简直瞎勾连。情绪是可以传染的，跟快乐的人在一起，心情也会跟着明媚。肖梅忍不住调笑说："我岂能跟你相提并论，我不过是微不足道的教书匠，你，修鞋巨匠也！"

夏天用手指蹭蹭鼻子，做出难堪的样子问："损我是不是？"

肖梅得意地说："我哪来那本事。"她笑了一下算作辞行，驱车欲离去。

夏天急忙喊道："哎，等等！"

肖梅从车窗探出头问："什么事？"

夏天把《艺术美学》双手呈上，说："完璧归赵。"

这么快就看完了？肖梅有些吃惊。这本书虽不是理论巨著，可怎么说也有二百多页，何况，这是本深奥的专著，即便会意地通读一遍也是需要时日的。一夜间能看完这样一本书的，不外有两种人，一种是旷世奇才，一种是根本看不下去。夏天不知属于哪种。

夏天感悟到肖梅的心理，说："以为我看不懂是吧？"为了证明自己能看懂，他把一本赭石色皮笔记本递过去："敬请肖老师检查。"

职业使然，肖梅不假思索地翻看笔记本。上面记满密密麻麻的摘录，还有心得，且理解准确，体会深刻，融会贯通。肖梅抬头吃惊地去看夏天，发现对方眼白上布满密密的血丝，看来这家伙一夜无眠。身为教师，她对冰雪聪明且奋发向上的学生格外垂青。现在的年轻人都忙着挣钱，在书上下功夫的凤毛麟角。

"学知识不是一蹴而就的事，你要注意身体。"出于爱才心理，肖梅善意地提醒道。

夏天拍下胸脯，自诩地说："咱这身板，整个一铜墙铁壁，没事儿，经折腾。"

肖梅对夏天的自吹自擂有点反感，可瑕不掩瑜，好感还是胜于厌恶，她说："你的苦读精神可嘉，但要学会科学的方法。"

夏天讨好地说："谢谢肖老师教诲，学生当永远铭记在心。"

肖梅一愣，发现自己妄自尊大，真把夏天当成自己的学生了，表情有点不自然。好在夏天没在意。

夏天说："我一个摆地摊的，没有闲钱买书，如果你们学校有文艺方面特别是有关美术的书，请肖老师多多关照。别看书我看不好，可爱看，唉，做下病了，没办法。"话虽吊儿郎当，但眼神却是真诚的。

肖梅扑哧一声笑了，这人也太有意思了，明着看上去是自贬，实则有变相褒扬之嫌。不管怎样，他的要求肖梅赞赏。开卷有益，年轻人多读书没坏处。于是她满口答应说："只要你愿意看，我会源源不断地供应。"

夏天垂下眼帘，合掌当胸口中念念有词地说："善哉善哉，活菩萨下凡还真就让俺遇上了。"他抬起头，做出一副至诚至真的样子说："穷修鞋的，无以为报，要不这样，小姐在上，我给你磕一个吧。"说着仿效古代小姐向人道福的样子，手在身侧一拱说："谢肖老师成全！"

肖梅被他的幽默逗笑了，笑得咯咯的。笑声惊动了旁边的修鞋师傅们，他们的目光纷纷聚焦过来。身为教师放浪形骸愧为师表，肖梅忙收敛住笑说：“上班时间到了，我得走了。”说完，驱车离去。

夏天眼睛追逐着轿车大声叮嘱说：“可别忘了！”然后得意地打个响指，说：“瞧，到底是大画家，书报有专供！”

邻摊的修鞋师傅嫉妒地说：“你这家伙别看不务正业，可艳福不浅，看出来了吗，那女老师对你有意思。”

“瞎说。”

“根本就是嘛。”

“闭上你的鸟嘴，否则我可鞋底伺候了！”

第二章

1

学校放暑假，肖梅又开始精心侍弄花草了。虽说她对每盆花都倾注了爱，但玫瑰更让她用心，更让她多一份情感。每每侍弄它的，心里总有种甜蜜的感觉，好像有朦胧的期盼在里面。什么呢？她说不清楚。玫瑰似通人意，没有辜负她的期望，枝杈上结出密密的花苞。她憧憬地想，花儿是什么颜色的，红的、粉的、还是黄的？

妈妈从卧室走出来，告诉她刘梦来电话说，中午要在家设宴招待闺蜜，让她十二点前务必到达。末了，妈妈长长地叹口气。肖梅知道妈妈叹息的内涵，心里不免有些凄凉。女友们相继把自己推销出去了，可她还囤积闺阁。物品可以囤积居奇，女孩子不能，转眼就会成为明日黄花的。其实她也急，可急有什么用。选男友不是在市场上挑土豆萝卜大白菜，总得遇到有眼缘的吧，那可是要厮守一生的人，不能因为父母着急就把自己潦草地打发出去吧？

肖梅换上笑颜，撒娇地对妈妈说："叹什么气，您若不想要女儿早说话，我立马走人。"

妈妈没笑，表情严肃地问：“别扯没用的，说吧，什么时候给我领回个女婿来？”

肖梅调皮地做个怪相，说：“慢则三年，快则两年。”

妈妈差点跳起来，说：“什么，还要两三年？火车都提速了，你这速度是不是太慢了！”

肖梅故作赌气样说：“您要再逼我，明天我就上街给你拉回来一个，不过丑话说在前面，瘸子拐子我不管。”

妈妈眼睛一瞪，说：“你敢！”

母女俩半真半假逗了会儿嘴，落地钟当当敲了十一下。肖梅对着镜子略施粉黛，下楼开车出了住宅小区，径直来到商场，买了礼品和鲜花，然后去了馨园小区。

馨园小区是花园式高档住宅区，楼房造型别致，颇有欧洲风格。环境绿化也很好，置身其中仿佛回到大自然。树上鸟儿鸣啾若歌，空中喷泉飞泻，地下水流淙淙，花儿绽放，绿草如茵，很有些南国的韵味。肖梅驱车驶进小区，在停车场泊好车，乘电梯来到五号楼三单元一二〇二室，伸手按响门铃。

门开了，露出刘梦那张白得晃人的脸膛。见是肖梅，她像未褪黄嘴的雏鸟娇嗲地扑过来，天真烂漫得俨如纯情少女。肖梅觉得夏雨真是有本事，把泼辣的女魔头驯服得如此柔情似水。

肖梅把鲜花和礼品献上去，说：“祝你们新婚幸福。”

刘梦低头在鲜花上嗅了一下，陶醉地闭上眼睛，用梦幻般的声音说：“哦，真香！”

腰系围裙带着白帽的夏雨哥俩闻声从厨房里迎出来。一个手里拿着菜刀，一个手上抓着把芹菜。夏天把手放在胸前，向肖梅施个鞠躬礼说：“欢迎肖大小姐光临，请多多关照。”

肖梅调笑他说：“你又不是新郎，这不反客为主嘛。”说完她就后悔了，为自己说话太冒失，如果夏天脸面薄承受不了那会很尴尬的。

夏天哈哈一笑说："本大师闲云野鹤四海为家，何来反客为主之说？"

担忧烟消云散，肖梅欣赏夏天的机智和善变。

刘梦喝退夏天，引肖梅参观她的新房。房子很宽敞，采光也好，装修豪华，家具现代，俨如星级宾馆。购房首付多少另当别论，如果没有一定的经济能力怕难以供养，就说冬季取暖费，那就是一笔不小的开销。刘梦和夏雨刚刚参加工作，每人一个月四千元工资，取暖费就要占去相当一部分。这要换成一般新婚夫妇，肯定心有顾忌，但刘梦不怕，因为她有坚强的后盾。父母虽是退休工人，但爷爷留下几处房产，且地处繁华的商业区，每年房租收入可观。父母只有一个女儿，留钱何用，就源源不断地把票子供应过来，由她撒着欢花。

参观完毕，夏雨炫耀地问："肖老师，感受如何？"

肖梅由衷地说："我很羡慕你。"

夏雨故意问："羡慕我？羡慕我什么？"

肖梅说："娶了一位白富美的孔雀女。"

听到这话，刘梦嚣张起来，冲夏雨嚷嚷道："你听听你听听，连肖梅都这么说，要不是我，你这辈子能住上这么好的房子？就你们家穷得屁股后挂铃铛，叮当作响，住牛粪棚子去吧你！我可告诉你，以后对我好点儿，否则我就把你这牛鬼蛇神扫地出门。"

夏雨嘿嘿笑着说："那是那是，以后全听太太吩咐。"

刘梦满意地说："这还差不多。"

夏天不愿听了，嚷嚷说："哎哎，牛了点儿吧，刘嫂子。"

刘梦斜睨着夏天，不屑地说："根本就是嘛，你们家除了有你们两个传宗接代的人，再就有天天拿大药片当黄豆嚼的老头老太太，还有什么？哎哎，你别拿北冰洋常年积雪不化的眼睛白我，难道不是吗？"

夏天说："我就不明白了，你这么对待夏家大公子，嫁的是老公还是小跟班？"

刘梦鄙夷地说："你们都穷成那样了，还有讨价还价的余地吗？"

夏天把胳膊一曲抬至胸前，做出披荆斩棘向前方的样子说：“我们人穷志不短，马瘦毛不长，不为五斗米折腰！不吃嗟来之食！”

刘梦憋住笑说：“拉倒吧，就你，能有那志气。”

夏天把头凑到刘梦跟前，觍着脸说：“嫂夫人，求你点事？”

刘梦慢条斯理地说：“说。”

夏天说：“给点钱买包烟呗？”

肖梅忍不住笑了，这个夏天，太好玩啦。

刘梦看了一眼古典式落地钟，厉声冲夏雨喊：“夏秘书！”

夏雨应声道：“在，夫人有何吩咐？”

夏天拍着哥哥的肩膀，怜悯地说：“唉，瞧瞧这老奴当的，苦大仇深啊！”

刘梦颐指气使地说：“做饭去。”

夏天头一低做顺从状：“喳。”

肖梅置身快乐的氛围中，觉得自己像掉进叽叽喳喳的麻雀窝，心情像蓝天一样明朗。

2

来闺蜜家做客，不能像一般客人那样饭来张口，肖梅主动去厨房给夏天大厨做助理。

开始肖梅有些担心，就夏天毛手毛脚的样子，菜怎么可能做好。事实证明，肖梅是主观臆断门缝瞧人了。夏天这家伙堪称鬼才，玩起厨艺可谓是驾轻就熟、得心应手，燃着火苗的大勺在他的手里就像杂技演员的道具，想怎么玩就怎么玩。时间不长，几道色味俱佳的菜肴做出来了。肖梅看呆了，这个貌似不靠谱的家伙简直叫人不可思议，举手投足便能制造出奇迹！见夏天被炽热的灶火烤得额头冒汗，她鬼使神差地拿起毛巾递过去。

夏天没接，嗔怪地说："你这徒弟一点眼色也没有，没看大师我抽不出手吗，就不能帮我擦擦。"说着，把脸侧过去等待伺候。

肖梅不知擦还是不擦。

"快点呀，哎哟哟，汗水都流进眼睛里了！"

刘梦接过肖梅手中的毛巾，责怪地说："不就炒几道破菜嘛，看把你嚣张的，好像是功勋厨师似的。"说着用毛巾狠狠地擦在夏天的脸上。

夏天痛苦地叫唤起来："哎哎，擦地板呢你！"

厨事结束，战场转移，大家餐桌前落座。夏雨给每人杯中斟满酒，刚要提议，刘梦用手敲敲桌面说："哎哎，喧宾夺主了！"

夏雨严肃了下表情，说："你这叫什么话，我可是正宗的一家之长。"

刘梦薄薄的嘴唇一撇说："真不拿自己当外人，就你，哼哼，充其量是本夫人的小跟班而已。"

夏雨坐下，无奈地说："好好，我没资格，你请。"

刘梦赌气地说："就你这种态度，我才不呢。"

馋欲难忍的夏天吞咽着唾沫叫喊起来："这辞你们到底致不致？要不我可随意了！真是的，你们是请我们吃饭还是来听相声的？"

夏雨和刘梦没吭声。

夏天端着酒杯站起身说："不就几句人人都会说的客套话嘛，你们不致那我就受点累。"他彬彬有礼地冲在座的人逐一点了下头，面带恰到好处的微笑朗声说："女士们，先生们，今天……"

夏雨没好气地把夏天拉坐下，不高兴地说："闭上你的鸟嘴，还轮不到你鸠占鹊巢。"他站起身，高举酒杯热情洋溢地说："女士们，先生们，首先我携夫人对肖梅小姐的光临表示热烈欢迎。她的到来不仅使寒舍蓬荜生辉，也将对我们今后的生活产生极为深远的影响，还会有力地推动我们家庭向夫唱妻随方向发展，更会在我家历史上……"

刘梦不爱听地当当敲着桌面说："哎哎，什么叫夫唱妻随，本末倒置了。"

肖梅笑得透不过气来说："什么呀，你们想弄顶大帽子把我压扁当漫画看啊。"

夏雨转移话题说："既然肖小姐不爱听，那我就省省。来，为我们共同的幸福干杯！"

大家举杯相碰，扬脖一饮而尽。

接下去大家你敬我我祝你，友谊泛滥得乱七八糟，颇有放歌纵酒的豪情。真是不是一家人不进一家门，夏雨和刘梦酒量不济，几杯下肚就到了警戒线，脸红得像母鸡的冠子，整个人除了傻呵呵地笑还是傻呵呵地笑。

看着丑态百出的夏雨和刘梦，夏天捂着嘴哧哧地偷笑。

肖梅莫名其妙地问："你笑什么？"

夏天指着头伏在桌上哼哼唧唧像唱二人转的夏雨和刘梦说："瞧瞧，说醉话还唱树上的鸟儿成双对呢。"他举酒杯倡议道："人家缠绵人家的，咱别当电灯泡，来，走一个。"

肖梅兴趣索然地说："算了，不喝了。"

"什么意思你？"

"主人都醉了，咱们还喝什么。"

"别别，他们醉他们的，咱们喝咱们的，两不耽误。"

"你什么意思，欺负我是女人吗？"

"不不，一看就知道你是酒坛高手，机会难得，说什么我都得向你请教几杯。"

肖梅被逗笑了，说："别瞎白话，我是什么酒坛高手。"说着起身收拾桌上的残局。

夏天眉头一皱计上心来，把嘴附在夏雨的耳边说："哥，肖梅今天得喝酒，对吧？"

夏雨手一挥，含混不清地喊："喝！"

夏天探过身又问一脸幸福傻笑的刘梦说："嫂夫人，肖梅该不该喝酒？"

刘梦舌如竹片地嚷嚷道："喝！"

夏天回头劝肖梅说："既然他们都这样说，客随主便，你还是喝点吧，否则对不起人家一片盛情，是不是？"

肖梅坚持不喝，说："你想喝酒就自己喝好了，别拿我说事。"

夏天说："我一个人喝没意思，不扯上你我跟谁喝？"

肖梅不悦地说："你把我当什么人，陪酒女郎吗？"

夏天矢口否认："那是你说的，我可没有那意思。"

肖梅说："你别抵赖，你就是那个意思。"

夏天苦着脸说："我太冤了，比窦娥还冤。"

肖梅说："你少装，你一点不冤。"

夏天无奈地嘟囔说："瞧瞧，这事搞的，溜须拍马却让马尥蹶子踢了。"

肖梅没听清，问："你说什么？"

夏天说："说我漏勺嘴没把门的，惹肖大老师生气了，我赔罪。"

肖梅问："怎么赔？"

夏天站起身，给肖梅的杯里满上酒，双手呈上，毕恭毕敬地说："肖老师大人海量，请不要跟在下计较。"

肖梅接过酒杯说："嗯，这还不错。"说完，扬脖把杯中酒干了。

夏天捂嘴窃笑，为自己的狡猾。

3

肖梅放下酒杯，不屑地说："就你那小伎俩以为我看不出，别以为世人皆醉你独醒，你不就是想喝酒吗，明说，何必费这么大心思。"

夏天深感意外："你……你真喝？"

肖梅说："别啰唆，看酒。"

其实，肖梅从不滥饮。她知道，酒大伤身还乱心智。不知为什么，今天她却想喝。

夏天受宠若惊，忙举起杯说："谢谢小姐赏光。"

两人酒杯一碰，仰头喝了。

夏天隐隐感到不妙，直觉告诉他，自己今天要栽。酒桌上有句名言，一怕扎小辫的，二怕红脸蛋的。经验表明，女人敢端杯喝酒，一般都海量。可自己是男人，不能装怂。他想，大不了一醉，我倒要看看你高家庄地道到底能装多少酒。

夏天举起酒杯说："请。"

肖梅指着夏天的酒杯说："倒满了，要喝就实在点。"

夏天看了一下自己的酒杯，故作恍然大悟状地说："哎哟，光顾殷勤招待女士了，自己的杯子居然没倒满，我可不想这样，那岂不是亏了。"他豪爽地给自己的杯子续满酒，重新举杯齐眉说："请，肖小姐！"

两人杯一碰，干。

夏天续酒，再干。

喝罢，夏天捂着自己的胸口问："你心不跳？"

肖梅说："跳，不跳那不完了。"

突然，夏天喊："哎哟哟，这房子怎么转悠起来了！"

肖梅说："瞎掰，坚如磐石稳若泰山。"

夏天揉搓几下眼睛，疑惑地说："怪了，我的眼睛也没毛病呀？"

肖梅说："你的眼睛都喝得不好使了，我看还是别喝了？"

肖梅说得没错，夏天确实到了警戒线，如果再喝下去，哥嫂的结局就是自己的前车之鉴。夏天有些为难了，毕竟自己是半个主人，而且喝酒还是自己提议的，不喝有失体面。于是他灵机一动，说："千篇一律碰杯太枯燥，划拳如何？"他之所以提出这样的要求是源于充分的自信。

肖梅淡淡一笑，说："奉陪。"

"输了就得喝酒，不准耍赖。"

“一言为定。”

夏天巴掌一伸，朗声说：“开拳！”

两人斗鸡一样吆五喝六地划起来，几个回合下来，肖梅幡然醒悟，夏天貌似醉了，其实他头脑清醒得很，拳术也非等闲之辈。输了就是输了，她不找托词，端起酒杯喝下去，然后一抹嘴巴，巴掌一伸说：“再来！”

“哥俩好啊。”

“三指头。”

“一心敬你。”

“全来了。”

在必胜的旗帜下，夏天越战越勇，几近摧枯拉朽。肖梅再次败北。但肖梅没喝，说夏天先喊点后出拳。夏天说自己以诚待客童叟无欺，肖梅诋毁他。肖梅赖不过夏天，不情愿地把酒喝了。但她却不以为然地说，拳高不如量大，这点酒算什么，不过是润润嗓子而已。夏天得意扬扬地看着自己灵巧的手说，这是威震四方的出手伤，谁跟他划谁栽，如果肖梅不服，可以再来。

肖梅知道自己在划拳上难望夏天的项背，提出更换玩法猜火柴棍。夏天自命聪明绝顶，爽快应允。猜火柴棍玩法简单，两根火柴棍，坐庄人可握一也可握俩。猜家猜中，庄家喝酒，庄移给对方；猜不准，猜家喝酒，庄家继续坐庄。女士优先，肖梅坐庄，夏天猜。尽管他绞尽脑汁，但毕竟不是半仙，时间不长，就把两杯酒鼓捣进自己的肚里。

夏天舌头有些发硬，说话口齿开始不清，他知道再玩下去自己非不省人事不可，嚷嚷着不玩了。肖梅没有坚持，举起杯说，来，饭前一杯酒。夏天抱拳当胸连连摇晃，请小姐高抬贵手，小生这厢有礼了！

肖梅其实也有了些许醉意，她在夏天的告饶中自豪地笑了，端起杯义薄云天地把酒喝了下去。酒一进肚她感到不妙，房在旋、地在转，不一会儿就腾云驾雾的什么也不知道了。

4

第二天上课时，因昨天酒醉，肖梅还有些恶心。

她感到奇怪，一向滴酒不沾的自己昨天怎么意气风发地喝了那么多酒。

一下课，她急不可待地跑回办公室，从柜子里找出胃药塞进嘴里一粒。她的胃不好，一受刺激就疼。刚把药含到嘴里，隔壁办公室有人喊她接电话，她水也顾不得喝，把药吞咽下肚就跑出了办公室。

来到隔壁办公室，肖梅从桌上抓起电话说："您好。"

那边传来夏天的说话声："我好不好无关大雅，关键是您得好。"说着嘿嘿笑了。

肖梅皱了下眉头问："你有事？"

夏天说："没有，只是给肖小姐请个安。"

肖梅觉得他的话蹊跷，询问说："你什么意思？"

夏天没说话，哈哈笑了。

肖梅说："你笑什么？"

夏天止住笑说："我想向你专题汇报一下关于肖小姐醉酒的问题。"

酒醉后有些心烦，肖梅不高兴地说："请你放尊重些！"

夏天知道此时开玩笑不合适，便说："好好，既然你不爱听，那我就作为保留节目好啦。哎，晚上下班可别忘了给我带新书，拜拜。"

挂了电话，肖梅愤愤地说："还想让我给你拿新书，哼，美的你！"

话是这么说，晚上放学，肖梅还是到图书馆找了几本绘画技巧方面的书籍。

肖梅驾车过来时，夏天正引颈向路口这边张望。看见肖梅的轿车，夏天眼一亮，快步迎过来，拱手当胸说："小的在此恭候多时了，哎，书呢？"

肖梅没说话，把一本书从车窗递出去。

夏天一拂双袖，恭敬地接过书翻阅，脸上现出失望的神色，说："就这书？"

肖梅问："这怎么啦？"

夏天说："恕我直言，你可别不高兴。"

肖梅说："你说。"

夏天轻视地说："这样的书只配给儿童做启蒙教育之用。"

肖梅差点儿惊叫出声。这可是美术学校的教材，他居然胆敢如此轻视！

肖梅又把苏联著名画家列宾和德国画家门采尔的画集递过去。夏天立刻双眼放光，急不可待地接过来紧紧贴在胸前，兴奋地说："真是知我者肖先生也！"说着，搂着书本翩然地跳起圆舞曲。

看见夏天乐陶陶的样子，肖梅想，难道他就没有愁事？便问："你昨天喝那么多酒今天还能看得下去书？"

夏天嘴角扯出一缕神秘地微笑，说："我好像没喝多少啊？"

肖梅惊讶地说："还不多，你至少喝了五杯！"

夏天忍住笑说："那是你喝的，我可没那英雄海量。"

肖梅觉察到里面有猫腻，探询地问："你什么意思？"

夏天故作神秘地说："天机不可泄露。"

肖梅着急，迫不及待地说："快告诉我，再不说，以后别指望我拿书给你。"

这招管用，夏天马上实话实说："我移花接木偷偷喝了三杯水。"

肖梅大惊，在脑海里翻箱倒柜地回忆当时喝酒的情景，夏天确有作弊之嫌，至于具体怎么操作的她没有留意。得，让这家伙当猴耍了。肖梅气恼交加，扬起小拳头朝夏天的胸脯咚咚擂去。夏天不躲不闪， 好像在惬意地享受恩赐。

夏天不还击，肖梅自觉无聊，恨恨地停住手，扭过身子不理夏天。

夏天关切地说："您老受累了，没崴手吧？"

这个饶舌的家伙，真讨厌，肖梅愤愤地哼了一声。

夏天殷殷地说："要是没解气，你再捶。"说完闭上眼睛扬起头，一副准备迎接暴风骤雨的架势。

肖梅又好气又无奈，劈手抢过夏天手中的书，驱车走了。

夏天在后面喊："哎哎，咱一码是一码，别城门失火殃及池鱼！"

什么乱七八糟的！肖梅想，这家伙看上去嘴巴像漏勺没有任何心机，其实玩起猫腻却是出神入化。

5

自此，肖梅每每从夏天的修鞋摊前路过，总是故意把头高高扬起。无论夏天怎么扬着甜蜜的笑脸殷勤地打招呼，她愣是充耳不闻，把夏天晾得像沙滩上的鱼儿直翻白眼。

夏天知道自己手段恶劣伤了肖梅的心，即便笑得芙蓉花开肖梅也不会理睬的，于是不再自作多情。

不知为什么，肖梅心里却莫名其妙地空虚起来。夏天吊儿郎当的影子总在眼前晃动，挥之不去，尽管她在心里一再要求自己，不要去想他！可越是这样，夏天的影子出现得越频繁，以至于晚上竟闯进她的梦里。她暗暗问自己，你这是怎么了？突然一个叫她脸红的意念跳入脑海，难道自己……不不，绝不可能！她想掐断那海市蜃楼的意念，可做不到。那意念像失控的冲锋艇，在她的心海里横冲直撞。

之后，意想不到的事情发生了。她多次讲课跑题，张冠李戴、文不对题。学校是省内名校，不允许这样的事情发生，校长专门跟肖梅谈了话。

肖梅特烦恼。

星期天，原想睡个懒觉。睡觉好，睡着了一切烦恼不复存在。可一大早，电话铃就像泼妇般地叫起来。肖梅心烦地翻个身不予理睬。电话比她还倔，一直顽强地尖叫。肖梅急匆匆地抄起电话，话一出口像扔出块石头："谁！"

那边响起既让她讨厌又令她亲切的声音："是我。"

肖梅大为兴奋，像旱苗遇甘霖。但说话时，也不知做给谁看，故意把头高高扬起，冷冷地问："有事吗？"

夏天说："我没有，但别人有。夏雨夫人刘梦女士让我通知你，她晚上六点在温馨酒家请客，请你届时参加，特此通知。"

肖梅硬邦邦地说："没时间。"

夏天不愠不火地说："你有没有时间是你的事，总之我已把通知如期送达，再见。"说完，挂断电话。

听见电话里传来的嘟嘟声，肖梅怅然若失。自己盼星星盼月亮连做梦都想跟夏天说说话，好不容易有这样的机会，自己却不下台阶。她在心里对自己毫不留情地予以批评，知识分子哪样都好，就是穷酸，死要面子活受罪，既然你想跟人家和好，还装什么装！

下午五点，肖梅也没打扮，简装素颜出了家门。

肖梅在温馨酒家门口一出现，身穿红上衣黑裙子的迎宾小姐走上前，面带微笑说："欢迎光临。"肖梅点头回礼。大厅里飘荡着轻松舒缓的音乐，桌前坐满食客，有的优雅地吃饭，有的呢喃地说话。肖梅听见有人喊她的名字，抬头去看，夏天站在二楼楼道口正向她招手："哎，快上来！"

肖梅不明白，刘梦请客，夏天怎么跟主人似的？

夏天迎下来问："你怎么才来？"

肖梅没理他，目不斜视地拾级向楼上走去。夏天自嘲地咧咧嘴，忙跑到前面带路。来到二楼"忆梦居"雅间门口，他做了个恭请的手势："里面请。"

肖梅走进去，见包间里没人，纳闷地问："刘梦呢？"

夏天避开肖梅的目光说："没来。"

蓦地，肖梅明白自己又钻进了夏天的圈套，恼火地问："你想干什么？"

夏天陪着甜得流汁的笑脸说："想给你赔罪。"

肖梅把头转向一旁："有这个必要吗？"

夏天真诚地说："上次我玩小儿科冒犯了肖小姐，深知罪孽深重，特设酒宴向你请罪。”

肖梅把锐利的目光刺向他：“可你今天又耍了我，知道吧！”

夏天忙不迭地解释说：“我怕你不给机会，只好出此下策，不过本人绝没恶意，绝对是善意的谎言。”

肖梅说：“那是你说的，你以为我会认同吗？”她鼻子哼了一声，转身要走。

“别、别走。”夏天横身拦住肖梅的去路。

肖梅威严地命令说：“让开！”

夏天可怜巴巴地说：“肖老师，你总得给我个解释的机会吧？”

6

肖梅面无表情地注视着夏天，既没说话也没走。

夏天迅速捕捉到这一信号，搬把椅子放在肖梅跟前说：“请坐，你站着我说话底气不足。”

肖梅迟疑一下，落座，扬着头一副居高临下的样子。

夏天给肖梅倒杯水，双手捧送过去说：“请喝茶。”

“有话快说。”肖梅没接，冷冷地说。

夏天从衣袋里掏出烟冲肖梅讪笑着问：“我能不能抽支烟？”

肖梅说：“烟是你的，嘴也是你的，我也不是你的领导，无须我批。”

“谢谢。”夏天点燃香烟，深深抽一口，鼻子里流淌出两缕灰黄色的烟线。

夏天首先诚恳地介绍自己说，他天生好开玩笑，为人处世不拘小节，凡了解他的人都叫他“自来熟”。他开玩笑虽属善意，可却常遭人误会。他苦笑着摇下头，一副作茧自缚的无奈。大千世界，百人百性，不是每个人的性格和心境都一样，从这个角度上看，他的善意遭人误解也在情理之中。接着，他检讨说：“请允许我真挚地向你赔礼，保证以后再也不随意跟任何人开玩笑，我要学会油条哲学，少说话多干活，请你看我的实际行动吧！”他的话很中肯，但中肯中带着伤感。

肖梅不得要领，他在真心赔礼还是变相指责她心胸狭窄？不过，有一点她心里十分清楚，自己红颜一怒居然让夏天坐卧不宁，看来他还是尊重自己的。此时她倒有点自责了，自己素以宽容著称，怎么会跟一个快乐男孩斤斤计较呢？再者说，那天喝酒是自己自愿的，没有谁强迫，怎么能迁怒于他？她心情忐忑地向夏天看去。夏天低着头大口抽烟，鼻孔里流淌着浓郁的烟气。

肖梅喃喃地说：“事都过去了，你也别太在意。”

夏天夹烟卷的手一抖，说：“这么说，你原谅我了！”

肖梅站起身说：“你忙吧，我走了。”

夏天目光一暗，说：“这么说你还是不肯原谅我。”

肖梅说：“没有哇。”

夏天诚挚地说：“如果你真的原谅了我，那就请坐，我们像朋友一样吃顿饭如何？”

肖梅犹豫了一下，还是坐下了，说：“饭菜既然已订下，那我不客气了。”

夏天感恩戴德地说：“谢谢肖老师赏光。”

肖梅白他一眼说：“去去，别恭维泛滥。”

夏天帮助肖梅打开高温清洁过的餐具。肖梅从肩上拿下挎包斜挂在椅子的靠背上，看着满桌丰盛的菜肴说：“是不是少点什么？”

夏天不得要领，眼睛眨巴得像夜空中的星星：“少什么？”

肖梅说：“中国有句老话说，无酒不成宴，酒呢？”

夏天以为发生耳误，睁大眼睛问：“你说什么？”

肖梅提高声音说：“酒水伺候！”

夏天现出惶惶不可终日的神情，说：“肖老师你别吓我，我胆小。”

肖梅用女汉子的霸道口吻说：“磨叽什么，让你上酒就上酒！”

“我不敢。” 夏天缩头缩脑地说。

肖梅摆手招来侍立在门口的服务生，让他拿来一瓷瓶大曲，拧开盖给自己的杯中满上酒，再给夏天倒上。夏天触目惊心地看着肖梅，目光如惊鼠一样在她的脸上窜来窜去。

肖梅反客为主地说："来，坐！"

夏天忐忑地坐在椅子上，问："肖老师您真喝？"

肖梅没回答，举杯提议说："能者多劳，不许玩赖。"

夏天战战兢兢地举起酒杯说："上次我绕你两杯，今天我补回来。"不待肖梅表态，他扬脖将功补过地把杯中酒倒进嘴里，接着又快马加鞭地喝了一杯。

肖梅的目光柔和了许多，像两汪波光粼粼的春水。他那小酒量如此豪饮，足见其诚意。于是心结完全释然，跟夏天杯来盏去明月不曾是两乡了。

很快，夏天一鼓作气地把自己喝蒙圈了。在酒精的作用下，原形毕露，跟肖梅又开始称兄道弟口无遮拦了。但肖梅丝毫没有反感，夏天越这样她越觉得坦诚，朋友嘛，就应该肝胆相照。

酒喝到这份上，不能再喝了，肖梅架起夏天准备离去。

夏天推开肖梅，豪迈地说："哥们儿……没事，这点酒……酒算啥，你看我……还会走。"说着步履踉跄地向前走去，没走几步腿一软倒在地板上，排山倒海地吐了。

肖梅突然觉得，其实夏天挺爷们儿的。

第三章

1

第二天上班路过修鞋摊，没看见夏天的影子，肖梅心里犯了嘀咕，他干什么去了？

手机响了，电话是刘梦打来的。她劈头就问："哎哎姐们儿，使了什么妖道，怎么把我小叔子收拾得上吐下泻的，我可跟你说，不厚道了？"

肖梅知道自己一撒欢惹了祸，心里过意不去，向刘梦要了夏天的住址，跟学校请了假，到商场买了些水果和乳制品，开车去了夏天家。

左盘右拐，好不容易在城郊一简陋的居民区找到夏天的住处。那是个大杂院，里面住着三四家人，均是农村进城的打工人员。院中的搭杆上晾晒着男人的衣服，两个年轻人赤裸着上身坐在树荫下下棋。他们看见肖梅走进院来，眼中充满疑惑，觉得肖梅一定走差了道。也难怪，这样的地方，怎会有如此漂亮的小姐光临，那岂不是明珠坠落羊圈？

肖梅走上前，询问的目光直瞪瞪地看着下棋人说："师傅，夏天住在哪？"

长发小伙指着东厢房说："那儿。"

肖梅致过谢，来到门口，冲屋里喊：“夏天。”

屋里传出夏天病恹恹的声音：“请进，肖老师。”

肖梅推门入内。屋子经年烟熏火燎黑漆漆的，靠北墙有张旧圆桌，桌上摆着盆碗和牙具之类的。屋里弥漫着脚臭还有汗腥的混合气味。肖梅皱了下眉头。夏天躺在床上，脸色灰黄，枕边放着几盒药，还有半碗没吃完的饭。饭是油煎过的，火大的缘故，有些发黑。

夏天惊讶地问：“你是怎么找到这儿的？”

肖梅没回答夏天的问话，关切地问：“怎么样，好点了吗？”

夏天故作轻松一笑说：“好多了，没大事。”

肖梅责怪地说：“你没那么大酒量干吗非逞强？”

夏天自嘲地笑笑说：“英雄情结所致，我不想在你面前装孬种。”

肖梅负疚地说：“都怪我，我当时应该阻拦才是。”

夏天惶恐地说：“不不，是我自己愿意喝的，不关你的事。唉，我一发飙，让你操心了，对不起。”

肖梅说：“以后我们都应该少喝酒。”

夏天摇着头说：“非也，那得看跟谁。”

肖梅困惑地问：“你这话什么意思？”

夏天无怨无悔地说：“跟你，只要嘴巴尚在，我还喝。”

肖梅有几分感动：“可我不想看见你遭罪。”

夏天黄白镜子般的脸膛上泛起淡淡的红晕：“我很高兴听到你这样的话。”

肖梅的脸有些发热，表情不自然地转过脸去。

单身汉的房间是凌乱的，书纸满床，臭袜子随便搭在床头。肖梅是爱整洁的人，看不得环境脏乱差，绾起衣袖收拾房间。夏天阻拦说：“肖老师，别别，怎么好意思让你给我当丫鬟使。”

“这有什么不好意思的？反正我坐着也是坐着。”肖梅纳闷地问，“你为什么不在家好好务农，跑出来找罪受？”

夏天告诉肖梅，因自幼酷爱画画，勤学苦练，作品屡获县市美术展览大奖。画界老师认为他的画技虽无门无派，也没有严格的师承，但吸纳百家自成一格，原生态地反映了生活，具有自己独到的审美。得到专家这样的认可，他的心野了，萌生走出大山到城市寻找更为广阔的发展空间的想法。于是辞别父母，怀揣梦想来到城里。因暂时没找到合适的工作，便一边修鞋一边画画。

肖梅深为夏天锐意进取的精神感动，却为他的生活现状担忧。她说：“你得抓紧找工作，修鞋不是长久之计。”

夏天如实相告，有几个单位倒是有意招聘他，可专业不对口，他不想去。真想不到，这个农村娃居然高擎理想的旗帜，要求品位还是蛮高的。肖梅情不自禁地生出钦佩的神色。

夏天以为肖梅瞧不起他的职业，脸色发窘，嗫嚅地说：“堂堂须眉街头卖艺，让你见笑了。”

肖梅没有想到夏天误解了她的意思，不便解释，忙顾左右而言他。墙上张挂着许多画，有几幅还没最后完成，其中有油画，还有水粉画和水彩画。题材和形式多样，有人物肖像，有山水，也有花鸟。肖梅不懂画，但她觉得很好看。她感叹地想，有多少条件优越的年轻人，甚至包括美院的学生，都难画出名堂，一个身处偏远山区的农村青年画到这种程度，不难想象，那是要经过何等艰苦的努力！

肖梅定定地注视着夏天，觉得他身上散发着一种诱人的魅力。那是什么，是顽强进取的精神！这种精神正是男人的魅力所在，铸就了顶天立地的真爷们儿！

夏天被肖梅奇怪的目光看得心里发虚，故作吊儿郎当地说：“学艺不精，贻笑大方，请肖老师多多指教。”

肖梅以为夏天讥讽自己不懂绘画艺术，脸一热，说：“你在挖苦我吗？”

夏天诚惶诚恐地说：“不不，我是说我的雕虫小技难以示人。”

肖梅释然，诚恳地说：“你没必要谦虚，其实你画得挺好，真的。”

听肖梅这么一说，夏天来了精神，坐起身，从褥子下掏出一卷画作递过去：“既然肖老师没有小瞧我，那我也胆大不害臊了。你看看，这是我在大街上画的速写。”

肖梅接过来，立马被优美的画面、多姿的人物形态、流畅的线条牵住眼球。原来一支铅笔在纸上能创造出这样的神奇，肖梅有些爱不释手，探询地问：“我拿走几张可以吗？”

夏天受宠若惊地说：“行，你随便，想拿哪张就拿哪张。”

肖梅挑选了两幅速写，一张人物和一张街景，又从墙上揭下素描、油画、水彩画各一幅卷成卷。

“你要这么多画干什么？”夏天疑惑地问。

肖梅神秘地笑笑说：“山人自有妙用。”

2

从夏天那里出来，肖梅没有回学校，驱车来到市少年宫。这里有所少儿美术学校，直接归少年宫管辖。

肖梅敲开校长办公室的门。校长曾是她的老师。肖梅落座，直奔主题：“张老师，听说你们学校美术老师缺编？”

“噢，你问这个干什么？”校长推推鼻梁上的眼镜，奇怪地看着肖梅。

肖梅急切地说：“我认识一位年轻的画家，画画得非常棒，我想向您推荐一下？”

或许美术老师缺编的缘故，张校长感兴趣地问：“他什么学校毕业？”

肖梅说：“他不是专业学校毕业，自学成才。”

张校长沉吟一下，说：“哦，没学历？这恐怕不行。”

肖梅把手中的画卷展开递过去，说：“老师您看，他画的丝毫不比美院毕业生逊色。”

校长接过来阅看，脸上现出喜爱之色。

“怎么样，老师？”肖梅急迫地问。

校长频频点头，说：“不错，很不错。”

肖梅穷追不舍地问：“那您看……”

张校长没说话，抄起办公桌上的电话：“喂，我是张学章，请刘老师到我办公室来一趟，对，马上。”他撂下电话对肖梅说：“你先忙去，我们商量一下。”

肖梅起身离去，走到门口回转过身说：“老师，能不能聘用，请您第一时间给我信。”

张校长温文尔雅地笑着说：“会的会的，你放心好了。”

“谢谢老师。”肖梅给校长鞠了个躬。

张校长忽然想到什么：“你跟他是……”

肖梅的脸红了，像秋天的海棠果：“老师您想到哪儿去了！”

张校长一怔，歉然地笑着说：“你别介意，是我冒昧。”

一位中年老师走进来。肖梅向张校长告辞，出了办公室。

整整一上午，肖梅一直魂不守舍。

下午，肖梅接到张校长的电话。他告诉她，经他们对夏天的作品初步审查，觉得还不错，请她约夏天明天来校面试。肖梅高兴地说，她马上通知他。挂了张校长的电话，肖梅拨通夏天的手机，迫不及待地说：“夏天，我是肖梅。”

夏天紧张地问：“出什么事了，慌慌张张的？”

肖梅激动地说：“市少年宫的美术学校缺一位美术老师，我向校方推荐了你，他们准备明天对你当面考核，你好好准备一下，这可是难得的机会啊！”

夏天那边没有声音。

肖梅大声说道：“喂，你怎么不说话？”

还是没有反应。

肖梅有些急：“夏天，我在跟你说话，你听见了吗？”

那边传来夏天颤抖的声音：“谢谢！”

3

面试是在画室进行的。

窗口遮掩着一幕紫色绒布窗幔，桌上摆放着维纳斯的石膏头像，立式聚光灯照射在上面，石膏像看上去明暗分明，色调黑白灰层次分明。夏天坐在石膏像前的折叠椅上，面前立着一个画架。他眼盯着石膏像，手快速地在纸上画着。张校长和几位美术老师站在他身后观摩。

夏天画完，潇洒地收住笔，神情看上去很激动。他从椅子上起身，对张校长他们说：“请各位指正。”

张校长对夏天说：“你稍等，我们需要开个碰头会。”

张校长跟老师们拿着夏天的素描离开画室，屋里剩下夏天一人。夏天不像刚才作画时那么自信，他坐下又站起来，再坐下再站起来，在屋里来回一圈圈地踱步。

肖梅出现在画室门口，像走失的孩童见到亲人，夏天快步迎上前，百感交集地说：“肖老师我……”

肖梅没说话，给夏天一个蒙娜丽莎式的微笑。她的笑容有种胸有成竹的淡定，散发着叫人安定的力量。夏天不安的心得到慰藉，逐渐安静了下来。

为时不长，一位老师从门口探进头来喊：“夏先生，校长有请。”

夏天骤然紧张起来，目光慌乱地向肖梅看去。肖梅自信地向他做了个再见的手势，淡定的神色仿佛一切都在她的掌握中。夏天受到鼓舞，恐惧锐减，他吁口气镇定了一下情绪，跟那位老师走了。

夏天一走，肖梅坐立不宁了。她拉开窗幔，望着校长办公室方向，拳头紧握，眉头锁着焦虑不安。

屋里很静，静得叫肖梅透不过气来。

夏天的画技肖梅很有把握，考核结果叫她担忧。世事瞬息万变，不以人的意志为转移。想到不敢想象时，她闭上眼睛，心中暗暗为夏天祈祷，但愿他能够顺利被聘用，因为作为农村青年，受环境条件限制，学画真的太不容易了。

但愿，但愿！

突然门外响起急促的脚步声，肖梅神色骤然紧张，拳头不由得握紧。

夏天咣当一声破门而入：“肖老师，我……我……”夏天抓住了肖梅的手，眼中闪现晶莹的泪花。

肖梅的手很疼，像要被攥碎。绝望风驰电掣地掠上心头，她的心很痛。夏天的表情告诉她，他没有被聘用！

她怒目夏天：“你——”

夏天被肖梅的样子吓着了，胆怯地低下头，嗫嚅地说：“校长让我……下周过来上班。”

“啊！”肖梅身子软软地靠在墙壁上，头深深地埋在胸前，好像刚刚长途跋涉归来。

夏天关切地问：“肖老师，你怎么了？”

肖梅抬起头，她已经泪流满面了。

夏天吃惊地问：“你……怎么哭啦？”

肖梅流着泪笑了。她的笑容很美，像带着露珠盛开的鲜花。她说：“祝贺你，夏天！”

夏天明白了肖梅哭的原因，眼中的泪水也流淌下来。他深深地给肖梅鞠了个躬，感激地说：“谢谢你，肖老师。”

4

夏天吃过饭，正想上床午睡，肖梅过来了。

即将为人师表，不能一副修鞋匠打扮，应该重新包装，她要带他去商场买衣服。夏天不以为然，为人师表不能光重外表，重在修德修识，如果败絮其中，穿再华贵的衣服又能如何？但肖梅对他有伯乐之恩，不好违拗，他说："服从领导听从指挥。"肖梅的脸红了，说："去你的，谁是你的领导。再说啦，穿新衣服光鲜的是你，什么叫听从我领导啊？既然你这样说，那我不管了，你爱怎么着就怎么着。"夏天忙作揖打拱说："在下不会说话，望小姐见谅，请你还是把我装修到底吧。"

肖梅笑着白了夏天一眼，两人双双上了街。

年轻人追求时尚的浪潮永远不会止步，只会一浪高过一浪，商场里青年男女摩肩接踵。面对各种时髦的服装，肖梅品头论足讨价还价，却一直没有购买。夏天耐不住性子，嚷嚷说："哎哎，什么意思你，莫不是领我来鉴赏时装的！"

肖梅白他一眼，嗔怪地说："犯什么急，得选到合适的吧。"

夏天自我揶揄地说："我穿什么都一样，多好的衣服穿到我身上，用不了几天，肯定跟乞丐服似的。"

肖梅被夏天的痞相逗笑，说："去你的，别油腔滑调的。"

他们继续向前走去。路过女衣专区，看见那些时下流行的女装，夏天愤愤地说，人心不古。肖梅不得要领，询问此言何意。夏天指着缺尺少寸、袒胸露背的裙装说："你瞧瞧，设计师们怎么都色到这个程度，该剪的不剪，不该剪的却剪掉，那不是诚心勾引男人犯错误嘛！"

什么啊，满嘴荒唐言，肖梅被弄得啼笑皆非。

来到毛料服装专区，肖梅停在一咖啡色套装前，抻着衣服仔细端详，嘴里啧啧称赞，然后拿着在夏天身上比试，用商量的口吻说："就买这套吧？"

夏天知道女人是衣服的天生鉴赏家，他没话语权，但担心价格太高，自己无力承担，小心翼翼地询问："多少钱？"

肖梅捏着衣服上的价格标签看了看，说："一千八。"

夏天打个机灵："哎哟妈呀，你吓得我魂飞魄散了！"

“什么意思你？”肖梅不解地问。

夏天嘴角扯出那副司空见惯的痞笑，说：“就我一个修鞋匠，怎么配穿这么昂贵的衣服。”

肖梅会意：“怎么，你嫌贵？”

夏天坦诚地说：“是。”

肖梅认真地介绍说：“一分钱一分货，这套衣服很好的。”

夏天为难地说：“可我……”

肖梅问：“囊中羞涩是不是？”

没钱不丢人，但对男人来说，毕竟不是光彩之事，夏天低下了头。

肖梅取下衣服递给夏天：“你去试衣间试穿一下。”

夏天没明白意思，踌躇地说：“我……”

肖梅蛾眉一蹙，显出不耐烦的神色，说：“婆婆妈妈的干什么，叫你试你就去试。”

在肖梅严厉的目光下，夏天拿着衣服懵懂地进了男士试衣间。穿上新衣服，对着镜子前后左右照看。说真的，这是他有生以来第一次穿这么笔挺的衣服，他感觉自己变成衣冠楚楚的绅士了。

“衣服怎么样？”肖梅在外面问。

夏天美滋滋地走出来，赞不绝口地说：“好，太好了。”

看见帅气风流的夏天，肖梅的眼睛亮了，仿佛遇见电影明星。她招手唤来女售货员，吩咐说：“就这身了。”她从钱夹里抽出厚厚一叠钞票付了款，提上衣服袋，对夏天说：“走吧。”

“你……你掏钱给我买衣服，这……这怎么使得？”夏天的眼睛鼓得老大，像两颗圆溜溜的黑药丸。

“这有什么使不得的，一个男子汉怎么斤斤计较的？”肖梅不再理睬夏天，独自向二楼走去。

夏天忙追过去，像随形的影子。

来到二楼男式皮鞋专柜前，肖梅停下，目光落在一双杏黄色的皮鞋上，对售货员说："小姐，请拿这双鞋看看。"

售货员把鞋递过来，肖梅吩咐夏天说："来，试试。"

夏天迟疑地说："我？"

肖梅皱下眉头说："你什么，让你干点事怎么这么啰唆。别傻呵呵地造型了，快点去啊！"

看见肖梅满脸没商量的神色，夏天磨磨蹭蹭地脱掉自己的鞋。一股酸臭的气味弥漫开来，女售货员捂住鼻子。肖梅脸一红，狠狠地剜了夏天一眼。夏天装作视而不见，低下头穿上新鞋，鞋很合脚。肖梅把鞋买下了。接下来他们又去别的楼层买了衬衣和领带。

这时天色已近黄昏，他们出了商场来到外面，肖梅望着天上绚丽的晚霞说："饿了吧？我们到餐馆吃点饭。"

夏天的脸涨得通红，说："我……"

肖梅调侃地说："你请客，我掏钱。"

夏天脸红通通地说："你埋汰我？"

肖梅没说话，折身走进路边的一家餐馆。夏天犹豫一下跟了进去，不过他的心情很复杂。按理说，一个男人本应掏钱请女人，那才显得有绅士风度，可囊中羞涩让他英雄气短，只能眼睁睁地看着肖梅请客。

此时，男人的自尊在心里发出震撼的吼声——我要挣钱！

5

从餐馆回到出租房已是晚上八点多了。

进屋后，肖梅说在商城没顾得上好好看，让夏天再试穿新衣服给她看看。衣服都买回来了还试穿什么，即便不好也不能拿回去退换了，因为衣服上写着“售出概不退换”的字样。肖梅坚持己见，仿佛夏天不试穿给她看今晚她就会睡不着觉。夏天无奈，嘟嘟囔囔换上衣服。真是人靠衣服马靠鞍，丑汉子打扮打扮赛潘安，新衣在身的夏天俨如风流倜傥的帅哥。肖梅的眼睛看直了，脸上悄然泛起淡淡的红晕，像桃花那样的颜色。

外边有人喊夏天，夏天迎出屋。来人是邻居大张，搞装潢的。晚上视线不好，大张看见衣冠楚楚的夏天，以为是夏天家的客人，毕恭毕敬地问：“请问，夏天在家吗？”

夏天好笑地说：“大张，你跟我客气什么，我是夏天。”

大张仔细端详了夏天一下，吐口气，如释重负地说：“哎呀我说夏天，我还以为是电影演员呢。”

夏天深感意外，没想到大张会把自己和电影演员相提并论，心里不免生出一缕得意，看来穿上新衣服的自己还是很有魅力的。夏天问：“你找我什么事？”

大张朝屋里瞄了一眼问：“哎，有个中学女老师在你屋里吧？”

夏天困惑地说：“啊，怎么了？”

大张压低声音说：“下午有人来找她，说让她马上回学校一趟，看样子有急事。”

夏天有点紧张，说：“好，我马上转告她，谢谢你啊大张。”

大张临走前暧昧地朝夏天挤了下眼，说：“哎，什么时候当新郎官啊？”

夏天懵懂地说：“我……我当什么新郎官啊？”

“你就揣着明白给我装傻吧，哼，连哥们儿都不说句真话，真有你的。”大张不满地唠叨着走了。

回到屋，夏天把学校找肖梅的事说了。

肖梅离开后，夏天简单洗漱一下便钻进被窝。跑了一下午挺累的，不一会儿夏天的脸上带着微笑进入梦乡——夏天做了一个极其心花怒放的梦。他梦见自己成了举世瞩目的大画家，百鸟向他歌唱，鲜花向他恭贺……

夏天咯咯地笑了。

6

第二天，夏天接到肖梅的电话，让他去美术学校见张校长，说校长要跟他谈话。会见校长是大事，不好随意，他不折不扣地打扮好自己，风度翩翩地打车去了学校。

路上，看见上学的学生，夏天的心中油然升起一股庄严的神圣感，好像自己真的是教师了。

来到校长办公室，张校长是这样跟他说的。

“小夏啊，说实在的，对于你我是很中意的，以你的才华，只要好好教上几年书，一定会为我们学校培养出一大批美术人才。”

张校长的话令夏天振奋。人生在世，能得到像校长这样的伯乐赏识是件多么荣光的事。他暗暗发誓，一定勤奋教学，用优异的成绩回报校长。

张校长推推滑落在鼻翼上的眼镜，话锋一转，说：“可事物往往是不以人的意志为转移的，你的事我们报到了主管公司，由于没有编制，而且公司不准许学校私自招聘没有教师资格证的老师，所以……”

夏天只觉头轰的一下，张校长后面说些什么，他没有听清。

见夏天泥塑一样坐在那里，张校长开导他说：“小夏啊，你一定要正确对待，不要背思想包袱，你还年轻，以后的路还很长，你要化消极为积极因素，继续努力，是金子到哪儿都会发光的。”说着张校长拿过电话：“好啦，今天咱们就谈到这，以后有机会我们会再考虑你的。”

夏天想说什么但没说，起身告辞，郁郁地走出向校长办公室。

站在院中，夏天望着满目苍翠的树木，心凉如秋，他嘟囔着说，做不成老师，那咱还去当马路观察员，大老爷们儿干什么都能混饭吃。此时手机响了，他掏出手机放在耳边。

电话是肖梅打来的。她询问校长找他谈了什么，吊儿郎当的神色又出现在夏天的脸上，他说：“鼓励我好好干，以后接他的班。”肖梅感觉到夏天的情绪不对，担心地问：“校长真这样跟你谈的？”夏天油腔滑调地说：“本人天生是当校长的苗子，他不培养我那是浪费人才。”肖梅听夏天的话愈发不着四六，断定里面肯定有事，就问：“你现在在哪儿？”夏天说：“在学校操场上。”肖梅让夏天别走，在那儿等她，她立马就到。夏天心里难过，谁也不想见，关了手机匆匆地走了。

肖梅跟学校请了假，驱车急火火地赶过来了。可操场上除了几个学生在打篮球，不见夏天的影子。肖梅问那些学生，其中一个高个儿学生告诉她，夏天刚走。夏天这般违约绝无仅有，肖梅意识到情况不好，撒腿追到校门口四下张望。街上人流滚滚车水马龙，根本不见他的影子。

肖梅来到校长办公室。校长知道她的来意，没等肖梅询问就把事情告诉了她。肖梅一听恼了，说:“张老师，你办的叫什么事？这不是要人吗？”张校长委屈地说:“你是知道的，为了促成夏天的事我做出了很大的努力。公司那边也不是我说了算，他们不批你叫我怎么样！”肖梅冷静了下来，张校长说得对，他是中意夏天的，为了招聘夏天，他没少奔波。自己不该一时冲动，慌不择言地伤害老师。于是她诚恳地向张校长赔了礼，转身走了。

肖梅来到夏天的租住房，门锁着。她揣测不出夏天的去向，驱车直奔市歌舞团而去。见到刘梦她劈头就问：“夏天来过吗？”

看见肖梅惶惶的神色，刘梦有点紧张：“没来。”

肖梅问：“真的假的？”

刘梦不悦地说：“没来就没来，难道我把他藏起来了不成？肖梅，他到底怎么了？”

肖梅也不知道夏天怎么了，不好回答，折身离去。

刚出歌舞团院门，刘梦打一电话，说：“夏天出事了！”

第四章

1

出事地点在忆梦酒吧。

肖梅赶到时，大厅一片狼藉，桌倒椅翻玻璃碴满地，几个女服务员边打扫边气愤地议论着什么。肖梅上前询问夏天的去向，一女服务员不满地抬头向保安部示意。

肖梅来到保安部门前，扬手叩门，里面传出“请进”的声音，她推门进屋。

夏天缩在屋子一角，满脸是血，脸颊肿胀，眼窝青紫，俨如大熊猫。办公桌前坐着两位全副武装的保安。肖梅大惊，扑上前扳住夏天的肩膀摇晃着问：“你怎么了，啊？”

夏天把头扭过去，没吭声。

肖梅怒视保安，问道：“他这是怎么搞的？”

为首的保安不高兴地翻翻眼皮，说：“你冲我们吼什么？你问他！”

另一名保安鄙夷地说：“小体格铁丝似的，还寻衅打架，瞅瞅挨揍了吧？”

肖梅知道夏天跟人打架了，问保安：“什么人把他打成这样？”

美女在男人面前总是受优待的，为首的保安向肖梅讲述了事情的经过。十点多，夏天来到酒吧，一杯接一杯地喝酒。女服务员怕他喝多，劝他少喝点，谁知夏天勃然大怒，鼓着红红的眼睛冲女服务员吼道：“老子喝酒掏钱，关你什么屁事！”旁边两个喝酒的小伙子看不过夏天的嚣张，责怪他。这下捅了马蜂窝，夏天暴跳如雷、口出不逊。同样喝得心潮澎湃的小伙子不受这套，双方发生口角，继而拳脚相向，顷刻桌翻椅倒一片狼藉。保安闻讯赶来，阻止双方斗殴，他们都已挂了彩。事由夏天挑起，保安当场把他扣下，通知家属前来赔款。

肖梅了解了事情的经过，诚恳地向保安赔了礼，并包赔了酒吧的损失。因肖梅态度好，对方没有深究，同意肖梅把夏天领回。临走时为首的保安悄悄叮嘱肖梅：“你老公精神不好，以后要严加监管，别让他出来惹是生非。”夏天听了一挺身又要发怒，被肖梅阻止。

出了酒吧，夏天冲肖梅大喊大叫：“他们侮辱我的人格，你为什么不让我跟他们论理？”

肖梅气恼地说：“难道他们说的不对吗？”

夏天惊愕地睁大眼睛，说：“什么？你也这样说我！”

肖梅恨恨地说：“你到人家酒吧滋事，不是疯子是什么？”

夏天不认识似的盯着肖梅，从牙缝里挤出一句话：“滚！”

肖梅迎视着夏天吐着火苗的目光，没说话，美丽的大眼中充满鄙夷，像在看街头无赖。

夏天赌气地说：“好，我是精神病患者，请你走开，不要和疯子在一起！”

夏天的话像回收器，收走了肖梅心里的火气，她的目光缓和了许多。

“既然你不走，那我走！”夏天掉头朝南走去。

肖梅喊：“你给我回来！”

夏天置若罔闻，仰着头，义无反顾地走了。

肖梅怒气复燃，冲夏天的背影喊道：“爱哪儿去哪儿去，没人管你！”她掉头向北走去。

走着，肖梅的脚步慢下来。夏天之所以这样，是因自己介绍工作没有成功引起的，觉得自己难辞其咎。想着，她转身向夏天追去。

听见身后的脚步声，夏天烦躁地喊："走开，别苍蝇似的跟着我！"

肖梅用柔和的声音说："夏天，别这样好不好？你站住，我有话跟你说。"

"我不听！"夏天一抡胳膊，狂躁地吼道。

肖梅拉住夏天的胳膊，乞求地说："夏天，别闹了好不好，就算我求你了，啊？"

夏天甩开肖梅的手，撒腿跑了。

2

清风拂过，垂柳依依，空气中夹裹着淡淡的青草味和泥腥味。凉爽的空气镇静了夏天躁动的心，他渐渐安定下来，坐在河堤上的树荫下，扯一根青草在手指上缠搅，神色郁郁地望着河中的游船。

肖梅不知什么时候跟了过来，默默坐在夏天的身边。

夏天的嘴唇上卷起白皮，上面绽出几道裂口，看上去殷红鲜艳。肖梅从挎包里掏出矿泉水递过去，夏天用余光溜瞄了一下，没接。肖梅把水往前送送，夏天踌躇一下接过去，拧开盖，扬脖咕咚咕咚喝光了。

肖梅内疚地说："都怨我，办事不地道，让你受委屈了。"说着深深地低下头，浓密的秀发滑落下来遮住她半面白净的脸颊。

肖梅的戚色令夏天蓦然心动，心中残存的郁闷烟消云散，自责油然而生。自己弄的叫什么事，肖梅好意帮忙，自己却跟她赌气发火让她伤心，这也太不懂人情了。他偷眼看下肖梅，喃喃地说："这事不怨你，只怪我运气差。"

肖梅伤感地说："我真没想到会是这样的结果。"

夏天说："是我太脆弱了，经受不住挫折。如果我伤害了你，请原谅。"

肖梅抬起头，两颗硕大的泪珠从眼中滚落下来，日光照在上面亮晶晶的，像透明的水晶珠。

夏天慌了，仿佛犯了十恶不赦之罪，结巴地说："肖老师，我……"他的眼圈红了。

肖梅抽泣着说："不哭，我们都不哭好不好？"说着，泪水更多了，宛如汩汩的泉水。

夏天把头深深地埋在胸前，肩头剧烈地颤抖起来。

肖梅哀求着说："夏天，你别这样，过几天我再出去跑跑，看看还有什么合适的单位，行吗？"

夏天摇晃着头说："不，你别再为我操心了，我本来就是个修鞋匠。"

肖梅拉着夏天的胳膊摇晃着说："你别自暴自弃，以你的才华，不愁找不到理想的工作。"她的话很有信心。

夏天受到鼓舞，抬头去看肖梅。肖梅的目光很坚定，一副不达目标不罢休的神色。夏天不再拒绝，也没有理由拒绝。不管肖梅办得到还是办不到，这份情足以叫他感动。与此同时深深的困惑也涌上心头，肖梅为什么对自己这样好？他想询问却无法开口，但苦涩的心里却泛起莫名的欣慰。

宽阔的长河，烟封雾锁，轻舟泛波，白色的鸥鸟此起彼伏，俨如琴弦上跳动的激越音符。他们默默地坐在河堤上，遥望着朦胧诗一般的远方出神，心头生出诸多叫他既兴奋又羞涩的念头，直至一轮硕大的月亮升起在烟波浩渺的水面上。

3

星期日，肖梅早早从家里出来，直接去了市人才交流中心。

她来到一间办公室门前，门也没敲推门长驱直入。电脑前坐着一位戴眼镜的胖丫，她在电脑旁正忙碌地搜寻什么。

肖梅咳声，提醒说："哎哎，来客人了。"

华丽回过头，责怪地说：“哎呀，瞧你一个电话把我折腾的，一大早就在网上上天入地，连眼都不敢眨。”

肖梅财大气粗地说：“想敲诈勒索直说，何必绕着弯子居功请赏。”

华丽推推鼻梁上的眼镜，睁圆杏核眼，惊愕地问：“这么胀饱，怎么，发横财了？”

肖梅故作不耐烦地说：“废话少说，说吧，哪家饭店？”

华丽打量着肖梅说：“那我也不客气了，农家菜饭庄，没问题吧？”

肖梅不假思索地说：“没问题。”

华丽提醒说：“那里消费是很高的，你可要考虑好，不过，现在后悔还来得及。”

肖梅不再跟华丽虚与委蛇，坐在沙发上急迫地问：“有合适的招聘单位吗？”

华丽故作矜持地说：“暂时无可奉告。”

肖梅急了，看那样子，恨不得撬开华丽的嘴巴掏出自己想知道的话：“到底有没有？”

华丽淡然一笑，说：“天机不可泄露。”

肖梅扑上去，用手在华丽的腋下挠痒。

华丽团着身子咯咯笑个不停，求饶说：“别、别，我、我说……”

“说！”肖梅严厉地命令道。

华丽整理着被弄乱的头发，不满地嘟囔说：“真是的，世界上还有用武力求人的呢。”

见华丽磨蹭，肖梅又做出卷土重来的架势。

华丽恐惧地说：“我说，马上说。”

肖梅注视着华丽，表情严肃，像等待宣判结果一样。

华丽声音暧昧地问：“我有一事不明，想请教一下。”

“别酸，有话直说。”肖梅不耐烦地说。

华丽往肖梅跟前凑凑，神道道地问：“他是你什么人？”

肖梅迟疑了一下，说：“熟人。”她脸有点红。

华丽盯着肖梅的脸膛，好像肖梅撒了弥天大谎：“仅此而已？”

“是啊。”肖梅的表情好似老实人的标本。

“不会吧，你熟人多了，为什么不帮别人？”华丽疑惑的目光在肖梅的脸上游走。

肖梅嘴巴动动但没说出话来。是啊，自己的熟人那么多，为什么偏偏对夏天如此热心？ 她也解答不了。

肖梅的窘相勾起华丽强烈的窥私欲，她催逼说：“快快从实招来。”

肖梅避开华丽火急火燎的目光，手指绞着发梢说：“你让我招什么呀？”

华丽问：“他是不是你的欧巴？”

肖梅脸一红，扬手要打华丽，说：“说的什么呀你！”

其实，华丽只不过开个玩笑而已，肖梅身为教师怎么会找一个无业游民做朋友呢。

肖梅隐去羞涩，端正表情，说：“别闹了，告诉我，有合适的单位吗？”

华丽认真地问：“想听真话还是假话？”

肖梅嗔怪地说：“又来了，听假话我找你干什么？”

华丽吁口气，懒洋洋地说：“没故事。”

“啊！”肖梅的眼睛睁得溜圆，随后目光黯淡下去。

华丽劝慰地说：“其实你没必要失落，你也知道，我们人才库里本科生比比皆是，有哪个单位愿意招聘没有学历的老白丁。”

“可是他确实有真才实学啊！”肖梅把“真才实学”四个字说得很重。

华丽蹙下眉说：“哎哎姐们儿，话说得太不专业了。大学毕业证是什么，是学识的证明。你说的那个他没有学历，何以证明他有真才实学？如果那样，他不早就上大学了吗？”

此言有理，但肖梅却觉得没道理，因为夏天的绘画才能不是一般美院学生可比的。可那能当什么，谁能证明？肖梅的眉宇上现出焦灼。

华丽推心置腹地说："像他这种人一抓一大把，他找工作我看就一个字，难。"说完，她觉得自己的话太令人绝望了，话锋一转说："其实，你不必太着急，办法还是有的。"

肖梅迫不及待地问："什么办法？"

华丽说："他不是画画的吗，举办个人画展，震动画坛，到时准有单位聘请他。"

肖梅目光一暗，说："你不废话吗？办画展谈何容易。"

华丽眼帘一垂，说："既然这样，我也爱莫能助了。"

肖梅不甘心地问："条件差一点儿的单位也没有？如果有，也可以考虑。"

华丽斩钉截铁地说："没有。"

肖梅站起身，无精打采地说："那你忙，我走了。"

4

有了家就有了责任，从不染指家务，以大小姐自居的刘梦早晨一起床，就亲临劳动一线，史无前例地去阳台上浇花。她发现叶片有些发黄，知道缺肥了，扭头冲卧室喊："老公！"

夏雨穿着短裤、趿拉着拖鞋、揉着惺忪的睡眼嘟嘟囔囔地走出来，说："干什么呀，锣鼓喧天？"

刘梦杏眼圆睁，说："怎么，耽误你睡懒觉了是吧？"

刘梦一硬，夏雨就软了，说："看看你这是什么脾气，我不没说别的吗？"

刘梦行云流水般地数落说："自打结婚后，你越来越不像话了。晚上自己把着电视看，一见漂亮的女演员眼睛就发直。早晨睡懒觉，不到上班时间不起床。哼，你以为自己是谁，富家公子啊！"

刘梦的唠叨令夏雨心乱如麻，他捂住耳朵痛苦地闭上眼睛。可这无济于事，刘梦的声音依然顺着指缝钻进耳中。男人最怕什么，就怕女人唠叨，它能摧毁男人的自尊，也能让男人精神崩溃。夏雨想发火，但没敢，便哀求说：“哎哟我的姑奶奶，您老行行好，别嚷嚷了成吗，我都心绞痛了。”

刘梦蛮横地说：“烦是吧？越烦我越叨叨。”

夏雨可怜巴巴地说：“你真想把我弄得没雨也披塑料布满大街溜达啊？”

刘梦被逗笑，说：“瞎掰，就你能白话。”

“那好，我不白话了，你忙，你忙。”夏雨转身要进卧室。

刘梦喝道：“站住，想去睡回笼觉是吧，美的你！去，到花店给我买袋花肥来，花缺营养了。”

夏雨哈欠连天地说：“昨天夜里看意甲足球赛凌晨两点多才睡，你行行好，再让我打个盹吧，小生这厢有礼了！”说着抱拳当胸连连摇晃。

刘梦没商量余地地说：“不行，马上去买。”

夏雨知道不可违抗，拉长声音不情愿地说：“遵命。”他从沙发上拿过衣裤随便穿上，懒洋洋地出了屋。走到门口停下，冲屋里狠狠呸一口，嘴里嘟囔道：“哼，我在你眼里还他妈不如几盆破花，你等着，看我哪天给你拔了，叫你养！”

婚后，他们两口子常常吵嘴。其实也没有什么大不了的事，无非鸡毛蒜皮的小事，可结果常常以夏雨的失败告终。因为刘梦娘家有钱，他们的衣食住行大都是人家供给。经济地位不如人家，说话底气自然不足。自己是有血有肉的男人，夏雨不想折腰摧眉掉链子。可事实上他这链子还非得掉，如果惹恼刘梦，她跟自己“萨扬娜拉”，自己马上就会变成无产者，没房住也没车开。在这物欲横流的城市里，没有这两样，那你就什么都不是。

夏雨一转身，险些和匆匆而来的肖梅撞个满怀。

“你要出去？”肖梅问。

夏雨强作欢颜地说：“上街买花肥，你进屋吧，刘梦在。”

肖梅忙说：“你先别走，我有事跟你们俩说。”

夏雨的脚刚一迈进屋，刘梦就冲他吼上了：“怎么又回来了，让你干点什么怎么这么难？”

肖梅从夏雨身后闪出身来，说：“你大喇叭先别广播，是我拦住他的。”

刘梦惊喜地喊：“哎哟，是肖哥们儿，你可有些日子没光临了，是什么风把你吹来的？”

肖梅把挎包放在茶几上，说：“寒风。”

刘梦拉着肖梅的手亲热地说：“你不来我正想给你打电话呢。”转头吩咐夏雨说：“还木头桩子似的站在那干什么，快上街，买点儿精肉，中午给肖梅包饺子吃。”

肖梅朝欲走的夏雨说：“别忙，先坐下，我和你们商量点事。”

刘梦望着肖梅的脸问：“什么事这样严肃？”

肖梅郁郁地说：“夏天应聘工作失败了，这事对他刺激很大，我们得想办法再帮帮他。这些天我到有关部门跑了跑，没有结果，我想请你们也出面协助，不知可不可以？”

夏雨马上表态说：“他是我弟弟，我们当然不能袖手旁观。你说，要我们怎么协助？”

刘梦却说：“忙是应该帮，可能不能帮得上难说？”

肖梅说：“听说你们团里准备调入一个美工，你们是不是帮他活动活动。”

夏雨惊奇地说：“噢，这你也知道？”

肖梅不以为然地说：“这有什么，天下无难事，只怕有心人嘛。”

夏雨说：“好好，我们马上活动。”

刘梦瞪夏雨一眼，说：“说得轻松，你以为你是团长呢？”

肖梅对刘梦的话有些反感，皱着眉头说：“他是你们的亲兄弟，再难也得帮。”

夏雨附和道：“就是嘛。”

刘梦说：“就是个屁！”转过头苦着脸对肖梅说：“哥们儿，咱小演员一个，大团长怕是够不上，这事真有点难为我们。”

肖梅不容置疑地说："你少跟我诉苦，够不上托人够。"

刘梦翻下白眼，对夏雨说："反正是你弟弟，你出面跑吧。"

夏雨义不容辞地说："那是，我不出面谁出。"

肖梅告辞，夏雨留饭，肖梅说有事，走了。

夏雨挠着头纳闷地说："怪事，肖梅为什么对夏天这么好？难道她爱上夏天了？"

刘梦薄嘴唇一撇，说："肖梅会爱上你那没正形的弟弟？做春秋大梦吧你！"

5

出了夏雨家的门，肖梅直接去找夏天。

她来到夏天的修鞋摊前，他正给一个中年顾客钉鞋。他很敬业，干得非常忘我，以至于肖梅站在摊前他居然没有发觉。干着，突然失手，锤头砸在手指上，夏天轻轻地呻唤一声，用另一只手捂住被砸的手指，脸上现出痛苦的表情。

肖梅哎哟一声，忙蹲下身问："怎么样，不要紧吧？"她拉过夏天的手查看，他的手指上淤出一块紫血痕。

夏天抽出手，漫不经心地说："别大惊小怪的，也不是胶皮娃娃，没那么娇嫩。"说完继续低头钉鞋。

肖梅看见，他每用一下力，脸上的肌肉都会不由自主地抽搐一下，于是不忍地说："夏天，别干这个了？"

夏天抬头用好笑的目光看了肖梅一眼，问："不干这个我干什么？"

是啊，他不干这个干什么？肖梅满眼空洞茫然的神色。

夏天把修好的鞋递给中年客人说："大哥，您看行吗？哪不满意我再给您修。"

客人穿上鞋试了试，脸上绽出笑容，说："挺好。"付了钱离去。

夏天望着顾客的背影喊："您走好，欢迎下次再来！"语气中不乏巴结的意韵。

肖梅鼻子一酸，觉得夏天好可怜。当夏天转过头来看她时，她的目光倏地一硬，说：“别再干这个了，回家安心画画，你的生活费我出！”

夏天身子一震，用惊讶、疑惑的眼神凝视着肖梅，仿佛天上掉下张馅饼啪地砸在自己头上，叫没有任何思想准备的他蒙圈了。

肖梅莫名其妙地问：“你……你怎么这样看着我？”

夏天笑了，笑容有点痞，说：“行啦大姐，别拿我当礼拜天过了。”

肖梅严肃下表情，诚恳地说：“我说的是真的，没开玩笑。”

夏天蓦地收敛笑容，眼中闪出大大的问号：“咱一无亲二无故，你为什么要养我？”

肖梅想说，她敬慕他的才华。虽说时代开放了，毕竟男女有别，她没好意思说出口。她嗫嚅地说：“你需要帮助。”

夏天目光一热，说：“你的好心我谢啦。”随后似笑非笑地说：“你看我像吃软饭的吗？”

肖梅问：“你什么意思？”

夏天严肃地说：“叫女人养活，你说那还是男人吗？”

肖梅虽然有些生气，却为夏天耿直的气节点赞。见利而不上，这才是男人的做派。

既然夏天暂时难以接受，那就慢慢商量吧。肖梅遗憾地摇了下头，转身离开夏天的修鞋摊。

路过美术馆时，她被一巨幅横标吸引住眼球——著名画家白山风景画展。

肖梅心动了，转身走入画展大厅。

大厅里，观赏画展的人不少，他们聚在不同的画作前边看边议，电视台记者扛着摄像机跑前跑后。肖梅欣赏了几幅画，画作果然很美，白山有情，黑水有意，山灵水秀，气韵生动。肖梅像想到什么，转身出了展厅。

看见肖梅走过来，夏天意外地问：“你怎么又回来了？”

肖梅一抹垂落在额前的碎发，急切地说："哎，跟你商量点儿事？"

夏天问："什么事儿？"

因激动，肖梅说话的声音有些颤抖："刚才我在美术馆欣赏了画家白山的风景画展，我想，你的画作也不少了，是不是也办个画展，这样对扩大你的影响和就业大有好处，你看如何？"

兴奋爬上脸膛，可稍现即逝。夏天忧心忡忡地说："好是好，可办画展不那么简单，不但需要有关部门批准，还需要一定的资金，这些我都做不到。"

肖梅急迫地问："我没问你这些，只问你想不想办画展？"

夏天不假思索地说："当然，不想是傻子。"

"那好，你等着。"肖梅转身走了。

望着肖梅的背影，夏天的眼中充满疑惑。

6

肖梅进门时，夏雨和刘梦正在吃饭。

脚步还没站稳，肖梅就说："求你们件事呗？"

刘梦撩肖梅一眼，继续吃着饭，说："你事怎么这么多，事妈啊？"

肖梅没计较刘梦的态度，急言快语地说："夏天想举办个人画展，你们在文化系统工作，脸熟，出面跟美术馆联系一下可以吗？"

夏雨高兴地说："夏天要办画展，难得他有这样的想法。"

刘梦比夏雨有心眼，说："办画展是好事，可那需要经费，钱谁出？"

肖梅脱口而出："我出。"

刘梦上下打量着肖梅，疑惑地说："夏天办画展，你出钱，你图什么？"

肖梅语滞。是啊，别人办画展她出钱，这算咋回事？真心而论，这钱自己偏偏愿意出，至于为什么她也说不清楚。但有一点她很清楚，如果不是夏天，她是不会这样乐善好施的。

看着肖梅发窘，夏雨用手捅了下刘梦。

刘梦笑了，笑中很有内容，一副恍然大悟又天机不可泄露的样子。

肖梅意识到什么，神色惶惶地问："你笑什么？"

刘梦朝肖梅暧昧地挤了下眼："没笑什么，就是想笑。"说完又意味深长地哈哈两声。

肖梅的脸发烫，避开刘梦居心叵测的目光，不满地嘟囔说："没事乱整景。"

夏雨的心思专注于画展上，没看出两个女人间的奥妙，急于施以援手的他向刘梦请示说："老婆，这事你看怎么办？"

刘梦爽快地说："还能怎么办，这忙我们帮，而且要帮好！"

夏雨深感意外，他不知老婆为何这么爽快。好事突至让他产生了不真实感。他眨着眼睛看着刘梦，目光迷惘，就像刚从旋转车上下来。

刘梦呵斥说："瞪着黑药丸眼睛看什么，我说的是真的！"

夏雨搔着脑袋嘟囔说："这怎么一夜突如春风来，满枝梨花桃花开？"

刘梦被逗笑，白夏雨一眼，娇嗔地说："拉倒吧你，别驴唇不对马嘴穷拽了！"

肖梅没笑，满眼感激地说："多谢了。"

刘梦的嘴角扯出一缕坏笑，往肖梅跟前凑凑，推心置腹地问："哥们儿有一事不明，请教一二可否？"

因彼此相熟相知，肖梅知道刘梦憋着坏水，戒备地问："什么事，你说？"

刘梦弯眉一挑，意味深长地一笑，说："我们帮夏天，因为他是我们的亲人，你感谢我们什么？要说感谢，也应该是我们感谢你，你好像本末倒置了吧？"

肖梅表情有些不自然。

不知是真没看出来还是看出来装痴，刘梦依然自说自话："再者说，你致谢我们不能领情。如果接受了，好像你跟夏天比我们还亲似的。"

肖梅听出话中玄机，秀目含嗔地问："你什么意思，难道我帮他另有企图吗？"

刘梦一怔，肖梅的机敏超出她的预想。她忙打着哈哈说：“哎，我可没那么说，那是你自己说的。”之后转移话题吩咐夏雨说：“你别傻呵呵地看着，你这样，画展期间多请些记者广泛宣传报道，我想你这点人缘应该有吧？”

夏雨拍着胸脯说：“没问题，保证完成任务，不家喻户晓妇孺皆知决不罢休！”

刘梦转头问肖梅说：“光顾说夏天的事了，都忘问了，你要没吃饭一块吃吧？”

肖梅站起身说：“看来我该走了。”

刘梦问：“这话怎么说？”

肖梅说：“你都下逐客令了，我岂能不识趣。”她站起身，挎上皮包向门口走去。

刘梦严正声明说：“哎哎，想歪了，我可没有那意思！”

走到门口，肖梅回转过身，迟疑了一下，说：“你们别忘了，抓紧点儿！”

夏雨说：“你就放心吧！”

肖梅走出屋带上门，夏雨端起碗刚要接着吃饭。刘梦吩咐说：“别吃了，麻利地给张馆长打电话。”

夏雨不解地问：“这么急？”

刘梦做出羽扇纶巾的模样说：“必须的。”看见夏雨疑惑地盯着自己，说：“不明白是吧？”她伸手意味深长地拍拍夏雨的肩头，说：“学问大着呢，孩子，自己琢磨去吧。”

7

肖梅四处奔波，求亲告友，终于把举办画展的钱筹集足了。有了钱，夏天雇用技术工人开始布置展馆。

夜晚，美术馆展览大厅灯火通明，夏天和肖梅带领几个工人师傅往墙壁上挂画。夏天看上去比以前更邋遢，裤腰带松懈，裤子下坠，裤腿脚拖地像小扫帚，皮鞋上覆着一层尘土和锯末。

夏天仰头向墙壁上看去，对站在梯子上挂画的工人师傅喊："高了，再向下放放，好，就这样。"

工人师傅把画调合适，腾出手捶打几下腰背。肖梅掏出手机看下时间，已经快十二点了，对夏天说："今晚干到这吧，大家都太累了。"

夏天沉吟一下说："再俩小时就干完了，还是坚持一下吧。"

肖梅说："你这人性子太急，画展还有一个星期才举办呢，忙啥。"

夏天搔着头不好意思地笑着说："早布置完早省心，要不晚上睡觉都不踏实。"

肖梅无奈地说："那好吧。"转头对工人师傅说："走，咱们先去餐馆吃点夜宵再干。"

工人师傅跟肖梅向门口走去。肖梅发现夏天没跟上来，回头对转悠着脑袋观看墙壁上的画的夏天喊："你磨蹭啥呢？"

夏天继续歪着头打量墙壁上的画作，说："你领他们去吧，我把搭配不合适的画再调整一下。"

"好吧，那你快点儿。"肖梅带领工人师傅们走了。

来到美术馆马路对面一家没有打烊的快餐店，工人师傅桌前落座。肖梅点了六盘素菜要了三斤水饺。师傅们果然饿了，狼吞虎咽地吃起来，几盘水饺很快被扫荡一空。吃饱后，服务员送来茶水，工人师傅边喝水边天南海北闲聊。看见夏天还没过来，肖梅结过账，用一次性饭盒带了八两水饺，吆喝工人师傅们离开饭馆。

他们折回美术馆大厅，一进门就看见夏天抱着胳膊在地板上翻滚，梯子倒在身边。肖梅手中的饭盒掉在地上，她惊叫着跑上前，抱着夏天急切地问："怎么弄的？"

夏天张口欲说，剧痛涌来，他浑身战栗呻吟起来。

肖梅朝工人师傅们喊："快，送医院。"大家抬起夏天匆匆向外跑去。

来到医院急诊室，值班医生给夏天做了检查，左臂骨折。夏天惦记着画展的事，拒绝医生住院治疗的建议，处置完伤臂打过针，吊挎着胳膊跟肖梅他们离开了医院。

回到展厅，因胳膊有伤不能亲自干，夏天坐镇指挥。他每说一句话伤臂就发出钻心的疼痛，额头上冒出豆粒大的汗珠，肖梅在一旁用手绢不时地给他擦抹。等一切布置完毕时，肖梅的手绢已被汗水浸透。

工人师傅向夏天竖起大拇指，说："纯爷们，杠杠的！"

第五章

1

早晨起床，肖梅意外地发现，玫瑰已经结出黄豆粒大的花蕾。啊，我的玫瑰要开花了！她忍不住低头去花蕾上嗅闻，清香浸腑，她陶醉地闭上眼睛。

妈妈在厨房喊她吃饭，肖梅恋恋不舍地离开阳台。

吃过早饭，她去了美术馆，今天是夏天个人画展的最后一天。

比预想的要好，画展获得极大的成功，接近尾声时观画者依然络绎不绝。各大媒体纷纷派出记者，对画展做了跟踪报道。市报以“自学成才苦求索、画不惊人不停歇”为题，专门报道了夏天学画的经历，还配发了“人应该有点精神”的署名文章。电台电视台也在黄金时段播放了记者对夏天采访的实况。几天间，夏天成了全市家喻户晓的新闻人物，画坛上冉冉升起的一颗艺术新星。

画展闭幕式上，市画院有位资深老画家感触颇深地说，如果夏天能进美院深造，接受全面而又专业的训练，以他的天赋和悟性，他会成为一个不可多得的大画家的。

画展过后，夏天成了抢手货，市群众艺术馆领导把他请到办公室，正式地邀请夏天加盟，并许以优厚的工资和福利待遇。

可夏天却改变了主意，他想进美术学院深造。

不久，夏天和肖梅去市画院拜访老画家。老画家对夏天的来访非常高兴，打破了作画时间不会客的规定，破例和夏天谈了一上午。老画家爱才如渴，给他的师兄、省美院的杨教授打电话，推荐夏天前去深造。有名画家推荐，杨教授爽快地答应帮忙。

从市画院出来，沿着梧桐婆娑的林荫道往回走，夏天忧心忡忡的。去省美院深造固然好，那里人才济济，名师荟萃，不仅可以得到正规的训练，还可以结交名师，拓展日后的发展空间。可上学是需要开销的，他是农村出来的孩子，手头没有资金。肖梅以女性的敏锐觉察到夏天的心理，表示夏天上学期间的费用由她提供。夏天非常感激，但用一个女人的钱，心里还是有所顾忌的。此时有一个问题他觉得必须搞清楚，否则自己上学也不会踏实。

夏天认真地问："你为什么对我这样好？"

肖梅的脸红了，知道这是必答题，不容回避，低下头看着脚尖问："你真想知道？"

"是的。"夏天一副咬定青山不放松的坚定神色。

肖梅头垂得更低，声如袅袅弱风地说："我……我看好你。"

"看好我？"夏天没得要领："你看好我什么？"

肖梅没吱声，身子扭转过去，给夏天一个侧影。

夏天说："你不说明白，我是不会用你的钱的。"

肖梅突然转过身来，秀目含怒地直视着夏天说："傻啊你。"

夏天真被肖梅说傻了，他不知自己傻在何处。他用扑朔迷离的目光注视着肖梅，但刨根问底的顽强并没有退去："说啊，究竟为什么？"

好一会儿，肖梅艰难地说："看好你就是……" 她说不下去了，怯生生地低下了头，仿佛话一出口就会惹下大祸。

按照夏天的聪明，他应该悟到肖梅话中的内涵，其实他也隐隐感觉到了，为得到明确的回复，他依然不识时务地追问：“就是什么？”

肖梅眼一闭说：“就是喜欢你。”说完，她满脸梨花带露了。

仿佛晴天霹雳，虽说夏天已有所觉察，但还是愣住了：“你……”

窗纸被捅破，肖梅不再羞涩，她抬手擦去脸上的泪水，目光直视着夏天说：“是的，我爱你。”

这怎么可能，肖梅是老师，公职人员，自己是个无业游民，根本不配。如果说肖梅是只高贵的白天鹅，自己充其量是只癞蛤蟆，癞蛤蟆想攀白天鹅，就是蹦着高累吐血也是徒劳。想着，夏天恢复了往常吊儿郎当的模样，皮笑肉不笑地问：“我穷小子一个，你爱我什么？”

“我说不清楚，总之我爱你。”肖梅嗫嚅地说。

夏天突然正色道：“有病啊你，这不是睁着眼睛往火坑里跳吗？”

肖梅被训斥恼了，蛾眉一挑说：“我就是有病，别说火坑，就是深渊我也愿意！”

夏天急了，像笼中困兽走来走去，像女人一样喋喋不休地唠叨道：“常言道，人往高处走，水往低处流。我就不明白了，你怎么处心积虑往下出溜！”

看着磨磨叽叽的夏天，肖梅眉眼上愈发儿女情长，心里产生深深的安全感。若是换成某些男人，天降好事白捡便宜，那还不乐癫狂了。可利益面前他却先替别人打算，这样的男人靠谱！但她知道，他不是高尚的人，也不是纯粹的人，却是个有志气、有才华的人。她也知道，自己不是女神，当然无须完美无缺的男神相配，夏天就是她今生永远的伴侣。于是，她白净的脸上绽出调皮的微笑说：“不过，我可不爱你邋遢。”

夏天没笑，目光探照灯一样在肖梅的脸上晃来晃去，很快他由表及里地看到了真诚。回味肖梅刚才的话，更加印证了自己的判断，心里不由得耸起一峰热浪。他想，自己是一个无业游民，富家女嗤之以鼻的对象，有肖梅这样心地善良的女孩爱着，自己应感到幸福才是。可他却深为肖梅担忧。俗话说，男怕入错行，女怕嫁错郎。话虽老派，但道理永恒。自己前程未卜，日后事业成功了，什么都好说。一旦失败，那么肖梅就会跟着自己吃苦。他可不想让她过那样的生活。

看见夏天沉默不语，肖梅用听起来轻松实则紧张的口气问："怎么，我配不上你吗？"

夏天摇摇头，表情复杂。

肖梅催促说："什么意思你，男子汉大丈夫能不能爽快点？"

问题不容回避，吊儿郎当跳上夏天的眉宇，他问："怎么，你想让我用邋遢跟你相得益彰吗？"

他的话貌似驴唇不对马嘴，但深加品味，有种俏皮的冷幽默。你想，美娇娘身边伴个叫花子，该是何等的滑稽。但肖梅没笑："去你的，别贫！"

夏天说："好好，明天我就去商场。"

"去商场买什么？"肖梅困惑地问。

夏天故作恨恨地说："买胶带，把我的乌鸦嘴粘上。"

人说恋爱中的女人最傻，此时肖梅变得天真起来，她像小姑娘一样歪着头问："说，你真的爱我吗？"

夏天眼睛眨出坏笑："屎壳郎岂能不爱粪堆，但我不是屎壳郎。"

夏天的回答出乎意料。肖梅愣住了，觉得自己的感情受到嘲弄，鼻子一酸，低头咬住嘴唇跑开了，任夏天在后面怎么呼喊也没回头。

2

肖梅跑回家一头扎进自己的卧室关上门，稍许，里面响起压抑的哭声。

哭声惊动了隔壁的父母，他们慌张地跑过来，咚咚地敲着门喊："梅子，你怎么了？"屋里哭声愈大，像刮风。"梅子，说话啊！"父母急得团团乱转，像热锅上的蚂蚁。

手机深情地唱起来，肖梅止住哭，从挎包里拿出手机放在耳边问："喂，哪位？"

电话那头传来夏天怯生生的声音："你……你还好吗？"

肖梅蛮横地说："我好不好跟你有什么关系！"

夏天说："我想跟你解释一下……"

"没必要！"肖梅断然挂了手机，气恼地想，你瞧不起我，我还瞧不起你呢，哼，你不就一个画匠嘛，有什么了不起的！

手机铃声再起，肖梅知道还是夏天，赌气不接。手机一遍遍顽强地响着，仿佛在表明诚恳的悔过态度，大有肖梅不接，就永远响下去的态势。肖梅终被不屈不挠的顽强精神感动，拿起手机放在耳边，说："我说你这人脸皮怎么这么厚，人家不愿理睬你，你知道吗？"

夏天说："你骂也好，打也好，但话我必须说清楚，要不晚上我会失眠的。"

"可我不想听。"话这样说，但肖梅并没挂机。

"肖老师，我不傻，知道跟你结婚从此就会衣食无忧。说心里话，这是我梦寐以求的事。可我前途未卜，你跟着我会吃苦的！"夏天声音颤抖，气喘急促。稍微停顿一下接着说："我不能光为自己着想，那样太自私了！"

肖梅豁然开朗，深为自己误解夏天负疚，鼻子一酸，眼前一片水雾茫茫。她说："夏天，你别说啦。对不起，让你受委屈了。"

夏天带着浓重的鼻音说："谢谢你能理解！"

肖梅问："若是我依然爱你呢？"

夏天诚恳地说："你先别说爱，请你冷静考虑过后咱们再谈，好吗？"

"没什么可考虑的，爱就是爱！"肖梅果断地说。

夏天沉默无语。

肖梅说："如果你说不爱我，我不会死乞白赖纠缠你的。"

"……"

"说话啊！"

“爱！”夏天突然响亮地喊，震得肖梅耳鼓膜疼。

肖梅一愣，笑了。虽说她不是绝色美女，可她笑起来很好看，眉如柳丝，嘴若上玄月，腮颊上有对深深的酒窝，脸膛上泛起的淡淡红晕，就像用新颜料刚刚染过一样。她说：“你等着，我马上过去！”

卧室门猛地拉开，肖梅匆匆走出来。父母双双迎上前，妈妈问：“梅子，你干什么去？”

“晚饭不要等我，你们自己吃吧。”肖梅边说边走出家门。

父亲挠着花白的头发嘟囔说：“这孩子怎么风一阵雨一阵的？”

3

夏天正站在床前整理画作，突然有双柔软的粉臂缠绕在他的腰间。

夏天知道是谁，用手去掰，可箍他的胳膊比孙悟空头上的紧箍还紧。夏天回头刚要说话，嘴巴就被一张散发着幽幽口香的嘴牢牢地压住。像有电流通过，他浑身不由自主地战栗起来。

“你别这样，听我说。”夏天声音含混地说。

“你是真心爱我吗？”肖梅用梦呓般的声音问。

夏天由衷地回答：“是。”

“那你为什么要躲我？”肖梅幽怨地问。

夏天说：“若是将来我们走不到一起，过分亲昵只会给彼此留下伤害。”

肖梅像冷似的打个哆嗦，说：“你怎么知道我们将来走不到一起？”

夏天自卑地说：“因为我配不上你。”

肖梅伸手捂住夏天的嘴巴，说：“我不许你这样说！”

“可我说的是心里话。”夏天说。

肖梅抬起头，用大胆而火辣辣的目光注视着夏天，坚定地说：“只要我们真心相爱，就一定能够走到一起！”

夏天顾虑重重地说：“我是个来自农村的打工仔，一无所有，你真不怕跟着我吃苦吗？”

肖梅掷地有声地说：“若是怕我就不跟你在一起！”

夏天动情地说：“不，像你这样好的人，生活应该幸福。”

“知道吗，跟你在一起我感到特别幸福。”肖梅像温顺的小鹿把头偎进夏天的怀中，垂下长长的睫毛喃喃地说：“夏天，抱抱我。”

夏天犹豫片刻，张开双臂把肖梅搂进怀中。

两人谁也不说话，沉浸在温柔乡里。

良久，夏天说：“肖老师……”

肖梅打断他的话说：“叫我肖梅。”

夏天叫不出口，嘴巴动动没吱声。

肖梅说：“叫！”

夏天停顿一下说：“肖梅，恋爱是人生大事，你应该先回家征求一下父母的意见。”

肖梅往夏天怀里拱拱，说：“过几天我带你回家见我父母。”

夏天没有思想准备，慌乱地说：“别别，我……”

肖梅用手在夏天腋下挠下痒，调皮地说：“丑女婿早晚得见丈人丈母娘，躲不过去的。”

夏天捂住咚咚乱跳的心口说：“我真的好怕。”

4

厨房里，肖梅一家三口人围桌吃饭。肖梅吃吃停停，不时拿眼偷看父母。

肖梅妈夹一筷子炒肉丝放到女儿碗中，说：“梅子，吃，这是妈特意给你炒的。”

肖梅机械地应答一声，但没有吃。

肖梅妈审视着女儿问：“你好像有什么心事？”

肖梅没有说话，像在权衡什么。肖梅性格一向开朗，态度这般隐晦是鲜见的。父母知道事情重大，定定地注视着肖梅，等待下文。

肖梅谨慎地说：“我处男朋友了。”

父母一愣，面呈惊喜。肖梅的年龄也不小了，早该谈婚论嫁了，他们正暗暗替她着急呢，这下好，自己解决了。

妈妈急切地问：“小伙子是谁？干什么的？”

“他是美术学院的学生。”肖梅羞涩地回答。

爸爸问：“你们处多久了？”

肖梅算了一下说：“半年多了。”

妈妈刨根问底地问：“怎么样，谈得来吗？”

肖梅觉得妈妈的话问得好笑，说：“谈不来我就不跟家里说了。”

爸爸说：“既然你中意，我们做父母的尊重你的选择。这样吧，抽时间你把他约到家里来，我们见见，也好替你把把关。”

肖梅高兴地说：“正好他今天有时间，我马上打电话让他过来。”起身去了卧室。

肖梅爸把没吃完的半碗饭放在餐桌上，吩咐老婆说：“快收拾一下，我上街去买肉和菜，准备迎接佳婿。”

肖梅妈动手收拾桌上的碗筷，责怪地说：“瞧把你乐的，饭都不吃了。”说着自己也呵呵笑了两声。

肖梅爸说：“还说我呢，你不也一样吗？”

卧室里，肖梅正和夏天通电话：“对，马上，什么，你害怕，哎哎，我们家也没毒蛇猛兽你怕什么，亏你还是个男人。什么，让我去接你，好吧，你等着。”

肖梅挂了手机，从卧室走出来，正跟准备出门购物的爸爸碰面。

肖梅问："爸，您出去？"

"上街去办伙食，哎呀，老了老了还熬出来了，给自己女儿当上了生活秘书。"爸爸眉开眼笑地说。

"那是您自找的，谁让您生女儿了呢？"肖梅撒娇地说。

"那是，不受这样的提拔我还有意见呢。"爸爸朗声说。

肖梅妈在后面喊："你们别逛起来没完没了，早点回来！"

5

肖梅和夏天双双从大杂院中走出来。

夏天一改往日的邋遢，穿戴整齐，头发打理得一丝不苟，皮鞋擦得铮亮，脖子上多了一条深红色的领带，跟他深蓝色的套装相得益彰，显然这是经过肖梅精心包装的。夏天和肖梅手挽手向前走，小巷上空飘散着他们甜得淌蜜的笑语。

出了小巷上了大街，肖梅招手拦住一辆出租车钻进去，吩咐司机去飘香副食城。司机掉转车头融入滚滚的车流。拐了几条街，在立交桥上起落几回，出租车停在一座商业大楼前。肖梅付了打车费，和夏天下车进入大楼。

飘香副食城是这座城市最大的副食品商城，各种糕点应有尽有，令人目不暇接，空气中散发着清幽的食品香味。肖梅探询地问夏天："买点什么好？"

夏天对食物选购一窍不通，自嘲地说："我这人你还不知道，土老帽一个，买手机都往耳朵上挎，跟我商量那不是对牛弹琴，还是娘子自行定夺吧。"

肖梅调侃地说："我说夏郎，是你去拜访岳父岳母，我定夺是不是有点喧宾夺主？"

夏天一副听天由命的神色，说："娘子的意思就是我的意思，我不介意。"

肖梅收敛笑容，半真半假地说："可我介意。"

夏天"哦"了一声，说："娘子介意什么？"

肖梅说："买好买坏是能力问题，买不买是你对老人的态度问题，知道吧？"

夏天为难地挠了下脑袋："可我不会买怎么办？"

肖梅说："那好办，我给你当高参。"

经过精心挑选，他们买了很多食品。夏天意犹未尽，依然乐此不疲地选购，好像回去要开小卖部。肖梅叫停："哎哎，差不多了。"

夏天说："好像少点吧？第一次面见岳父岳母大人应该多多益善才是。"

肖梅开导说："瓜子不饱是仁心（人心），只要你有诚意，礼品不在多少。"

夏天坏笑着说："我听你的，反正是给你爸妈买，你要提倡厉行节约那我更没意见。"

肖梅哼一声，说："你的良心大大的坏啦！"

结账时，夏天的手伸进衣兜里突然停住了，眼中闪出尴尬之色。

肖梅明知故问地问："磨蹭什么，掏钱啊。"

夏天脸色涨红，像烤熟的红薯，吭哧着说："我……"

肖梅眉眼上也跳出坏笑，耍弄地说："哎，你瞧那俄罗斯面包多软和，适合老年人食用，我们是不是再买些？"

夏天讷讷地说："买、买。"

肖梅突兀地问："你付款啊？"

夏天一动不动，像形神兼备的雕像。

肖梅忍不住笑了，掏钱结了账，用手捅一下还在发呆的夏天说："犯啥傻，走人吧。"

夏天一机灵，下意识地提上食品袋，小跟班一样跟着肖梅走了。

出了副食商城，来到花店，正赶上新花上市，夏天精心挑选了一束色味俱佳且具有祝福意味的鲜花，然后跟肖梅出了门。

肖梅开玩笑地说："你这守财奴觉悟什么时候提高的，怎么舍得主动花钱了？"

夏天幽默地说："买食品价格贵，买花便宜嘛。"

肖梅笑着捣他一拳，说："你算抠到家了。"

6

厨房里，肖梅爸择菜，妈妈切肉，各司其职，忙得不亦乐乎，但脸上都荡漾着喜悦的涟漪。

肖梅妈停止干活，把头转向肖梅爸，问："老头子，你说咱的女婿长得什么样？"

肖梅爸想了想说："我也不是能掐会算的神仙，哪里知道，不过，依咱梅子的眼光人肯定错不了。"

"那是，我养的女儿那还能看走眼。"肖梅妈得意地说。

肖梅爸善意地嗔怪说："别自我标榜，如果说女儿有眼光也应该随她爸。"

肖梅妈撇着嘴说："耶耶，你真会摘桃子。"

肖梅爸不服地说："我摘什么桃子，我就是教女有方嘛。"

肖梅妈无奈地说："好好，我不跟你争，你劳苦功高行了吧。"

肖梅爸带着缓和的语气说："你想争也争不下去，因为那是不争的事实。"

肖梅妈忽然想到什么，叮嘱地说："过一会儿女婿来了，你别板着脸不吱声，对人家热情点。"

肖梅爸说："放心，保证笑得就像花儿开在春风里似的。"

肖梅妈满意地说："这还差不多。"

门铃叮咚响起来，肖梅父母争先恐后地跑过去开门。来人果然是肖梅和夏天。肖梅撒娇地朝老爸做个鬼脸，夏天手里拎着大大小小的食品袋，彬彬有礼但不乏拘谨地向肖梅父母点头致意："伯父、伯母好。"

肖梅介绍说："爸，这就是夏天。"

肖梅父母打量着夏天，脸上闪过满意的神色。肖梅妈推开挡门的肖梅爸，热情地说：“请进屋吧。”

肖梅娇媚地在妈妈的脸颊上亲一口，拉着夏天进入客厅。妈妈嗔怪地说她像小孩。肖梅觉得妈妈说得对，自己真的好像回到了天真烂漫的童年。妈妈就是妈妈，看上去永远比爸爸慈祥，肖梅妈笑请夏天坐在沙发上，吩咐肖梅倒水端水果，热情得让夏天有些忐忑不安。

肖梅父母落座，陪着夏天聊天。貌似闲聊，实则是对夏天进行谈话考察。夏天觉得既然他爱肖梅，就应该对她的父母坦诚，所以有问必答实话实说，听得肖梅的父母脸上泛起忧色。肖梅隐隐感到不妙，偷偷向夏天使眼色。夏天一头雾水，呆呆地看着肖梅。肖梅妈推说头疼，起身走进卧室关上门。肖梅爸脸上的笑容隐去，眉头蹙到一起。

肖梅知道事情发生了变故，心里很乱，起身来到阳台，想冷静一下。玫瑰花不知什么时候打了蔫，叶片发黄，并且向里弯卷。花生病了？她蹲在花盆前，认真观察查找原因。

客厅那边，肖梅爸和夏天的谈话还在继续。

肖梅爸说：“小夏，首先感谢你对我们的信任，关于你和肖梅的关系，我有几句心里话想跟你聊聊，说得不当之处，请你谅解。”

夏天毕恭毕敬地说：“伯父有话请说。”

肖梅爸说：“我可以肯定地说，你是个好孩子，而且还是个很不错的孩子。但你要知道，天下好孩子多的是，但未必都能成为我的女婿，我觉得你和肖梅不合适。”

夏天的身子一震，像当头挨了一棒，说：“为什么，伯父？”

肖梅爸说：“很简单，以你现在的经济条件不能让梅子幸福。我们都是男人，好男人是应该让自己心爱的女人幸福的，我说的你明白吗？”

夏天信誓旦旦地表示：“请放心伯父，我一定会让肖梅快乐的。”

肖梅爸摇着头说：“让我女儿幸福快乐是需要实力的，不应是喊口号表决心。”

夏天急切地说："请您相信我，我会做到的！"

肖梅爸目光锐利地刺向夏天，严肃地问："你能给她买车吗？"

夏天迟滞一下，说："暂时不能。"

肖梅爸问："楼呢？"

夏天目光一暗，说："暂时也不能。"

肖梅爸提高音调问："你有固定职业和稳定收入吗？"

夏天有气无力地说，说："也没有。"

肖梅爸冷笑着问："你一样硬件都不具备，怎么让肖梅幸福和快乐？"

夏天无语，脸红一阵白一阵。虽然他对肖梅爸的苛刻和市侩气不满，但他能理解。天下父母谁不想自己的孩子过得好，肖梅爸的想法符合人之常情，无可厚非。假如自己的女儿择友，也一定会那样要求的。夏天自尊心强，不想在对方双亲不祝福的情况下谈情说爱，更不想遭人白眼。大丈夫当纵马天下，不该沉湎于儿女情长，他萌生了与肖梅分手的想法。

夏天诚恳地说："伯父，您说的话没错，我很惭愧，我向您保证，从今以后不会再跟肖梅来往，告辞了。"他起身向门口走去。

肖梅爸望着夏天的背影遗憾地说："真是个好孩子，可就是……唉。"他伤感地摇摇头。

这时，肖梅的喊声从阳台那边传过来："夏天，快来帮我个忙！"

连喊几声没见动静，肖梅奇怪地来到客厅，看见爸爸独自坐在沙发上发呆，纳闷地问："夏天呢？"

肖梅爸叹口气说："走了。"

"干什么去了？"肖梅懵懂地问。

肖梅爸郁郁地说："回家了。"

肖梅惊讶地说："怎么，他不在咱家吃饭了？"

肖梅爸怕说出事情的真相女儿跟自己翻脸，敷衍地说："哦，他好像有什么急事儿。”

肖梅气恼地说:“走了怎么不告诉一声,太没素质了!”说完愤愤地向门口走去。

肖梅爸心虚地喊:“哎哎,你干什么去?”

肖梅头也没回地说:“找他问问清楚,为什么不辞而别。”

肖梅爸望着女儿的背影,眉头紧紧蹙在一起。他隐隐感到,自己虽为女儿好,极有可能伤害了她的感情。

7

夏天瞪着眼睛匆匆向前走去,样子看上去很凶。路上行人纷纷躲避,他们把他当成了地痞,怕招惹麻烦。

回到大杂院,对门的张师傅跟他打招呼,夏天也没理睬,掏出钥匙开了房门,进屋咣当一声关上门,几步窜到床前,一头栽在床上。

肖梅脸色苍白地尾随而来,问从小杂货车上往下卸货物的张师傅说:“夏天回来了吗?”

张师傅困惑地看着气喘吁吁的肖梅说:“刚进屋。”

肖梅笑笑表示致谢,推门进了夏天的屋子。

肖梅进屋刚要发火,看见夏天趴在床上,身子微微抖动,好像很冷,肚里的火气消失,走上前关切地问:“怎么,身体不舒服?”

夏天的身子抖动得更厉害了。肖梅慌乱地扳过他的身子,看见夏天满脸泪水,阳光照在脸上,白花花的耀眼。肖梅吃惊地问:“你怎么了?”

夏天泪如泉涌。

肖梅摇晃着夏天的肩膀问:“说话呀你!”

夏天泪眼相对,神色复杂,有留恋,有无奈,还有悲伤。他说:“咱们分……手吧。”

肖梅怔住了，问道：“你……说什么？”

夏天决绝地说：“咱们分手吧。”

“为……为什么？”肖梅满眼迷惘，她不知道他们之间又发生了什么事情。

“我们不合适。”夏天扭过头去，仿佛不愿多看肖梅一眼。

肖梅皱起眉头说：“你烦不烦，我不是说过了嘛，我愿意！”声音很大，好像铮铮宣言。

夏天的喉头蠕动了几下，艰难地说：“可我不愿意。”

肖梅火了，大声吼道：“你为什么反复无常，难道在玩小孩过家家吗？”

夏天想告诉她，你爸爸不同意咱们相恋，想撇清自己，可又觉不妥，咬住嘴唇没吱声。

肖梅穷追不舍地问：“说话啊，为什么？”

夏天只好说：“我现在不爱你了，就是这样。”

没想到夏天会说出这样的话，肖梅粉面泛霜，大声吼叫道：“你玩弄我的感情！”

夏天故作厌烦状：“我们没什么好说的了，你走吧。”

肖梅眼前浮出水雾状的液体，咬住嘴唇低头跑出了屋子。

夏天望着门口发了一会儿呆，双手抱头，肩膀剧烈地抽搐起来。

8

夏天病了。他周身发冷，盖着厚厚的被子还浑身瑟瑟发抖。接着便昏昏沉沉坠入似睡非睡的梦乡，他感到自己坐在竹轿上被人抬着一步一颤地走向云端。不知过了多久，他隐约听见有人在耳边呼唤，艰难地睁开眼睛，眼前晃动的人像是哥哥夏雨，接着头一晕便什么也不知道了。

醒来时，夏天发现自己躺在一张洁白的床上，空气中有股特殊的味道，夏雨惊喜的声音在耳边响起："刘梦，快看，夏天醒了！"

夏天声音虚弱地问："我这是在哪里？"

刘梦告诉夏天在医院，接着埋怨肖梅寡情，夏天病得这么厉害她居然不来探望。夏天说肖梅不知道。刘梦拿出手机说她马上通知消梅她。夏天以肖梅工作忙为由阻拦，刘梦没听他的，拿着手机出了病室。

几分钟后，她急火火地跑回来，质问夏天为什么和肖梅分手。夏天不说。刘梦责怪夏天没良心，辜负肖梅对他的似海深情。夏天不解释不反驳，任由刘梦摧枯拉朽，直到难以忍受时，委屈的泪水才从眼中流淌下来。

夏雨看出里面有文章，制止住刘梦的质问，询问事情原委。夏天不想相告，夏雨穷追不舍，夏天被迫说出事情的真相。

刘梦眼里容不得沙子，当即打电话给肖梅说："姐们儿，行啊你，原来跟猪八戒是一家的。"

肖梅纳闷地问："你什么意思？"

刘梦气愤地说："你揣着明白装什么傻，你们家把我们夏天扫地出门，居然还倒打一耙说他玩弄了你的感情，真有你们的！"

"究竟是怎么回事，请你说明白。"肖梅显然急了，大声喊道。

刘梦冷漠地说："没那义务，回家问你爸去。"她气愤地挂了手机。

刘梦俯下身安慰夏天说："小叔子，别难过，天底下三条腿的蛤蟆没有，两条腿的人有的是，过几天嫂子在我们团里给你介绍一个比她漂亮的。"

夏雨帮腔说："兄弟，大丈夫何患无妻，女人算什么，旧的不去新的不来。"

刘梦柳眉一竖，怒目夏雨说："什么意思， 也想跟我拜拜不成？"

夏雨自知说走了嘴，忙赔笑说："哪里哪里，跟你拜拜谁给我生儿子。"

刘梦不依不饶地说："我看你早就有此心了，若是那样，说话，我给你腾地儿。"

夏雨哄劝她说："我你还不了解，有贼心没贼胆，乌鸦嘴乱说，太太你可别当真儿。"

夏雨两口子正斗着嘴，肖梅拎着一袋水果匆匆进来，也没跟刘梦夫妇打招呼，放下水果袋径直来到病床前，端详着夏天的脸色问：“感觉好点了吗？”

夏天点下头。

肖梅愧疚地说：“昨天发生的事我不知情，委屈你了。”

夏天故作大度地一笑，说：“无所谓。”

“如果我爸伤害了你，请你原谅。”肖梅的眼中有了泪花。

夏天有些发慌，心也隐隐作痛，说：“你不要自责，我不说了，无所谓。”

刘梦悄悄捅了下夏雨。

夏雨没明白什么意思，可能被捅疼了，恼火地嚷嚷道：“有话说，干嘛动手动脚的！”

刘梦朝夏天和肖梅努努嘴，小声责怪说：“傻样，想当电灯泡啊。”

夏雨醒悟，忙跟刘梦脚下抹了油似的走了。夏雨两口子走后，肖梅一下子抱住夏天的头，像慈母抱住受委屈的孩子，眼泪断线珍珠似的滴落下来。泪珠砸在夏天的脸颊上，夏天感到很疼。

肖梅抽泣着问：“我知道你还爱我，是吧？”

夏天咬住嘴唇，仿佛怕祸从口出。

“是不是，啊？”肖梅歪头看着夏天的眼睛。

夏天乞求地说：“求你离开我吧，跟我你不会幸福的。”

“我不！”肖梅坚决地说。

夏天发现肖梅的脸上现出前所未有的冷峻，那是什么？是心意已决的象征。执着就要付出。他很担心，不知道她怎么面对家里的老人。

肖梅看出夏天的担心，信心满满地表示：“你放心，我父母的工作我去做。”

夏天刚想表达忧虑，肖梅伸手捂住他的嘴巴，说：“别说话，抱紧我。”

夏天迟疑了一下，驯服地抱住肖梅。他抱得很紧，以至于肖梅有种透不过气的感觉。

9

肖梅父母坐在沙发上正看电视，肖梅回来了。爸爸搭讪，肖梅没有回答，绷着脸坐在沙发上。妈妈奇怪，问她怎么了。肖梅闭上眼稳定了下心情：“你们俩都在，我想问你们一句话。”

肖梅爸隐约感到不妙，调侃地说：“瞧你一脸的会议精神，什么事这么严肃？”

肖梅的矛头直指爸爸：“你为什么不和我商量就跟夏天说那些话？”

肖梅爸知道事情露馅了，笑脸相迎地说：“我认为你们不合适。”

“你怎么知道我们不合适？”肖梅语气硬杵杵地问。

对于女儿的不恭，肖梅爸有点生气，他收敛笑脸亮明自己的观点：“他没有经济基础，也没有稳定职业，你和他结婚，难道要养活他吗？”

肖梅旗帜鲜明地说：“养活他怎么了，我心甘情愿。”

肖梅爸恼火地说：“可是我们不愿意，我们不能眼睁睁地看着自己的女儿吃亏上当！”

肖梅说：“这我就不明白了，是你们处朋友还是我处朋友？”

肖梅爸严肃地申明：“你处男友不假，但作为父母有义务为你把关，这是我们的职责所在。”

肖梅注视着爸爸，说：“如果我不愿意呢？”

看见父女俩剑拔弩张，妈妈怕事情闹大，出面打圆场说：“哎哎，干嘛啊你们爷俩，斗鸡似的，有话就不会好好说吗？”

肖梅觉得自己的言辞过激了，缓和下口气说：“我知道你们是为我好，可你们却违背了我的意愿。爸妈，跟你们说句心里话，跟夏天在一起我非常快乐，不管他富贵还是穷困，我跟定他了！”

肖梅爸口气强硬地说：“那我也开诚布公地告诉你，只要你还是我们的女儿，就不能让你由着性子乱来。”

肖梅来了倔脾气，执拗地问：“那我要非跟他好呢？”

肖梅爸拍案而起：“你敢！”

肖梅没再说什么，起身回了自己的房间。

开始肖梅父母没当回事，以为女儿只是一时想不开赌气，可到晚上吃饭时，他们觉得事情并不像他们想象的那样简单。肖梅妈做好饭，去卧室喊女儿吃饭，肖梅翻转过身子给妈妈个后背。毕竟女儿是自己身上掉下来的肉，妈妈心里有些不安，伸手扳过女儿的身子，好言相劝。肖梅嘴巴像贴了封条，一言不发。妈妈来气，心想愿意饿你就饿着吧。她对女儿心里有数，肖梅性格温顺，是不会跟父母执拗到底的，闹一会儿就会好的。

一夜无话。

第二天吃早点时，还不见肖梅出来，妈妈再次走进女儿的卧室。一夜不见，肖梅蓬头垢面憔悴了许多。直觉告诉妈妈，听话的女儿这次是要将不听话进行到底了，她焦躁地问：“你究竟想怎么样？”

“我要跟夏天好。”肖梅言简意赅地说。

“你爸不说了吗，不行，你怎么不听话呢？”肖梅妈软硬兼施劝说了女儿一番，没用，无异于对牛弹琴、冲石唱歌，扬声长叹出了卧室。

来到客厅，她愁肠百结地把事情跟老头说了。肖梅爸不以为然，依然像没事一样调教笼中的鸟儿，摆弄到赏心悦目时，还得意地吹起口哨。

晚饭时，还不见女儿过来吃饭，肖梅爸沉不住气了。他知道，软性子的人使起性子要比性情暴躁的人更叫人头疼。他遣老婆去女儿房间探风，肖梅已经昏睡过去了。他打电话找来急救车，跟老婆把肖梅送进医院。

经医生诊治，肖梅醒来，但依然拒绝进食。没办法，父母只好打出白旗。当听到妈妈亲口应允后，肖梅立即下床，拖着虚弱的身子走出医院，去向夏天报捷。

10

去美院报到的日期快到了，筹措进修费迫在眉睫。

肖梅求亲告友，无获，焦虑与日俱增。父母有些积蓄，肖梅踌躇再三，最终没有开口，她知道，父母是不会解囊的。

一连好多天，肖梅郁郁寡欢，蛾眉紧蹙。

最后，肖梅忍痛割爱，把自己的座驾送到二手车行。因车况不错，价格低廉，不到一个星期，轿车顺利卖掉。

看见别人把轿车开走，肖梅泪水滂沱。

肖梅回到家一算，卖车钱加上自己的积蓄，付夏天的进修费绰绰有余。肖梅长长地舒了口气。

肖梅爸是个心思缜密之人，他发现女儿的车不见了，便询问她。肖梅声称朋友有事，把她的车开走了。要么说，人的直觉有时真的很准确，肖梅爸隐隐感到不对，嘴上虽不再说什么，私下里密切关注肖梅的动向。

半个月后，见女儿每天坐公交车上下班，认定里面有猫腻，再次询问女儿。肖梅无奈，推说车有点旧，她把车卖掉准备买新的。女儿的轿车才买了两年，八成新，怎么说旧了呢？肖梅爸质疑，肖梅坚持自己的说法。肖梅爸无奈，虽疑惑满腹，但找不出说辞。

时隔几天，肖梅来到夏天的出租房，把钱放在同样为进修费愁眉苦脸的夏天面前。夏天一愣，说：“哪来的？”

肖梅笑笑说：“不是偷的也不是抢的，你只管放心用好啦。”

夏天说：“你不告诉我哪来的，我不用。”

肖梅知道夏天的性格，如果不说出钱的来历，他真的不会用的。但实情相告他会生气的，夏天是不会同意自己卖车给他交进修费的。于是肖梅说，钱是他父母赞助的。夏天听了肖梅子无虚有之言，心里一热，没想到肖梅父母对自己进修这么支持!

肖梅跟夏天聊了会儿天，抬腕看下手表，说下午学校要开会，走了。

夏天送肖梅出了门，看见她上了公交车。要么说男人心粗，夏天居然没有感到异常。

送走肖梅，夏天回到出租房，沉吟了一会儿，觉得还是应该打个电话向肖梅父母致谢，不能受人之恩，白不提黑不提的。于是，他打通肖梅家的电话。

电话是肖梅爸接的，他问：“你好，哪位？”

夏天感恩戴德地说：“谢谢伯父的赞助。”

肖梅爸一愣，说：“哎哎，你什么意思，把话说明白。”

夏天大惑不解地问：“我的进修费不是您和伯母赞助的吗？”

肖梅爸不悦地问：“你说的什么啊，我们什么时候赞助你进修费了？”在他看来，夏天是在变相向他家要钱，作为男人怎可这般不自尊。

夏天愣住了，这是怎么回事?

听语气，夏天不是他想的那意思。肖梅爸意识到中间有由头，询问说：“谁说我们赞助你进修费了？”

夏天没多想就答：“肖梅啊。”

肖梅爸明白了，脸色一沉挂了电话。

听着电话里嘟嘟的中断音，夏天感激地想，无私帮助他人，不计名利，甚至连句感激的话都不受，肖梅父母的思想境界叫他景仰。

11

晚上，肖梅下班回到家，坐在客厅藤椅上看报的爸爸摘下老花镜，目光直视着女儿问：“坐公交车回来的？”

肖梅不知爸爸何意，随口说：“是。”她把小挎包挂在衣架上，转身要去自己的卧室。

肖梅爸说："你别走，坐，我有话跟你说。"

肖梅打量了下爸爸的脸色，看见他眉眼上隐着怒色，不知什么事但感到与自己有关，忐忑地坐在沙发上。

肖梅爸端起茶杯喝了几口水，抬起头笑吟吟地问："你的车朋友还没有送回来？"

肖梅心虚地说："没有。"

肖梅爸突然语调一变："这么长时间没有送回来，我看不对，你跟我说实话，车到底哪儿去了？"

肖梅一惊，知道事情不妙。但一想卖车的事只有她知道，心情稍有些放松。可从老爸的神态上看，他不是在诈自己，显然已经知道了事情的真相。这是怎么回事，难道夏天问过老爸赞助费的事？不不，绝不可能，他那岂不是得了便宜卖乖坑她吗？

看见女儿咬住嘴唇不吱声，肖梅爸不想再绕弯子，开门见山地问："是不是把车卖了，用卖车钱给夏天当进修费了？"

最担心的事情发生了，肖梅反而冷静下来。既然老爸已经知晓，那就没必要再隐瞒，她想实话实说，但又不忍，因为自己的轿车是父母用节省下来的钱给她买的，怕的就是她每天上班挤公交车。轿车凝结着父母对自己的舐犊之情，他们知道自己卖了该有多伤心啊。

不见女儿回应，肖梅爸耐不住性子了，说："没长嘴啊，说话啊！"

问题不容回避，必须得给老人一个说法。肖梅不想再骗老爸，一狠心说："您说的没错，车我是卖了。"

肖梅爸有点花白的眉毛一挑，心里的恼怒从眼中喷射出来："为了那个夏天，你值吗？"

肖梅推心置腹地说："爸，您真的不了解夏天，他日后肯定是个有作为的人，我应该支持他。”

肖梅爸说：“那你就为他变卖财产倾家荡产啊！”

肖梅说：“爸，您言重了。”

肖梅爸站起身在地板上走来走去，他开始数落了：“我就想不明白了，你作为公职人员，自身条件优越，干吗要恋上一个无业游民？”

爸爸这样说，肖梅认为这是对夏天的亵渎，对自己选择的不信任。她不满地说：“爸，您这样说话对夏天有失尊重。”

肖梅爸粗鲁地说：“他一个吃软饭的，你让我尊重他什么！”

肖梅没想到爸爸会这样说话，十分生气，但她还是耐着性子说：“对于夏天，您不能看眼前，要看未来。”

女儿教训的口吻把肖梅爸惹得火气更大，他瞪着眼睛高声说：“他一无职业，二无收入，能有什么未来！”

肖梅说：“他在事业上肯定会有发展的，说不准将来能成为大画家。”

肖梅爸冷笑道：“从艺的人谁不想成为大艺术家，可那是需要天赋的，就他那样子，可能吗？”

肖梅不忍爸爸如此蔑视夏天，忍不住顶撞说：“您这是以貌取人。”

女儿在爸爸眼中是乖乖女，没想到为了夏天，居然胆敢以下犯上，肖梅爸盛怒，吼道：“你信不信，过一会儿我就去找那个混账，把你卖车的钱要回来！”

老爸性情倔强，不是口惠而实不至的人。肖梅慌了，扭头冲厨房喊：“妈！”

父女俩的对话肖梅妈已经听到，只不过是心里纠结不愿掺和，因为她不知在老公和女儿之间应该站在哪方。其实，她是看好夏天的，一是他的颜值，二是他的暖男情怀。唯一不满的是，夏天出身农家身无长物，她可不想女儿婚后过囊中羞涩的生活。可女儿她了解，不是挖到篮子就是菜的那种人，如果对夏天没有足够的认同，她是不会随意跟他谈朋友的。经过权衡，最终她选择了相信女儿。

肖梅妈从厨房里走出来，笑着劝老公，说一辈子不管两辈子的事，女儿长大了，她的事情由她自己处理好啦。

肖梅爸蒙圈了，一向在子女教育问题上坚定追随自己的老婆，怎么会帮助女儿说话。于是肖梅爸生气地说：“我也看出来了，你们母女俩对我是同仇敌忾了，那好，我不管了！”说完，起身出屋找人下棋去了。

第六章

1

在肖梅的资助下，夏天踌躇满志地赶到美院报了到，大学进修生活拉开了序幕。

大学名师荟萃，学术氛围浓厚，夏天如鱼得水。除了吃饭睡觉，他几乎把所有的时间都用在学业上，他不能辜负肖梅的殷切期望，必须以优异的成绩回报于她。

三个月下来，他成为成人班的学习尖子。老师刮目，同学敬佩。谈画技必说夏天，说夏天必言精神，夏天成了师生们的骄傲。

俗话说，美女爱才子，这话有道理。这时有个南国女子把多情的目光投向夏天。此女非同一般，不仅长得漂亮，而且是地道的富家小姐。她芳龄二十有三，身材修长，曲线优美，加上名贵服饰的装点和南国气候赋予的白嫩皮肤，亭亭玉立犹如出水芙蓉。

开始夏天并没有注意她，真正注意她是在学校的文艺会演上。她是文艺主持人兼演员，用漂亮的容貌、亮丽的歌喉、迷人的身材和精湛的演技折服观众，赢得全场阵阵掌声。粉丝们那狂热劲儿绝不亚于追捧当今乐坛的红歌星。夏天有个嗜好，酷爱文艺，几乎到了痴迷的程度，对于好艺人更是喜爱有加，推崇备至。

那女生一曲终了，他居然把手掌都拍肿了。

中午在食堂吃饭时，夏天边吃饭边构思。灵感潮至，他用筷子在桌子上勾画起构图。这时有股幽幽的香气飘来，有人坐在他对面感叹道："哎哟，真是锲而不舍啊！"

夏天抬头去看，上午唱歌的那个女同学正用清澈的大眼睛笑眯眯地注视着他。夏天笑笑算是打了招呼。女同学把手中的饭盒放在桌面上，坐在夏天对面的椅子上，老朋友似的跟夏天交谈。夏天得知，她叫梅丽，服装设计系的学生，兼修模特专业。梅丽不像一般女子扭捏作态，她热情开朗，还有些许的侠女情怀。她的坦诚跟夏天的性情一拍即合，他们边吃饭边交谈，很快成为朋友。

自此以后，梅丽有事没事总找夏天。学校的林荫路上、花坛前留下他们的身影。他们谈人生论艺术，志趣相投。

可没过几天却出事了。

那天，夏天打完篮球在回宿舍的路上，被一个身材魁梧的男生拦住。男生声称自己是梅丽的男友，质问夏天为什么第三者插足？他们也不是夫妻，何来第三者插足之说？再说，自己跟梅丽只是普通朋友，没有超过男女间的界限，他怎么可以无中生有呢？夏天不屑解释，掉头就走。那男生因被蔑视而恼怒，揪住夏天就动了拳头。夏天没有思想准备，被对方打了个鼻青脸肿。

学校舆论哗然。那男生理所当然受到处分。

这件事给夏天敲响警钟，他深切地体会到男女有别的含义，自此处处躲着梅丽。梅丽却像什么事也没发生一样，一有时间就往夏天的宿舍钻。夏天暗示她不应该总找自己，影响不好。梅丽置若罔闻，依然我行我素。夏天没办法，拿出肖梅的照片故意给她看，并公开亮明自己和肖梅的关系。原以为梅丽会知趣而退，可梅丽根本不以为然。夏天产生悔意，早知她胶水似的，当初就不该理她。于是他撂下脸，开始有意冷淡梅丽。

梅丽没有因为夏天的冷淡而退却，反而对他更加关心。天热了提醒夏天换单衣；衣服脏了，主动拿到女生宿舍去洗，可谓冷暖记心头，关照无微不至。

时间久了，同宿舍的男生被感动了，劝夏天说，梅丽对你那么好，你再拿捏就不是男人了。

2

星期日，梅丽找到在教室画画的夏天，约他出去吃饭。夏天不想去，谎称已经吃过了。梅丽不管三七二十一，拉上他就走。

入学三个多月来，这是夏天第一次逛街。省城的街道果然繁华，楼高街宽立交桥纵横，人多车挤很喧嚣。长期与外界隔绝的夏天有种新鲜感，他左瞧右望，犹如旅游观光一样。

梅丽领着夏天来到温馨酒楼。门口侍立着两位亭亭玉立的姑娘，她们身穿粉红色旗袍，肩挎绶带，面带可人的微笑，看见梅丽和夏天进来，他们用甜润动听的声音说："欢迎光临。"

走进大厅，夏天有种如临仙境之感。脚下是图案绚丽的地毯，中间摆放着各种名贵的花，装潢富丽的墙壁上挂着名家的巨幅山水画，房顶上悬着造型别致的工艺灯具。真是百闻不如一见，这里果然是首屈一指的高档消费场所，钱少根本不敢踏入。

在服务生的引领下，梅丽和夏天上了二楼，他们进了一间叫浪漫岛的包间。桌前就座，服务生递上洁净的手帕。梅丽净过手，接过服务生递上来的餐巾铺在腿上，吩咐上菜。

服务生走出包间，一会儿引领着两位端着精致木盘的姑娘走进来。梅丽出手阔绰，叫了很多名贵菜肴，许多菜肴夏天从未见过。看着满满一桌丰盛的菜肴，夏天纳闷地问梅丽还请了什么客人，梅丽说只有他们俩。夏天很吃惊，两个人梅丽怎么叫这么多菜，吃不了岂不浪费。梅丽无所谓地笑笑说："你只管吃到高兴为止，别的不用考虑。”

梅丽冲服务生一摆手，服务生给他们的杯里满上酒。梅丽举杯提议说：“今天周日，没有课程，是难得休闲的好时光，今天请尊贵的夏先生与鄙人举杯邀月，一醉方休！”夏天推说自己不会喝酒。梅丽说:“谎谁呀,男人不喝酒那还叫男人吗?来来，干了！”

盛情难却，夏天和梅丽碰杯，把酒干了。原以为外国红酒酒精度数低，没想到几杯喝下去肚里燃起烈火，脑袋有些发晕，夏天意识到不妙，开始力辞。梅丽哪里肯让，力劝夏天喝酒。出于礼节，夏天硬着头皮跟梅丽喝了两杯回谢酒。梅丽也喝到了警戒线，她脸色绯红，双眼脉脉含情，声音发嗲，渐渐向夏天靠拢过去，夏天发怵，向后退去。

梅丽娇嗔道：“躲我干什么，我又不是美女蛇。”她把白藕般的嫩臂搭在夏天的肩上。

夏天如临大敌，不知该怎么处理，这时口袋里的手机响了。电话是肖梅打来的，夏天暗松一口气。

他没有回避，当着梅丽的面情意绵绵地和肖梅说话，这是他第一次演绎男人的缠绵，用意显而易见。梅丽大度，丝毫没有蛾眉见嫉的醋意，反而面带温柔可人的微笑。

夏天挂了手机，刚要说明和谁在通电话。梅丽胸有成竹地问：“是小情人打来的吧？”

夏天更正说：“是女友。”

梅丽说：“那还不是一回事，总之是相好的呗。”

夏天说：“你喝多了，咱们回学校吧。”

梅丽说：“你才喝多了呢。”她举起杯挑衅地说：“来，再走一杯！”

夏天忙不迭地说：“不行不行，再喝我就醉了。”

在夏天的力辞下，梅丽不好再坚持，掏钱买单。不看不知道，一看吓一跳，整整消费了三千块。夏天瞠目结舌。

3

“五一”长假，油画系组织同学们到周边的风景区去旅游。夏天没去，躲进画室画石膏像研究性素描。

正在全神贯注时,突然有人在后面用手蒙住他的眼睛,随后有咯咯的笑声传来。夏天挣开梅丽的手，责怪地说：“干嘛呀你，没看我在画画吗？”

梅丽用命令的口气说：“别画了，走。”

夏天问：“干什么去？”

梅丽说：“你衣服太旧了，款式也过时了，去商场给你买一套新的。”

夏天火燎似的说：“不不，我不需要！”

看见夏天如临大敌的样子，梅丽觉得可笑：“不就买件衣服嘛，至于把你吓成那样吗？”

夏天正了下神色，极其认真地说：“梅丽，你别开这种玩笑好不好？”

梅丽收敛笑容，也一脸认真地说：“我没开玩笑，真的。”

夏天避开梅丽灼人的目光说：“你的好意我谢啦，但我不能要你的衣服。”

梅丽歪斜着头，一副请教的神态说：“给我个理由。”

夏天想说，他有女友，不能要她的衣服，可觉得这样说不合适，毕竟梅丽是为自己，就说：“不为什么，总之我不能要。”

梅丽脸色一沉，伤感地说：“难道我就那么令你讨厌？”

夏天说：“别误会，这跟要不要衣服是两码事。”

夏天执意不要，梅丽无奈，沮丧地走了。

画完素描回到宿舍已是下午五点多钟了，夏天觉得很累，倒身躺在床上闭上眼睛，他想小睡。这时门外有人敲门，夏天懒洋洋地喊请进。门开了，梅丽拎着个鼓胀的袋子走进来。

夏天一下子从床上坐起来，气恼地喊："梅丽你究竟想干嘛呀？"

梅丽没理会夏天的态度，从衣袋中拿出崭新的时尚休闲上衣，拉起夏天就要试衣。夏天不从，不小心把新衣服撕扯坏了。梅丽眼中盈满泪水，说："真没想到我梅丽这么贱。"她扔掉衣服拉开门跑走了。

夏天弯腰捡起地上的衣服，看见上面的价格标签，惊呆了，嘴里喃喃自语，我的天，这么多钱！他真的有些心疼，用手抚摩着衣服撕裂处，像抚摩着流血的伤口。

门口涌进几个服装设计系的女同学，她们是梅丽的姐妹。一进门就七嘴八舌地向夏天开火，理由是夏天欺负梅丽。帽子太大，夏天承受不起，他想解释，可女同学们根本不给他说话的机会，勒令他向梅丽赔礼道歉。夏天也觉得自己性格太急，没有妥善处理好问题， 就随女同学去了服装设计系的女生宿舍。

夏天进屋时，梅丽正趴在床上哭泣。女生们把夏天推上前，示意他说话。夏天机械地说："别哭了，是我不好，不该粗暴地对待你，我向你赔礼。"

为首的女同学劝说道："好啦好啦，别哭了，夏天都向你赔礼了。"

夏天忽然有些后悔，这事不怨自己，向她赔的什么礼？可一转念，她送衣服自己可以不要，干嘛把人家衣服撕裂，从这点上看，自己终归有不对的地方。再者说了，女生脸皮薄，被自己拒绝肯定下不来台，哭哭啼啼在所难免。他还想，自己受点委屈，就当哄小妹妹玩吧。这样想来，心里释然了。

梅丽好像不接受，哭声更大了。

为首的女生一挥手，女生们蜂拥而上，把夏天拖到床边，让他给梅丽鞠躬。要求超过底线，夏天不肯遵从。女生们犯恼，强行去按他的头。夏天宁折不弯，但无奈孤木难支，最后屈辱地低下了头。

梅丽蓦地从床上坐起身，雌狼一样恶狠狠地盯着叽叽喳喳的姐妹们，厉声喊："干什么你们，谁让你们按他的头！"

姐妹们面面相觑，满眼茫然。

为首的姐们儿说："我们可是为了你好。"

梅丽怒不可遏地吼："我不需要，你们给我滚！"

女生们傻了，懵懵懂懂地走出宿舍。夏天心里一热，多亏梅丽给自己解了围，否则自己还不知被那些女生收拾成什么样呢。

看见夏天傻呆呆地站在地上，梅丽抹去脸上的泪水说："坐吧，没人罚你站。"

夏天木然地坐在床沿，低着头像犯下了十恶不赦之罪。

梅丽委屈地说："你这人真是，狗咬吕洞宾，不识好人心。"

夏天用哀求的语调说："梅丽，你的心意我谢谢，请你以后别这样，我不是跟你说过吗，我有女朋友。"

梅丽说："你们不是没结婚吗？没结婚我就有追你的权利。"

夏天规劝说："你这样只会徒费感情。"

梅丽自负地说："我不会放弃的，我就不信在情场上我会落败。"

夏天茫然无措，不知怎么说服梅丽。

梅丽站起身，用绝对恋人式的口吻说："走，咱们上街。"

夏天知道上街意味着什么，慌忙说："不不，我还有事。"说着逃似的跑出女生宿舍。

4

人有时候就是奇怪，你对他越冷淡，他反而对你越热情。

你比如，夏天正和同学说笑，看见梅丽过来马上做出严肃的样子，冷冰冰得形同路人。梅丽不但不介意，却总是凑过来跟夏天搭讪。夏天这时就会巧立名目找理由走掉，同学们讥笑梅丽自作多情。一般情况下，梅丽并不以为然，可也有受不了的时候，每每那时，她便追上去责问："我怎么你了，你干嘛这样对我？"

夏天故意佯装不明白："我怎么对你了？"

梅丽说："你为什么躲我？"

夏天说："你也不是魑魅魍魉，我躲你干什么？我确实有事。"

有一次他们拌着嘴走进食堂，夏天掏饭卡买饭，梅丽却将他推到一旁，用自己的饭卡替夏天买了饭。面对自己爱吃的食物，夏天很是惊讶，自己的口味梅丽怎么知道的。由衷而言，在这点上他是感激的。感激归感激，梅丽的饭菜他不能吃，吃了梅丽以后对自己不知还会怎样，于是他做出不吃嗟来之食的模样。

梅丽委屈地问："你什么意思，难道我的饭菜是糖衣炮弹吗？"

夏天满脸不屑地说："我为什么要吃？"他起身大步流星地走掉。

心里郁闷，夏天跑到球场和同学们打篮球。他很投入，打得史无前例的精彩。同学们说夏天神了，简直成了神投手，投篮命中率百分之九十以上。

打完球夏天回宿舍冲个澡，可能水温太凉，洗完澡他感到头有些疼，他没当回事。倒身在床上便睡。睡着，他感觉周身发冷，人像置身冰窖一般。他下床从衣橱中找来羽绒服之类的，把自己严严实实地捂盖好，可还是冷得打哆嗦，之后便腾云驾雾地睡去。

醒来时，他发现环境不对，墙壁似乎比宿舍的白，空气中还有股幽幽的怪味。当目光落在输液架上时，他知道自己住进了医院。

一位护士小姐端着白瓷盘走进来，拿支体温计递给夏天。夏天刚要去接，梅丽从旁边的椅子上站起身，接过体温计对夏天说："来，抬胳膊。"

夏天不抬，把头扭向一旁，像电视剧里英雄人物见到敌人那样。

护士小姐奇怪地说："你女朋友跟你说话呢，你怎么不配合？"

梅丽是当幼儿园阿姨的好材料，她哄孩子似的和颜悦色地劝道："快把胳膊抬起来，听话，啊？"

夏天高高扬起头，一副不屑的样子。

邻床的大妈责怪说："你这小伙子，真是身在福中不知福，你对象昨晚整整陪了你一夜，连眼都没合，你怎么能这样对她？小伙子，现在这样的女孩子可不多见了，你呀，该知足了。”

夏天这才发现，梅丽的脸色比往日苍白，眼白上布着血丝，神色疲惫。夏天心里一热，看梅丽的眼光柔和了许多。眼睛是心灵的窗户，梅丽敏锐地接收到这一信号，脸上泛起委屈的神色。夏天知道自己的做法不妥，垂下眼帘。他每每做错事都是这副样子。梅丽抓住夏天的胳膊，把体温计塞到他的腋下。

量过体温，梅丽看见夏天嘴唇有点干，转身给他倒了一杯开水，轻轻吹凉，舀一匙送到他嘴边。夏天犹豫，不知该不该喝。梅丽柔情满目，执着地举着小匙。夏天内心自责。干嘛你，人家对你热情似火，你心胸是不是太狭隘了？想着，他干裂的嘴唇微启，接纳了爱的甘泉。

邻床大妈气愤地跟陪床的人说：“那小伙子也太大爷了，如果那姑娘是我闺女，我才不让她低三下四地伺候他呢。”

夏天心一震，向梅丽看过去。梅丽迎视着他的目光，满眼深情厚谊。夏天嘴唇动动，想说什么但没说，心里的感激难以掩饰地显现在表情上。顷刻，泪水盈满梅丽好看的大眼。

几天后，夏天病愈出院。站在医院门前的石阶上，沐浴着灿烂的阳光，仰望着一碧如洗的蓝天，他张开双臂惬意地说：“啊，阳光太明媚了！”梅丽提议说：“住一个星期医院憋够呛了，咱们不如到公园去散散心？”

虽然夏天很向往，但觉得相伴的人应该是肖梅而不是梅丽，迟疑没动。梅丽没管夏天做何感受，毫不犹豫地把手挎在他的胳膊上。像被藤蔓缠绕，夏天有种身不由己的感觉。

5

六月的公园，正是草长莺飞、花红柳绿的季节。

美景打开禁锢，放飞激情，夏天像个大孩子，跟梅丽追逐草地，泛舟清波，出没花丛，在盛满诗情画意的公园里演绎着成人童话。

玩耍累了，他们躺在如茵的草地上，望着湛蓝的天空，享受着惬意。梅丽抬起身，用一只胳膊支着头注视着夏天，像如醉似痴地欣赏美轮美奂的艺术品。夏天被看得不好意思："你看我干什么？"

梅丽由衷地赞叹道："你太欧巴了！"

夏天脸一热，说："去去，别恭维泛滥。"他转过头去，避开梅丽炽热的目光。

梅丽揪根草儿去夏天的脖颈上挠痒。夏天把草儿拨开，梅丽再挠。

夏天厌烦地说："干什么你？"

梅丽说："把脸转过来。"

夏天说："我干嘛听你的？"

梅丽说："你干嘛不听我的？"

两人小孩一样斗会嘴，梅丽柔声问："饿吗？"

经过两个多小时的玩耍，夏天感到真的有些饿。他嘴上没说什么，但状如鸡头的粗大喉结却蠕动了几下。梅丽会意，挽着他出了公园，打车直奔情侣酒家。

梅丽选了个叫"花好月圆"的包间，点了四道名贵菜肴，打发走服务小姐，亲自给夏天和自己杯中斟满酒，柔情四射地举杯提议说："来，我们喝个痛快。"

好情好景好氛围，夏天心里高兴，毫不迟疑地举杯响应说："干。"

两人杯子一碰，扬脖一饮而尽。

梅丽信马由缰地喝了许多酒，把个小脸喝得桃花灿烂，看什么都傻笑。见梅丽已有八分醉意，夏天感受到真诚，不忍摧花折柳，就说："今天就喝到这，以后再喝。"

酒精烧昏了梅丽的理智，她英雄盖世地说："这点酒哪到哪？还得喝！"

夏天善意地说："你的脸都红了，我看还是别喝了，喝多了遭罪。"

这一说反而激起了梅丽的斗志，她又举起酒杯说："我没事，来，干！"

夏天不知怎么劝说梅丽，为难地说："我……"

梅丽义薄云天地说："我知道你酒量不行，你放心，我不恃强凌弱，我多喝，你少喝，这总可以了吧？"

话说到这份上，叫人无法抗拒。夏天自度一下，觉得再喝几杯应该没什么大问题，就恭敬不如从命了。可几杯酒一下肚，意外发生了，梅丽扑上来用胳膊环绕住他的脖颈。

夏天惊慌地说："梅丽，你别这样，让人家看见多……"

梅丽无所顾忌地说："我愿意，别人看见怕什么！"

夏天挣动着说："可我不想这样。"

梅丽情意绵绵地把脸颊贴在夏天的胸前，梦呓般地说："夏天，我爱你。"

夏天火燎般地说："不、不！"他感激梅丽，但那跟爱是两码事。

梅丽急切地说："我真的爱你，你怎么就不理解我的心呢！"

夏天嗫嚅地说："对不起，真的对不起……"

梅丽说："我不需要对不起，我需要你的爱！"

夏天默然，不知怎么回答梅丽。说真的，在这个世界上，除了母亲，就是肖梅和梅丽对他好，他是饱食人间烟火充满七情六欲的普通人，不是石头一块，怎能不知道又怎能不感恩呢？可是，他不能因为另一个女人对自己好，就有负肖梅的深情！

看见夏天默然无语，梅丽征服欲大作，她说："我就不明白了，她有什么好的，值得你这么留恋？我又哪点不好，让你这样轻视？"

夏天连忙说："不不，请你别误会，其实你很好，真的。"

梅丽马上跟进："既然我很好，你为什么拒绝？难道她比我漂亮？"

夏天诚实地说："没有。"

梅丽问："那她的学历比我高？"

夏天说："也没有。"

梅丽问："那她比我富有？"

夏天摇头："更没有。"

梅丽刻薄地说："人往高处走，水往低处流，你傻啊，放着各方面条件优越的我不选择，却抱残守缺顽冥不化。"

夏天喃喃地说："我不能见异思迁。"

梅丽说："此言差矣，夏天先生，既然你没跟她结婚，见异思迁是你的自由。"

夏天说："可是我们……"

梅丽打个机灵问："你跟她上床了？"

夏天不悦地说："你想到哪去了，我们只是恋人关系。"

梅丽说："你不要解释，至于你们上没上床我不计较，上床了证明我爱的男人有魅力，没上床说明你纯洁。我喜欢有魅力的男人，也喜欢纯洁的男人，无论你以前怎样，我都不计较！"

梅丽的一番奇谈怪论把夏天弄得云里雾里。说她胸怀宽广吧，有损这样美好的词汇；说她傻吧，却是个没贴毛就要成精的女子。但有一点让夏天很感动，那就是她死心塌地爱上自己，包括自己的缺点。

梅丽说："别犹豫了，何去何从自己选择吧，大丈夫做事应当机立断，否则会让女人瞧不起的。"

梅丽的问题真的把夏天难住了，他不知怎么表态。答应梅丽的要求就意味着有负肖梅，不答应梅丽，对不起这样漂亮的富家小姐的一片深情。夏天不是超人，他不能超凡脱俗，茫然的思绪像风中的草来回摇摆。

梅丽不相信以她的优裕物质条件打动不了夏天，拿出撒手锏："我可以明确地告诉你，她不能给予你的我全能给，说吧，要什么？车还是房子？"

这是年轻人，特别是来自农村想在城市立足的年轻人所梦寐以求的。夏天蓦然心动。他心里清楚，肖梅虽对自己好，可经济能力有限，梅丽说的这些她不能给予他。而梅丽不然，如果自己选择她，他将过上出有车、居有房、食有鱼的公子哥生活，自己从农村出来跑到城里创业不正是为的这些吗？他不由得想到乡下的父母，他们面朝黄土背朝天，每天在田里吭吭苦做，含辛茹苦地把他们哥俩抚养大，他们太需要回报了。

梅丽敏锐地感觉到夏天心动了，泥一样瘫软在夏天的怀中，嘴里发出急促的香喘。这对男人意味着什么？是动员令，是出征号？夏天只觉得血脉贲张，不由自主地抱住梅丽。梅丽闭上眼睛，浑身冷一样地发抖……

蓦地，夏天眼前出现肖梅的殷殷眼神，像遭火灼似的，他倏地收了手，心里警告自己不能越雷池一步。梅丽睁开水汪汪的大眼，忽闪着长长的睫毛，纳闷地问："你怎么了？"

夏天不敢面对那双眼睛。那双眼睛似钩子，好像要把他拖下湍急的河流。夏天垂下眼帘，心里有种深深的犯罪感。他嗫嚅地说："我不是有意的，真的。"

梅丽娇嗲地说："可我没怪罪你。"

夏天叹口气，人像失去水的树木蔫萎下去。

梅丽是聪明的女子，知道夏天因为什么急流勇退。嫉妒是女人的天性，梅丽心里对肖梅增添了许多怨怼。她幽怨地说："我难道真的不如她吗？"

6

一轮硕大的圆月挂在远方如烟的树丛上，把如水的月色撒向大地，使得这座城市变得朦胧起来。轻风徐拂，荡起河堤柳枝，摇曳着绵绵的情愫。在河蛙悠然的鸣唱声中，夏天和梅丽沿着穿城河畔肩并肩缓缓向前走。一艘货轮在浮金耀银的河面上从远方驶过来，看上去有些沉重。梅丽蛾眉紧蹙，一脸苦恼。夏天直视着迷茫的前方，眉头微蹙，像在思考着什么。

良久，夏天转头悄悄地看了梅丽一眼，用负疚的口吻说："你对我的好我十分感激，我将永远铭记在心……"

梅丽警醒地抬起头，目光坚定地说：“你不要说了，我不会放弃的！”

夏天艰难地说：“可我们真的不可能。”

梅丽鄙夷地说：“为一个中学教师，值吗？”

夏天严肃地说：“她是一个值得我尊重的人。”

梅丽恍然大悟地说：“我明白了，你那是尊重，不是爱情，对吧？”

夏天说：“不，我爱她。”

梅丽的目光在夏天的脸上游动,像在寻找什么答案,渐渐地大眼复被迷惘笼罩。她问：“她什么也不能给你，你为什么死心塌地地爱她？”

夏天深情地眺望着远方说：“她能给我纯洁的爱，这就足够了。”

梅丽一撇嘴，说：“我劝你别傻了，那能当什么？你以为生活仅仅是风花雪月卿卿我我吗？不，没有雄厚的物质基础的爱情，只会昙花一现。”

夏天说：“不，爱情更需要两人心心相印，还有双方金子一般的心。”

梅丽惊讶地打量夏天，好像面对一个不可思议的人。她说：“想不到你这般年龄还如此天真烂漫，你是智商低下还是被幼稚的浪漫冲昏了头脑？”

夏天没有因为梅丽的不尊而恼火，由衷地说：“其实我没你想得那样好，离开我吧，别为我浪费感情了，不值得，比我好的男人有的是，你会找到幸福的。”

梅丽有些恼火，说：“告诉你夏天，我不是嫁不出去的姑娘，不是自吹自擂，我的追求者不敢说趋之若鹜，但还是大有人在，请你不要不识抬举。”

夏天苦笑一下说：“我想我们还是做好朋友吧，可以吗？”

梅丽心寒了，也很沮丧，甚至生出对夏天的仇视，但这种情绪很快被爱火燃烧殆尽。她坚定地说：“夏天，我再重申一遍，我是绝不会放弃的。”说完，高傲地扬着头，一副不达目的决不罢休的样子。

夏天无奈地问：“我搞不明白，我一无所有，你究竟爱我什么？”

梅丽说：“爱还需要理由吗？”

夏天说：“一见钟情是恋爱的大忌，你不能任性。”

梅丽说："我相信直觉。"

夏天终于耐不住性子了，话开始带刺："你死缠烂打不觉得有损自尊吗？"

梅丽振振有词地说："恋爱本来就是件厚颜无耻的事，我没觉得有什么不好。"

夏天脸色一沉，口气生硬地说："你这样纠缠下去是不会有什么好结果的。"

梅丽微笑着说："这不用你担心。"

夏天冷冷地说："我想你应该是竹篮打水，不信，走着瞧。"他大步流星地走了。

第七章

1

夜里，肖梅做了个梦，梦见自己钟爱的玫瑰枯萎了。

早晨一起床，肖梅便急不可待地去阳台看她的花。果然叶片发黄，有几片已经凋零。不知为什么，她心里生出几分一叶知秋的凄凉。心情不好，早饭也没吃，简单地洗漱一下出了家门。

肖梅刚走进校门，收发师傅从窗口探出头喊她，肖梅走过去。收发师傅递给她一封信，是省美术学院来的。她兴奋起来，转身快步向办公楼走去。肖梅一反往日稳重的常态，风风火火的样子引起过往师生的好奇。他们困惑地看着肖梅。肖梅全然不顾，快速走进办公室关上门，迫不及待地展开信。

信的开头是这样写的："肖梅小姐，您好！"

显然信不是夏天写的。她有些失落，接着继续读下去："我叫梅丽，是夏天的同学。在同夏天的交往中，对他产生了爱慕之情。他虽出身贫寒，但有志向，有才华，肯吃苦，是位难得的艺术人才。听他讲，你目前正和他谈恋爱，我冒昧地跟你说，但也是心里话和大实话，夏天不属于你这样的人。理由有三：其一，你们没有共同语言，不属志同道合之列；其二，你没有能力给他优裕的经济支持，为他的事业创造良好的物质条件；其三，你更没有本事为他的发展拓宽道路。仅此三点，你不觉得你们在一起不合适吗？你的占有欲只会毁掉夏天的艺术前程，如果你真爱他的话，就请离开他吧。而我，不是自诩，父亲是老板，家庭环境优良，经济充裕，可以为他的事业奠定绝好的经济基础，所以我们在一起他才有发展，说不定在我的鼎力相助下，他可能会成为画坛上一颗璀璨的新星……”

肖梅看不下去了，意外、愤怒和委屈涌上心头，她把头伏在办公桌上呜呜地哭起来。

两个老师推门进来，被吓了一跳。刘老师推推滑落在鼻翼上的眼镜，小心翼翼地问：“肖老师，你怎么了？”

刘老师的问候像安定剂，肖梅的情绪迅速安定下来。她意识到自己失态了，忙抹去泪水，抬头敷衍地说：“没什么。”然后夹着教案走出办公室。

刘老师和另一位老师对视一眼，脸上露出深深的不解。

这节音乐课肖梅上得魂不守舍，讲课跑题不知所言。先是调皮的男生大声抗议，继而发展到同学们集体起哄。肖梅知道错在自己，也极力控制感情，可还是莫名其妙地迁怒于学生，发了火。冷静下来后，她看着学生委屈的表情，心里五味杂陈。下课后，肖梅跑到后操场，掩面大哭。

以后的几天里，肖梅好像灵魂出壳，心神恍惚，课也无法讲下去了。同学们把这事告诉家长，家长打电话反映给校长。校长不能容忍这样不敬业的老师，找肖梅进行谈话。

校长的训诫使肖梅猛醒。她想，这样的精神状态不能再继续下去了，否则会毁掉自己的声誉，自己不能为了爱而放弃事业。她决定马上去省城找夏天了解情况，拿出妥善的解决办法。

星期五晚上放学，肖梅迫不及待地踏上南行的列车。

2

夏天正在画室进行油画静物写生，一个留着披肩发一副大艺术家风度的男生从门口探进头喊夏天，说有女的找他。

夏天估计是梅丽，就对那男同学说："就说我没在。"

还好，梅丽没进来纠缠。夏天全身心地作画，整整一上午，直至中午开饭的铃声响了，他才意犹未尽地放下画笔。收拾好画具，退后观摩一会儿，无论造型还是色调，还算满意，便吹着响亮的口哨走出画室。

当夏天走到院子时，他惊呆了。肖梅低头坐在花坛沿上，看上去情绪低语。夏天在心里狠狠地骂声自己混，为自己张冠李戴错把肖梅当梅丽。

肖梅抬起头，正巧遇上夏天的目光。她嘴角抽动一下，表情极为复杂。

夏天疾步走上前说："肖梅，你什么时候来的？"

肖梅赌气地说："难道你不知道吗？"

夏天解释说："我不知是你。"

肖梅讥讽地说："这么说，有好多女人经常等你了。"

夏天以为因自己的怠慢肖梅有怨气，深为自己的粗心懊悔。肖梅千里迢迢赶来，自己居然把她冷落在一旁。他负疚地说："肖梅，对不起，我真的不知是你。"

肖梅冷冷地看着他，说："难道一声对不起就解决了？"

夏天困惑地问："那你还要我怎样？"

肖梅声音高起来："你伤害了我知道吗？我要你给我做出解释！"

肖梅的喊声惊动了去食堂吃饭的同学们，他们好奇地看过来。众目睽睽之下，夏天受不了了，责怪地说："说话小声点可以吗？这是大学，不是农贸市场，干嘛啊你！"

肖梅说："怎么，做贼心虚了？"

肖梅的话令夏天困惑也恼火："莫名其妙，我伤害你什么了？"

有错不承认，肖梅火气更大，瞪起玻璃球一样的眼睛问："你装什么傻，自己做了什么难道不知道吗？"

肖梅的咄咄逼人让夏天奇怪，开始反思自己，突然他意识到自己和梅丽的事肖梅一定风闻了。他避开肖梅刺人的目光，喃喃地说："你不要听别人谣传，事情不是他们说的那样。"

肖梅冷笑着说："什么事情啊，又是哪样啊？我怎么听不明白。"

夏天觉得无法解释，嗫嚅地说："不管怎么说，我对你问心无愧。"

肖梅说："你不用跟我信誓旦旦，我只想听你解释。"

夏天表白地说："我跟她真的没什么，只是同学互有好感而已，难道你不相信我对你的感情吗？"

"我想相信，可是……"肖梅从挎包里掏出梅丽写给她的信，往夏天跟前一摊说，"它不让我相信。这封信告诉我，我最钟情的男人在玩弄我的感情。"

夏天接过信件阅看，脸色由白变青，说道："这个梅丽，她想干什么！"

肖梅说："你问谁呢，我需要的就是你对此做出合理的解释。"

夏天说："这是她的一厢情愿，请你不要相信。"

肖梅说："战书都下到我手里了，你让我怎么能不相信。夏天，身为男子汉站起来是座山，躺下是道岭，应该敢做敢当，何必遮遮掩掩故作道貌岸然呢。"

夏天大声地说："我以我的人格担保，我跟她没有任何出格之举！"

肖梅说："你不觉得这样说话很苍白吗？人格那是高尚之人才配有的，卑微的人恐怕没资格奢谈吧？"

肖梅出言太猛，而且刻薄，夏天蒙了，张大嘴巴没说出话来。

肖梅盯着夏天说："说吧，你以后打算怎么办，难道想一辈子穿梭在两个女人之间吗？"

夏天木然地说："不，我不会那样的。"突然意识到自己失言，忙端正态度说："你应该了解我，我不是那种见异思迁的人，我再重申一遍，你是我唯一的爱。"

肖梅的脸色缓和了许多，柔情染上脸颊。

这时，梅丽端着饭盒向女生宿舍走去，看见夏天就改变方向走过来，关切地问："还没吃午饭吧？一块吃吧？"她晃动几下手中的饭盒："特意给你买的，全是你爱吃的。"她看见夏天衣服上有几个油彩点，伸出尖尖的手指去抠，并且说道："画画注意点，瞧，衣服都弄脏了。"

刚阴转晴的肖梅脸色复被荫翳笼罩，她掉头疾步走开。夏天狠狠地看了梅丽一眼，吼道："请你以后不要再纠缠我，拜托了！"然后高喊着肖梅的名字追了过去。

梅丽一愣，嘴里喃喃地说："肖梅，她就是肖梅？"

醋意在心头风起云涌，但梅丽不得不承认，肖梅容貌虽算不上靓女，但身上散发着一般女人不具有的优雅气质。经验证明，这样的女人对男人更具吸引力。她意识到自己遇上了有力的竞争对手。

3

夏天追上肖梅，无论怎么解释，肖梅就是一言不发。夏天无奈地望着她走出校门。

夏天站在校园中发了会儿呆，然后失魂落魄地出了校门。他不知自己要去哪里。像患了夜游症，夏天在街上漫无目的地走了一会儿，看见马路对过有家小酒馆，就走了进去。他特别想喝酒。

餐桌前就座，他要了高度老白干和炒肉丝，独斟独饮起来。期间手机响了数次，他置若罔闻没有理睬。

天黑时，夏天酩酊大醉，摇摇晃晃地向酒馆门口走去。老板追上来索要酒菜钱，他从衣袋里掏出一张钞票塞过去，然后踩着台步走了。

来到学校门口，一阵冷风吹来，酒力上涌，夏天扶住大门哚哇地吐了。保安从屋里跑出来，刚要训斥，见是夏天，没好说什么，放他进了校门。

夏天走进校园的样子很豪壮，虽说步履踉跄，但他头颅高昂，嘴里大声吟咏着“白日放歌须纵酒，青春作伴好还乡”。校园中散步的同学被夏天的狂士状牵住了目光，纷纷聚过来看热闹。

夏天没回自己的住处，直接来到女生楼下，冲梅丽宿舍的窗口高声吼叫道：“梅丽，你给我出来！”

喊声惊动了宿舍里的女生，她们纷纷从窗口探出头来，先是惊悸，而后交头接耳，仿佛在看耍猴。

梅丽非但没生气反而引以为荣，她觉得夏天这样，说明他心里有自己。

有女生干部觉得夏天这样有失体统，下楼来劝夏天。夏天不听。女生干部没办法，只好叫来保安。保安劝阻无效，采取强硬措施，架起夏天遣送回宿舍。

在宿舍里，夏天还是折腾不已。同宿舍的男生劝他，他破口大骂。男生们性起，你一拳我一脚地把夏天一顿捶。重拳终于镇压住夏天的嚣张，他嘴一咧哇地哭了。

第二天吃过早饭，夏天腋下夹本安格尔的素描正向画室走去，一男同学在后面喊，说班主任找他。夏天掉头去了教师办公楼。

在油画系办公室门前，夏天扬手轻轻叩门，屋里传出请进的声音。

夏天推门进屋，觉得气氛不对，班主任、系主任和学生处处长神情严肃地坐在办公桌前，样子和往日大为不同，好像审案的大法官。

夏天讪笑着说：“老师好。”

老师们没回答，班主任指着他们对面的一把椅子示意夏天坐。夏天忐忑不安地落座。

班主任咳嗽两声问：“你还记得昨晚干了些什么吗？”

夏天如实回答：“喝酒了。”

班主任问：“喝完酒又做什么了？”

夏天努力回忆着说：“好像回到学校跟人吵了一架。”

班主任声音突然严厉起来：“仅仅是吵了一架吗？不，那是大闹美院你知道吗？”

夏天倒抽一口冷气：“啊！会这样？”

夏天翻箱倒柜地在大脑里搜寻昨天的记忆，可什么也没想起来。班主任就把整个情况向他介绍了一遍。夏天很吃惊，没想到自己会干出这样的事情。

班主任问：“你觉得你应该受到什么样的处罚？”

夏天痛苦地抱住头，声音微弱地说：“我愿接受学校的任何处罚。”

班主任和系主任他们低声交换意见，或许夏天悔过态度好，他们出于爱才的缘故，最后由系主任向夏天提出两点要求：一、夏天要深刻反省，在全系学生大会上公开检讨；二、当面向梅丽道歉。

对于校方的要求，第一条夏天没有异议，脚上的泡是自己走的。第二条夏天难以接受，事情本来就因为梅丽，如果不是因为她自己怎会酒后无德。虽说有异议，但为了渡过难关，他只好忍辱负重全部应允下来。

不久，奇怪的事情发生了。

正在夏天为向梅丽赔礼的事情苦恼时，校方却取消了这个处罚。夏天觉得蹊跷，向人打听，才知是梅丽主动向校方请求撤销处罚的。

夏天心生感激，梅丽让他避免颜面扫地。

4

夏天心里很牵挂肖梅，不知现在她是个什么样子，心情如何。尽管夏天极力往好处想，可心里还是忐忑不安。

晚上，他做了一个奇怪的梦，梦见自己和肖梅手牵手逛公园，欢声笑语好不惬意。说到兴奋处，他们搂抱在一起，当他的嘴唇即将吻到肖梅的朱唇上时，忽然一阵狂风刮来，把肖梅从他身边掠走。他追呀追，追上了却抓不到，急得满头大汗……

他一下子从床上坐起来，抹把额头上的汗水，心里有种不祥的预感。

第二天，夏天向班主任请了假，当晚乘上北去的列车。列车是特快，但夏天还是觉得慢，恨不得生出两只翅膀飞回绿岭。

凌晨三点多钟时,列车驶进绿岭站。夏天拖着旅行箱裹在拥挤的人流中下了车，出了站台来到候车室掏出手机，按号，放在耳边，柔声地问："喂，肖梅吗？"

那边没有回应。

夏天说："说话呀你。"

那边却把电话挂了。夏天沮丧地摇了下头。

天还未亮，夏天在车站边上找了家旅店小憩。

睡了一会儿，天色大亮，他在小吃部喝了碗豆浆吃了根油条，然后重新拨打肖梅的手机。手机没人接，夏天就去了市歌舞团。

跟哥嫂见面，还没开口说话。夏雨就恶狠狠地问："你回来干什么？"

刘梦鄙夷地说："你还好意思见我们呀？"

夏天想解释，可他们不容他说话，夫妻俩联袂以摧枯拉朽之势数落夏天是负心郎，直至口干舌燥才作罢。

夏天趁机表白说："你们是我的亲哥嫂，我就是欺骗自己也不能欺骗你们，我对你们发誓，我没做对不起肖梅的事，真的，你们可以调查。"

话说到这份上，特别是出自夏天之口，夏雨夫妇没有理由不相信。他们表示，既然是场误会，他们可以出面做肖梅的工作。

夏天深深地给哥嫂鞠一躬，说："感谢领导信任。"

刘梦性子急，当即拨通肖梅的手机，她说："肖梅，晚上有时间吗？我做东，忆梦酒店。"

肖梅问："怎么，有喜悦之事？"

刘梦巧嘴利舌地说："请客还需要理由吗？因为本太太今天心情好。"

肖梅沉吟一下说："对不起，今天我有事。"

刘梦急忙说："哎哎，什么事比咱姐们儿情意还重要？"

肖梅说："直说吧，你们是为夏天请客吧？要是那样，恕不奉陪。"

刘梦谎称："他呀，早被我们训走了。"

肖梅疑惑地问："真的？"

刘梦说："姐们儿，我什么时候骗过你？"

肖梅相信了，爽快地说："对不起，是我多心了，晚上我准时到。"

刘梦欢欣地说："不见不散，拜。"

她挂了手机，抚着胸脯做喘不上来气状："哎呀妈哟，吓死我了。"她把目光转向夏天，说："小叔子，我可告诉你，为了你，我可是坑蒙拐骗什么下三烂的勾当都干了，晚上就看你的了。"

夏天抱拳当胸说："谢嫂夫人成全，小生没齿不忘。"

刘梦厌烦地说："去去，别虚头巴脑的！"

5

晚上六点钟，夏天哥俩准时到达忆梦酒店，他们像迎接贵宾似的进行了一番精心准备，这时刘梦陪着肖梅来了。

看见夏天，肖梅一怔，转头像不认识似的盯着刘梦说："你骗我。"

刘梦赔着笑说："我不略施小计你能来吗？没办法，小生这厢赔罪了。"

夏雨殷勤地说："肖老师，请入座。"

肖梅说："大哥，你太客气了，不是我不给你面子，而是我实在不能坐，失礼了。"她转头向外走。

刘梦恼了，大声喊道："站住！"

肖梅置若罔闻，继续向前走，刘梦飞身上前拦住她的去路。

肖梅恼火地问："你想干什么？"

刘梦吼道："你也太拿我们不当玩意儿了吧？"

肖梅含沙射影地说："有人本来就不是玩意儿，让我怎么拿他当玩意儿？"

刘梦厉声说："你坐下，把话说清楚！"

肖梅说："说什么，某些人心里清楚。"

刘梦说："可我心里不清楚。就想听你说明白。"

肖梅不屑地说："你别自作多情，跟你风马牛丝毫不相干，我想没必要。"

刘梦激将地说："怎么没必要，我看你是说不清楚。"

这招果然起作用了，肖梅当即坐在桌前，用审讯式的目光盯着夏天。

夏天用负罪的语调把自己跟梅丽的事情复述了一遍，最后怕肖梅疑云不散，强调说："事情就是这样，我没半句假话。"

肖梅觉得夏天不是说谎的人，对自己的判断产生了怀疑。

看见肖梅犹豫，刘梦马上吆喝服务生上酒菜。肖梅虽心里感到别扭，但碍于刘梦夫妻俩春光灿烂的笑脸，没好意思拂袖而去。

强作欢颜吃过饭，肖梅告辞。刘梦安排夏天送肖梅回家。肖梅拒绝，刘梦不容分说，责令夏天执行。肖梅无奈，只好默认。

绿岭市夜晚的街头，失去了白日的喧嚣。微风轻拂，梧桐婆娑，虫儿轻吟，给人一种恬静安详的感觉。

夏天偷眼看了下低头走路的肖梅说："为什么不说话，我就这么令你耿耿于怀？"

肖梅心里很乱，不知说什么合适，敷衍地说："我很疲倦，真的。"

夏天知道肖梅的心结还未完全解开，就说："你让我怎么解释你才相信呢？"

来到三岔路口，有辆轿车突然拐出来。肖梅愣住了，夏天伸手把她推向一旁，自己却被车剐倒。肖梅风一样扑上前抱起满面是血的夏天，大声叫喊着他的名字。夏天像睡熟了，任肖梅怎么喊也没睁开眼睛。

轿车司机和肖梅抬起夏天放进车里，向医院疾驶而去。

6

还好，伤势不重，经过医生的治疗和肖梅的精心护理，二十多天后夏天痊愈出院了。他和肖梅的感情也回到正常化轨道。

为了照顾方便，肖梅决定把夏天接到自己家中。虽然她担心爸爸反对，但觉得人心都是肉长的，夏天为救自己受了伤，爸爸应该不会拒之门外。可事实与想象正好相反，当肖梅领夏天一走入家门，肖梅爸说有事，走了。

夏天心里不是滋味，便以有事为由，辞别肖梅回了省城。

回到学校的当天晚上，梅丽花枝招展地把夏天约到校内小广场的花坛前，开门见山地说："夏天，我准备把自己嫁给你。"

夏天说："可我没想娶你啊。"

梅丽说："我说你这人没病吧？"

夏天不解其意地问："什么意思你？"

梅丽身子翩然一转，摆个妩媚的造型问："我长得漂亮吧？"

毋庸置疑，梅丽的确很漂亮，可以说，集女子的现代美和古典美于一身。夏天实事求是地说："漂亮。"

梅丽柳眉一撩，有点挑逗的意味："对漂亮女孩一点不动心，难道不是有病？"她拉起夏天的胳膊，百媚千娇地轻晃着说："娶我吧，我会做你的好太太的。"声音很嫩，像未褪黄嘴的幼雏叫。

夏天坚决地说："不，我不能。"

梅丽知道火候还未到，识趣地说："那好吧，咱先不谈这个，你回去再好好想想。"

夏天决绝地说："没什么可考虑的，我的想法已经跟你说过了。"

梅丽嫣然一笑说："先别把话说得太满，我的夏大画家。"

梅丽从挎包里掏出手机，按通号码，讲话："喂，我是梅丽。王师傅吗……你开车过来接我……对，马上，我在学校的公园门口等你，好，回头见。"

夏天的心里暗暗松口气，阿弥陀佛，梅丽终于要走了。

接下来，他们说天南海北与己无关的事，一辆造型别致的高级轿车开过来。车上下来一位衣冠楚楚风度优雅的司机，他拉开车门向梅丽做个请的手势说："请上车。"

梅丽向车跟前走去，走几步停下来，回头对站在原地没动的夏天说："还愣着干什么，上车啊！"

夏天莫名其妙，心想你回家我上车干什么，没动。梅丽走过来拉起他的手说："我领你去参观一个好地方。"

夏天推托地说："我还有事，你自己去吧。"他抬手做了个拜拜的手势，欲转身离去。

梅丽伸手拉住他："什么有事，你别谎我。"说着拉着夏天向轿车走过去。

来到车门跟前，夏天挣扎着说："什么事，非得我去，我真有事！"

梅丽把夏天往车里一推，说："啰唆什么，进去吧。"她钻进车里，随手关上车门，吩咐司机说："中心街花园小区。"司机驾车融进大街上穿梭的车流。

7

行驶了半个多小时，轿车在豪华的别墅区停下，梅丽和夏天下了车。

夏天望着造型别致的楼房，喷泉飞溅的人工假山，姹紫嫣红的花坛，还有楼房前排列的名贵轿车，以及院中行走的时尚男士、摩登女郎，他眨眨眼，又眨眨眼，以为走差路来到了什么著名风景区。他心里轻轻感叹道，真乃人间仙境啊！

梅丽歪着头问："怎么样这地方？"

夏天由衷地说："太好了。"

梅丽得意地问："喜欢吗？"

夏天说："当然。"

梅丽挽住夏天的手臂说："走，进去。"

夏天想说不，但终架不住好奇，和梅丽进了院子来到八号楼。

来到房门前，梅丽掏出电子卡插进卡座打开门。一进屋，富贵之气迎面扑来，夏天惊得嘴巴大张。客厅里摆着名贵家具，墙上挂着名人字画，鱼缸里金鱼游梭，高级液晶彩电壁上悬，猩红地毯脚下铺，头顶上是造型奇特犹如工艺品的灯具……

夏天战战兢兢，样子像犯了错误来到老师办公室的学生。

梅丽脱掉外衣甩在沙发上，对夏天说："傻看什么，坐吧。"

夏天惊魂未定地问："这是什么地方？"

梅丽回答说："我的家啊。"

夏天结巴地问："什么，这是你的家？"

梅丽斜睨着夏天问："怎么，我就不能有这样的家？"

夏天吞吞吐吐地说："不是，我是说……"

梅丽会意地笑笑说："你是说，以我的身份住不起这地方，是吧？" 她没再为夏天释惑解疑，嫣然一笑，走到酒柜前拿出外文商标的洋酒，问夏天："喝一杯吗？"

夏天不置可否，疑问水泡一样从心里冒出，梅丽是什么人，怎么会如此富有？

梅丽往杯中倒满酒，递过去说："请。"

梅丽还是梅丽，夏天突然觉得她变得陌生了，心里也产生了距离感。他说："你要没事我就走了。"

梅丽说："你坐下，我有话跟你说。"

夏天没动，不知走还是坐。

梅丽把夏天按坐在沙发上，挨着他坐下。夏天戒备地往一旁闪闪身子。梅丽笑着说："我没传染病，不用离我那么远。"

夏天说："有话你说吧，一会儿学校关大门我就得流浪街头了。"

梅丽不知是调侃还是认真的，她说："那就住我这儿。"

夏天说："你开什么玩笑。"

梅丽问："怎么，我这里不好吗？"

夏天实话实说："好，人间天堂。"

梅丽问："想要吗？"

夏天觉得梅丽侮辱自己，嘴角抽动了一下说："拿我开涮吗？"

梅丽奇怪地说："莫名其妙，我拿你开什么涮。"

夏天的目光迅速在梅丽的脸上扫了一圈，没发现有半点居心不良，自卑感销声匿迹。

梅丽一本正经地说："只要你娶了我，这里的一切都是你的。"

梅丽的话一石击水，在夏天的心田激起道道涟漪。的确，拥有这样的生活环境是他梦寐以求的，否则他不会一个人从农村来到城市闯荡。他知道，自己如果愿意，就会梦想成真，也可以免去奋斗的艰辛。

可是，他不能。

第八章

1

入学以来，同宿舍的学生形成一个不成文的规矩。每每星期日，大家相互宴请，今天你明天我，轮流坐庄，而且档次逐步升级，大有你敬我一尺我敬你一丈之势。

其实，这不是好现象，偶尔宴请沟通下感情还不错，变成惯例就不好了，那是需要开销的。经济条件优裕者没什么，囊中窘迫实在是件憋人的事。不过，好在他们是成人班，上学前大都是画家，具有一定的经济基础。他们认为，清一色的大老爷们，抛家舍眷在外不容易，喝点小酒友谊泛滥一下也不为过，总比闷在宿舍里，举头望明月低头思故乡愁绪满怀好。

今天该夏天请客。临去前，夏天盘点下库存现金，还有五百多，如果节省点儿还够用，就怕哪位同学一旦喝高，节外生枝提出额外要求，比如唱歌跳舞，那花销可就大了，手里钱不够会出丑的。无论如何，客终归还是要请的，谁让自己咧着嘴巴吃人家了。

为防患未然，夏天放下自尊敲开梅丽宿舍的门。夏天亲自找自己，这可是绝无仅有的，梅丽有点受宠若惊。当夏天说明来意时，她不假思索拿出一沓百元大钞递过去："看看够吧！"那神色，绝对牛，好像她是开银行的。

留出足够自己请客的钱，夏天把剩余部分退给梅丽。

梅丽把钱推回去，善解人意地说："拿去花，一旦不够了情何以堪。"

夏天说："我真的用不了这么多。"

梅丽不高兴地说："怕钱扎手啊？我跟你说，你不用领我情，就当我把钱捐献给感情工程了。"

夏天不好再说什么，把钱揣入怀中。

人大都这样，不喝酒一般都能循规蹈矩，喝高了就形骸放荡。酒足饭饱，有同学提出上舞厅跳舞，还有的嚷嚷着去唱歌。既然做东，就要有大把花钱的气魄，夏天当即打了几辆出租车，拉着同学们浩浩荡荡地奔向歌厅。几曲终了，转移战场到舞厅跳舞，弄得浑身臭汗淋漓方才作罢。

小憩时，同学们对夏天交口赞誉。归结起来两句话：一是够哥们儿，二是土豪。长这么大还是第一次听人这样夸赞自己，夏天觉得心里像探进去无数双温柔的小手在轻轻地抚摩。面对迷离的灯光，高歌狂舞的疯狂男女，他想，自己以前那二十多年算白活了，原来生活是这样的多姿多彩。他心里感慨道，有钱真好！

回到宿舍，同学们的兴奋劲儿还没过，喝着水，他们自发地召开了座谈会，大家踊跃发言。说钱是通往幸福的通行证，鼓励夏天不要守着摇钱树要饭吃，放下清高，接受梅丽的示好，绝不能让唾手可得的幸福从自己身边溜走。

夏天虽然笑而不语，心理却发生了微妙的变化。

2

自从上次请客后，夏天好像有了瘾。在梅丽的支持下，隔三岔五请客。每每请客，梅丽总是如影随形，好像是他的提款机。也就是说，夏天请客梅丽埋单。

中国人推崇礼尚往来，夏天这么够哥们，同学们谁也不愿失去道义，争先恐后地宴请他。三天一小宴，五天一大宴，他常常喝得脸红如枣、酒气熏人，没多久便受到老师的严厉训斥。

事情是这样的，一天下午上素描理论课。因中午接受朋友的宴请，夏天喝高了，坐在课堂上眼皮坠得像铅一样发沉。老师认为这是对自己的蔑视，很生气，点夏天的名字提问。

老师问："什么是素描的色调？"

夏天身子站立不稳，摇晃着回答："喝。"

老师大声问："什么是素描的层次？"

夏天响亮地回答："干！"

老师脸色涨红，厉声说："除了喝你还知道什么！"

夏天声音含糊地说："不喝不够哥们儿意思。"

老师一拍教桌叫道："住口！"

夏天不高兴地说："不喝拉倒，你牛什么，上饭！"

同学们哄堂大笑。

老师恼羞成怒，合上讲义夹在腋下推门离开教室。

夏天落座，头伏在课桌上浅吟低唱地睡去。

时间不长，班主任来到教室走到夏天身旁，用手拨拉一下他。夏天没动，酣眠依然。班主任推推他，夏天皱下眉头，厌烦地嘟囔说："推什么，我还没喝好呢。"说完吧唧下嘴，扭头鼾声如雷。

同学们想笑，没敢，捂住嘴巴像偷吃食物一样，肩头一抖一抖的。班主任恼怒，令两个身体好的学生把夏天架出教室送回宿舍。

夏天在宿舍里整整睡了一下午，醒来时天已黑了。他感觉口渴得厉害，下床去找水。因酒醉刚醒，还有些头重脚轻，他步履踉跄地来到桌前，拿过水杯刚要喝，同宿舍的刘同学进来，说老师找他，请他马上去办公室。夏天喝过水，感觉舒服些，身子软软地走出宿舍。

夏天被老师严厉地训斥。最后，老师声称如果夏天再饮酒闹事，学校将按章对他予以除名。老师的疾言厉色令夏天受到强烈触动，他痛心疾首地表示，日后一定与杜康彻底决裂，保证滴酒不沾。

因认错态度诚恳，夏天被从轻处理，受到严重警告处分。但他心里十分不服气，不就喝高点酒上课打了盹吗，有什么了不起的，至于小题大做吗？综观天下，有几个大老爷们不喝酒的？再说，艺术家喝酒不足为奇，李白当年斗酒诗百篇，没有酒哪来的传世佳作？

心里郁闷，梅丽送上及时雨，主动约夏天出去散心解闷。

林荫路上，空气清新宜人，虫吟蝉唱。阳光从叶片间穿过落在地面上，斑斑驳驳像印象派画家强烈的笔触。梅丽对校方的处理表示强烈不满，对老师的粗暴方式进行了强烈谴责。如雪中送炭，夏天心里感到暖融融的。他发现，梅丽其实是个很有正义感和同情心的女孩。

分手时，梅丽关切地问夏天：“手里还有钱吗？”钱都请客了，衣袋里已所剩无几，夏天不好意思再向她开口，就敷衍说还有。梅丽善解人意，掏出一叠钱塞进夏天的手里，慷慨地说：“别苛待自己，该怎么花怎么花！”

夏天心里一热，回想起以前自己对她的不恭，感到很过意不去。

3

学校下个月准备组织一次师生画展，通知一下到各班，同学们个个摩拳擦掌。

夏天对此次画展十分重视。他明白，这次画展实际上是在检验学生们的学业，如能获奖，对于结业后顺利走向专业画院很有帮助。他以极大的热情和百倍的努力投入到创作中，决心走上领奖台再上专业新高度。

可不知为什么，他的思绪一直很难集中，构思不得主旨。时间转瞬即逝，距离展期不到半个月的时间时，他仓皇进入作品绘制阶段，勉强完成作品。画作技法不伦不类，效果史无前例的粗糙。说是写实画风吧，又夹杂着抽象派技法，就连油画指导老师都不相信出自他的手。夏天极度沮丧，没想到自己关键时刻掉链子。如果名落孙山，自己怎么在画坛上扬名立腕！又怎么对得起自己的理想和追求！

正当夏天心凉如秋时，梅丽把他请到酒店中，给他喝点感情小酒，说些安慰话。待夏天心情好转些，带他来到商场，高价给他买了部新款手机。夏天对手机情有独钟，阴霾散去，明媚再回到心头。他自我安慰地想，即便这次没画好，以自己的功力，名列前五应该没有问题。如果能获得这样的名次，加上自己的名气，还是有机会进入专业画院的。要么说，自我调解情绪也是人的本事，这么一想，夏天的头颅又高高扬起。

画展开幕那天，夏天衣冠楚楚地来展览大厅。他面带微笑，通体散发着志在必得的高傲。尽管他底气不足，但还是把那些竞争者弄得心里阵阵发虚。

很快，夏天精神大振，夺魁的信心油然而生。他看见学院几位资深教授在他的画作前久久驻足，认真观摩，托颏沉思，不时悄声交流，面部流露出惊讶的表情。夏天得意地想，天鹅就是天鹅，岂是蒿草中的小家雀可比的。心里得意，他在辉煌酒家大摆宴席，约请几位铁哥们庆贺。

一个星期后，专家组公布大赛结果。名次榜前围观的学生里三层外三层，夏天好不容易才挤进去。

有同学对夏天说：“恭贺你名列三甲。”

夏天心安理得地一拱手说：“谢谢、谢谢。”

那位同学扑哧一声笑了，夏天很不高兴，随后意识到什么，凑到榜前找自己的名字，可没找到，夏天小声嘟囔说：“怎么没有呢？”他感到纳闷，在他心里，纵然不能名列前茅，也不至于榜上无名。

那同学提醒说：“莫不是学校写榜时落下了，你快到大赛组委会办公室去查查。”

夏天信以为真，冲出人群匆匆向教师办公楼走去。走到一半时，他停下来，见到老师怎么问呢？这时他想到了梅丽，于是立刻打手机给她。梅丽好像正在吃什么，听到夏天的叙说咯的一下，好像被噎着了，随后大声说：“这怎么可能！”

夏天忧心忡忡地说：“是啊，这怎么可能？”焦灼溢于言表。

很快，梅丽从楼上跑下来说：“别着急，你等着！”说完风风火火地去了教师办公楼。

为时不长，组委会办公室的窗口传出争吵声。之后，梅丽从教师楼气咻咻地走出来，脸白得像张白纸。

夏天迎上去，急切地问：“怎么样？他们怎么说？”

梅丽用怜悯的目光看了夏天一眼，说：“别理他们，都是些吃货，不学无术！”

夏天目光一沉，像火星跌入水塘里。他的脑袋软塌塌地垂下去，样子宛如一只耷拉着翅膀的瘟鸡。梅丽不落忍，拉起夏天说：“一个破画展算什么，得不得第一无所谓，走，我请你吃饭。”

夏天突然恼怒，冲梅丽吼道：“你拿我当什么人，难道是只配装米粮的酒囊饭袋吗？”

梅丽也恼了：“你榜上无名冲我吼叫什么！”

4

挫折使夏天意识到，自己不能再放歌纵酒，否则就会失去进修的本真，于是他禁锢情欲，谢绝任何社交，甚至包括班级组织的可去可不去的活动，发挥头悬梁锥刺骨的刻苦求学精神，昼夜练笔，颇有画不惊人誓不休的气势。一个多月下来，画作足足可以举办一个画展。

古人云，有心人，天不负。夏天的画技迅速提高，在参加市画院组织的美展中，力挫名家，以绝对优势获得金奖。老师的青睐和同学们的赞扬又卷土重来。夏天长长吁了一口气。

在一个风和日丽的星期日，梅丽把夏天约到市驾校的练车场。

夏天问："你把我找到这里什么事？"

梅丽没回答，神秘地一笑，拉着夏天来到一辆崭新的轿车前。

夏天疑惑地问："你这是……"

梅丽指着轿车，神秘地一笑，问："这车怎么样？"

夏天打量着车，赞美地说："好哇。"

梅丽从衣袋里掏出一个钥匙抛给夏天说："接着。"

夏天有些发蒙："你什么意思？"

梅丽豪爽地说："这车归你了。"

夏天的手一抖，钥匙掉在地上，惶恐地说："这……这太贵重了，我不能收。"

梅丽不屑地笑笑说："这算什么，你权当玩具好啦。"

直觉告诉夏天，轿车价格不菲，足可以抵十个农民的年收入。他不知梅丽是何心理，居然可以轻而易将车当玩具送人。应该说，轿车对夏天具有难以抵挡的诱惑力，看见别人驾驶着轿车行驶在大街上，他羡慕极了，心想，自己什么时候能有辆属于自己的轿车？现在梦想就要成真，他却不能接受。因为他知道接受了意味着什么。

夏天摩挲着双手："不不，我不能无功受禄。"

梅丽笑着白他一眼，秋波荡漾、风情无限地说："那你不能给我建点功吗？"

夏天问："怎么建？"

梅丽说："傻啊，对我好点不什么都有了。"

问题敏感，夏天不好作答，缄口不言。

"快别装深沉了，收下吧，就当磕个跟头捡个洋捞好啦。"梅丽弯腰捡起地上的车钥匙，抓过夏天的手放上去。

仿佛有巨大的冲力撞击着心房，心里的堤坝随时有决口之势。夏天强力支撑着，他不能让固守在心里的珍贵随波而去。

梅丽向夏天飞个媚眼，说："如果我高兴，没准会送一辆宝马给你。"

迟滞一会儿，夏天还是把钥匙递送过去，说："谢谢你的盛情，我不能收。"

梅丽嗔怪地说："你怕啥，又不是不法分子收买你。"

像躲避洪水猛兽，夏天向后退去，嘴里连连说："我真不能收，真的。"

梅丽沉吟一下说："既然你不收，我也不勉强，就算我租给你的好了。"

现在人们的生活富裕了，不少同学都有自己的座驾，自己也确实需要一辆车，否则显得太寒酸。再说，自己出外跑事也真的需要车，如果有了座驾，就不必再去挤公交车了。这样想来，夏天没再拒绝。不坚持就是默认，梅丽兴高采烈地拉着夏天钻进轿车。

当夏天的驾驶员考证通过那天，梅丽含情脉脉地向夏天献上一束鲜花。

夏天感激地说："谢谢你。"

梅丽知道夏天谢她什么，漫不经意地一笑，说："花那点钱算什么，你别往心里去。好啦，走吧，找家酒店给你贺一下。"她挽住了夏天的胳膊。

夏天心里激灵了一下，但没动，任由梅丽的粉臂缠住自己，可嘴上却说："这不好吧，总让你破费我心里过意不去。"

梅丽故意用央求的口吻说："我的钱实在是多的花不完，都快把口袋撑破了，夏天先生，你可怜可怜我，就帮我花花减轻下我的压力吧，啊？"

夏天被逗笑了，钻进轿车跟梅丽走了。

那天，心情就像天气一样明媚。在梅丽的劝说下，夏天喝了许多酒，最后梅丽把他搀进宾馆的房间。

5

他们进入房间，梅丽打开朦胧的床头灯，换上睡衣，用像壁灯一样暧昧的声音对夏天说："我去洗个澡。"

梅丽进了洗漱间，门也不关，稍许里面传来哗啦哗啦的水声。

夏天半醉半醒地坐在沙发上看电视。电视里有对男女在热烈亲吻。夏天身上燥热，伸手扯开衬衣扣。

这时，浴室里传来梅丽娇嗲的喊声："老公，把床上的干睡衣递给我。"

这一称谓像冷水浇在发热的心里，夏天浑身一抖，脑袋清醒了不少，心里暗暗叫苦不迭，自己怎么可以跟梅丽来到这里？就在他犹豫之际，梅丽的催促声又响起。他踌躇了一下，拉开壁橱，从里面拿出睡衣向浴室那边走过去。来到浴室门口，他侧着身子把睡衣递进去。

"够不着，再往前递递。"梅丽娇嗲地喊。

夏天把身子向前探了一下，忽然感到手臂被什么一牵，人不由自主地扑进浴室。有藤一样的手臂缠绕住他的腰，还有软软的嘴唇压在他的嘴上。夏天身上失火了，手臂下意识地搂抱住那团柔软的胴体，嘴巴做出积极响应。

突然，他眼前浮现出肖梅殷殷的笑容。他打了个激灵，猛地推开梅丽，惶惶地说："对不起、对不起。"

梅丽娇声说："我也没怪罪你啊。"说着，美人鱼一样再次扑上来。

夏天慌忙用手抵住她的身体说："不不、不行。"

梅丽惊愕地问："你还讨厌我？"

夏天嗫嚅地回答："不。"

梅丽疑惑地问："你有病？"

这话刺痛了夏天男人的自尊，他忍不住说："你才有病呢！"

忧虑一扫而光，梅丽脸上柔媚再生，她张开粉臂欲梅开二度。夏天恐慌地掉头冲出浴室，水淋淋的像只落汤鸡。

梅丽冲夏天吼道："你还是不是男人！"

管它是什么，把持住自己最重要，夏天仓皇窜出房间。

出了屋，凉爽的夜风一吹，夏天那颗滚烫的心冷却下来了。他捋把湿漉漉的头发，觉得对不住梅丽。可没有办法，他是人，得控制自己的欲望。他仰头负疚地向梅丽的窗口望去，此时多么想她能理解。窗口染着暗淡的灯光，梅丽站在窗前痴痴地望着他，身子一抖一抖好像在抽泣。夏天鼻子一酸，眼窝热了起来。人家梅丽把一切都诚心诚意地交给了你，干嘛啊你这是，对得起人家吗？此时他的心情特别复杂，就像塞满了乱麻。一会儿想到肖梅，一会儿想到梅丽……

两利当前取其重。夏天感觉好像梅丽比肖梅对他更重要。正如梅丽所说的，她能给予他肖梅不能给予的。当下他最需要什么，那就是经济支持，明年的进修费和日常开销……如果自己跟梅丽琴瑟和鸣，那就意味着自己可以没有任何后顾之忧地从事艺术创作，直至功成名就。人啊，一辈子图什么，还不是为了生活。

夏天的感情开始向梅丽倾斜。

衣袋里的手机响了，夏天拿过手机一看，是肖梅打来的。肖梅告诉夏天，天快冷了，让他多穿点，当心着凉感冒。还叮嘱他，晚上别熬夜，那样有伤身体。

若是往日，夏天心里一定会发热。可今天不然，他只哦哦地答应几声，没有半点感激的涟漪。

肖梅觉察到不对，关切地问："你怎么了，身体不舒服吗？"

夏天顺水推舟地说："有点感冒。" 说着响亮地打了个喷嚏。

6

当晚，面对圆月，沐浴在融融月光中，夏天月照无眠。

经过对肖梅和梅丽的认真比较，他纷乱的思绪逐渐得以捋顺。梅丽看好自己，是因为他长相帅气，她的爱是表象的，更多的是获取感官的愉悦；肖梅中意自己，是因为他锐意向上的精神和专业才华，属于真正倾心的那种，是内在的。金钱对于婚姻很重要，但不能以财取人。夏天决定把轿车钥匙退给梅丽。

第二天吃午饭时，夏天在食堂门口拦住梅丽。

梅丽余怨未消地问："有事吗？"

夏天把车钥匙递给她说："车我不能开。"

愠恼爬上眉宇，梅丽呵斥说："你老古董啊，送到嘴边的肉都不吃？"

夏天喃喃地说："我真的不能开，真的。"

梅丽劈手抓过车钥匙说："不开拉倒，你以为你是谁，大明星啊，天下女人都上赶着追你！"她狠狠地白了夏天一眼走了。

夏天发现她的眼白很多，就像常年积雪不化的北冰洋。梅丽这样粗暴地对待自己史无前例，看来自己是真的伤了她的心。他有些后悔，不管怎么说，梅丽还是欣赏自己的，也对自己多有帮助，即便不能与之比翼双飞，也不能以怨报德。

时隔几日，夏天发现他们班的帅哥郑为开上了本应属于自己的轿车。不久，夏天去青年公园写生，听见身后的树林里响起欢声笑语。那声音他很熟，不由得转身看过去。依依柳丝下，梅丽情绵绵意切切地在跟郑为说笑，如胶似漆惹人羡慕。原本没有自己什么事，夏天心里还是莫名其妙泛起酸意。他佯装没看见，继续笔走龙蛇，可身后的笑语水一样漫过来，他像溺水之人感到透不过气来。

在以后的日子里，梅丽和郑为出双入对的身影总是出现在夏天的视野里。他气愤难当，发誓忘掉水性杨花的梅丽，谁知越是这样，她的影子越是挥之不去，扰得他寝食难安肝火上升。

一天下课，夏天和郑为站在花坛前聊构图。梅丽拎着一袋水果走过来，伸手亲昵地挽住郑为的胳膊。郑为看着她手里提的水果，贪馋地咽口唾沫问："哎，给谁买的？"

梅丽冲郑为娇媚地一笑，说："当然是给你买的。"

郑为感激地说："谢谢。"

梅丽用恋人的口吻嘱咐说："记住，每天多吃点水果，对身体有利。吃没了，告诉我，我满足供应。"

夏天只觉得全身的血液一下涌到脸上。瞧瞧，当着自己的面玩弄骚情，这不有意欺辱人吗！他想冲他们咆哮，也想拂袖而去，让这对狗男女尴尬得无地自容。可他没有，那样有失爷们儿风度，有损君子的气度。于是他的脸上露出甜甜的微笑，波澜不惊地看着梅丽和郑为轻浮地打情骂俏，好像在看精彩的表演。

有男生在球场上向夏天摆手，招呼他过去打篮球。他朝梅丽他们一笑，昂首阔步走向篮球场。郑为跟过来，炫耀地给围观的同学们分发水果。梅丽快步走过来，劈手夺过水果袋，恶狠狠地问："你为什么把我的水果分发给大家？"

郑为懵懂地说："水果你不是给我买的吗？"

梅丽哼了一声，牙缝里挤出几个冰冷的字："自作多情！"

同学们一愣，随后冲呆若木鸡的郑为哈哈大笑。郑为的脸色白一阵红一阵的，表情狼狈至极。

梅丽走到夏天跟前，站定，目光幽怨地注视着他，那表情，像千年怨妇。夏天知道，梅丽受刺激了，心里涌起一缕快意。

梅丽突然质问说："你为什么对我这样，难道我在你眼中就那么一无是处吗？"

夏天的嘴角扯出一缕坏笑，朝垂头丧气的郑为努努嘴说："哎哎，注意影响，别造成误会。"

梅丽秀目喷火，骂道："你混蛋！"

看见梅丽气成那样，夏天心里很有成就感，快意地说："你才看出来，我本来就这德行。"他鄙夷地看一眼梅丽，转身就走。

梅丽一把拉住他，说："你给我站住！"

夏天问："你想干什么？"

梅丽狠歹歹地说，说："你花了我那么多钱，怎么，白花了？"

没想到梅丽想做黄世仁，夏天的心里有些发虚。他知道，如果梅丽坚持清算，自己可就要上树爬墙了。他很后悔。天下没有白吃的午餐，自己怎么能图一时快意花梅丽的钱呢？

夏天有气无力地说："钱我花了，可我无力赔付，你爱咋咋地吧。"他低下头，准备迎接梅丽的疾风骤雨。

梅丽面无表情，静如止水。

夏天很害怕，他怕她一纸诉状把自己告上法庭。听妈妈说，他们老夏家从祖上起就没有打官司告状的。他觉得对不起纯朴忠厚的父母，他们含辛茹苦地把自己抚育成人，自己居然用招惹是非回报他们。他仰面长叹一声，似乎在企望天降惩罚！

夏天的叹息声像软化剂，梅丽的目光柔和下来。富裕的家庭环境造就她任性的性格，但也有脆弱的一面，那就是看不得别人的可怜相。她眼含泪花抱住夏天，为自己的行为负疚。她带着哭音说："对不起，是我不好。"

夏天一怔，霎时明白过来，心里耸起一峰热浪，但很快浪消潮退。不不，他不能再对不起肖梅。可是眼前怎么办？他心里清楚，他不能再惹怒梅丽，否则等待自己的将是无情的逼债。此时他的心里涌起深深的悲哀，没钱的他无时无刻不被金钱绑架着。假如自己经济宽裕，还会受制于梅丽吗？

梅丽抬头注视着夏天干裂的嘴唇，柔肠百转地说："你瞧你，我只不过一时冲动，看把你急的，至于吗？"她把水果袋递过去，说："给，吃点水果。"

夏天没接，脸上露出委屈的神色。

梅丽把水果袋塞进夏天的手里说："算我求你啦还不行！"

夏天酸着声音说："这是你给情人买的，我收下算干嘛的。"

梅丽问："你是说郑为？"她哈哈大笑起来。

夏天懵懂地问："你笑什么？"

梅丽得意地说："原来你也吃醋啊。告诉你，郑为是我表弟，我们那是故意气你的。"

郑为得意地冲夏天挤了下眼睛。

夏天有种被当猴耍的感觉，他愤愤地掼掉水果袋，风一样跑了。

梅丽的脸色霜白，抬脚把水果袋踢出老远。

7

回到宿舍，夏天一头扑到床上用被子蒙住头，心里高声疾呼：我要挣钱、挣好多钱！

自此，他发扬头悬梁锥刺骨的精神，常常通宵达旦作画。

一天，他在创作一幅名为《朝霞》的油画，突然昏倒在画架前。同学们把他送进医院。医生诊断，疲劳过度所致，需要静心调养。

回到宿舍，夏天谨记医嘱，不敢再拼命。白天同学们上课走了，梅丽就请假过来陪他。开始夏天硬下心肠不予理睬，可梅丽依然无怨无悔任劳任怨。人心都是肉长的，人家一位大小姐屈尊相伴，图的是什么？自己不过是一介百无一用的书生，有什么资格拒绝？渐渐地，夏天的脸上寒中回暖。

每每和梅丽说笑，夏天就觉得自己变成了一条鱼，游梭在两个女人之间。

一晃，结业在望。

因为毕业画展成绩不佳，夏天没能进入省画院做签约画家。于是，找工作成为他的当务之急。省城具有巨大的艺术发展空间，他不想回地处偏远的绿岭市。他心高气傲，择业条件苛刻，一般单位不愿去，但想去的单位进不去。他陷入高不成低不就的苦恼之中。

就在夏天为工作的事着急时，他接到一个电话，那边自称是某公司的董事长助理，说有要事相商，约他过去面谈。夏天一心为了艺术，对企业没兴趣，推辞。这时，电话里响起梅丽的声音："你拿捏什么，让你过来你就过来！"

梅丽的面子不能不给，夏天违心前去应约。

没想到，此行让夏天固守的择偶底线崩溃，彻底改变了恋爱轨道，义无反顾地投入到梅丽的怀抱里。

出租车来到一幢大楼前，楼上方矗立着赫然醒目的镏金大字：利达商贸开发集团。这可是实力雄厚的民营企业，省内外闻名，多少精英人士以入职其中而感到自豪。

夏天来到门口的保安跟前，说明来意，保安向办公室打过电话，引领他进入大楼。

夏天边走边打量周围的环境，不由得感叹道，这真是一个现代化程度极高的企业。保安把他领到挂着董事长牌子的办公室门前，按响门铃，里面回应道，请进。夏天和保安推门进屋，眼睛立刻瞪大。梅丽端坐在沙发上，像坐在自己的家里。看见夏天进来，梅丽放下手中的杯子，快步走过来牵住他的手。夏天有些发窘，用力挣动，企图摆脱梅丽抓着他的手。

老板桌前坐着一位衣冠楚楚、头发打理得一丝不乱的中年人，他用打量的目光注视着夏天。夏天被看得有些不自在，转头打量办公室的环境借以分散注意力。老板桌后面是一个很大的组合书橱，里面摆满精装的书籍，书橱上方横悬着巨幅书法作品：宁静致远。办公室中间环绕着一圈真皮沙发，茶几上摆放着各类水果，都是这个季节省城市面上见不到的。落地窗旁摆放着一个大鱼柜，水中矗立着一块珊瑚礁，周围是郁郁葱葱的水草，鱼儿自由自在地游动，时而钻进珊瑚礁，时而隐入茂密的水草丛中。

中年男人吩咐保安："你去吧。"

保安恭敬地敬个礼退出办公室。

梅丽推了一下夏天，说："看什么呢，来，我给你介绍一下。"她把夏天拉到中年男人面前："这是我老爸梅一文。"

夏天大惊，梅一文大名鼎鼎，在省城商企界无人不知，没想到他居然是梅丽的爸爸！梅一文慢条斯理地冲夏天点点头，优雅地示意夏天坐。夏天心情紧张地坐在沙发上，看着梅一文等待下文。

梅一文起身离开办公桌，走过来坐在夏天对面的沙发上，慢条斯理地问："听丽丽说，你现在还没有找到合适的就业单位？"

夏天回答说："是的。"

梅一文不动声色地问："你觉得我的企业怎么样？"

夏天由衷地说："名不虚传，实至名归。"

梅一文笑笑，看得出来，他听着很受用："既然你印象还不错，来我这里发展好啦。"

夏天是准备为艺术献身的人，不想改变初心，婉言推辞说："谢谢您的垂青，可我是学艺术的，对企业的事情一窍不通，怕辜负您的厚爱。"

梅一文面露微笑，显然他被夏天的坦诚所打动。直觉告诉这个商海沉浮阅人无数的企业家，夏天是个有才华的青年，于是他诚恳地说："无碍，你过来当我的助理，我亲自教你。"

坐在爸爸身旁沙发扶手上的梅丽忙催促说："我老爸可从不收徒的，他答应亲自教你，这是可遇不可求的，你还犹豫什么？"

夏天为难地挠挠头："谢谢梅总，不过，我还是想画画，我学的就是那专业，不想半途而废。"

原以为自己屡屡拒绝，梅一文会不高兴的，没想到他却说："认定目标锲而不舍，这是青年人应具备的好品质！"

夏天不知梅一文何意，惶恐地看着他。

梅一文沉吟一下："既然这样，那我就助你一臂之力，你物色个像样的房子，一切费用我出，帮你建立个个人画室，你看怎么样？"

谁说天上不掉馅饼，瞧瞧，这不来了。夏天忙不迭地说："谢谢梅总！"

梅一文漫不经意地说："唉，你这样称呼就见外了，叫我梅叔叔。"

夏天迟疑一下，羞涩地叫声梅叔，梅一文响亮地"哎"一声。

夏天心潮澎湃，建自己的画室他想都不敢想，谁知在梅一文那轻而易举，突然他心跳加速，如果自己有这么一位岳父大人，自己在艺术上还有什么后顾之忧？

梅一文起身去老板桌前拿来两张晚会票，说欧洲著名文艺团体今晚在省大剧院上演歌剧，自己年纪大了，不想去，让梅丽和夏天去看。夏天本不想跟梅丽过深交往，却鬼使神差地把票接了过来。

他和梅丽到餐馆吃了点饭，看看快到开演时间了，两人去了剧院。

路上，梅丽询问夏天对梅一文帮助他建立画室满意吗？夏天当然求之不得。梅丽认真地说，只要夏天考虑和她的感情，以后他在经济上不会有什么困难。夏天知道她说的话是事实，但他不能为钱背叛肖梅。

如果这时夏天妈不打来电话，他们的关系不会迅速发展。夏天妈电话里说，夏天爸驾驶农用车运货，不慎把人撞伤住进医院，需要医疗费用，问夏天能不能帮助解决。手里无钱，夏天为难。梅丽抢过夏天手中的手机，安慰说："伯母别着急，我跟夏天马上赶过去！"

事情紧急，夏天顾不了许多，当晚，携梅丽乘上北去的列车。

跟伤者见面，梅丽慷慨解囊做了赔偿。对方满意，收回起诉的念头，事情圆满解决。

看着梅丽，夏天突然产生了安全感。

第一次来绿岭市，梅丽想留下来玩几天，夏天却不同意，说学院有事，带着梅丽急匆匆地赶赴火车站。

买了车票上车时，夏天忍不住回头看向城里。火车站坐落在高坡上，整个城市尽收眼底。

他的眼圈红了，讷讷地说："再见。"

8

返回省城正好是华灯初亮时，在梅丽的邀请下，夏天住进了她的别墅，开始了跟梅丽的同居生活。

他们像所有新婚夫妻一样，如鱼得水，爱得如漆似胶。

时隔不久，梅丽对夏天产生了不满。不满源于肖梅的电话。

一天，他们正拥偎在沙发上看电视剧，那是一部很火的都市情感剧，据说收视率一路飙升。他们边看边议论，很是羡慕主人公相敬如宾的生活，决心也用真心和努力创造他们的未来。这时，夏天的手机唱起《好一朵茉莉花》。夏天很爱听这首歌，铃声一直未换，因此梅丽曾多次讥笑他老古董。

夏天看着电视接听手机，刚喂一声，身子一抖，睁大眼睛迅速看了梅丽一眼，起身走进卧室关上了门。梅丽知道是谁打来的电话。虽然同居前夏天跟她有约，她不能干涉夏天和肖梅的正常交往，可还是觉得心里酸溜溜的。

夏天打完电话从卧室走出来，看见先前还一脸桃花灿烂的梅丽脸色阴沉，感觉不妙，讨好地冲她笑笑，故作兴趣盎然地问："电视演到哪儿了？"

梅丽也笑笑说："播到男主人公感情出轨，跟不三不四的女人搞暧昧。"她意味深长地看着他。

夏天听着不顺耳，但还是说："女主人公对他那么好，他那样做对感情也忒不负责了。"他坐在沙发上，伸手去揽梅丽的腰肢。

梅丽向一旁闪闪，没叫他得逞："别装了，累不累。刚才是不是她来的电话？"

夏天觉得瞒不过去，开诚布公地说："是，怎么了？"

梅丽说："你不能吃着碗里的看着锅里的，这样对我不公平，知道吗？"

夏天有点生气："我和肖梅只是正常交往，你不应该干涉。"

梅丽说："将心比心，如果我和前男友继续来往，你会做何感受？"

夏天觉得梅丽问得不无道理，自己这样做对梅丽的确有失尊重。

看见夏天蹙着眉头不语，梅丽说："我不想跟你争吵，你自己好好想想吧。"她站起身去了另外一间卧室。

当天晚上，他们分居两室。夏天想了很多，觉得自己既然跟梅丽住在一起，就得负起男人的责任，于是他决定回绿岭市一趟，既给梅丽一个交代，也给肖梅个明白。

9

第二天，他请了三天假，刻不容缓地回了绿岭市。

夏天没去哥嫂家，电话把肖梅约到幽雅的茶馆。寒暄过后，虽然艰难，但他还是实情相告，请求肖梅原谅。如闻晴空霹雳，肖梅蒙了，怔怔地注视着夏天，形同陌路。

夏天垂着头不敢看肖梅，嘴里嗫嚅地说："对不起。"

突然，肖梅拍案而起，劈手揪住夏天的前衣襟摇晃着吼道："负心郎，你有负我的似海深情，知道吗？"

夏天默然无语，任肖梅摇晃。

肖梅问："我哪对不起你，你这样玩弄我的感情！"

夏天说："都是我不好。"

肖梅说："知道不好为什么那样做！"

夏天重重叹口气，一脸身不由己的无奈。他从衣袋中拿出一张银行卡递过去，卡是梅丽给他的："卡上有些钱，这是我对你的补偿，请你收下。"

肖梅推开银行卡，说："难道感情能用金钱衡量吗？请你别亵渎我的感情！"

夏天茫然地问："那你说，我应该怎么补偿你？"

肖梅抬手捋一把因激动而散乱的头发，理智地问："难道我们的感情就没有挽回的余地吗？"

夏天无力地摇了下头。

肖梅将头深深地埋在胸前，乌黑的头发散落下来遮住半面脸膛，把脸颊衬托得纸一样苍白。夏天不敢看那凄凉的黑白色调，把头扭向一旁。窗外夏日明媚，他的心里却很是凄凉。

很久，肖梅抬起头请求地问："能再陪我散散步吗？"

相爱一场，这点愿望岂能不满足，夏天不假思索地答应下来。

这天，他们几乎走遍了他们相爱时常去的地方，特别是来到他们第一次拥抱接吻的公园时，肖梅潸然泪下。

在三岔路口，他们驻足道别。

夏天握着肖梅冰凉的小手真挚地说："保重，肖老师。"

肖梅眼里噙着泪水说："你也保重，愿你画技精进，事业早成。"

夏天感激地说："谢谢。"

肖梅倏地收回目光，咬着嘴唇低头飞快离去。

夏天心里默念道："再见了肖梅，我会永远把我们的初恋珍藏在心里。"

肖梅突然停下脚步，回转过身折了回来。

夏天困惑地看着肖梅："你……"

肖梅没有说话，伸手拉上夏天的衣裢，自言自语地说："天冷了，当心着凉。"

夏天鼻子一酸，泪水泉涌而出。

第九章

1

终结了跟肖梅的恋爱,夏天原以为可以身心轻松地跟梅丽好好谈场恋爱。谁知,不愉快的事情发生了。

矛盾是由大葱引起的。

夏天自幼生长在农村，爱生吃大葱。一天放学回家的路上，他特意转道去农贸市场买了一捆大葱。一进门，梅丽看见大葱脸就拉下来，问：“买葱干什么？”

夏天说：“蘸酱吃。”

梅丽说：“不准吃，嘴里有味。”

夏天赔着笑脸央求说：“就吃一点点。”

夏天把葱放在厨房去卧室换衣服，出来时大葱不见了，问坐在客厅看电视的梅丽说：“哎，我的大葱呢？”

梅丽的眼睛盯着电视屏幕，说：“没看见。”

夏天知道梅丽把葱藏起来了，满厨房寻找，最后在卫生间的垃圾桶里找到了大葱。夏天恼火地质问梅丽说：“大葱招你还是惹你了，你干吗给我扔了？”

梅丽蛮横地说："在这个家里，我不准你吃大葱！"

梅丽的霸道引起夏天的不满。自打同居以来，梅丽越来越强势，给他订下了不少清规戒律，不准他做这做那，丝毫不见了以前的温柔。夏天想发火，最后还是压抑下去。他自我安慰地想，反正葱已经不能吃了，明天找家小吃部再吃吧。可梅丽却行云流水地数落起他，什么乡巴佬土老帽，不雅之词劈头盖脸砸过来。夏天不堪侮辱，积怨爆发跟梅丽吵了起来。

梅丽指着门口说："不爱听是吧？那好，你给我滚！"

夏天赌气地摔门而去。当时已经是深夜了，夏天想回学校宿舍去住，怕同学们讥笑，就在马路上游逛，几次遭到巡警盘查。

第二天中午去学校食堂吃饭时，梅丽已经打好饭坐在桌前等他，夏天不情愿地坐过去，看也不看梅丽，端碗就吃。

梅丽怯生生地说："你还生我的气呢？"

夏天没吱声，使劲往嘴里扒饭。

梅丽低声说："是我不对，我向你赔礼。"

夏天的脸色好看了许多。

梅丽害羞地说："晚上回去住吧，我想你。"

晚上夏天回到梅丽的别墅，腰系围裙的梅丽迎出门来，笑眯眯一副贤妻良母的样子。夏天刚要开口说话，梅丽已经燕子归巢似的扑进他的怀抱，在他的脸上留下一个深情的吻。这一吻把夏天的心结融化了，他拥住梅丽和好如初。

两人刚化干戈为玉帛，新的矛盾接踵而来。

工作室刚刚成立，夏天需要拓展商业渠道，说白了就是发展关系多揽活。他是自尊心强的人，觉得男人不发展自己的事业，靠女人养活，他心里无论如何也受不了。剪彩那天，他请来了自己的恩师和画界的知名朋友，举行了盛大的仪式。

俗话说，龙生龙凤生凤，梅丽不愧是商人的女儿，很懂得为商之道。她特意请来广播、电视和报纸等媒体的记者，做了广泛的宣传报道。这些组合手段收到了良好的效果，工作室一开业，业务纷至沓来，做宣传图板的、搞会议室装饰的、做海报的，定制室内装饰画的、画人物肖像的……因工作室专业人员只有夏天一个人，而且上午在校上课，下午才能干这些活，忙得他常常通宵达旦。

身子疲乏，回到家上床就睡，梅丽起微词，指责他邋遢不讲卫生，地道的乡下佬，责令他起床洗漱。身子累得不行，夏天光嗯嗯答应就是不动，梅丽来气，把他拉起床推进卫生间。夏天觉得她不体贴人，一生气，重新折回到卧室躺在床上。梅丽炸了，施展特长无休止地唠叨他。夏天困得不行，火了，跟梅丽争吵起来。

自此，梅丽看他做什么都不顺眼，说他晚上睡觉磨牙放屁吧嗒嘴，外加流哈喇子，还深更夜半喊三丫。总之，一无是处。

外面忙碌一天，晚上还要承受来自梅丽的纷扰，夏天身心俱疲，渐渐消瘦下去。

2

一天，上色彩理论课，老师正讲得眉飞色舞，忽听下面有异常响动。老师以为外面刮风，没当回事，继续讲课。后来声音大噪，猿啸猴啼。顺着声音望去，发现声音是从大刘同学身后发出的。

老师从讲台上走过来，曲起手指笃笃敲敲课桌，夏天鼾声依然。老师用力敲桌，夏天皱下眉头嘟囔说，别闹，睡觉，困啊。说着又沉沉睡去。老师按捺不住火气，伸手把夏天揪起来，同学们哄堂大笑。

被抓现行，夏天无话可说，低头认罪。

下午，夏天来到工作室，恰好有一个单位要做大型图板，说准备迎接上级检查。时间紧，任务重，要求夏天三天内交活。为挣钱，夏天冒着上课再睡觉的风险接了下来，打电话叫了快餐，简单应付下肚子，便忙碌起来。

梅丽从学院回家的路上，看见夏天的工作室灯火通明，知道他在里面，就走进来。夏天因精力过分集中，以至梅丽进来站在他身后很长时间居然没有发觉。

看见夏天忙得不可开交，连喝水的时间都没有，梅丽震撼，没想到他这么辛苦。突然，夏天“哎哟”一声用手捂住手指。他用刀割不干贴纸，不慎割破了手指。梅丽心疼，拉起夏天就走，说：“老公，这辛苦钱咱不挣了，走，回家！”

夏天掰开梅丽抓他的手说：“再辛苦也得干，没钱咱用什么生活？”

肖梅说：“这你不用担心，钱不是问题，没有就跟我爸要。”

夏天说：“我们马上就到而立之年，啃老你真好意思。”

梅丽得意地说：“这有什么，我爸有钱啊！”

夏天说：“有钱是他的，我们得靠自己的双手去挣。”

梅丽环视下工作室，一撇薄薄的嘴唇说：“就靠这，哼，一个月收入不够我一天花的。”

夏天说：“那你就省着点呗，你也看见了，挣钱不容易。”

梅丽柳眉高挑，眼睛圆了一圈，说：“什么，叫我省着点？合着我跟你好就是为了忆苦思甜啊！”

夏天是男人，叫未来的老婆缺吃少穿无论如何他接受不了，他忙说：“你别误会，我不是那意思。其实，我这么辛苦，就是想挣钱让你撒着欢花。” 说这话时，他一脸认真，仿佛在宣言。

梅丽脸上泛出潮红，眼中荡起柔波，这话她爱听。她脉脉地看着夏天，娇声说：“人家不想看见你太辛苦嘛。”

夏天心里有些感动。他说：“你的好意我领了。你爸有钱固然好，但我们不能当寄居蟹，得通过自己的努力创造属于我们的幸福生活。”

梅丽不忍地说：“那样你会吃苦的。”

夏天说：“男人生下来就是吃苦的，我不怕！”

这天晚上，夏天工作室的灯整整亮了一宿。

天亮时，夏天终于忙完手中的活。他举臂长长地打了个哈欠，坐下来准备小憩一会，可屁股一沾椅子就鼾声雷动。

疲惫至极的夏天犯下一个危险的错误，他忘了拔掉烫花的电烙铁电源，发红的电烙铁尖触在桌面上，冒出淡淡的青烟。随着时间的推移，烟雾越来越大，桌面上燃起淡蓝色的火苗。夏天浑然不觉，酣睡依然。火苗越来越大，舔灼了夏天的手，夏天一机灵，本能地挪开手臂继续睡觉。

桌面完全燃烧起来，夏天被烤醒。醒来的夏天发现，房中已经四处起火，他扑打这边那边又起，情急之下，掏出手机报了火警，然后打开窗子大声呼救。左邻右舍拎着扫把水桶之类赶来，扑打的扑打，浇水的浇水。因力量薄弱，不足以遏止火势，火渐渐大起来。

消防车响着急促的警笛开来，消防队员从车上拖下长长的水管对着房中猛喷，火被扑灭，可屋里的物品已被烧毁。

房东向夏天提出索赔。夏天的心情像坠了铅一样沉重，钱没挣多少却背上了债，他觉得上苍跟自己开了个滑稽的玩笑。

3

都说人穷志不短，夏天赔付不起，三十六计走为上，开始四处躲债。房东恼怒，多次去学院闹事，师生们议论纷纷，夏天声誉日下。

房东不是等闲之人，召集哥们儿放出眼线。

一天，在同学家躲避的夏天苦闷难挨，偷偷溜进酒吧以酒浇愁。房东闻风而至，向夏天索债。夏天仗着酒意耍赖，房东指挥七兄八弟诉诸武力，打得夏天满地乱滚哀号声声。梅丽闻讯赶过来，看见夏天面目皆非，不忍，出资赔付了房东。

他们回到家，梅丽勃然大怒，认为夏天成事不足败事有余。对于失误夏天承认，但对于梅丽侮辱性的言辞不肯接受，两人吵了起来。梅一文打电话过来，让夏天不要再创什么业，理由是，他不是创业的料。梅家父女的否定刺痛了夏天的自尊，他犯倔，决心梅开二度非做出个样子让他们看看！

半个月后，夏天在同学们的资助下，成立了新的工作室。这回夏天很低调，开业那天，他只请了几个感情要好的同学。正当他们在酒店庆祝时，梅丽走了进来。看见她气色不对，夏天忙攒出笑脸恭请入座，谁知梅丽脸一沉，抬手把酒桌掀翻。她声色俱厉地呵斥说：“吃一百把豆子不知豆腥气，上次都赔成那样，你还有心开什么画室！”

夏天很生气，却和颜悦色地说：“不开怎么办，我得挣钱生活。”

梅丽说：“你若能挣来钱我还说什么，问题是你百无一用。”

这话太伤人，夏天嘴角的肌肉抽搐了几下，但还是笑着说：“你不能以一时得失说事，你看我以后怎么干！”有点表决心的味道。

梅丽冷笑着说：“你别自吹自擂。”她把手伸向夏天：“拿来！”

夏天问：“什么？”

梅丽说：“画室的门钥匙。”

夏天意识到她要钥匙的目的，没给。梅丽没再说什么，狠狠看了夏天一眼，转身蹬蹬地走了，边走边打手机，好像在召集人。

夏天感到不妙，跟那几位同学迅速赶到画室。果如所料，画室的门锁已被梅丽找去的人撬开，他们正从屋里往外搬家具。这不是断自己的生路吗？夏天上前阻拦，梅丽吩咐两个年轻人按住夏天，指挥其他人继续搬运。夏天奋力挣扎，高声呵斥，引来左右商铺的人和行人聚拢过来围观。

夏天眼睁睁地看着梅丽指挥来人把画室搬空了，眼中流出绝望的泪水。

晚上，夏天没有回梅丽的别墅。梅丽打手机，关机；发短信，石沉大海。梅丽着急，去学院宿舍和夏天哥们儿家寻找，一无所获。

此时，夏天正坐在穿城河畔，手捧下颏，望着广阔的河面出神。月光照在河水上，波光粼粼浮金耀银。河对岸响起一两声水鸟的叫声，河畔显得更加宽阔。身旁夜柳婆娑，柳丝依依，情深意长。远方河蛙吟唱，此起彼伏。夜风轻轻拂来，凉爽宜人，像有温柔的酥手在身上多情的抚摩。夏天特别想念肖梅，美好的往事点点滴滴涌上心头。

冥冥中他仿佛听见肖梅问："你过得可好？"

他在心里回答："不好。"

肖梅惊讶地问："你怎么会过得不好呢？梅丽多有钱啊？"

他苦笑一下，自言自语地说："有钱就能过得好吗？"

肖梅说："这话应该我问你，你这样问岂不是反了吗？"

他刚想说什么，肖梅倏地不见了。他蓦地站起身，大声地喊："肖梅！"河对岸传来空渺地回音："肖梅……"

他失望地重新坐下，沉郁了一会儿，轻轻唱起那首百唱不厌的《同桌的你》，深情的旋律水波一样荡漾开来，随着夜风飘向深邃的远方。

4

第二天是星期日，在河畔数了一夜星星的夏天，带着一夜无眠的疲惫，无精打采地回到学院。

一进宿舍，夏天一惊，转身欲走，可晚了，守株待兔的梅丽冲上来拉住他的手臂。夏天挣动着说："你放手！"

梅丽抓得更紧，说："你是我男友，我为什么要放手？"

夏天想说，我不想跟女魔做朋友，这话太伤人，他没好说出口。

梅丽声音软下来："昨天我一生气就动了粗，其实我应该事先跟你商量一下。"

夏天的鼻子一酸，说："你……你太不尊重人啦。"

梅丽由衷地说："对不起，以后我一定改正。"

强势的梅丽能这样说话，也难能可贵了。夏天长吁一口气，心头的阴霾散去不少。

梅丽含情脉脉地说："走，跟我回家。"

夏天没动，梅丽向外拖拽，他半推半就跟梅丽走出宿舍。

回到别墅，夏天直奔卧室倒身就睡，他太困了。

梅丽推门走进来，娇声说：“亲爱的，走，陪我去逛商场。”

夏天声音慵懒地问：“改天吧。”

梅丽扑到他跟前，兴致勃勃地说：“听姐们儿说，霓裳服装城新到一批女式裙装，很抢手，去晚了怕都被别人买走。”

夏天声音模糊地说：“买走就买走，不就件裙子嘛。”

梅丽抓住夏天的手臂往起拉，突然她蛾眉一蹙嗅嗅鼻子，问：“什么味？”接下来，她俯下身凑近夏天去嗅闻，很快找到气味所在，厌恶地说：“你快去刷刷牙，哎呀，太味儿了！”

夏天正昏头涨脑，不耐烦地说：“你怎么这么事，真是的。”说着响起均匀的鼾声。

梅丽亮开嗓子，又尖又高地嚷嚷道：“邋遢鬼乡巴佬你快起来啊！”

夏天皱着眉头捂住耳朵，焦躁地说：“干嘛你，锣鼓喧天的！”

梅丽伸手没好气地推搡着夏天说：“你要不刷牙我就不让你睡！”

夏天翻过身去给梅丽个后背。梅丽兴起，用力把夏天推下床。夏天犯倔，起身又扑到床上。梅丽姑奶奶的霸道大作，伸手又去推夏天。夏天愤怒地说：“我偏不刷，看你能怎样！”他拉过被子蒙住了头。

梅丽气得脸色铁青，香喘急促，抓起枕头砸向夏天。夏天受不过，抱起枕头去了另外一间卧室。梅丽看来要将自己的意志贯彻到底，如影随形跟过去。可是晚了，夏天已经关上了门拧上了锁。任性的梅丽不获胜利决不罢休，扬起小拳头咚咚敲门，像擂鼓。夏天把手机耳机塞进耳中，听着靡靡的音乐，渐渐香甜地睡去。梅丽的手敲得火辣辣地疼，卧室里没有回应，像潭波澜不惊的水。梅丽住手，把耳朵贴在门板上听，里面传出咏叹调般一波三折的鼾声，她气得坐在地板上蹬着腿哇哇大哭。

5

夏天醒来时，已是日暮霞红麻雀噪晚时光，睡眠带走了身上的疲惫，他起身下床，举臂长长伸个懒腰，开门走了出来。

客厅里，梅丽坐在沙发上正黯然流泪。她头发蓬乱衣衫不整，丝毫没了往日的优雅，有点像饱受欺凌的弱女子。因衣着名贵、首饰高档，加上嘴唇涂抹着艳丽的口红，更像电影里被人玩弄而抛弃的风尘女。夏天动了恻隐之心，觉得自己对待梅丽的态度太过，于是拿出撒手锏，施展三寸不烂之舌调侃说：“哎，眼睛怎么那么红，跟兔乖乖似的。”

若是往日，梅丽一定会被逗笑，积怨也会在笑声中烟消云散。可谁知梅丽一抹眼泪，恶声厉语地说：“别痞里痞气的，什么玩意儿你！”

看见梅丽的表情，夏天知道玩笑不宜，严肃申明：“我不是不愿刷牙，而是感觉太累了。”为了证明自己所言不虚，补充说：“其实你也知道，我哪天不是早晚各刷一次牙。”

梅丽却紧抓不放：“一天不刷都那味，你要天天不刷，那还不比厕所还味。”

夏天脸一热，讪笑着说：“瞧你把我埋汰的，还不如说我比沤粪池还味呢。”

梅丽抢白地说：“真会抬举自己，哼，我看还不如沤粪池呢。”

夏天皱下眉头，显然他非常不高兴，可他还是笑脸相陪地说：“好啦我的太太，别怄气了，我答应给蓝天经济开发公司做点活，得抓紧赶过去。哎，你的毕业论文不是还没写吗，那你还不去图书馆查阅些资料，到时临时抱佛脚怕来不及。”他穿好衣服向门口走去，看见身后没有动静，回头去看，梅丽端坐在沙发上，一副安营扎寨的样子，催问道：“走啊。”

梅丽侧过头不屑地说：“谁跟你走，怕被你熏休克了。”

无奈，夏天只好自己出了门。

来到大街上，夏天抬腕看下手表，感觉肚子呱呱直叫，走进一家快餐馆，草草吃口饭，打车径直去了蓝天经济开发公司。

夏天快马加鞭赶做手里的活，他怕回家太晚梅丽不高兴，但晚上回到家还是十点多钟了。

夏天来到自家门口，看见门虚掩着，推门欲进屋。突然梅丽毛茸茸的脑袋探了出来，他被吓了一跳：“哎呀妈呀，你咋神道道的，差点儿把我的魂吓丢了！”

他举步刚要进屋，梅丽伸手拦住他，命令地说：“把衣服脱在外面。”

夏天产生误解：“忙什么，我进屋再脱也来得及。”

梅丽白了夏天一眼说：“邪心霸道，你想到哪去了，别傻呵呵看我，快脱！”

夏天匪夷所思，想问什么意思，但很快他就明白了。梅丽嫌他衣服脏，让他脱在外面。于是他解释说：“衣服不脏，真的。”

梅丽老生常谈，数落地说：“到底是农村人，土里打滚的胚子，瞧瞧，才穿出去的衣服就弄得黑一块白一块的。”

因为劳累，心情烦躁，夏天听不下梅丽的话，生气地说：“脏脏，一天天说脏，你有洁癖啊，是不是应该去看下心理医生！”

梅丽不容夏天侮辱，咚地把他关在外面。

6

夏天给蓝天经济开发公司做完活，结过账后马不停蹄地赶回家。

进屋后，他趾高气扬地把厚厚一叠钞票拍在梅丽面前。梅丽顿时双眼放光，嘟起肉嘟嘟的嘴唇在夏天的脸颊上就是一个长长的吻。得点阳光，夏天马上灿烂：“老婆，晚上给我做点好吃的吧，这些日子我总在吃忆苦思甜饭。”

梅丽有自知之明，抱歉地说：“我做不好，咱们还是到外面吃吧。”

夏天真情地说：“你做得再不好也是你做的，我爱吃你做的饭。”

梅丽感动地说：“既然这样，那我就献回丑，说吧老公，想吃什么？”

夏天奉承地说："你随便，我老婆做什么都好吃。"

梅丽调侃地说："那我给你做盘爆炒肥肠怎么样？"他知道夏天最厌烦这道菜肴，一吃就反胃。

夏天笑着说："怎么着，成心恶心我是不是？"

梅丽来到宽敞明亮的厨房，拿过围裙系在纤纤细腰上，扭头问在客厅看电视的夏天说："夫君，想好了吗，到底吃什么，请吩咐，奴家马上打理。"

夏天不假思索地说："我想吃白肉炖干白菜。"

梅丽蒙了。白肉她知道，干白菜是什么玩意她没听说过。

过去农村的冬天不像现在，没有大棚，也没人长途贩运新鲜白菜，所以，新鲜蔬菜奇缺，能吃上新鲜蔬菜的肯定不是一般的人家。因此，村里人为了解决漫长严冬的吃上新鲜蔬菜问题，除了在自挖的储菜窖里保存些秋白菜，再就是秋天把白菜晒干，冬天炖着吃。可是，城里没有干白菜，自从进城后他再也没吃到过，所以心里特别想吃。

梅丽为难地说："白肉好买，干白菜上哪儿去弄啊？"

夏天胸有成竹地说："你等着。"

夏天开车去了农贸市场。现在的市场空前繁荣，农副产品应有尽有，只要有钱就没有买不到的食品。夏天在市场转悠了一会儿，果然在一个蔬菜摊上买到了干白菜。

把菜拿回家，梅丽不知怎么做。夏天亲自下厨，做好白肉炖干白菜端上桌，拿起筷子迫不及待地吃起来，津津有味的样子好像胜过美味珍馐。看见梅丽新奇地看着菜肴发呆，夏天声音含混不清地催促道："别看了，快趁热吃，呵，真好吃！"说着，又夹了一筷子菜塞进嘴里。

盛情难却，梅丽用筷子夹点菜，想吃没敢，踌躇，看见夏天催促的目光又看过来，眼睛一闭，面带悲烈的表情把菜送入口中。夏天见状，好笑地说："干嘛啊你，那也不是苍蝇，怕什么？"

忽然梅丽一抻脖子哇地吐了，痛苦的表情好像是吃到了世界上最难吃的食物。她抹一把眼中溢出的泪水，幽怨地看着夏天说："什么破菜，一股土腥味。"

夏天夹一口菜送入口中，惬意地说："吃的就是这土腥味。"

梅丽皱着眉头说："别吃了，太恶心了！"

夏天遗憾地摇下头，嘟囔说："真没有口福。"

梅丽用不可思议的目光注视着夏天问："我说你们家冬天就享受这难吃的玩意啊！"

夏天回答："不光我们家，村里家家冬天都吃干白菜。"

梅丽苦着脸说："这么难吃的玩意，你们怎么能咽得下啊。"

夏天不爱听了："你不爱吃就不爱吃，别说三道四的好不好？"

梅丽负气地说："好好，既然好吃你就吃、多吃。"

夏天不想因为斗嘴而耽误口福，低下头继续享用。

看见夏天像吃饕餮大餐的样子，梅丽把头扭向一边。眼不见不等于心不烦，夏天吧嗒嘴的声音让她反胃，她捂住耳朵，可那声响却无孔不入。梅丽哀求地说："你别吃了行不行，算我求你了。"

嘁，我吃又不是你吃，你膈应什么，真是的。夏天带着负气的情绪，嘴吧嗒得更响了，像在为干白菜的好吃做生动的诠释。

梅丽突然哇的一声捂住嘴，匆忙跑向卫生间，里面传出剧烈的呕吐声。稍后，她泪流满面地从门口探出头来，可怜巴巴地说："求你别吃了，你再吃我就把胃吐出来了！"

夏天认为梅丽过于矫情，但看见她痛苦不堪的样子，还是通情达理地说："你若是看不下去就去客厅看电视，等我吃完你再出来。"

你吃饭让我饿着，夏天你可真会安排。梅丽生气地说："我说你那土腥气白菜不吃行不行？"

夏天说："不行，我还没吃够呢。"说着，又大口吃起来。

梅丽的脸色一变，端起菜盘起身走出餐厅。夏天以为她去厨房往盘里盛菜，当听见卫生间门被推开的声响时，感觉不对，起身匆匆走出餐厅。

夏天来到卫生间时，梅丽正往垃圾桶里倒盘中的菜，嘴里狠狠地嘟囔说：“我让你吃，土老帽！”

夏天大惊失色地喊：“哎哎，干什么你？我还没吃完呢！”

梅丽没说什么，走出卫生间。少时端着锅走进来，随手把里面熬的干白菜全部倒掉。

夏天抱着头惨叫一声：“天呐，我的干白菜！”

整整一天，他们谁也没跟谁说话。

晚上，梅丽上床去睡觉。夏天独自坐在客厅看电视剧，疲惫上涌，举臂伸个懒腰，打着哈欠进了卧室，脱掉衣服上床。仿佛他就是干白菜，梅丽反感地往床那边挪挪。夏天蒙羞，恼火地问：“你别别扭扭地想干什么？”

梅丽又向床边挪挪，手捂着鼻子说：“离我远点，我不想闻干白菜的味儿。”

夏天来气，故意向梅丽跟前凑过去。梅丽跳下床，抱着枕头走出卧室，咚地关上门。像被抽了一记响亮的耳光，夏天的脸一热。难道干白菜就那么叫她深恶痛绝？夏天百思不得其解。

7

梅丽的确有洁癖，吃的姑且不说，穿的同样讲究。衣物每天小洗，三天中洗，星期日大洗。其实讲卫生挺好的，夏天也赞同。问题是梅丽有点太过了，不管夏天多忙，也不管他的衣服脏不脏，一到洗衣的日子，梅丽会准时给他下达指令。夏天稍有不从，轻则遭到行云流水的唠叨，重则承受恶言重创。

最让夏天费解的是，衣服才穿一两天梅丽就洗，费水电不说，还磨损衣服。再者说，人一辈子应该实实在在干点事，总不能拿洗衣物当日子过吧？为此夏天很苦恼。

一晃让夏天心惊胆战的星期日到了。那天，夏天正在伏案制作版画，看见梅丽走入洗手间，知道她要干什么，转身准备开溜。

梅丽洞察了夏天的意图，伸手扯住他："哎哎，衣服没换呢！"

"我的衣裳前天才换的，不脏。"为证明所言不虚，夏天抬起衣袖放到梅丽的鼻子边，"不信，你闻闻。"

梅丽皱着眉头，像怕传染上什么疾病似的嗅嗅，果然没嗅到异味，但还是说："不脏也脱下来。"

夏天不耐烦地说："我说你有瘾啊？如果闲不住的话，下楼助人为乐去！"说完，转头向门口走去。

梅丽早有防范，劈手扯住他，不容分说，三下五除二剥葱一样扒下夏天的外衣，然后命令说："去卧室把内衣内裤换了。"

夏天有种光腚家雀的感觉，他说："我真受不了你。"

梅丽说："受不了也得受，麻利去！"

夏天无语，翻着白眼看着梅丽，样子像晾在沙滩上的鱼儿。

见夏天没动，梅丽催促说："翻着死鱼眼看什么，快去卧室换啊！"

夏天嘟嘟囔囔去了卧室，少时穿着新内衣内裤走出来。那是梅丽新买的情侣装，上面画着现代派绘画图案，动物造型严重变形，面目有些狰狞。梅丽打量着夏天的衣裤，自诩地说："瞧瞧，本小姐的审美绝对高端大气上档次，你看我买的衣裤那图案，简直太炫了！"

夏天一屁股坐在沙发上，扯过梅丽为他早已准备好的裤子去穿，扭头看着窗外婆娑的树影说："哎哎，外面刮风了。"

梅丽知道他话里有话，戒备地问："几个意思啊你？"

夏天站起身，提拎下穿好的裤子，边系腰带边说："不多，就一个，说大话当心让风闪了舌头。"

因为顺利实施了洗衣计划，梅丽心情好，没有计较，笑着说：“去你的，别怪话连篇的。”忽然她想到什么，对夏天说：“哎，今天我闺蜜刘莹的孩子过满月，邀请我们俩去喝满月酒。”

一听酒字，夏天的脸上露出欢颜，忙碌了差不多一个月，太该喝点小酒放松一下了，于是说：“好哇，我又可以白日放歌纵酒了。”

梅丽警告说：“哎哎，别一听说喝酒眼睛就冒绿光，我可告诉你，酒可以喝，但必须少喝，你如果胆敢酒精作伴好回家我跟你没完。”

“你管得是不是太严格了？我也告诉你，我没得‘妻管严’。”夏天义正词严地说。

梅丽眼睛一瞪，说：“怎么，不听招呼啊？”

夏天眼睛一闭，振臂高喊：“我要自由！”

若是以前，梅丽早被夏天的油痞相逗笑了，但她却没笑了，她突然觉得他太低俗，就像干白菜那样烦人。

梅丽的严肃让夏天敏锐地感到，白富美眼下不高兴，再开玩笑无异于引火烧身。他收敛痞相一本正经地说：“好好，你放心，我一口不喝。”

谁知，梅丽却恼了，质问说：“喝满月酒是高兴事，你不喝什么意思？”

喝也不是，不喝也不是，夏天无所适从，茫然地看着梅丽。这女人心真是孩儿面，说变就变。看来，女人的心思男人你还真别猜。

梅丽意识到自己太矫情，和缓下脸色说：“酒我没说不让你喝，是提醒你少喝。”

夏天不得要领：“少喝是多少？”

梅丽沉吟一下：“量力而行。”

夏天略加思索，请示道：“七八两可以吗？”

“不行！”梅丽斩钉截铁地说。

夏天问：“半斤呢？”

梅丽说："还多。"

夏天眼睛睁圆，像吐鲁番的葡萄，惊叫道："那还多啊！若是那样，你自己去吧，我不去了。"

"为什么？"梅丽没明白夏天的意思。

夏天说："你让我喝那点酒，还不够润嗓子的，那不成心勾我馋虫叫我难受吗？"

梅丽是极要面子的人，男友不去，闺蜜怎么看。她可不想颜面无光，只好放松政策说："好好，那你量力而行自行掌握吧，不过你得把握个原则，既要喝好又不能喝多，记住了没？"

夏天兴奋地一挺胸膛，朗声回答："请领导放心，我一定严格执行！"

8

夏天和梅丽驱车来到温馨大酒店，进入"幸福满满"包间时，桌前已经坐满了人。屋内欢声笑语，气氛融洽。看见夏天他们进来，大家纷纷起身欢迎。刘莹和她从澳大利亚留学回来的丈夫热情地把他们请到桌前就座。

人来齐了，宴会正式拉开帷幕。

刘莹的丈夫做完简短热烈的开场白后，大家纷纷举杯恭贺，接下来大家推杯换盏。酒过三巡，原本不熟的人也四海之内皆兄弟了，友谊泛滥胜过一奶同胞。

夏天每每喝酒必抽烟，多年来一直如此。他从衣袋里拿出烟，向桌上人逐一敬让。可白忙活，现在人们的健康意识强，谢绝。按理说，他应该识趣，不应逆潮流而动，但强烈的抽烟欲不能自控，还是让他点燃香烟喷云吐雾起来。梅丽觉得夏天这样不合时宜，用脚踢踢他。夏天会意，用力抽几口烟，随手把烟蒂丢掉。

有人过来敬夏天酒，夏天举杯响应。敬他的人是个瘦子，说话时眼睛一眨一眨的，一看就知道是个精明人。瘦子敬慕地说："夏老师，久闻大名，无缘结识，今天相会，幸甚，我敬您一杯。”

夏天谦虚地说：“您客气了，老师不敢当，叫我小夏好了。”

瘦子夸张地说：“您吓我呀，就是再给我安个胆我也不敢。”

做学问的人好像都有些偏执，形成成见难以轻易改变。夏天觉得瘦子精明得让他不放心，不想深交，推诿着不愿喝。众目睽睽之下瘦子觉得没面子，加上酒酣自控力弱，说话有些难听。夏天不屑，一笑了之。

当今许多人功利，像夏天这样敦厚的寥寥无几，于是他给大家造成这样一个印象，智力低下，不识时务。这样的人当然无足轻重了，自然夏天成了大家耍笑的对象。大家用廉价之语恭维他，拿酒灌他，为时不长，顾此失彼的夏天眼睛直了，真的把别人的居心叵测当成关怀了。于是，他带着感恩的心情，置梅丽的指示于不顾，跟大家气势如虹地喝酒。

这时有人抽抽鼻子，拿眼四下撒觅。忽然瘦子一声尖叫，他挂在衣架上的衣服青烟缭绕。他奋不顾身冲上前扑灭火，可衣服已被烧了一个黑洞。查找原因，是烟头扔在衣袋里引起的火灾。肇事者显然是夏天。瘦子跟夏天翻脸，话语比九天的北风还寒。

梅丽面子难堪，起身拂袖而去。夏天知道自己肇了事，酒醉吓醒，转身追了出去。

回到家，夏天诚惶诚恐地向梅丽赔罪。梅丽大骂夏天丢人现眼，自怨命不好摊上夏天这样一个不争气的男人，直至邻居当当敲暖气管方才罢兵止戈。

9

经过几次事件，夏天在梅丽眼中发生了重大变化。无论夏天做什么，在她看来处处是毛病。她动辄横加指责，让夏天无所适从。

夏天陷入苦恼之中。

人在痛苦中总想起曾经对自己好的人，几经踌躇，夏天打通了肖梅的手机，怯生生地问："你好，肖老师？"

肖梅迟滞一下："您是……"

不知是真忘还是假忘，总之肖梅把他忘了。夏天心中涌出深深的悲伤，拿手机的手无力地垂落下去。

外面传来开门锁的声音，梅丽走进屋。夏天强作欢颜地问："回来了？"

梅丽用眼角的余光看了他一下，没吱声，走进卧室关上门。夏天突然觉得心里很闷，宽敞的客厅仿佛变成密不透风的盒子，让他感到透不过气来。对面墙壁上挂着幅孤独者行走在大漠上的摄影作品，烈烈大风中，那个人看上去那么单薄，给人一种随风而起到天涯的感觉。

外面传来如哭似泣的琴声。夏天眼窝一热，特别想哭。

梅丽妈打来电话，让夏天和梅丽晚上回家吃饭。夏天撂下电话，推门进了卧室，把上峰指示告诉了躺在床上辗转反侧的梅丽。梅丽脸上的荫翳散去。她虽没跟夏天说话，但人已经坐到梳妆台前开始捯饬了。

晚上六点钟，夏天和梅丽双双出现在梅家。他们进屋时，梅丽爸正坐在富丽堂皇的客厅里看电视，看到会心处，忍不住笑出声。看见女儿和夏天进来，他收敛笑容，正襟端坐，脸色像开会那样严肃。

夏天赔着笑脸，殷切地问候："伯父好。"

梅丽爸看了夏天一眼，鼻子哼了一声算是做了回答。梅丽爸的傲慢让夏天心里感到不快，但他不好表现情绪，转身去了厨房。

梅丽把小皮包往旁边一丢，坐在沙发上，打量着爸爸的脸色："怎么，不欢迎我们回来？"

梅丽爸看眼厨房，笑逐春风地说："瞧你说的，闺女回来了我怎能不高兴。"

其实，梅丽爸原本是看好夏天的，一是他长相帅气，二是画技好，美术界的青年才俊。他态度之所以发生一百八十度逆转，是源于梅丽跟夏天的吵架。两人凑在一起，偶尔吵吵嘴很正常，但次数一多，有可能会发生质变。他是社会阅历丰富的人，从他们吵架的种种迹象上看，矛盾是由女儿和夏天之间的家庭背景、生活经历、性格特点等诸多方面的差异引发的。以他的经验看，他俩最终未必能走到一起。

夏天来到厨房，看见梅丽妈正在水池边洗菜，他走上前接过她手上的活。仿佛看到了援军，梅丽妈很高兴。她欣赏夏天的勤快，因为他比自己的女儿都体贴她，每次来都下厨帮助她干活，而且厨艺很不一般。你说，长相好，人又勤快，厨艺还高，哪个老丈母娘不喜欢？看见池中溅出的水珠滴落到夏天的衣服上，她从旁边的晾杆上拿过围裙系在他的腰间。

夏天感激地说："谢谢伯母！"

梅丽妈心里像抹了蜜一样甜，但有点意犹未尽，如果夏天能把伯母换成妈，那该多好。她盼望夏天能早日成为她的佳婿。因为夏天不仅长相英俊、有才华，而且更有暖男情怀。女儿需要绿叶映衬，也需要包容。

夏天洗完菜，戴上橡胶手套，蹲在大铁盆前开始收拾鱼，他动作娴熟，有条不紊。梅丽妈在一旁看着眼热，心想，如果自己的女儿也像夏天一样能干该多好！

厨事前期工作准备完毕，看看距离午饭时间还早，听见梅丽父女的说笑声从客厅传过来，夏天准备去客厅加入他们的聊天。梅丽妈对梅丽父子纸上谈兵有成见，不愿让夏天参与，又处心积虑地给他安排活儿，一会让他择菜，一会叫他剥葱，令夏天无法走开。夏天丝毫没有抵触情绪，乐此不疲，干得尽心竭力。

看着夏天就轻驾熟地干活，梅丽妈钦佩地问："你以前拜师学过厨事？"

夏天说："没有。"

梅丽妈更加惊奇，难道他梦里受过世外高人的点拨？更叫她匪夷所思的是，夏天整天乐呵呵的，心里就没有愁事？

夏天说："也有，可是愁眉苦脸又能怎样，何不笑着面对？"

就像听生活大师给自己上了深刻的一课，梅丽妈自愧白白吃了许多年咸盐，人生道理不如年轻人通晓。

10

时值中午，夏天主厨，梅丽妈配合，十道色味俱佳的菜肴制作完成，梅丽妈把菜肴端上餐桌，回头对看电视的梅丽爸说："吃饭了。"

梅丽爸走进餐厅，桌前落座。

往日里，梅丽妈最反对梅丽爸喝酒，今天却问："喝几杯吧？"

若是以前听到老婆这样说，梅丽爸准会乐得屁颠屁颠的。可现在他一点兴趣都没有，索然无味地说："大白天的，不喝。"

梅丽妈用不容置疑的口吻说："来客人了，一定要喝。"

梅丽爸皱下眉头说："如果下午公司有事，就会耽误的。"

梅丽妈说："公司那么多人是吃干饭的，少了你公司还不运转了？"说着，扭头朝客厅那边喊："丽丽、夏天，过来吃饭了！"

梅丽妈给梅丽爸和夏天的杯子里满上白酒，又给梅丽和自己的杯中倒上红酒。看见梅丽和夏天迟迟没有动静，纳闷地嘟囔说："怎么还没过来？"

这时，书房里传来梅丽的喊叫声，好像在训斥夏天。梅丽妈坐不住了，起身悼悼地向那边走过去。

原来，夏天来客厅找梅丽吃饭，发现她不在，推门来到书房。果然梅丽在电脑前玩游戏。按理说，快三十岁的人，玩兴应该有所收敛，可梅丽依然热衷于游戏，百玩不厌，每天不玩两个小时好像生活缺失内容似的。看见梅丽玩得兴高采烈大喊小叫。夏天害怕搅了她的兴致，轻手轻脚走过来，压低声音提醒说："哎，别玩了，吃饭啦。"

梅丽没动，好像没听见。

夏天提高声音说："老人在餐厅等着呢。"

梅丽身子一机灵，眉眼上现出痛苦表情。

夏天催促说："快点啊！"

梅丽猛地转过头，吼道：“都怨你捣乱，要不我就过关了！”

夏天怕在梅家当着老人面吵起来，忍气吞声，没有吱声。

梅丽妈走进来，着急地询问：“怎么啦，怎么啦？”

夏天无语。

梅丽白了夏天一眼，气咻咻地说：“你问他！”那理直气壮的样子，好像夏天真的招惹了她。

梅丽妈不知原委，看见女儿委屈的模样，心疼，真的以为错在夏天。虽然她看好夏天，但舐犊之情最终使她旗帜鲜明地站在女儿的立场上，她叹口气，用不满的目光看了下夏天。自己一片好心，却蒙受不白之冤，世事有时真的对人不公。夏天心里特郁闷。

梅丽一家和夏天在餐桌前就座，梅丽爸端起酒杯美美地呷一口，闭眼品味，神色惬意。自己独得其乐，把客人晾在一边，这不分明是瞧不起人嘛。夏天心里憋闷欲炸，他接受不了梅家人的居高临下。

其实，这种情绪由来已久。每每跟梅家人相处，他都有种莫名其妙的压抑感，心里被来自对方的鄙夷煎熬着。有时，他为自己身上流淌着乡下人的血而自卑，更为自己没钱没权没名气而沮丧。但那种心情只是昙花一现，继之而来的是，傲骨顽强增长。他想对他们说，城里人和乡下人都一样，就像到浴池洗澡，脱光了没什么两样。他也是有血有肉的热血儿郎，不是谁白眼的对象！

可他没有勇气，他需要他们的帮助。

11

没多久，夏天和梅丽之间发生了剧烈的争吵，而且还是在众目睽睽的农贸市场。

那天是星期日，夏天要出去买菜，在家闲得无聊的梅丽也要跟着出去。千金小姐心情好，要和他买菜，夏天当然求之不得，眉开眼笑地表示欢迎。

看来梅丽心情确实不错，出门时主动挽住夏天的胳膊，久违的亲昵令夏天受宠若惊。说真的，这样的亲密他们已经三个多月没有演绎了。农贸市场离他们家不远，他们没开车，步行去的。或许很长时间没亲热，他们彼此都感到新鲜。相拥相偎俨如新婚伴侣，路人纷纷投来羡慕的目光。瞧瞧，人家小两口，多腻歪！议论声像毛毛虫，在心里痒痒地爬。夏天甜蜜地想，叫驴变成温柔的猫咪真好！

星期日的农贸市场，是喧嚣的海洋。宽阔的场地里排满各种蔬菜摊，买菜的人摩肩接踵，叫卖和讨价还价声此起彼伏不绝于耳。夏天和梅丽在一个活鱼摊前驻足，梅丽说："买条草鱼吧，很长时间没吃了。"

虽说是商量的口吻，但对夏天来说，那就是不可忤逆的指示。虽说儿时吃鱼吃伤了，一闻鱼腥味就恶心，但他还是毫不迟疑地掏钱买了。在熟食摊前，看见热腾腾的羊杂，夏天忍不住咽口唾沫，他自幼就爱吃这玩意，便对梅丽说："哎，我想买点羊杂？"

梅丽眉头一蹙，厌恶地说："吃什么不好，干嘛吃那脏玩意。"

梅丽不批，夏天无奈，吞咽着口水离开羊杂摊。

走出不远是海鲜摊，梅丽看中新到货的大虾。虽说价格贵得吓人，夏天也讨厌大虾的海腥味，但为博美人欢颜，还是买了几只。

旁边有个铁笼，里面关着几只不知名的雏鸟儿。雏鸟儿羽毛鲜艳，黑黑的小眼睛，绒嘟嘟的招人怜爱。鸟儿勾起夏天的情思。小时候他对鸟儿情有独钟，别说这么好看的鸟儿，就连灰不溜丢的麻雀他都爱不释手。

记得，每每下雪时，他和小伙伴们把高粱秸秆卷成圈，用马尾鬃做成套系在圈上，在场院打扫出一块空地，把圈套用雪掩埋好，在里面撒些黄澄澄的秕谷，然后跑到旁边的干草垛后藏好。裸露的黑土地跟皑皑白雪形成鲜明对比，看上去特明显，很快麻雀成群而至。那些家伙非常警醒，在上空盘旋哨探一番，确认没有危险才落下。他们眼盯下套的地方，大气不敢喘。突然空场上扬起星散的雪屑，接着响起鸟儿凄厉的叫声，大群麻雀扑棱棱惊起，箭一样射向白茫茫的远方。他和小伙伴们一跃而起，争先恐后地跑过去。来到套子跟前，哈，套住三只。他们卸下麻雀，装进事先准备好的鸟笼，一路欢歌地回了家……

夏天萌生了购买的欲望。他知道梅丽未必同意，便巧立名目说："过几天我想画幅花鸟画，需要小鸟儿做模特，想买两只？"

梅丽说："不行不行，买回去在哪养？"

夏天笑脸相陪地说："我请人做个铁笼，放在阳台上。"

梅丽说："那屋里多味儿啊。"

夏天信誓旦旦地表示说："我天天搞卫生，不会有味儿的。"

梅丽一撇薄薄的嘴唇，鄙夷地说："哼哼，就你？邋遢得连自己的卫生都不搞还……"看见夏天的脸色由晴转阴，她没有继续说下去。

其实，这样的话夏天能够承受，问题是梅丽说话不分场合，周围人暧昧的笑让他有被火苗舔脸的感觉。男人可以没钱，但不可没有自尊，这是妈妈儿时经常对他说的话。

夏天恼怒，他不想因为梅丽强势而被人们视为惧内的人。他不再理会梅丽，对卖鸟人说："哥们儿，鸟儿怎么卖？"

卖鸟人回答："五十块钱一只。"

夏天吩咐说："我买两只。"

卖鸟人看看梅丽，一脸迟疑。

卖鸟人的举止刺激到夏天男人的自尊，他恼火地问："怎么，不卖吗？"

卖鸟人打个机灵："卖、卖！"

夏天指着铁笼中两支较强壮的雏鸟儿，硬邦邦地说："就那两只。"

卖鸟人用眼角的余光瞄了一下梅丽，伸手打开铁笼的门，刚要去里面抓鸟儿。梅丽伸手按住笼子门说："我们不买！"

卖鸟人转头去看夏天。

夏天斩钉截铁地说："看什么看，抓呀！"

卖鸟人讨好地冲梅丽笑笑，说："大妹子，你看大兄弟……"

梅丽呵斥道："什么大妹子大兄弟的，我们不买！"

夏天催促说："快抓呀！"

卖鸟人急了："你说你们，一个要买，一个说不买，拿我开心啊！"

旁边有人说："你们意见不统一买什么鸟儿，这不让卖家为难吗？"

其他人也说："就是嘛，你们斗气，别揉搓别人。"

夏天上前拨开梅丽按铁笼门的手，亲自从笼里抓出两只雏鸟儿。

梅丽脸一沉，威严地命令说："放回去！"

夏天没吱声，拿眼傲慢地看着梅丽。

梅丽提高音量地说："把鸟放回去！"

夏天硬邦邦地说："我为什么要放回去，就冲你这态度，这鸟儿我还就养定了。"他低头对捧在手里的小鸟儿轻声说："你说是吧？"

绵羊变成狮子，梅丽岂能容忍，她必须得镇压，否则夏天以后还不得踩鼻子上脸。梅丽劈手抓过夏天捧在手掌心的雏鸟儿丢在地上。

卖鸟人惊叫道："哎呀，我的鸟儿！"他急忙抓起地上的雏鸟，审看一下，见没摔伤，嘟囔着把鸟儿重新放回笼子里。

夏天冲梅丽吼道："干嘛你，土匪啊！"

梅丽蛮横地说："我就土匪了，怎么样吧你！"

夏天气咻咻地说："你买什么都可以，怎么我想买两只鸟就不行，我说你是不是太霸道了？"

梅丽讥讽地说："哼，连自己都养活不了，还想玩鸟儿当款爷呢，我呸吧！"

围观的人们哈哈地笑了。

直觉全身的血液一下子涌到脸上，夏天嘴唇一咬，快步上前，提拎起鸟笼子，说："这些鸟儿我全买了！"

围观者中有人说："爷们儿！"

夏天伸手去衣兜里掏钱，梅丽劈手夺过鸟笼丢在一旁。鸟笼门被摔开，雏鸟挤出笼子门，惊惶地四散而去。卖鸟人惊叫着去追，可竹篮打水一场空。雏鸟能飞的飞走了，不能飞的，捣着快步钻入旮旯里。卖鸟人懊恼地折回来，对夏天和梅丽说：“哎哎，你们斗气，把我的鸟儿整跑了，赔吧！”

梅丽红唇颤抖几下，没说话，掉头就走。

夏天伸手抓住她，说：“哎哎，我的钱不够，你留些钱给我！”

梅丽一挥胳膊甩开夏天抓她的手，说：“美得你！”她昂首挺胸扬长而去。

夏天无奈，掏出衣兜里所有的钱给卖鸟人。卖鸟人说不够。夏天耍赖说：“就这么多了，爱要不要！”说完撒腿去追梅丽。

梅丽如脚踩风火轮，走得特快。夏天如影随形跟在后面解释，可无济于事，梅丽的脸绷得依然跟搓衣板一样。

来到家门口，梅丽打开门，夏天刚要进去，梅丽一把将他推出来，咚地关上门。夏天忍住火气，伸手按门铃，门铃快叫爆了，门还是不开。

夏天骂了句脏话，悻悻地走开了。

12

夜幕降临。月儿像张黄盘子从高耸的楼顶露出头，不见了往日的枯黄，变得熠熠生辉。

喧嚣的城市静了下来，街上少了车水马龙，白日里拥挤的马路显得宽旷不少。朦胧的路灯下，树影婆娑的林荫路上，一对对红男绿女相拥相偎，他们妩媚地微笑，呢喃地说话，给如画的城市夜景增添了诗一般的温情。

夏天茫然地走在空旷的大街上，他不知去哪里，觉得自己就像大海中一片飘零的落叶。激愤之心推着他昂首挺胸，直至精疲力竭。

夏天坐在马路牙子上，仰头望向浩瀚的苍穹。月牙耷拉着嘴巴朝他笑着，好像在讥讽他不识趣。满天繁星眨着困惑的眼睛，好似为他流落街头吃惊。激愤消退，夏天突然生发悔意。自己衣食住行全是梅丽提供的，自己怎么可以身在福中不知福呢？他打了个冷战，心想，假如梅丽红颜一怒跟自己绝交，那自己吃什么喝什么？ 他的眼中闪出惊恐的神色。

不管怎么说，半夜三更幽灵般到处逛游不是办法，当务之急是去哪里栖身。思来想去，宿舍是唯一的去处。夏天抬腕看下手表，已经凌晨一点多钟了，同学们正沉浸在香甜的梦乡，自己去打扰好像有诸多不合适。正当夏天犹豫时，前方的灯火辉煌给了他提示，他眼睛一亮。那是火车站的候车室。

夏天穿过马路来到候车室，找了个没人的空椅子倒身便睡。椅子远不如梅丽家的床舒服，硌得身子很疼，夏天翻来覆去难以成眠，此时他多么想手机能响起。可手机像跟他怄气就是不响。

他十分想念肖梅。

几经踌躇，夏天鬼使神差地掏出手机打通肖梅的电话。

肖梅慵困地问：“喂，哪位？”显然，她还没从睡梦中完全醒过来。

听到熟悉的声音，像有股热流漫过心田，夏天的心里一片暖意。但他没回答，他无颜回答。

肖梅愠恼地说：“喂，你到底是谁？上次你已经骚扰过我一次，你再这样，我可要报警了！”

虽然肖梅声音严厉，但夏天听来却很舒服，它是那样的温馨，那样的动听，是世界上最美妙的声音。

肖梅那边音量又提高了：“你的手机号我已经锁定了，你再不挂机我真的报警了！”

夏天打个机灵，忙挂了手机，惆怅地叹口气。

有人来到夏天身边，请求地说：“先生，请给我们让个座。”

夏天坐起来，身子往一旁挪挪。

忽听那人惊讶地说："哟，这不是夏天吗？"

夏天身子一震，眼睛睁大。面前的人是他们学校国画系的老师，一位姓张，一位姓赵。夏天问两位老师干什么去？张老师告诉他，他们应邀去绿岭市设计一幅大型壁画。赵老师奇怪地问夏天，这么晚你不回家在这儿干什么呢？夏天的脸憋得通红，吭吭哧哧地说，他来接站，有个亲戚从外省来。

接下来，师生三人说了会儿艺术上的事，外边天已蒙蒙亮，喇叭里响起女播音员悦耳的播报声：各位旅客请注意，开往绿岭方向的列车马上就要进站了，请大家做好检票准备。

候车室里骚动起来。旅客们整理好随身携带的物品，到检票口前排起长长的队伍。

两位老师和夏天辞别，拖着旅行箱去检票，夏天溜出了候车室。

13

夏天觉得事隔一夜梅丽的气肯定会消，因为他们以前吵嘴都是这样。

夏天想回梅丽的住处，可心里发怵。自己昨天那么对待她，那个娇小姐不知会怎么折腾自己。可他不能不回去，因为肚子里呱呱直叫，从昨天中午到现在他滴水未沾。想在外面吃饭，衣袋里的钱已经不够。夏天踌躇一会儿，招来一辆出租车，硬着头皮坐上去。

夏天来到梅丽家门前，掏钥匙打开门进屋。

进屋时，果如自己所料，梅丽的气已经消了，她穿着洁白的睡衣坐在卧室的梳妆台前正施粉黛铅华，嘴里哼着"树上的鸟儿成双对"。看见这情景，夏天绷紧的心彻底放松下来。

夏天走到梅丽跟前，学着韩国人说话的口吻说："太太，我回来了。"他觉得自己的声音很动听，极具亲和力。

梅丽没有回应，依然哼唱着娇里娇气的歌曲，声调嗲得叫人心里发痒。

夏天提高声音说："太太，我太饿了，早餐吃什么？"

梅丽猛地转过头来。夏天这才看清，梅丽面目特狰狞，像电影里的女魔头。她粗鲁地说："吃屎！"

夏天被蛮横怔住了，若不是亲耳所听，别人即便说得惟妙惟肖他也不会相信，梅丽的嘴里怎会蹦出这般不堪入耳的话。他惊讶地说："你看你，怎么这样？"

梅丽吼叫道："就这样了，不愿听，滚！"

幻想和温情烟消云散，怒气重返心头。夏天说："走就走！"他摔门离去。

梅丽一惊，下意识地站起身，眼中闪出一丝恐慌。可那神色稍纵即逝，她鼻子哼了一声，嘟囔说："走了就别想再回来，你那张乡巴佬式的苦脸我看够了。"

夏天认清了梅丽的本来面目，她人前淑女，特别在男生跟前，能够把温情如水演绎到无以复加的地步。可对他就不一样了，那绝对是母夜叉一个。男人不能生活在这样的屈辱中，何况夏天自尊心特强，他决定和梅丽分居。如果再不分居，自己脆弱的神经就会崩断。

学院宿舍不能去住，同学们会讥笑的。利用中午放学时间，夏天走街串巷，还好，很快租到一处独门独院的砖瓦房。月租一个月五百，这样的房租费夏天能够承受。

房子租好后，夏天简单地打扫下室内卫生，雇车去梅丽家取行囊。

梅丽正坐在餐桌前吃饭，看见夏天进来，讥讽地说："你不是有志气吗？干嘛回来，莫不是流落街头无处可去了？"

面对迎面砸过来的恶语，夏天感到百蚁噬心。既然决定分居，跟不再亲密无间的人没必要推心置腹。其实，恋人之间吵嘴也是沟通。他不屑回答，径直进了卧室，整理好行囊，拖上旅行箱向门口走去。

梅丽冷冷地问："怎么，就这样走了？"

夏天奇怪地问："那怎么走？"

梅丽面无表情地说："你好像应该留下点什么吧？"

夏天懵懂地问："留下什么？"

梅丽嘲讽地说："哟，挺有本事啊，占别人便宜居然不动声色。"

夏天问："我占你啥便宜了？"

梅丽说："车和房不是你的吧，你是不是应该把钥匙交回来？"

经梅丽这么一说，夏天才意识到自己的疏漏，他从兜中掏出车和房的钥匙放在茶几上。

梅丽拿起钥匙把玩着说："想占我的便宜，你先找个铁公鸡练练，哼。"

夏天被嘲讽得脸红一块白一块的，他问："还有什么需要我交的，食宿费还用交吗？"说完，他就后悔了。如果梅丽真的纠缠不放，自己这不是自找麻烦吗？

看来，夏天是以己之心度人之腹了，梅丽没有像他想象的那样刻薄，只是翻着白眼说："滚，我懒得再见你那张兵马俑脸！"只要不让自己掏钱，这话他能忍，谁让自己穷光蛋一个呢。

夏天拖着旅行箱灰溜溜地走出房门。他走得很快，像逃。

第十章

1

夏天和梅丽分居以后，虽生活清苦些，却落个耳根清净。他每天沉迷于画画中，起早贪黑，画技大进，多次得到老师的表扬。

老师的鼓励促进了夏天的勃勃雄心，他把入学以来的画作经过精心整理筛选，准备在市美术馆举办个人画展。

一天，他修改完一幅画，已经是月到中天的时候了，光顾忙忘了去食堂吃晚饭，他感到肚子饿得不行，便走出画室去校外餐馆吃饭。

月色好像为他即将举办画展欢颜，它的脸膛很妩媚，像处于恋爱中的少女。夜风迎面吹拂，树叶沙沙，像有情人在轻轻地诉说醉人的情话。

夏天沿着树影婆娑的人行道向南走去，迎面走来两个相拥相偎的男女。女的把头靠在男人的肩头，男的用手臂揽住女的腰肢，他们边走边轻轻说话，不时发出暧昧却欢畅的笑声。夏天被他们的耳鬓厮磨弄得身上发热，心猿意马、想入非非。

当夏天和他们擦肩而过时，他不由得张大嘴巴。女的是梅丽！不管怎么说，目前为止梅丽还是他的恋人，她怎么能背着自己红杏出墙呢！夏天忍受不了，刚要发怒，“冲动是魔鬼”那句话在耳边响起，这是有一次他在绿岭市跟人打架，肖梅这样对他说的。于是，他控制住冲动，躲到树干后密切关注梅丽他们的动向。

梅丽和那个男人坐在人行道旁的塑料长条椅上，他们对视片刻，然后拥抱在一起亲吻起来，就像干柴遇烈火。之后，男人喘息着说：“丽，咱们结婚吧，我等不及了。”

梅丽犹豫一下说：“暂时不行，我还有点事没处理完。”

男人好奇地问：“什么事会影响到我们结婚？”

梅丽风骚地一笑，说：“暂时保密。”

梅丽的态度令男人有些失落，他说：“怎么，难道你不爱我？”

梅丽娇嗲地说：“你想到哪里去了，嘴都跟你亲了，我怎么会不爱你呢？”说着，嘟圆嘴巴轻轻地在男人的额头上一吻。

男人被焕发激情，扳住梅丽的脸颊回吻起来，就像饥汉扑在肯德基上。

夏天只觉浑身的血液一下涌到头上，他的脑袋膨胀得无比的硕大。他从树干后现身，窜到梅丽他们跟前，扬手啪啪给那个男人两耳光。男人被打蒙了，梅丽惊骇地望着盛怒的夏天。

夏天冲梅丽吼道：“这是怎么回事？”

梅丽很快恢复了镇静，她优雅地抹一下额前的碎发说：“你不是已经都看见了，我还有必要废话吗？”

夏天怒吼道：“你……你臭不要脸！”

梅丽刚想说话，被打的男人缓过神来，扑上去当胸揪住夏天，凶神恶煞地喊：“你干吗打我？”

夏天说：“你该打！”

那男人用喷火的目光盯着夏天，显然他没有失去理智，在极力忍耐着。他说：“我怎么该打，给我个理由！”

夏天说：“因为你偷了不属于自己的物品。”

男人叫道："你说谁是小偷？"

夏天说："你偷了我的感情，难道不是吗？"

男人一怔，说："你的感情？"他的眼睛下意识地看向梅丽。

梅丽避开男人的目光，色厉内荏地质问："你说谁是物品？"

夏天说："你自己心里不清楚吗？"

听着跟黑话似的对话，那男人好似悟到什么，追问梅丽说："你们到底怎么回事？你是不是有事瞒着我？"

梅丽的目光虚弱下来，吩咐男人说："你先走吧，我跟表哥说点事。"说着，拉起夏天就走了。

男人看着他们的背影，嘟囔说："表哥？"他满头雾水。

2

梅丽把夏天拉到街心公园，看见周边没人，立刻翻了脸："怎么，想搅我的局吗？"

夏天愤愤地说："你这局不该搅吗？"

梅丽问："你说咱们还有发展下去的必要吗？"

夏天承认，他们无法再继续相处下去。如果非要纠缠在一起，只会弄个两败俱伤，一肚子凄凉，但他却说："我看着来气！"

梅丽不解地问："我处男友你来什么气？"

夏天张张嘴没有回答出来，但他心里清楚，在没有明确分手之前，梅丽单边行动处男友，那就是对他的不尊重。

梅丽叹口气，酝酿出至真的表情说："我们虽没有明确分手，但事实上感情已经不复存在，你说咱们再这么貌合神离地处下去，对彼此不都是一种伤害吗？"

梅丽说得没错。夏天仰面舒口气，仿佛憋了几十年。他问："你真的想分手？"

梅丽肯定地回答：“是的。”

顷刻，夏天心里的余怒烟消云散。无关风月的陌路人处男友，自己再生气那不是有病吗？他露出欣然的笑脸，祝福地说：“那我恭贺你们了。”

梅丽愣住了。她没想到夏天这么豁达，这么爷们儿。

夏天被梅丽看得有些不自在，说：“你别这样看着我，我没那么崇高。”

夏天的大度让梅丽释怀，她向夏天伸出手，真诚地说：“祝你事业有成，生活幸福。”

夏天突然意识到，他们真的分手了。他没说话，目光百感交集地看着跟自己度过七百多个日夜的女孩。

说真的，梅丽心地不坏。问题是她为人矫情强势，嘴尖舌利。这是家庭经济优裕所致，他能理解。但他需要的是女人的温情，而她偏偏给予他的是女汉子的趾高气扬。此时，他深切地感受到，因城乡文化差异，个人经历不同，性格相悖，家庭经济背景有别，在对待具体事物上，两人的态度、方式、价值取向、审美情趣迥然有别，感情不能水乳交融。这样两个人怎么能和谐相处呢？

按理说，劳燕分飞对于他们来说好像不是什么坏事，应该算是种解脱，但夏天心里还是酸溜溜的，毕竟相处了两年有余。分手已是既成事实，伤感无济于事，他用各种理由宽慰自己，天下美女多的是，谈不到一起咱们就离。

但有一点夏天非常歉疚，那就是深深的羞愧感挥之不去。两年多来，梅丽为自己做出了很大的经济支持，以自己现在的经济状况，是无法补偿的。他是个不愿有负别人的人，特别是一个大男人有亏于女人，无论如何也觉得颜面无光。

夏天郁悒地说：“我花了你很多钱，无法补偿，如果你执意索赔，我会想办法的。不过，我不能骗你，短时间内恐怕……”

梅丽咯咯笑了。

夏天惶惶不安地问：“你笑什么？”

梅丽说：“你不用担心那个，我不会索赔的。”

夏天眨眨眼，仿佛坠入梦里："为什么？"

梅丽说："其实，咱俩原本谁也不亏欠谁。你图我的钱，我买的是我想要的爱，咱们各取所需，理所当然。"

事实本来就是那样，夏天跟梅丽心照不宣，但真的开诚布公地说出来，夏天还是感到震惊。

梅丽纳闷地问："你那么看着我干嘛，难道我说得不对吗？"

夏天突然觉得自己很龌龊，居然心里明白不愿明说，心安理得地走入用爱的圣洁包装的风花雪月之中。

梅丽伸出手，微笑着说："再见。"

夏天握住梅丽的小手，郁郁地说："保重。"

天上下起蒙蒙雨，梅丽手捂着头，大鸵鸟一样跑向马路对面男友的轿车。

望着缓缓离去的轿车，夏天的嘴角抽搐了一下，眼角流淌出两行凄清的液体，痒痒的，像虫儿爬。

他嘴里喃喃地说："别了，我两年的爱。"

3

经紧锣密鼓的筹备，一个月后，"夏天油画展"开展日期到了。

虽说画作是经过精心挑选的，但夏天还是担心作品立意不高、技艺不精而贻笑大方。他产生临阵退却的意念，可媒体已经把信息宣传出去，他没有退路。

画展开幕的前一天，刘梦和夏雨提前赶过来。一见面他们就嚷嚷着让夏天请客，说是提前庆祝。有亲自远方来，夏天自然要招待，问题是画展成功与否夏天心里没底。画展成功没说的，否则岂不是授人以笑柄，为现代版"笑林广集"增添新笑话。于是，他便以接风的名义，晚上在味美酒楼设下酒宴款待哥嫂。

不见梅丽，刘梦询问夏天何故。夏天吭哧着说她去外地采风没回来。夏天从不说谎，所以他的话可信度高，夏雨和刘梦相信了。他们举杯话亲情论画展，其乐融融。

翌日，画展如期开幕。

刘梦却在展厅意外地遇见梅丽。让她惊讶的是，她挽着一个身材修长、风度翩翩的男子。刘梦心胸广阔，海纳百川，以为是她的亲属，没做他想，准妯娌情深地拉住梅丽的手问寒问暖。

梅丽却指着那个男人介绍说：“这是我男朋友。”

刘梦蒙圈，结巴地问：“这是……怎么回事？”

梅丽惊愕地说：“夏天没告诉你吗，我们分手了。”说完，很友好地抬手向刘梦做个辞别的手势，挽着男人去看画作。

刘梦嘴巴大张一副不可思议的神色。世事真乃变化无常。上个月她跟夏天还比翼双飞，转眼心就另有所属。这也太童话了！

看过画展之后，刘梦和夏雨来到夏天的出租房。看到房屋简陋，环境凌乱，家无长物，夏雨和刘梦的心里特不是滋味。以前他们跟夏天通电话时，夏天总是洋洋自得地炫富，好像他在过着富二代的生活。

不是他文过饰非，事实也确实如此。

去年，他们夫妻来省城旅游，夏天请他们去梅丽的住所赴宴。因对夏天抛弃肖梅有成见，他们婉言拒绝。哥嫂来省城不到自己家吃顿饭，夏天感情上受不了。夏天稍事琢磨计上心头。他拿过手机气喘吁吁地给刘梦打电话，声称自己病了，很厉害，需要去医院救治，可梅丽不在家，手机关机，请他们过来把自己送往医院。听他那上气不接下气的声音，好像真的病得不轻。他们夫妻俩着急，一着急就智障了，虽然夏天的话漏洞百出，他们却刻不容缓地赶过来。

来到梅丽家一看，夏天腰扎围裙，哼着惬意的小曲，马勺颠得正欢，他们知道上当，转身欲走，却被夏天拦住去路。他鞠躬作揖说好话，直至哥嫂气消。看见时机成熟，夏天喊出在卧室的梅丽。为了得到夏天家人的祝福，梅丽忍辱负重摧眉折腰，用殷殷笑脸驱走夏雨夫妻俩心里残存的怨气。

他们在夏天和梅丽的热情相让下，坐在进口的沙发上，转头打量别墅里的环境。客厅装修得富丽堂皇，俨如电影里的丽宫。他们没想到梅丽居然这般富有。人往高处走，水往低处流，自然属性。夏天不是不食人间烟火的超人，是有血有肉有七情六欲的凡夫俗子，他岂能抗拒得了这般富贵的诱惑，如若换做他们也难以抵挡。他们理解了夏天。那天，他们夫妻在梅丽的住处喝了许多酒，也说了许多话，当然也拿梅丽当弟妹看了，他们鼓励夏天和梅丽的相亲相爱共赴人生。

谁知，夏天却从天堂跌落尘埃，他们询问缘故，夏天如实相告。夏雨性格温婉，只是摇头感慨。刘梦女汉子，她被梅丽视爱情如衣服，说穿就穿、说丢就丢的态度惹怒，认为她玩弄小叔子的感情，当即打车来到美院，找到梅丽，为夏天出气。在口才上，梅丽不是刘梦的对手，在刘梦伶牙俐齿的攻击下，梅丽浑身瑟瑟口不能言掩面而泣。

刘梦气出了，却为夏天引祸上身埋下了隐患。

4

夏天从展厅出来，来到书店买了本美术方面的书。书是油画色彩学方面的，是他仰慕的杨教授所著。书店旁边有个报摊，他又走过去掏钱买了一份小报，坐到旁边的荫凉处翻阅。

小报上刊登着这样一篇文章，标题是“名不副实，哗众取宠”。文章言辞尖刻，极尽嘲讽挖苦之能事，把夏天的画作说得一无是处，不如孩童的涂鸦之作。夏天气得把报纸撕碎丢在地上，为此他被一个胸佩“卫生监督员”牌的老太太罚了十元钱。他的画作质量不高是事实，但绝不像小报上说的那样一文不值。夏天不明白，自己和那个记者素不相识，他为什么要诋毁自己？夏天努力回忆了一下，自己在省城没有什么仇家，怎么会招来这么强烈的攻击呢？

人的直觉有时真的很神奇，夏天隐隐觉得背后有人在作祟。通过打探，判断得到证实。可他没有想到，作祟者竟是梅丽爸。

事情源于梅丽的频繁回家。自打跟夏天同居后，梅丽很少回家，即便回来，也魂不守舍坐一会儿便以有事为由离去。还有，另一点引起梅丽爸的注意，以前女儿回来总是跟夏天成双成对，现在孤雁独飞，岂能让他不生疑。老人活的是孩子，女儿的方方面面都牵挂着梅丽爸的心。他隐隐感到女儿和夏天的感情出现了问题。

别看梅丽爸是大老板，经营的企业高度现代化，骨子里却恪守着传统法则。在他看来，恋人分手，吃亏的终究是女孩。而且他还偏执地认为，夏天才华横溢，不久极有可能成为画坛新星，一定是他抛弃了梅丽。如果不是梅丽害怕遭父亲责骂，撒了一个不该撒的慌，那么肯定不会有小报上的那篇文章。

梅丽是这样回答爸爸的询问的，她说夏天朝秦暮楚变了心，而她却是忠诚爱情的卫道士。女儿的性情梅丽爸知道，但最后还是被亲情蒙蔽了双眼，认定是夏天负了心，决定给不知深浅的他点颜色瞧瞧。处朋友是你情我愿的事情，分合无可厚非，他不好以这个名义问罪。思来想去，决定通过诋毁夏天的画作发泄心头的怒气。于是，他授意公司的笔杆子，以观画者谈心得的名义写了那篇文章。

要么说人的感觉有时真的很准确。夏天隐隐感到，事情跟他与梅丽分手有关。听风传，事实确是如此。

夏天很生气，想利用法律手段维护自己的声誉，却没有确凿证据。再说艺术欣赏标准不一，仁者见仁，智者见智，他不能捂住别人的嘴不让说话，于是只好忍气吞声作罢。

5

画展最后那天下午，夏天从学院赶过来帮助美术馆的工作人员处理善后事宜。

夏天来到展览大厅时，里面除了工作人员还有一个人在看画。她手里拖着旅行箱，风尘仆仆像远道而来。她背对门口，斜晖从窗口照射在她身上，整个人看上去有些模糊。不管是偶遇还是专程赶来，夏天的心里都非常感激，他走过去想表达谢意。当接近那人时，夏天觉得身影眼熟，他不由得想到了一个人，可很快就否定了，这不可能。别说千里迢迢的，即便在本市那人也不可能来。

夏天走到那人身边，用感激的声音说："您好。"

那人闻声回过头来。她不是别人，正是肖梅。

夏天目瞪口呆。

他们对视，表情复杂。肖梅显现出的是委屈、愤懑，夏天眼中流露出的是羞涩、愧疚。

肖梅突然收回目光，撇开夏天继续观看画作。

尽管尴尬，但夏天还是问："你啥时候来的？"

肖梅恍若没听见，转身向另一幅画走过去。

夏天跟过去，嗫嚅地说："以前是我对不起你，事情已经过去了，难道你就不能原谅我吗？"

肖梅没吱声，专注地看画。

夏天自言自语地说："是啊，我连自己都不能原谅，为什么要求你原谅呢？"夏天叹口气，拖着沉重的脚步向别处走去。

肖梅闭上眼睛，稳定下情绪，回过头喊："你站住。"

夏天闻声停住脚步，但没有回转过身去，羞愧让他无法面对肖梅。

肖梅说："转过身来。"

态度虽然生硬，可却像催生万物的和煦春风，夏天的心里绽出生机，鼓起勇气回转过身。当跟肖梅的目光相逢时，他感受到她眼中寒中回暖了。

肖梅大方地伸出手，由衷地说："祝贺你的画展成功。"

夏天握住肖梅冰凉的小手，机械地说："雕虫小技难入大雅，让你见笑了。"

肖梅真诚地说："你的画在感情色彩方面大有长进，整个画作里弥漫着对农村、农民和土地炽热的情怀。”

夏天说：“谢谢你的鼓励。我知道，我的画作立意不高，画技稚嫩，表达粗糙，画风浮躁，对生活缺乏形而上的深度认知，远不是上乘之作。”

肖梅惊讶地说：“哦，你变低调了？”

夏天诚恳地说：“我不想低调，可我的作品不让我高调。”

肖梅若有所思地点着头说：“哦，你比以前成熟了。”

夏天说：“我没觉得。”

肖梅颇有感触地说：“如果你能这样认识自己，将来极有可能会成为一位杰出的画家。”

夏天羞涩地说：“哪里哪里。”

迟疑一下，肖梅问：“她怎么没来？能让我们交个朋友吗？”

夏天不知肖梅何意，没敢相告，他怕遭到讥笑，于是敷衍地说：“学校功课忙，她正上课呢。”

肖梅“哦”了一声，向夏天辞行说：“我回去了，再见。”

夏天忐忑地问：“你真的原谅我了？”

肖梅大度一笑说：“事情已经过去，我还有必要继续沉浸在过去的不愉快中吗？”

夏天愧疚地说：“你能这样认识我很高兴。”

肖梅淡然一笑说：“人生在世，都有各自选择的权利。你没选择我，说明我们缘分未到，你不必过分介意。”

夏天感动地说：“可我……”

肖梅说：“好啦，别陈芝麻烂谷子婆婆妈妈的了，过去的就让它过去吧。愿你事业百尺竿头，恋爱顺利。再见。”肖梅转身离去。

夏天百感交集，忽然冲肖梅的背影喊道：“你等等肖老师！”

肖梅回过身来，纳闷地望着夏天。

夏天说："上个月你是不是接到两个不明身份人的电话？"

肖梅微微一怔："对呀，你怎么知道的？"

夏天难为情地说："那是我打的。"

肖梅惊愕地问："你找我有事？"

夏天低声说："没事。"

肖梅困惑地问："那你打电话……"

夏天挠着头说："那天不知怎么了，脑袋一热就给你打过去了。"

肖梅发现夏天脸色苍白，嘴唇发紫，关切地问："你怎么了，是不是生病了？"

夏天摇摇头。

肖梅眨着眼思索一下，好像明白了，她说："成就事业不是一蹴而就的事情，需要日积月累慢慢积淀，你要注意劳逸结合，别太玩命，身体是本钱，赔上老本那是得不偿失的。"

夏天鼻音浓重地说："我记下了。"他扭过身去，两颗饱满的泪珠从眼中溢出。阳光照在上面，很亮，像纯洁的珍珠。

6

画展结束后，一位名叫艺徒的人在省文艺报上发表文章，对夏天的成就予以了充分的肯定。他说夏天的画作已经能跟国内一流油画家的作品相媲美，展示了当今青年画家雄厚的艺术实力，夏天日后必将走红画坛。

名人就是名人，其舆论效应不同寻常，夏天引起省内外美术界的关注。记者盈门，各大媒体纷纷推出专题报道，夏天成为画坛冉冉升起的璀璨新星，也被省美术家协会吸收为会员，当选青年油画研究会常务理事。

学院也因夏天声誉鹊起，报考者骤然飙升。夏天受邀加盟省画院，成为签约画家。

一天，夏天正在他的住所做饭，一个久违的倩影出现在门口。屋里烟气太浓，夏天看不清来人，眯着眼睛问：“谁？”

来人也不答话，推开夏天帮他炒菜。

夏天终于看清来人，连忙说：“哎呀呀，使不得、使不得。”

梅丽说：“有什么使不得的？以前我还少给你炒菜了吗？”

夏天说：“以前是以前，现在是现在。”说着伸手去抢铲子。

梅丽不给，两人拉锯。突然，铲子划破夏天的手指。梅丽惊慌地问：“怎么了？”

夏天捂住手指说：“没怎么。”

梅丽低头去看，有股红的血水从夏天的指缝溢出。她拉过夏天的手，惊恐地喊：“哎呀，都出血了！”

夏天甩甩手指上的血水，看下伤口，只划破层皮，不碍事，就说：“别大惊小怪的，没事。”

梅丽觉得都出血了，应该去医院处置伤口。夏天觉得没必要，不去。梅丽不容分说，拉起他就走。

在医院处置完伤口，打了破伤风预防针，他们从医院走出来时，已经过了饭点，梅丽邀请夏天去旁边的“美食屋”吃饭。彼此已经分手，再一起吃饭多有不便，夏天力辞。

梅丽伤心，戚戚地说：“难道我就那么令你讨厌？”

夏天解释说：“你已经有了男朋友，我们在一起吃饭不合适？”

梅丽如释重负地问：“就是为了这个？”

夏天说：“对啊。”

梅丽说：“我们早已散了。”

夏天惊愕地问：“为什么？”

梅丽说：“这不关你事。”

夏天困惑地嘟囔说：“这搞对象不是小孩过家家，怎么说散就散啊？”

梅丽不以为然地说："都什么时代了你还那么封建，婚姻是以感情为基础，有情则聚，无情就散，这有什么呀。"

夏天不敢苟同梅丽的观点，觉得那是典型的杯水主义爱情观，彼此对对方不负责任，只会增加男女双方不必要的矛盾和痛苦。

梅丽用手抻了下夏天的衣袖说："还愣着干什么，走，吃饭去。"

夏天向后退退："不不，我还是不能去。"

梅丽说："为什么？给我个理由。"

夏天说："我不想受你的恩惠太多。"

梅丽扑哧一声笑了，说："这是什么理由。我不说过嘛，你需要钱财支持，我需要你的温情，各取所需，没有谁亏谁啊！"

夏天很惊讶，梅丽说这话时居然没有一点思想障碍，纯洁的爱情在她嘴里就是典型的功利行为。他说："不不，我们在一起不合适。"

梅丽打量着夏天，看他丝毫没有开玩笑的意思，脸上不禁泛起愠色："有名了是吧？嫌弃我了是吧？想当负心郎是吧？"

这是什么话，分手是她先提出来的，他们现在只是熟人而已，她怎么可以用这种口吻质问自己？而且还把一堆吓人的大帽子扣在自己头上，你以为你是谁，爱情霸主吗？ 夏天不悦地说："梅丽小姐，请你别这样，我们已经不可能了。"

话夏天说得非常明白，可梅丽却说："天有阴晴，月有盈缺，我们为什么不可能呢？"

如果说，以前夏天心里对梅丽经济帮助还心存感激，现在那种感觉荡然无存了。爱是你情我愿的，不是用金钱购买的，更不是挟恩强迫的。这种爱夏天宁可没有也不想要。毕竟梅丽有恩自己，他不好决绝地回绝，便很外交地说："谢谢你对我的留恋，可我已经没有能力再承受你的爱了，谢谢，真的很感谢。"

梅丽问："你在搪塞我吗？"

夏天做出由衷的样子说："不，我说的是真心话。"

梅丽眉眼间染上儿女情长，娇嗲地说：“忘记过去吧，让我们重新再来好吗？”她闭上眼睛，身子向夏天怀中倾斜过去。夏天火灼似的闪开身子，像警醒的马鹿那样敏捷。

梅丽扑了个空，险些跌倒。她蛾眉一挑，恼怒地说：“你有什么了不起，干嘛这样对我！”

夏天知道解释是多余的，也大可不必，做出谦谦有礼的样子说：“不好意思。”

梅丽泪流满面，历数自己对夏天的种种好。简而言之，没有她的经济支持，就没有夏天的专业成果!

汹涌的波浪撞入心房，夏天既定的意念摇摇欲坠，可他还是咬紧牙关不为所动，因为他知道，如果自己再跟梅丽花好月圆，等待他的必是人生苦果。

7

夏天以为他跟梅丽的事情彻底过去了。不久，他却接到梅丽爸的电话，不过，不是坏事。梅丽爸说晚上他在贵宾楼请客，邀请夏天参加。公司大老板相请，对于一般人来说，应该说是殊荣。可夏天知道对于自己来说，未必是好事，便找了个理由婉言谢绝了。

晚上放学时，夏天正向校外走，被教水粉画的张老师叫住。张老师要夏天陪他赴一个宴会。老师相邀，夏天不好推辞，跟张老师钻进在路旁等候的一辆高级轿车里。

几经辗转，轿车在贵宾楼前停下。夏天很疑惑，张老师赴宴的地点怎么跟梅丽爸请客的是同一地点，难道他们……但夏天很快就否定了自己的判断，茫茫人海，怎么会这么巧呢?

进了酒楼来到雅间，夏天不由得大吃一惊，衣冠楚楚的梅丽爸端坐在餐桌前。看见张老师和夏天进来，他微笑着说：“欢迎二位赏光，请坐。”

张老师拉一下发怔的夏天，夏天犹豫地坐在椅子上。

梅丽爸朝侍立在门口的女服务生一招手。领班的女服务生上前，轻声慢语地问：“先生，有什么需要？”

梅丽爸说：“上菜。”

女服务生从腰间拿下对讲机，讲话。稍后，几个服务生把诱人的菜肴端过来摆上桌面，给每位客人的杯里满好酒，退后。

梅丽爸端起酒杯做开场白说：“薄酒素菜不成敬意，请二位海涵。来，为了我们的亲情，干杯！”

梅丽爸的话叫夏天匪夷所思，他俩没分手时他这样说，还说得过去，现在这样讲显然不合时宜。

张老师端起酒杯，笑着跟梅丽爸碰杯。看夏天没动，他催促说：“发啥傻，来呀。”

梅丽爸说：“别外道，喝，小夏。”

夏天推辞说：“不好意思，我喝不了酒。”

梅丽爸“哦”了一声，看向张老师。

张老师对夏天说：“少喝点，你如果不喝，多辜负梅总的一片盛情。”

话说到这份上，何况说这话的人还是自己的老师，夏天不好再推辞，端杯跟梅丽爸一碰把酒干了。酒入口很辣，从嘴一直辣到食管。

梅丽爸脸上绽出笑容，举杯再倡议说：“今天是周末，正是良宵美景，来，咱们开怀畅饮。”

梅丽爸没了以前的架子，满面春风礼贤下士，频频给夏天夹菜。夏天感到很不适应，心里忐忑不安。此时，夏天感慨地想，还是远离梅丽的好，这样他可以获得梅丽爸的尊重。

酒过三巡，菜过五味，梅丽爸打开了话匣子，先说梅丽被他宠坏了，任性、不会体贴人；再说在夏天和梅丽处朋友期间，夏天没少包容照顾梅丽，他深表感谢云云。夏天不得要领，一头雾水。今天他是陪老师赴宴的，主客是老师，梅丽爸说这些无关风月的话是什么意思？他应该不是请自己来忆旧的吧？夏天思来想去，没有合理答案，就把问题归结到酒上。人喝了酒都好兴奋动情，话自然就多，而且还好感情泛滥。夏天想，酒真是神奇之水，能让梅丽爸变成慈祥的长者。

其实，事情不是夏天想象的那样，酒水也没有那样的功劳。梅丽爸之所以礼贤下士，纯属身不由己。

那天，梅丽遭到夏天拒绝后，回到家请求爸爸出面做说客，让夏天跟她鸳梦重圆。梅丽爸放不下老板的架子，不肯。梅丽便施展女孩的特长，一哭二闹三绝食。一套组合拳打出去，梅丽妈先慌了，训斥梅丽爸铁石心肠。梅丽爸别看是大老板，对老婆的话还是言听计从的，于是，重重叹口气。梅丽闻声罢兵止戈，脸上露出笑容，她知道，那是爸爸的承诺。

如果张老师不在一旁说话，夏天肯定还蒙在鼓里。张老师说，梅丽爸面冷心热，绝对是位心地善良可以信赖的人。张老师说话向来中庸，他旗帜鲜明地赞美，夏天不由生疑，他和梅丽爸到底是什么关系？他开始留意梅丽爸和张老师之间的言谈，没有找到想要的答案。但他隐隐感到，张老师和梅丽爸的关系非同一般。

谜底很快揭开。

梅丽爸赞扬夏天过后，话锋一转开始大说特说梅丽的好处，在他嘴里梅丽貌美若仙，她跟夏天是郎才女貌天造地设的一双，如若他们不比翼双飞，那是他们人生无法弥补的遗憾。张老师在一旁极力配合，说年轻人都有性格不定的时候，夏天和梅丽分手可以理解，他认为他俩应该重叙旧好从头再来。

夏天终于从云里雾里走出来，这场宴会是他们专门为他设的局。他想起身离去，可他不能。他可以不给梅丽爸面子，但张老师的还是要给的，他毕竟是自己的授业老师，而且能左右自己结业后的去向。他不想看他们再八卦下去，因为他觉得那是对自己智商的侮辱。于是他灵机一动，举起杯热情洋溢地说："两位在上，我提议大家共同干两杯！"

夏天之举令梅丽爸非常高兴，他收到了夏天示好的信号，看到了女儿鸳梦重圆的曙光。他举杯积极响应：“好，喝、喝！”

三人酒杯一碰，仰头一饮而光。

接下来夏天又提议第二杯，三人又喝了。

酒一落肚，胃内燃起熊熊火焰，夏天醉了。

梅丽爸也喝高了，他嘿嘿傻笑着拍着夏天的肩膀说：“老弟，够哥们，往后我……亏待不了你，等公司办公室……主任的位置闲出来，就你干，工资嘛，一个月……”他伸出五个手指头在空中晃晃。

夏天用猿啸猴啼的鼾声回答了他。

张老师苦笑着说：“得，一片苦心付流水。”

8

醉酒事件发生不久，一天中午放学，夏天正走在回出租房的路上，一辆豪华高档的轿车停在身边，夏天吓一跳，本能地躲到路边。

车窗玻璃落下，露出梅丽媚笑的脸膛：“哎，上车。”

夏天拿眼打量梅丽的轿车，女式的，橘黄色，很漂亮。

梅丽炫耀地说：“看什么看，我上个月新换的。怎么样，够气派吧？”

夏天敷衍地说：“挺好。”说完转身就走。

梅丽驱车跟上来说：“喂，你什么意思，怎么不上车？”

夏天说：“坐不惯，还是走着好。”

梅丽愣了一下，满眼困惑地说：“你不是跟我爸和我姨夫喝过酒了吗？”

夏天纳闷地问：“你姨夫是谁？”

梅丽也纳闷地问：“是你的张老师啊，怎么，你不知道？”

夏天恍然大悟，心里有些生张老师的气，觉得他身为自己的师长，不应该跟梅丽爸合伙给他设套。于是他粗着声音说："是的，酒是喝过了，那能怎样呢？"说完他一怔，觉得自己这样说话太没教养，有点像地痞的口气。

梅丽惊愕地说："那不就是答应我们和好了吗？"

这是什么逻辑，喝过酒我就一定跟你和好？夏天不想直白地拒绝，毕竟梅丽是女孩，脸皮薄，便找托词说："那天我喝多了，不好意思。"

夏天这样说，意思已经非常明确了，急于跟夏天和好的梅丽为情所困，智商低下，自作多情地认为，夏天跟爸爸喝醉，说明彼此交了心，想着脸上柔媚百生桃花灿烂起来。

有几位同学路过，看见梅丽跟夏天腻歪，脸上闪着暧昧的笑容躲开了。

夏天不想被同学们误会，沉吟一下，直接对梅丽说："我再重申一遍，我们不合适，在一起只会增加痛苦，请你不要自寻烦恼！"说完拔腿就走。

梅丽脸色苍白地喊："站住！"

夏天停住脚步但没回头。

梅丽推开车门跳下车，气急败坏地窜到夏天面前吼道："好哇夏天，你敢跟我玩赖！"

夏天厌烦地说："我玩什么赖了？"

梅丽质问道："你为何出尔反尔？"

夏天说："我压根就不同意，怎么就出尔反尔了？我再说一遍，咱们不可能再回到从前，请你别再做非分之想！"

梅丽歇斯底里地喊道："负心郎，我会让你后悔的！"话音没落，嘴一咧哇地哭了。

这时，一位交警走过来，指着停在路旁的轿车问："这是谁的车？"

夏天用嘴巴努努指向梅丽说："她的。"

交警走到梅丽跟前，敬个礼说："小姐，这个路段不准停车，您违章了。"

梅丽停止哭泣，惊愕地说："什么，我违章了？"

交警说："是的，请您把驾照拿出来。"

梅丽急忙解释说："我不是有意的，真的！"

交警重复说："请您配合。"

梅丽走到轿车跟前，拉开车门，从里面拿出驾照递给交警。夏天趁梅丽注意力转移，连忙脚下抹了油走了。他感激交警的出现，否则自己真的不知怎么摆脱梅丽的纠缠。

梅丽转头冲他的背影喊："你等着，看我以后怎么跟你算账！"

9

下午下课，夏天来到球场，独自打起篮球，运球、三步篮、跳投，玩得很投入。

结业在即，既要写论文又要创作作品，还有外界的画约，更兼有梅丽隔三岔五的骚扰，他感到精神压力很大，所以球打得有些发泄的味道。投入必会添彩，由于球打得精彩，吸引了几位过路女生，她们凑到球场边观赏，不时发出喝彩声。

这时，同宿舍一个男生跑过来，说老师找他，让夏天马上去办公室。夏天玩兴未消，恋恋不舍地抱着篮球离开球场。

夏天来到教师办公室，看见张老师端坐在办公桌前，一愣。张老师示意他关上门。夏天知道张老师找他干什么，心里快速地思索着对策。张老师站起身，围着夏天踱步，一圈又一圈，尽管他故作深沉，但夏天已经感觉到他内心的焦躁。

夏天装痴做傻地问："老师，您找我什么事？"

张老师用怪异的目光打量下夏天说："你这人貌似老实厚道，没想到办事很不地道。"到底是老师，深谙心理学，一张口就先声夺人，把夏天挤到被动境地。

夏天准备把痴傻装到底："老师，您这话什么意思？"

张老师单刀直入地说："我怎么就想不明白，梅丽那么好的姑娘，要长相有长相，要经济条件有经济条件，你怎么就……唉！"

夏天说："哦，老师原来为这事，这是我的感情问题，就不劳烦老师您操心费神了。"

张老师被夏天的柔术弄恼，屈着手指咚咚敲着桌面说："你给我说说，你为什么看不上梅丽？"

夏天说："她很好，正如您说的，要貌有貌，要钱有钱。我一个农村人能娶她是我家祖上积德，可是，鞋小只有脚知道，我们在一起不合适。"

张老师质问道："难道我眼拙，怎么就没看出来有什么不合适呢？"

夏天说："我俩的交往证明，我们各方面有诸多不合，相处得很不快乐。"

张老师说："恋人交往哪有不磕磕碰碰的，这很正常啊。"

夏天无奈地咽口唾沫说："老师我也不想过多解释，请您相信我，我们在一起真的不快乐。"

张老师坐回到办公桌前，目光热切地看着夏天，语重心长地说："夏天，我是你的老师，说话如有不妥请见谅。"他推心置腹地说："我觉得自打你办完画展小有名气后，就开始翘尾巴了。年轻人，我告诉你，在画坛上我跋涉了半个世纪，当年也被誉为画坛新星，可到现在怎么样？还不是如此。夏天，我提醒你，不要被芝麻绿豆大的成绩冲昏头脑，人贵有自知之明，否则那是要跌大跟头的！"

这是什么，忠告还是威胁？夏天一时难以辨别清楚，但他隐隐感到是后者。不管怎样，张老师为人师表，不该对自己的学生这样说话。但他还是诚恳地说："是，我记下了，老师。"

张老师眉头舒展，像遇到阳光的花瓣："记下就好，那你和梅丽的事……"

夏天说："老师的教诲我铭记在心，感情的事情恕我不能从命。"

张老师粗重的眉毛挑起，音量大起来："夏天，你连我的面子也不给吗？"

夏天说："您的面子固然重要，但我婚姻的幸福也是大事。"他向张老师深深鞠一躬，说："对不起，老师，请您理解我的苦衷。"说完，拉开门离开了教师办公室。

张老师望着门口摇摇头，嘴角扯出一缕自嘲的苦笑。

10

美院拟举办五人油画联展，其实就是学业优等生作品擂台赛，含金量很高。这正是展示才华的好时机，夏天岂能放过。他抛开一切琐事，全力以赴投入创作。

经过充分酝酿，精心构思，他准备创作一幅名叫《民间歌手》的油画。他走的是传统写实路线，也就是人们常说的与照相机争功。画民俗题材的作品，画家须熟知风土人情，包括人物服饰，衣着打扮，各类图案。为此他搜集翻阅了大量资料和照片，可谓呕心沥血。

因长时间蜗居画室，昼夜不分，全身心投入，创作后期，夏天脑力和体力严重透支，头昏脑涨，浑身无力，绷紧的神经好像随时都可能断裂，他只好放下画笔走出画室放松。

长期不见阳光，夏天有些不适应室外的环境。阳光特别炫目，大街上的车水马龙叫他心神不宁。他来到青年公园找了一个僻静的柳林，准备好好放松一下。柳林里果然是放松的好地方，景色幽美，鸟叫虫吟，再兼有潺潺清澈的小河。夏天沿着绿草如茵的林荫路散步，心里一再告诫自己，放松、一定放松，可画作还是如影随形地往脑海里钻。他就是这样，一旦全身心投入创作，就欲罢不能、一发不可收拾。

阳光从树干间投射进来，条条缕缕好像灿灿的金条，点点光斑被树叶筛落在毛茸茸的草地上，看上去宛如满地亮晶晶的眼睛。飘弥的袅袅雾气给寂静的林间赋予了灵动之气，鸟鸣之音使得树林显得幽深。嫩绿的草丛中夹裹着一簇簇小花，红的、黄的、蓝的、粉的……花的形状各异，有的像振翅欲飞的彩蝶，有的好似造型别致的花篮，还有的宛若孩童吹的喇叭……

这时，身边“嘎”的一声，一辆摩托车停在夏天跟前。两个穿着奇装异服的男青年从车上下来，气势汹汹地走到夏天跟前。

为首的高个青年问："你就是夏天？"

夏天戒备地说："你们找我有事？"

高个青年眼露凶光："废话，没事我们找你干什么！"

胖青年斜睨着夏天，用一只手掰着另一只手的手指，手指上发出咯咯的声响。夏天知道情况不妙，回身就走，可为时已晚。高个青年伸手拉住他，胖子上来就打。夏天感到剧烈的疼痛，突然头一晕便什么也不知道了。

夏天醒来时，发现自己躺在医院。自己什么时候躺在这里？谁送自己来的？他努力回忆了一下，一点印象也没有。查房的医生告诉他，昨晚八点多钟是他的两个同学送他过来的，说是同学之间发生斗殴所致。末了，医生用不可理喻的口气说，同学之间有什么大不了的事，干嘛要拳脚相对。夏天被说得莫名其妙，他向医生询问送他来医院之人的模样。医生描述一下那两个人的体貌特征，夏天明白了，那正是打他的凶手。夏天很困惑，他们是什么人？为什么要打自己？打完干嘛还要送他来医院？

口袋里的手机响了，夏天接听。班主任老师生气地质问夏天为什么不去上课，难道挣钱挣疯了吗？夏天告诉老师，他昨晚被两个不明身份的人打伤，现在正躺在医院。班主任着急，告诉夏天他马上就过来。

半个小时后，班主任领着几个学生来到病房。看见头包纱布，眼窝青紫，嘴唇肿得老高，犹如哈哈镜里人物似的夏天，不由得大吃一惊。班主任询问夏天被打的经过，夏天简要地叙说了一遍。班主任气得高声吼道，朗朗乾坤，法治社会，胆敢在光天化日之下实施暴行，真乃是可忍孰不可忍！他当即拿手机向 110 报了案。

很快，两名威严的警察出现在夏天的病床前。他们详细了解了情况，认真做了笔录，临走向夏天承诺，他们一定全力调查给夏天一个交代。

11

因年轻，身体好，皮肉之伤很快痊愈。

出院后，夏天继续投入到参展作品的创作中，其间公安局的人来过两次跟他核对情况。偌大的城市寻找一两个陌生人谈何容易，无异于大海捞针，夏天未抱多大希望。

一天下午，白油画色用完了，夏天到美术颜料店去买。真是冤家路窄，他在画店门前看见有个高个青年在树下打手机，他认出那就是打他的凶手。他走进画店，掏出手机打了 110。110 让夏天跟住那青年，他们随后就到。高个青年关了手机进了旁边的网吧，夏天在门口守候。过一会儿，警车呼啸而至。车上下来几名警察，夏天领着他们进了网吧。

高个儿青年正坐在电脑桌前津津有味地打游戏，警察神兵天降地出现，他意识到不妙，撒腿向门口逃窜，来到门口时，被埋伏的两名警察擒住，戴上手铐押上了警车。

第二天公安局来人，他们先到校长办公室和校长进行了谈话，然后让人把课堂上的梅丽唤来带上警车。真相大白，梅丽就是打人凶手的幕后操纵者。

后来，据晚报记者的文章披露，梅丽见和夏天梅开二度无望，恼羞成怒，花重金雇人打伤夏天，以泄心头之恨。梅丽的行为已构成故意伤害罪，检察院准备依法向法院提起公诉，学校也对梅丽做出开除学籍的处理。全校师生深为梅丽惋惜，她在艺术设计方面很有天赋。最震惊的当数夏天，虽然他对梅丽的行径愤慨，但听说她将受到法律的惩处，心里还是很不是滋味，毕竟他们相恋一场，还是有感情的。于是他专门去拘留所探视了梅丽。

隔着森严的铁窗，夏天和梅丽见面了。夏天心情沉痛地问：“你还好吗？”

梅丽嘴角抽搐了一下，却笑着说：“好、我很好。”

夏天看见有缕悲伤从梅丽的眼中闪过，百感交集地说：“你不该做傻事。”

梅丽的眼中突然射出仇恨，说："你别猫哭耗子假慈悲，你不就想看到我身陷囹圄吗？"

夏天痛苦地说："你要对我有气，可以公开揍我一顿，干嘛要雇用……"

梅丽打断他的话，决绝地说："你少来这套，我不想听，你走吧！"

谈话无法继续，夏天默然起身，拖着沉重的脚步离去。

望着夏天的背影，梅丽突然捂住了脸。

出了看守所，夏天打车直接去了市检察院。他来到公诉科，告诉办案人员，他本人不想追究梅丽的责任，恳请他们根据当事人的意见减轻对她的处罚。干警们听了夏天的意见，很惊讶，也很感动，但他们告诉夏天，梅丽已经触犯了法律，肯定会受到法律的追究，他们可以把夏天的意见转告给法院，作为量刑的参考。

出了检察院大门，夏天的心情轻松了许多。他已经努力了，对梅丽问心无愧。

12

回到学校，夏天直接去了校长室，他把自己的诉求重新向校长陈述了一遍，请求校长代表学院跟检察院交涉。开始校长不同意，认为梅丽触犯刑律本应受到法律处罚，后被夏天的诚挚感动，同意出面。

从校长办公室出来，在走廊上遇到张老师。张老师告诉夏天，梅丽父母听说女儿要被判刑，情急之下，双双病倒住进了医院。夏天没有回班级，出了学院打车去了医院。

夏天来到梅丽父母住院的病房。梅丽妈伸手拔掉输液针头，从床上跳下来，一把揪住夏天的衣襟，哭喊着说："你还我女儿！"

夏天说："阿姨，你别这样，有话好好说。"

梅丽妈摇晃着夏天声嘶力竭地喊："你为什么要对梅丽下那么狠的手？"

夏天知道梅丽妈误会了，辩解说："阿姨，我没有……"

梅丽妈疯子一样吼叫道："不是你举报，梅丽怎么会被捕！"

梅丽妈的蛮横惹恼了夏天，他掰开梅丽妈揪他的手说："梅丽触犯法律，那是她咎由自取，怎么是我对她下狠手呢？"

梅丽妈扑上来重新揪住夏天，说："好歹她也跟你好过一场，又给你花了那么多钱，你怎么就一点不念旧情，难道你的心是铁铸的！"

夏天刚想复述事情的真相，突然面前阴风一拂，脸上发出钻心的疼痛，他用手捂住了脸。看来梅丽妈真的是失去了理智，像头发狂的雌狮对夏天大挠出手，夏天抱头蹲在地上。医护人员闻声赶来，拉开梅丽妈。梅丽妈欲挠不能，怒气上涌，一抻脖哇地背过气去了。医生护士忙把她架扶上病床，打针输液忙活开了。

梅丽妈果然训练有素，夏天脸上抓痕纵横，线条优美，色彩斑斓。和梅丽妈同室的病人气愤，鼓动夏天报警。面对在病床上抽搐的梅丽妈，夏天摇摇头，转身去外科诊室处置伤痕。处置完伤痕回到病房，梅丽妈已经疲惫地睡去，眼角挂着两颗饱满的泪珠。看见梅丽妈憔悴的脸膛，嘴唇干涸，上面卷起芦苇膜一样的白皮，夏天不由得握住她的手。她的手很凉，夏天觉得周身寒彻。梅丽妈皱着眉头，另一只手在胸前乱抓，好像要扯破胸膛，释放出难忍的燥热。

忽然有只手搭在他的肩上。夏天回头一看，是梅丽爸。梅丽爸脸色阴沉，像铅块。他低声吼道："别假惺惺的，给我滚！"

夏天诚恳地说："伯父，梅丽的事我真的很痛心，我……"

话没说完，梅丽爸已揪住衣领把他扔到一边。之后，梅丽爸头一晕，身子摇晃下掐住额头。夏天忙上前搀扶。梅丽爸挥手把他甩了个趔趄。

夏天负气地走出病房，来到医院院中的花坛前。阳光明媚，花香扑鼻。郁闷减轻，心情像换了一个季节。可梅丽父母的病容又浮现在眼前。他想，梅丽不在他们身边，谁来照顾他们？他在花坛前踱了几圈步，掏出手机向老师请了假。

他开始像亲人一样每天伺候梅丽父母，端汤送药打水买饭。饿了，吃口方便面；困了，头伏在床头柜上打个盹。半个月下来，他瘦了，眼睛大了，头发像杂草。

病愈出院那天，梅丽妈看着夏天脸上的抓痕哭了；梅丽爸抬手重重地拍拍夏天的肩膀。霎时，夏天眼前一片水雾茫茫。

梅丽父母出院不久，梅丽的案子判下来了。由于后果不严重，梅丽认罪态度好，以及夏天不追诉的请求等多方面因素，她虽获刑，却是缓期执行。

第十一章

1

美院五人油画展即将开幕，因在医院伺候梅丽的父母耽误了时间，夏天的画作还未最后完成。组委会催促他马上送审作品。还好，经争分夺秒，夏天总算在画展开幕的前一天报送了作品。

组委会组织人员连夜审查，有的专家对他的作品持有异议，可考虑到夏天是很有发展前途的青年画家，最后勉强通过。

画展开幕那天，学院美术馆前人山人海，有关领导致过辞剪了彩，美展正式开展。人们怀着对艺术欣赏的极大兴趣涌进展厅，来到色彩缤纷的画作前。艺术家用神奇的功力把生活化作精美绝伦的画面，把观赏者引领进美妙的世界。夏天的作品无论从思想性、艺术性或画作精美程度，都无法与上乘之作媲美。思想流于一般，且概念化，只是写实地描摹了生活。作品要告诉人们什么，似是而非。构图凌乱无序，人物刻画不生动，色彩不协调……这些让人很难相信这是出自夏天之手。应邀前来观摩的外省美术界的元老和本土著名画家，言谈中对夏天也流露出失望。

为让真正的好作品脱颖而出，促进学院油画艺术的发展，组委会一改常态，采取专家和群众相结合的办法举荐优秀作品，举荐者每人一张选票，为自己看好的作品打分。为期十五天的展期结束后，组委会收回专家和观摩者的选票进行统计，结果夏天的作品名落孙山，位列倒数。

夏天得知结果，扑到床上哭了。

从床上起来，已是傍晚时分。夏天特别想打电话，尽管他努力压抑，但最后还是拨通了手机。

那边传来肖梅甜润的声音："夏天，是你吗？"

夏天语调沉郁地说："是我。"

肖梅怔了一下，声音高了："怎么，你哭了？"

夏天钦佩肖梅的敏感，心里蓦地一动，肖梅的敏感说明她关注他。他掩饰地说："没有，我为啥要哭？"他发现自己说话的鼻音又重了。

肖梅忐忑地问："什么事情不顺利吗？"

夏天迟疑一下说："我心里有点不舒服。"

肖梅急切地问："你到底怎么了？"

夏天知道告诉她也于事无补，但还是觉得告诉她好，因为他特别渴望向知心的人倾诉，于是说："我参加学院五人油画联展的作品……"下面的话他羞于说出口，他不想看见她的失望神色。

肖梅颇感意外地问："以你的功力纵然不能拿大奖但作品也绝不会名落孙山，这是怎么搞的？"

夏天沮丧地说："我也不知道，总之这些天心里很乱，精力一直难以集中。"

肖梅担忧地问："你去看过心理医生吗？"

夏天说："没必要，我自己的身体我知道。"

肖梅说："莫不是创作负担过重的缘故？"

夏天模棱两可地说："或许吧。"

那边传来喊肖梅的声音，好像是催她去上课。夏天意犹未尽地挂了电话。

2

有几家公司请夏天去做广告设计。夏天心情不佳，婉言谢绝，他向老师请了假，准备回绿岭市散散心。

晚上，他乘上北行的列车。翌日晨，早早到了绿岭市。

下了火车他没给哥哥夏雨打电话，而是拨通了肖梅的手机。他告诉肖梅他已经到了绿岭。

半小时后，肖梅赶过来。看见夏天只身一人，肖梅纳闷地问："她呢？"

夏天避开肖梅的目光，嗫嚅地回答："我们分手了。"

肖梅的眼睛惊得老大，问："为什么？"

夏天说："谈不拢。"

肖梅问："就这么简单？"

夏天说："仅此而已。"

肖梅摇摇头，感伤地说："人和人凑到一起是缘分，你不觉得草率吗？"

夏天说："那总比两人整天吵吵嚷嚷生活在痛苦中好。"

肖梅不好再说什么，提起夏天的旅行袋说："你还没吃早饭吧？"

夏天点头说："是。"

离火车站不远就是小吃一条街。在这条狭窄的小街上，可以说集绿岭小吃之大全，小吃店一家挨一家，食品摊星罗棋布，排出差不多有五六华里，满街飘弥着各种小吃诱人的香气。

肖梅领着夏天进了一家名叫"东北风味小吃"的餐馆，坐到靠窗的桌前，点了一盘酸菜粉、一盘麻辣豆腐，要了一斤羊肉芹菜水饺。肖梅叫的菜并不贵，却把夏天叫得百感交集。自己和梅丽相处一年多，一起吃过无数次饭，她只考虑自己的口味，从没顾忌过他的感受，以为她爱吃的他也一定爱吃，从未给他点过这样的菜。真是知心者肖梅也。

一是对口味，二是肚子确实饿了，夏天也不等肖梅相让，拿起筷子津津有味地吃起来，颇有铁马秋风的气势。

看着夏天贪婪的吃相，肖梅提醒说：“慢点吃，没人跟你抢，当心噎着。”

夏天也意识到自己的吃相太土匪，开始慢吃慢咽斯文起来。

肖梅奇怪地问：“怎么还娘起来了？”

跟梅丽在一起，心里时时处于紧张状态。可跟肖梅相处，他有种轻松感，于是，油腔滑调又不由自主地流露出来。他说：“刚才吃相没文化，怕吓着淑女。”

肖梅嗔怪地说：“瞧瞧，又来了，真是生葱改不了辣味。”

夏天故作愁眉苦脸地说：“泰山能移，秉性难改，没办法，做下病了。”说着叹口气，好像真的病入膏肓一般。

肖梅被逗笑了，夏天还是那么好玩。女友分手，画作落选，他居然还能诙谐得出来，如若换做心胸狭窄的男人，早被击溃了。他确是个坚强的男人，也是个心地阳光的男人。

肖梅没有夏天那样的心境，她为他多愁善感起来：“你跟梅丽分手以后打算怎么办？”

夏天觉得肖梅的话问得多余，笑笑说：“还能怎么办，打光棍甩单枪呗。”话里透出些许无奈，随后痞相又爬上眉宇。他自诩地说：“要说咱别的本事没有，就是光棍打得起。”

肖梅关切地说：“你年纪也不小了，有合适的再找一个吧。”

夏天想到什么，反诘说：“别光说我，那你呢？”

肖梅的心一沉，遮掩地说：“这怎么还扯到我身上了，我不挺好吗？”

夏天说：“我是说你的个人问题。”

肖梅含蓄地笑笑说：“急什么，以后再说吧。”

夏天惊讶地说："还不急，你都二十八了！"

肖梅做出不以为然的样子说："二十八怎么了，我不嫁，剩女难道就超编了吗？"

夏天难以理解地说："哎哎，我跟你说，我叔伯姐像你这年龄，孩子都会弹玻璃球了。你以为你是谁，真以为自己是含苞待放的花蕾啊，哥们儿告诉你，你已经不是了。如果再拖下去，你真的就变成明日黄花了。"

肖梅的脸一红，白了夏天一眼："要损我请明说，别绕弯，多累啊。"

夏天意识到自己玩笑开过了，偷偷看了肖梅一眼，表情有些不自然。

肖梅轻轻叹口气，自言自语地说："是啊，人生易老啊。"话语中弥漫着雾一样的感伤。她发现夏天注视着自己，语调突然明朗起来："老太婆有什么不好，起码德高望重。"

什么逻辑，简直混淆概念。老太婆就一定德高望重？夏天想纠正，但没敢。毕竟自己曾经伤害过肖梅的感情，稍有不慎，就会触动她心里的创伤。于是他恭维地说："肖老师，你比以前幽默了。其实，我不是说你老，你还很年轻，正是鲜花绽放的季节，真的。"

因有深度了解，肖梅看出夏天的心思，也为他处事之道有所改变感到意外："哦，你也变了，学会恭维女人了。"

夏天做出受宠若惊的样子说："承蒙夸奖，老夫不胜感激。"

肖梅柳眉一挑说："你占我便宜！"

夏天做出无所适从的表情，说："哎呀，我真的不得要领了，说你老你不爱听，说我老你说我占你便宜，哎哟哟，真是愁煞在下了。"说着，学着剧中老生的样子叫道："苦——哇！"

肖梅忍不住笑了，这个夏天啊！夏天也笑了，像天真烂漫的花季少年。夏天觉得只有在肖梅跟前才能笑得这么舒畅，这么肆无忌惮。

笑了一会儿，夏天向肖梅那边探下身子，不知是关心还是另有企图，总之很关切地问："有中意的吗？"

肖梅的脸微微一红，眨几下眼睛，一本正经地说："有了。"

夏天一惊，脸上闪过一缕焦急，说："什么样的人？"

肖梅嘴角的肌肉抽搐了一下，似笑非笑地说："有鼻子有眼，肩膀上扛颗脑袋。"

夏天怔了一下，捂住胸口吐着粗气说："哎呀妈呀，你差点吓得我七魄随风去，三魂付水流。"

肖梅也一怔，说："你害怕什么？"

夏天知道情急之下泄露了内心的想法，忙掩饰说："我怕你上错花轿嫁错郎，那人要是个废物点心呢？"

肖梅恼火地说："你怎么就不盼我好！"

夏天说："谁说我不盼你好，作为朋友我忠告你，找朋友就按本画家的模样找。"

肖梅一撇嘴说："还不如他呢。"她从挎包里拿出张照片递过去："努，就是他。"

夏天忙不迭接过来低头去看，大惊，他被肖梅耍弄了。照片是牛魔王的剧照。他像泄气的皮球瘫在椅子上，像刚刚长途跋涉归来。

肖梅捂住嘴巴哧哧地笑了。

笑声好像刺醒了夏天，他突兀地抓住肖梅的手，痴痴地注视着她说："肖梅，我们和好吧？"

像晴空响起霹雳，肖梅愣住，霎时眉眼上泛出怀春的柔情。夏天紧紧盯着她的嘴唇，盼望那朱唇里吐出他期盼的话语。肖梅嘴唇动动，柔情被委屈和愤懑替代，她轻轻推开夏天的手，眼中闪出泪光。

夏天的目光倏地一暗，就像火星跌入水盆里。是啊，自己太没自知之明了，怎么可以提出这样的奢求？假如自己是肖梅也不会答应的。这怨不得她，脚上的泡是他自己走出来的。

3

夏天来到哥哥家中，像中邪一样坐在沙发上一动不动。夏雨给他倒水，不喝；刘梦给他削水果，不吃。他仿佛在表演岿然不动的行为艺术。

刘梦着急地问："小叔子，你到底怎么了？说啊，我们可不想看你这张苦瓜脸！"

夏天抬头欲语，话却没说出口，用巴掌重重一拍大腿"唉"了一声，脑袋重新埋在胸前。

夏雨耐不住性子，心里猫挠狗刨一般，催问道："你没长嘴啊，说话，别给我们打哑谜！"

夏天烦躁地说："不关你们的事，让我静静好吗？"他抱住头，手指插进浓密的头发里，用力绞扯了几下。

夏雨和刘梦对视一眼，俯下身搬过夏天的肩膀，用央求的声音说："弟啊，心里有什么话跟哥说，你这样哥看着难受。"

刘梦配合说："就是嘛，你这副样子，好像我们委屈你了似的，这要叫爹妈知道，我们可吃罪不起。弟啊，我们好吃好喝大爷一样伺候你，你可别恩将仇报啊！"

在夏雨和刘梦车轮式的询问下，夏天招架不住，把他和肖梅的事如实招来。

话没说完就被刘梦呸了一口："美的你吧，想跟人家好就讨好人家，有了新欢就把人家丢到一边，你以为女人都犯贱啊！"

原以为夏天会恼羞成怒，没想到他却喃喃地说："嫂子，你说得对，对她我不该存有奢望。"

夏天的示弱催生了刘梦的怜悯，她看不得男人的可怜相。男人是战士，应该昂首挺胸冲锋陷阵，于是，她心里火气消散，恻隐之情油然而生。虽然夏天对待肖梅的行为叫人不齿，但他毕竟是她的小叔子，而且已经迷途知返，她得出手拉他一把，否则怎么配嫂子的称谓。

刘梦思量一下，走进卧室关上门，拿起电话跟肖梅说起闺蜜私语。她知道肖梅冰雪聪明，自己的曲径通幽之术效果只会适得其反，于是就旗帜鲜明地公开邀请她来家做客，接着开诚布公地说明准备圆合她跟夏天感情的本意，最后她很技巧地给肖梅一个说辞，那就是给他们彼此的感情一次机会。如果肖梅应邀，事情有峰回路转的可能，如果拒绝，夏天和她的感情真的休矣。果然，肖梅不假思索地拒绝了。撂下电话，她折回到客厅，对等待结果的夏天说："别傻等了，该干什么干什么去，没故事。"

夏天的目光暗下去，像灰郁百年的老井，脑袋又深深低垂下去，好似遭霜的冬瓜。在哥嫂的挽留下，他勉强住了两天，之后来到火车站准备返回省城。

自己伤了肖梅的心，这座城市也叫他伤心，短时间他不会再回来了。夏天回头望着这座曾给过他人生百味的城市，心里酸酸地说："再见，绿岭；别了，肖梅。"就在他转身准备检票时，蓦地发现摩肩接踵的人群中有双大眼百感交集地望着自己。他眼睛一亮，情不自禁地快步跑了过去。

肖梅淡淡地问："怎么？想走吗？"

夏天喃喃地说："假期过了，该回去了。"

肖梅别有用意地问："难道这里就没有什么让你眷恋的吗？"

夏天想说，有，可是人家不待见自己。话说不出口。他挠着头讷讷无语。肖梅伸手抢过夏天手中的旅行袋转身就走。夏天愣住，说："你……"

刘梦提着一袋水果走过来，用手捅了一下夏天说："犯什么傻，还不快追！"

夏天如梦方醒，迈开大步追向肖梅。

追上肖梅，夏天从她的手里接过旅行袋。肖梅咬住嘴唇看着夏天，大眼中闪动着亮晶晶的液体。夏天眼圈红了，深深地给肖梅鞠了一躬："对不起。"

肖梅捂住脸哭了，丰腴的肩头一耸一耸的。

夏雨笑了，伸手揽住刘梦柔软的腰肢说："走，咱们也去公园演绎浪漫去！"

刘梦红着脸在夏雨胸脯上捣一拳说："去你的，臭流氓！"

4

肖梅跟夏天来到穿城河畔，这里是他们当年初恋定情的地方。

夏天和肖梅依偎在一起，谁也不说话，默默地望着烟波浩渺的河水，看着此起彼伏的水鸟，用惬意的神色诠释着他们的享受和幸福，缠绵之情堪比水中相拥相伴的鸳鸯。

呜——货轮沉闷的鸣叫声把他们从温柔乡里惊醒。

肖梅仰起头柔声问："哎，想什么呢？"

夏天望着远方的雾霭，声调沉郁地说："你说我当时怎么就鬼迷心窍，被利诱惑，跟她谈了一场雾里看花的风花雪月，唉。"

肖梅吁了口气，用带有淡淡惆怅的口气说："事情已经过去就让他过去吧。"

夏天说："可我不能原谅自己，真的，我一向以清高、远离世俗为傲，可是你说在金钱面前，我怎么会……"

肖梅说："你不是不食人间烟火的圣人，也有情欲，你在省城打拼，需要财力支持，那样选择可以理解。"

夏天心里一热，颤声问："你真这么认为？"

肖梅用诚挚的目光跟夏天对视着说："是的。"

夏天困惑地说："可是我伤害了你的感情，亵渎了爱情。"

委屈掠上眉头，稍纵即逝。肖梅笑笑说："你现在不是迷途知返了吗？"

夏天说："谢谢，可我还是不能原谅自己。"

肖梅扳过夏天的肩膀，至真至诚地说："事情已经成为昨日烟云，何必总是纠缠，你要抬起头向前看，用真诚走好以后人生的每一步路。"

夏天目不转睛地看着肖梅，样子似懂非懂。

肖梅意识到自己说话太高大上了，不好意思地说："我是不是有点诲人不倦了？"

夏天深情地注视着肖梅，没想到做人低调的肖梅能说出这般铮铮之言，他被震撼了，心潮澎湃，这才是相濡以沫的伴侣！他嘟圆嘴唇在肖梅白净的脸上轻轻亲吻一下，用梦呓般的声音说：“你真好。”

肖梅红着脸把头偎在夏天的肩上，眉眼上染出儿女情长的缠绵。

河面上烟波浩渺，银白色的鸥鸟翩翩起舞。河水潺潺流淌，满载着祝福奔向远方。轻风拂过，柳丝摇曳，生发出百般柔情千般妩媚，用醉人的情愫掩住了他们亲昵的身影……

中午，肖梅把夏天领回家中，直接向父母提出和夏天结婚的请求。这回肖梅的父母没有反对，原因有二：其一肖梅年纪已大该出嫁了；二是夏天有经济能力养好他们的女儿。

夏天在肖家受到嘉婿级别的招待。

第十二章

1

从绿岭市回到省城后，夏天的心情特别愉悦，身上总觉得有股使不完的力量。他一边上课，一边利用专长挣钱，结业时不仅成绩优异，而且腰包也鼓起来，并履约进入画院成立了自己的画室。

业立了，该成家了，结婚的事也提上了议事日程。夏天和肖梅已是大龄男女，结婚生子刻不容缓。但问题来了。两人天各一方不仅对孩子抚养不利，而且夫妻感情也会受到影响。饮食男女七情六欲，谁敢保证不红杏出墙节外生枝呢？结婚之后他俩最好能在一起。在双方父母的督促下，夏天向画院领导提出了申请。院方多次找教育主管部门协调，由于省城各学校人员均满编，肖梅本人没有突出特长，很难调过来，只好等待机会。

夏天决定推迟婚期，等肖梅调入省城再说。对此，夏家和肖家持不同观点。夏家老人观念传统，抱孙子心切；肖家考虑问题现实，婚后夫妻天各一方多有不便。肖梅不然，认为两人真心相爱，何必在意朝朝暮暮，提出先结婚后调动工作。于是，肖家父母跟女儿发生了争执。

父母反对的理由是，夫妻本是同林鸟，需要双飞双宿如影随形，否则感情容易出问题。虽然他们信誓旦旦地表示青山一道同风雨，但在父母心里毕竟明月两乡。肖梅认为，她和夏天年满三十，再不结婚可真就成为明日黄花了。父母初衷不改，肖梅产生情绪：“ 那我就一辈子不嫁当剩斗士！ ”

肖梅妈强调说：“孩子，结婚后夫妻异地生活真的会影响感情的。”

肖梅不服：“七仙女和董永一个在天上一个在地上，爱情照样忠贞不渝、千古传颂。

肖梅爸看见女儿心意已决，劝老婆说：“女大不中留，由她去吧。”

夏天父母在乡下，没有经济能力在城里给儿子举办婚礼，肖梅父母承担起给女儿和女婿操办婚礼的任务。

他们定下豪华酒店，安排最好的酒宴，大把花钱，雇用轿车组成阵容强大的车队，无论大人小孩，婚礼那天全部车接车送。聘请全城最好的婚礼礼仪公司，把彩车装饰得十分别致，比古时红红火火的大花轿还典雅。因结婚匆忙，女儿女婿没来得及租房，洞房设在娘家。虽是临时的，新郎新娘婚后要租房搬出去居住，象征性地装饰一下就可以了。但肖家父母却执意豪华装饰，好像如果不这样他们就不称职似的。

转眼，结婚庆典之日到来。

十点半，在司仪的指挥下，一排披挂着红花结的婚车，载着新人和亲友浩浩荡荡地走街串巷。前面有车开路，旁边有摄影师拍照和主持人激情澎湃的演说。环城周游一圈，车队带着激情带着甜蜜来到幸福大酒店门前。礼炮轰鸣，鞭炮如雨，震得地皮颤抖。在这座小城里，把婚礼办得如此隆重的凤毛麟角，过往行人窃窃私语说，嚯，好大的排场，这家莫不是嫁的仙女？

车队来到幸福大酒店门前，鼓乐声起，司仪朗声宣布，请新人步入婚礼大厅。新娘在伴娘的搀扶下从车里下来，挽住新郎的胳膊款款向婚礼大厅门口走去，身上洁白的婚纱就像红地毯上漂浮的一片祥云。

十二点整，婚礼庆典正式开始。两位主持人精神抖擞地走上前台，笑逐颜开地宣布："夏天先生和肖梅小姐的婚礼正式开始！"乐队演奏应声而起，欢畅的旋律弥漫了整个大厅。

婚礼热烈隆重，自卑却一直徘徊在夏天的心头。岳父母给了自己和肖梅一个他亲生父母不能给的婚礼，说真的，他由衷地感激。但作为男人，自己娶老婆却让岳父家操持，这算什么事啊？

婚假结束，夏天返回省城继续进修。

开始，肖梅没觉得夫妻两地分居有什么不好。在她看来，其实夫妻各有自己的生活空间挺自由的，如果天天腻在一起，久了会厌烦的。他们每天通过电话缠绵，用网络传情，却也把爱情演绎得炽热醉人。特别是夏天每到月底回来，小别胜新婚的激情是那样澎湃，那么甜蜜，每次都像洞房花烛夜一样，不是天天耳鬓厮磨的夫妻所能产生的。

2

时隔数月，肖梅这种挺好的感觉被渴望替代。

肖梅独居感到有点冷清，打电话把乡下的公婆请过来跟她一起居住。

十点多钟，公婆到来。她跟公婆唠会儿乡下趣闻，城里轶事，看见天色不早，起身下楼上街，去超市里采买了很多好吃的东西。

星期天坐公交车的人多，她怕食品被踩坏一直把袋子提拎在手中。下了公交车，胳膊关节像脱臼一样疼，她手捂肩关节用力抡几下，然后拎着食品袋走进住宅小区。好在租住的是四楼，若是在七楼她非得吃点药不可。进了屋来到厨房，放下手中的食品袋，觉得手勒得生疼，低头查看，手指被食品袋的提带勒出挺深一道沟。她鼻子一酸，如果在娘家，这苦她是吃不到的。

她系上围裙下了厨房，忙碌着择菜做饭。不知把什么弄进洗碗池的下水管里，管子堵塞，里面的水溢出来。她用铁条捅了一番还是不通，跑下楼去物业请师傅。师傅半躺在椅子上玩手机，头没抬眼没睁地说，工具被别人拿去用没送回来，给她提供个家政服务的手机号。她打电话过去，那边说马上过来，可等到中午时也没见人影。

为赶早班车，公婆早晨没来得及吃饭，饿得不得了，脸上现出不悦的神情。肖梅让他们去街上的快餐店先吃点垫下肚子，却没陪着去，她怕家政师傅过来找不到人，自己在家中留守。

秋水望穿不见师傅的影，肖梅心里急得不行，下楼跑到门口等候。邻居老张回来了，问她等谁。她把洗碗池下水管堵塞的情况说了。老张跟公婆是同村人，觉得应该帮忙，说去看看，跟肖梅上楼来到厨房，卸下塑料软管，把铁条卷成勾探到下水管勾了几下，从里面勾出一团绞缠的韭菜叶，下水管通了。肖梅感慨地想，如果夏天在身边，这点小事还用自己着急上火吗？

送走老张，肖梅刚要去快餐店，公婆回来了。她打招呼，婆婆没理她，公公似笑非笑地点下头。肖梅隐隐感到发生了什么，忐忑地问："爸妈你们怎么了，身体不舒服？"

婆婆性情直爽，心里藏不住话，不顾老伴朝自己使眼色，开诚布公地说："你要不愿给我们做饭直说，不用没事整景。"

显然，公婆把洗碗池下水管堵塞不能做饭归结到自己不愿伺候他们上了。这哪儿跟哪儿，她委屈得不得了，想辩解却没有，她知道即便说破嘴公婆也不会相信，与其越描越黑不如不说。

心里有火，不便跟长辈发泄，回到卧室她打通夏天的手机，向老公倾诉。长辈纵有千般错，夏天能说什么，哼哼哈哈敷衍。原想能得到夏天的支持，可夏天居然用太极推手之术应付自己，肖梅失望，挂了手机走出卧室，对公婆说出去办事，挎上小皮包离家而去。

肖梅打出租车准备回娘家。走到半路，心里犯嘀咕，自己回去不是给父母添堵吗？看见前面有家电影院，她改变主意中途下了车。 她来到电影院售票口，买票进了影院。

她找到座位刚坐下，电影就开演了。身旁坐着一对男女，他们又亲又吻比电影中的人还疯狂。她感到身上燥热，像失了火。她没敢看他们，怕把持不住自己。电影演的是一对青年男女冲破家庭阻力相恋的故事。题材不新，故事老套，可她还是看得泪流满面。

看完电影从影院出来，刚下台阶，恰遇裹在人流中的闺蜜倪琳。久不相见自然亲热，倪琳提出请她吃饭。肖梅向来对灯红酒绿不感兴趣，此时心里却滋生出喝一杯的渴望，便跟倪琳去了酒店。

闺蜜相聚自然有说不完的闺房话。欢声笑语冲淡了肖梅的愁绪，她渐渐笑逐春风了。如果倪琳不打手机，她的好心情肯定会持续下去。倪琳为炫耀自己的男友，给刘杰打电话让他过来吃饭。热恋中的男人就是女人的奴仆，刘杰如约而至。帅哥大多情商高，见面刘杰就给了倪琳一个叫肖梅心跳眼热的亲吻。她的心咚咚狂跳，仿佛擂起激越的大鼓。

肖梅特别想念夏天。

3

月底，夏天回来过周末。

一见面肖梅劈头就问，她工作调动的事情办得怎么样了？夏天突然一拍脑门，说这段时间忙于创作，忘了。肖梅的笑容逝去，脸像挂了霜。她很伤心，觉得在夏天心里，画比她重要。见老婆不说话，夏天问她怎么了。这一问无异点燃了导火索，肖梅心里的火气更大，从衣架上拿下外衣穿好，说学校有事，走了。

夏天知道肖梅生自己的气了，他也对肖梅产生怨怼。自己大老远赶回来跟她共度周末，没想到她却让他独守空房。夏天心想，调动工作也不是自己说了算，她干嘛催促过急呢？心里郁闷，从不喝酒的他来到厨房拿来老爸的酒自斟自饮起来。

妈妈看见儿子坐在餐桌前喝闷酒，奇怪。她走过去询问，夏天不说，一杯接一杯喝酒。直觉告诉她，小两口一定吵架了。她去儿子的卧室一看，果然不见肖梅的踪影。她意识到问题的严重性，进了老两口的卧室，把事情告诉夏天爸，让他给亲家打电话。夏天爸不愿贸然打扰亲家，说等等，没准一会儿肖梅就会回来。夏天妈觉得也是。

肖梅来到妈妈家，说夏天睡觉打呼噜，她要在娘家住一宿。肖梅妈觉得事情蹊跷，问肖梅是不是跟夏天闹意见了？肖梅说没有。见女儿说得坚决，肖梅妈相信了，因为女儿不是撒谎的孩子。但一转念还是感到不对，再次询问肖梅。她的老调重弹令女儿大为不悦，肖梅质问妈妈疑神疑鬼什么意思，说如果不想让她在家住她立马走人。虽然妈妈不好再说什么，但疑云不散。因为以前肖梅每次回家，屁股没坐热就会匆匆离去，理由是家里有做不完的事。为此肖梅妈曾黯然神伤地跟老公感喟说，你说世上的事怎么这般让人不可理喻，咱屎一把尿一把把闺女养大，到头来咱栽树老夏家乘凉，上哪说理去。

茶几上的电话响了。电话是夏天爸打过来的，询问肖梅回没回娘家，之后把肖梅跟夏天闹意见的事情说了。肖梅父母是明白人，知道作为娘家不是原则问题，最好别乱掺和女儿和女婿的事，那只会添乱，弄不好原本芝麻大的事到头来比冬瓜还大，致使本无大矛盾的小两口劳燕分飞。接完电话，他们不约而同地向女儿下达逐客令。肖梅爸提出开车送女儿回家。肖梅看向妈妈，有点求助的味道。妈妈装作没看见，催促肖梅快走。肖梅不好赖下去，起身不情愿地跟爸爸出了屋。

经此风波，女儿工作调动提上肖梅父母的议事日程。肖梅爸是退休老教师，有位学生在省城一所小学当校长。该生当年家境不好，读书期间没少得到肖梅爸的经济支援。于是，肖梅爸就把电话打过去。恩师相求，那位校长满口答应帮助联系单位。

工作调动之事有了眉目，肖梅兴高采烈地打电话给夏天。没想到却被浇了冷水，夏天认为肖梅是高中老师，教小学大材小用。肖梅跟夏天团聚心切，执意去小学任教。两人意见相左。肖梅不高兴地说："你什么意思，这也不合适那也不成，去清华大学任教有发展，可我不够资格！"

接电话时，夏天正在班级，肖梅的话被同学们听见，纷纷投过来既惊讶又好奇的目光。夏天苦笑着跟同学们说："一个亲戚打来的，精神有点毛病。"

4

经肖梅爸的学生奔波，不久，肖梅被调入一所小学教音乐。

但新的问题又来了，肖梅过来住哪，怎么也不能住学生宿舍。经多方打探，同事推荐，夏天相中离画院不远的迎春小区住宅楼，虽说房租贵点，但它位于中心城区，交通等各方面条件方便，且距画院只有三站地，乘公交车十分钟就到。夏天打电话给肖梅，约她周六过来看房。

星期六早晨肖梅乘火车来到省城，他们先逛了一会儿商业街，预选下结婚的家具，然后直奔迎春小区。

迎春小区果然名不虚传，是名副其实的花园式小区。小区南边是绿色的开阔地，东边是碧波荡漾的人工湖，北边是柳丝依依的森林公园，假山、喷泉、花坛及体育休闲娱乐设施一应俱全。

住宅小区已正式开始对外出租房屋，夏天和肖梅经认真挑选权衡，决定租住八号楼十六层。工作人员带领他们看了房子，他们相中后，签过约拿到房门钥匙。楼房租下来后，夏天雇用家政服务人员彻底搞了一遍卫生，安了电视电话电脑，摆放好家具，一切就绪。

租了房，肖梅到新学校报了到，尘埃落定。夏天和肖梅沉湎于卿卿我我的感情世界中。

正逢学校放暑假，肖梅每天宅在家里，锅碗瓢盆洗衣做饭擦地板，仿佛要把小家摆弄成蓬莱仙境。操持家务之余，肖梅没忘业余爱好，每天都要亲手侍弄从绿岭带过来的玫瑰花。或许是环境改变的原因，原本枝繁叶茂的花儿有些打蔫。肖梅多方查找原因，不得要领，只好抱着侥幸心理观察。

夏天除了画院的正常工作，业余时间安排得满满当当，一刻空闲时间也没有。除了创作外，画约和装潢设计的邀请接连不断，忙得他废寝忘食顾此失彼。

一天，吃过午饭，肖梅准备洗衣服，吩咐坐在写字台前画设计草图的夏天说："喂，把衣服换下来。"一连喊了几声，夏天置若罔闻。肖梅犯急："喂，耳朵不好使啊，跟你说话呢！"

夏天光嗯嗯就是不动。肖梅耐不住性子，走上前逼着夏天脱衣服。夏天不脱，说不脏。肖梅翻开他的衣领查看，上面一层黑渍渍的油腻，惊叫道："哎呀妈呀，还不脏呢，上面的油腻刮下来都能炒一盘好菜了！"

夏天皱下眉头，厌烦地说："你们女人怎么都这样，不管别人多忙，一天天就知道洗、洗，有瘾啊！"

好心好意给他洗衣服，反而落一身毛病，肖梅颇为不快："哼，我还不管了呢，让你脏着去！"

肖梅一生气，夏天才意识到自己不识好歹了，停下手中的活解释说："我不是对你有意见，我实在是太忙了。"

肖梅说："再忙也得讲卫生吧？"

夏天调侃地说："夫人教诲，在下一定铭记。"说着，麻利地扒掉身上的脏衣服丢到一旁，快手快脚地换上肖梅为他准备好的干净衣服。

肖梅化恼为笑，拿着夏天脱下来的衣服走进洗浴间扔进洗衣机里。

洗完衣服，肖梅说要包饺子吃。夏天蹙起眉头，水饺虽好吃，可又剁馅又和面还得包，麻烦。夏天装没听见，埋头案上继续忙他的。厨房里响起当当的剁饺馅声，震得夏天心烦意乱。他走进厨房请肖梅动作轻点儿，肖梅无法让剁馅没声。他便用两团棉花堵住耳朵，继续画设计图。

刚入佳境，肖梅从厨房探出头来喊：“哎，我说夏画家，别忙了，过来包饺子吧。”

夏天厌烦地说：“没时间，你自己包吧。”

肖梅问：“那你吃不？”

夏天斩钉截铁地说：“不吃。”

肖梅扑哧一声笑了，说：“不吃饿死你！”

夏天负气地说：“饿死省事，免得让你折腾死。”

肖梅走过来，歪着头调皮地问：“你到底包不包？”

夏天坚定地说：“不包！”

肖梅揪住夏天的耳朵把他拎起来，说：“我让你耍赖，走，包饺子去！”

夏天咧嘴哎哟哟地叫唤：“轻点，一会拽豁了！”

肖梅才不管呢，把夏天拽进厨房，将包饺子的筷子塞到夏天手里，命令说：“包！”

事到这份上，由不得夏天了，他嘟囔着拿起饺皮包饺子。因有抵触情绪，夏天的饺子包得很不好，造型惨不忍睹。擀饺皮的肖梅看见，不满地说：“你包的什么饺子，一个个跟生气的嘴巴似的。”

夏天气咻咻地说：“就这能力，爱用不用！”

肖梅把夏天推到一旁说：“去去，一边凉快去！”

夏天没走，呆呆地注视着肖梅，觉得结婚后她变了，变得很俗，跟家庭妇女没什么区别。

5

吃过饭，肖梅要去厨房洗碗，夏天挺着滚圆的肚子回到桌前打算查阅些设计图案。

肖梅说："哎，你先别忙。"

夏天警醒地问："你想干啥？难道想让我洗碗不成？"

肖梅说："大米没了，去买一袋吧。"

夏天说："给粮店打个电话，他们就送过来了。"

肖梅说："我初来乍到，不知道粮店电话。"

夏天想想也是，尽管不愿意，还是从肖梅手中接过钱下了楼。

一到街上，夏天就开始发蒙。大米他吃过，可没买过，粮店在哪？在街上转悠了一圈，也没找到粮店，便截住几个闲逛的人询问。不知对方是真不知道还是不愿相告，总之他还是不知道粮店在什么地方，他抬腕看了下表，打道回府。

肖梅惊讶地问："你……怎么空手回来了？"

夏天惭愧地说："没找到粮店。"

肖梅哭笑不得地问："你有嘴没？"

夏天不解地说："有啊。"

肖梅说："那你好问问啊？"接着数落说："你呀，白在省城混了三年，居然连粮店都找不到。"

夏天感到有些伤自尊，赌气地说："你找到了你去！"他转身走进书房坐在电脑前。

肖梅轻轻叹口气，抬手抹了下因忙碌垂落在额前的碎发出了家门。

半个小时后，肖梅在楼下打手机让夏天下去扛大米。夏天一路小跑下楼，把大米扛回来。为此夏天得到肖梅表扬，不过用词不太雅观，在肖梅嘴里夏天比驴能驮。夏天上来驴性，把肖梅按在床上在她腋下挠痒。肖梅身子缩成一团，笑得上气不接下气。

玩闹一番，夏天归位继续查阅资料。

看来肖梅是不想让他消停了，她让夏天过去帮忙擦立柜。立柜太高，上面她够不着。夏天厌烦地说："干嘛呀，还有完没完！"

其实夏天哪里知道，肖梅这样做，是怕他用坏脑子，想让他通过做家务调节一下。谁知夏天不领情，就像一腔火热用在冰块上，肖梅有点寒心。

难以静心工作，夏天暗暗埋怨肖梅不懂事，负气去了办公室。

来到办公室，夏天刚要工作，保安员小杨跑过来，敲开门一看是夏天，惊讶地问："星期天怎么还加班？"

夏天说："想查点设计资料。"

小杨本应离去，可他仰慕夏天的才学，跟他唠这说那停不下来。夏天绝望地想，这怎么刚脱离苦海又入黄连池。小杨是很自我的人，而且嘴巴好唠叨。他没注意到夏天的表情，喋喋不休地大说他对夏天的崇拜，直至有人打手机才匆匆离去。

夏天闭上眼睛松口气，他感谢手机，如果不是它响了，小杨非把他唠得落花流水不可。他整理下情绪，坐在工作台前翻开《艺术图案资料》。可心里总静不下来，慌慌的像生满杂草，无论怎么努力，就是看不下去，索性合上书本不看了。他用手捧着下颌看向窗外。窗前有座花坛，鲜花笑闹枝头、姹紫嫣红，可他的心里却罩着挥之不去的阴郁。他想，婚前肖梅是多么的完美，现在怎么变得唠唠叨叨的，照这样下去，自己非神经了不可。

心绪不好，为时不长，夏天的头伏在画案上沉沉睡去。

睡得正酣，外面笃笃的敲门声把他惊醒。夏天睁开迷蒙的睡眼，皱眉冲门口说："杨，你忙你的吧，我睡了。"

外面的人没有说话，敲门声越来越大。

夏天烦躁地说："我睡了，不要水，你忙你的去吧！"以前他夜里在画室创作，小杨常常过来给他送开水。

外面响起肖梅的说话声："夏天，是我！"

夏天揉着惺忪的睡眼站起身，走过去打开门问："你怎么来了？"

肖梅表情不悦地问："你为什么不回家睡觉？"

夏天莫名其妙地说："才几点我就回家睡觉？"

肖梅抬腕把手表递到他眼前说："你看看几点了。"

夏天低头一看，已经深夜一点多钟了。真乃洞中方数日，世上几千年啊。没想到自己一觉睡了七八个小时。他不好意思地挠了几下脑袋说："不知怎么了，看着书就睡去了。"

肖梅提醒地说："你现在不是无忧无虑的单身汉，是有家室的……"她停止说话，咧下嘴巴，脸上闪过痛苦的表情。

夏天奇怪地问："你怎么了？"蓦地他发现肖梅裤子上绽开一条口子，上面红渍渍的，像血迹。他吃惊地问："你的腿摔伤了？"他蹲下身拉开肖梅的裤管，看见小腿皮肤被蹭破，有殷红的血水顺着腿向下流淌。肖梅皮肤很白，血水看上去特鲜艳。夏天心疼地问："怎么摔成这样！"

肖梅告诉他，来的路上为躲避迎面而来的一辆汽车，她从自行车上跌下来，腿被马路牙子硌伤。夏天狠狠骂声自己混，架着一瘸一拐的肖梅下楼去了医院。

6

星期日无事，夏天天性好动，拉肖梅去逛公园。肖梅说身体不舒服，不去。夏天没勉强，自己拿上摄像机走了。

在公园里拍了许多创作需要的风景照，晚上钻进一家风味小吃后饱餐一顿。接下来又去电影院看了一场国外大片。

回家时已经是十点多钟了。

肖梅已经把洗澡水放好，夏天脱掉衣服进了洗漱间，里面传出哗啦哗啦的撩水声和惬意的哼唱声。别看夏天画得好，唱歌实在让人无法恭维，把个本来雅韵流芳的《甜蜜蜜》唱得似是而非。

洗过澡，夏天来到书房，拿过一本绘画理论方面的专著，坐在写字台前阅读起来。不是他狂妄，能让他一口气读完的美术理论书籍为数不多，因为他饱读经典，欣赏品位较高，一般文章很难入眼。上面有篇题目叫《当代油画发展趋势探讨》的论文，针对当今油画走向，进行了深入浅出的阐述，很有见地。夏天被折服了。他结合自己的油画创作实践和文中提出的观点深入思考，身心完全进入忘我的境地。

突然书房外传来“咚”的一声，很响亮。夏天吓一跳，放下书，走出书房来到厨房门口。读书人爱安静，突如其来的响动破坏了他的心绪。看见肖梅在案板上劈冻肉，他不满地说：“干嘛啊，锣鼓喧天的？”

肖梅又一刀砍下去，肉渣四溅，说：“明天咱们请小杨吃顿饭吧？”

夏天纳闷地问：“为什么请他吃饭？”

肖梅说：“咱刚安家，不少事都是小杨帮助张罗的。”

刚刚安家，有许多事情要做。夏天忙于事业，肖梅初来省城，人生地不熟。基于对夏天的崇拜，小杨一有空闲就跑过来帮忙。看来，肖梅在人情世故上远比自己强，夏大说：“也好，你看着安排吧。”

他折回书房，重新拿起书。为时不长，夏天隐隐感到脖颈酸疼，他知道颈椎病又犯了。颈椎病看似不是什么大病，却很折磨人。他曾四处投医寻药，医生也没有什么行之有效的医治办法，便随波逐流定期去医院按摩。

他来到阳台上，舒展肢体做颈部保健操，看上去像传统健身术八段锦，但不是，那是他自创的，虽没有充分的医学依据，一套做下来颈椎疼痛却也能够得到较好的缓解。做完操，凝眸远眺十分钟，回到书房准备继续看文章，厨房里响起当当的剁肉馅声。

他起身关上门，从桌子的抽屉里掏出随身听，用耳机塞住耳朵。开始效果还行，后来就不管用了，声响无孔不入地钻进耳中。他皱着眉无奈地放下书，身子仰靠在椅子背上，闭合眼睛休息。伴着外面铿锵的节奏，他的身子轻轻地晃动，像癫痫病发作。

半小时过后，噪音消退，他拿起书低下头继续阅读。肖梅手里端着一杯水走进来，递一片药过来说：“早晨没吃吧？”

他愣了一下，挠挠脑袋窘笑着说：“可不。”他接过来把药吃了。

他的健忘授以肖梅唠叨他的口实，数落他没脑子，自己照顾不了自己。其实，苦口良言她送的是温暖，可到夏天那就变成了讨厌。女人整天在耳边喋喋不休如何叫人消受。他站起身，双手抵住肖梅的后背把她推出门外，半开玩笑地说：“您的教诲我铭记在心，您的开路的干活！”

7

夏天关上门坐回椅子接着品读文章。外面没了声响。

或许久居“闹市”惯了，沉静反而让他心里不踏实，总集中不了精力。

他起身拉开门向外看去，一个熟悉的镜头闯进眼帘。肖梅手拿抹布跪着一推一拉地擦地板，额前碎发垂落下去，遮住半面脸庞，乌发白面构成朴素优雅的调子。劳动应该受到尊重，可他却很烦。家里也不脏，犯得上天天上蹿下跳吗？于是他劝阻说：“别干了，歇歇吧。”

肖梅的脸上泛起淡淡的红晕。在她看来，那是夏天对自己辛勤劳作的肯定和褒扬，更是对她的体贴，摊上知疼知热的老公是她的福分。她抬手抹把额前的碎发，说：“擦完再歇着。”说完又动手擦起来。

肖梅性子急，干起家务来总是时不待我，像要把家里搞成五星级宾馆。职场忙碌一天够累的，回到家继续奋发图强，她不是铁人。出于心疼，夏天曾多次劝阻，她也多次答应，为时不长又故态复萌了。因劳作，她原本光洁柔软的酥手变糙了。肖梅的手一触摸到他的身子有如钢锉加身，久之他患上“手掌恐惧症”，一看她的手伸过来，身上就起鸡皮疙瘩。

为把肖梅从烦琐的家务中解脱出来，夏天提出聘请钟点工。仿佛有第三者介入，她断然拒绝，钟点工做活她不放心。做家务已经成为她生活的重要组成部分，早晨五点必起，拖地板、擦家具，忙碌完毕，约七点前后光景。做早餐伺候夏天吃饭。星期天，上午洒扫厅堂下午洗衣物，环环相扣潮落潮起。

现在的女人矫情，十有八九姑奶奶型，撒娇装嗲做老公业务娴熟，干家务却笨鸭子上架。她却逆潮流而动，心甘情愿让夏天当老爷，自己做奴仆，家务活全部承包。理由很简单：夏天的舞台在画布上，她的职责是操持家务。

其实，夏天也不愿养尊处优，身为农村长大的孩子，自幼被父母驱来使去惯了，现在被肖梅当大爷养着，总有种被束之高阁的落寂感，于是常常自觉自愿地抢活干，却屡遭肖梅拒绝。他性格随老爸，比黄牛还拧，肖梅越不让他干他越积极踊跃。结果他前脚干完，肖梅后脚再干一遍。这不是否定自己的劳动成果吗？夏天怨气横生，说："几个意思啊，我百无一用啊，拿我当灶王爷供啊！"

肖梅解释说："你们男人心粗，干啥丢三落四的，我是在替你拾漏补遗，让你的劳动成果更加璀璨。"

不会恭维人的人恭维人比常常恭维人的话效果好，夏天听着舒坦，心里的怨气烟消云散。他动情地说："你一天到晚忙得脚后跟直打后脑勺，我一个大男人袖手旁观于心不忍。"

肖梅感激地说："你的好意我感谢，可好心跟能力是两码事，你就别再添乱了。"

夏天的眼睛瞪圆了，说："哎哎，我跟你说，除了生孩子没有设备，我啥家务都能干！"

肖梅意识到自己刺激到了夏天，歉然一笑说："你别激动，我不是不想让你干，说实话，你干的我真不满意，你干完我再做一遍，何苦呢。"

夏天生恼，什么呀，自己一片好心到她那成啥了。于是赌气当起甩手自在郎，家里油坛倒了不扶，俨如资深的老员外。

8

肖梅给小杨打电话，约他过来吃饭，并让他带上女友方芳。因小杨常和方芳过来帮忙，彼此相熟以后，一论肖梅和方芳还是远房表姐妹。

对于肖梅的独断专行，夏天有了意见，扭头冲客厅那边喊：“干嘛非今天，改天不行吗？”

肖梅说：“今天是星期天，他们都有时间。哦，你好像不欢迎？”

夏天说：“他们来了又说又笑的我怎么看书，你这不诚心添乱嘛。”

肖梅说：“书你在单位看不行，干嘛把工作拿回家来做？”

夏天蹙下眉，觉得肖梅太不了解他的职业，文人不是循规蹈矩的工匠，激情来了，得及时把握，否则稍纵即逝。

肖梅放下电话，走过来说：“你整天除了画画还是画画，脑子里能不能装点别的？一幅画画不好可以重画，如果亲友间感情处理不好那怎么得了。”显然，在肖梅心里，夏天的事业无法跟亲情友情相提并论。肖梅数落说：“你这人哪样都好，就是不太懂人情世故。”

夏天不以为然，他和小杨是朋友，彼此照应是应该的，又尊又谢的，见外。肖梅认为，亲归亲情归情，两码事，该感谢就应感谢，不能让人觉得他们寡情。

两口子正说着话，门铃响了，小杨和方芳来了。

肖梅跟客人聊了会儿天，让夏天相陪，自己下了厨房，少时锅碗瓢盆交响曲响起。

按理说，客人来了，应该煎炒烹炸，肖梅却要给小杨他们包饺子吃。不是她不会待客，而是源于小杨和方芳的纷争。饺子好吃但做起来麻烦，剁馅，切菜，和面，还得包。现在的年轻人懒惰，不愿费事，所以方芳很少自己包，馋了，拉着小杨到饺子馆吃一顿了事。那样虽省事但常常不合口味。为此小杨曾多次埋怨方芳不是合格的老婆。

肖梅干活麻利，前期工作很快完成，下面就要进入包的环节。男人结婚后，一般都是从奴隶到将军。因方芳调教有方，小杨一看见家务活手就犯痒，没用谁吩咐，卷起袖子进入厨房来到面板前轻车熟路地擀饺皮。

客人尚能亲自，夏天焉能旁观，只好亲自深入生产一线。他拿起饺皮刚要往上放馅，就被肖梅惊恐地抢过去。小杨吓一跳，手中的饺子皮落在地上。夏天的脸色不好看了。

前几天因为包饺子，他们两口子闹了个面红耳赤。当时肖梅对夏天说："你别包了，你包的饺子没法看！"

夏天不服气地说："你啥逻辑，饺子是吃的，也不是看的，外形美观与否不影响好吃。其实我包的饺子是蛮好看的，以前我妈妈经常夸我包的饺子比大姑娘还俊。"

肖梅一撇嘴说："那肯定是你妈眼拙，就你包的饺子跟傻妞似的，她还敢夸你！"

如果只有肖梅他们俩，夏天能够容忍，当着朋友的面肖梅这样踩他，好像他真的百无一用似的，夏天顿感羞辱难当。他愤愤地把筷子扔在饺馅盆里，拿过笤帚开始扫地。他就这样，每每心有不快就扫地，仿佛这样才能扫去心中的阴霾。

小杨以为自己把饺子皮掉在地上夏天不高兴了，诚惶诚恐地解释，说自己是失手，不是有意的。夏天顶烦男人磨叽，脸色愈发不好看。肖梅怕小杨过分难堪，解释夏天不高兴的原因。小杨恍然大悟，热心肠的他也没好好掂量掂量自己的分量，居然以救世主的面目出现，试图力挽狂澜化解夏天和肖梅之间的隔阂。问题是他不会说话，再加上夏天太要面子，结果夏天更为不悦。归结起来，小杨的意思是说，做事要量力而为，不可为之的不可强为。道理放之四海，可夏天听着却特别刺耳。这怎么一个保安居然教训起自己来了？当我是傻子啊！小杨没注意到夏天的情绪，继续指点迷津，说夏天热心可嘉，技能不行，劝他应知耻而后勇。

夏天的脸拉得老长，指着窗前噪枝的麻雀，顾左右而言他地说："叽叽喳喳的真烦人！”

女人敏感，听出夏天的话外音，方芳心想，我们小杨一片好心，想让你们夫妻化干戈为玉帛，到你那怎么就成了驴肝肺了？这也太不拿我们当人了！于是粉面泛霜，拉起小杨的胳膊就向外走。

小杨不知怎么回事，着急地喊：“哎哎，你拽我干什么，我话还没说完呢！”

方芳恶狠狠地说：“你快给我关机，没人把你当哑巴卖！”

客人走了，肖梅埋怨夏天不懂人情。夏天心里正憋着火，立刻恼怒，斥责肖梅不给他面子，当着外人的面羞辱他。不就是说他包饺子不行吗，这有什么？达芬奇也不会包饺子，不也没耽误他成为大画家啊？肖梅没觉得自己是在羞辱他，所以不肯接受莫须有的罪名，两人唇枪舌剑斗起嘴。论嘴皮子功夫，那是夏天的长项。如果说他是九段，肖梅充其量是三段。几个回合下来，肖梅被夏天的伶牙俐齿啃得浑身瑟瑟，小包一挎走了。

气消了，夏天有些懊悔，自己在干什么，以前在农村时，常常被那些淘气的孩子欺辱得灰头土脸，也没觉得怎么受不了。现在肖梅说了几句真话自己就不自在了，为什么？想来想去，他意识到自己自打进了省画院，被媒体誉为著名青年画家那一刻，他就云里雾里觉得自己是个腕了。

9

方芳正哼着小曲坐在梳妆台前化妆，虽说小杨不能挣大钱，但对她好，所以她很满足也很充实。

这时，她听见外面有敲门声，以为是出去玩棋的小杨回来了，边过去开门边唠叨说：“刚出去屁大会儿工夫又折回来了，哼，不合群的玩意，你看看人家那些老头树下一坐，茶杯一端，扇子一摇，玩得多滋润，你怎么就不会给自己找点乐子！”她是个知疼知热的女人，看见小杨忙完工作忙家务，于心不忍，倒愿意他抽时间放松下自己。

打开门，她愣住了，肖梅表情戚戚地走进来。

方芳意外地说："怎么，走差道了，怎么突然想起到我这儿来了？"

肖梅把挎包丢在沙发上，一屁股坐下去，气咻咻地说："我在你这儿住几天，他也太气人了！"说着，一屁股坐在沙发上。

方芳知道肖梅跟夏天起了内讧，给肖梅倒杯葡萄汁递过去："说说，怎么个情况？"

肖梅喝口葡萄汁，把事情原原本本地告诉方芳。

方芳心里本来对夏天有气，马上旗帜鲜明地声援说："对，晾他几天，看他还怎么矫情！"她拉着肖梅的手，劝慰地说："好啦好啦，别生气了。"说着，拿起手机给小杨打电话说："哎哎，别玩起来没完没了，你马上去农贸市场买条鱼，再称点肉，肖梅姐来了。什么，你玩完这盘？哎哎，我可告诉你，你要耽误了，看我怎么收拾你！"放下手机，看见肖梅惊讶地注视着自己，疑惑地问："你这么看我干什么？"

肖梅说："你对小杨就不能温柔点吗？他毕竟是男人。"

方芳说："姐，男人不能惯着，否则他们敢骑在你脖子上拉屎。"

肖梅不敢苟同方芳的观点，笑着摇摇头。

方芳说："知道吗，夏天之所以敢跟你无理取闹，都是你宠的。"

肖梅困惑地说："我宠的？我没有宠他啊？"

方芳怒其不争地说："你还没宠他，没宠他他敢那样？"

肖梅问："我怎么宠他了？

方芳唱道："你的心太软、心太软，他一流泪你把所有的问题都自己扛……"

肖梅被方芳的滑稽逗笑，说："去你的，别油腔滑调的。"

方芳说："哎，这就对了，笑一笑十年少。"

经方芳这一逗，肖梅感觉心情好了许多。这时，门打开，小杨拎着大包小裹走进来，跟肖梅笑着点点头算是打了招呼。然后，讨好地问方芳："我没耽误吧？"

方芳矜持地说："还行。"

仿佛受到了表彰，小杨顿时满脸春光，能获得方芳这样一句含蓄的赞誉，不比猴子嘴里掏枣核容易，他岂能不受宠若惊？方芳却呵斥说："笑啥笑，还不快去准备饭菜？"

小杨唯唯诺诺地进了厨房，随后探出头请示道："先择菜还是切肉？"

方芳拉着大少奶奶腔，慢条斯理地说："择菜。"

小杨朗声说："好咧！"

肖梅目瞪口呆："行啊你，把小杨调教得绵羊似的。"

方芳得意地说："那是，没这两下子敢当你表妹。"

对于方芳的自诩肖梅并不反感，相反却有些钦佩。人家的成果摆在那，不服不行。

方芳收敛住笑容，认真地说："表姐，以后你就照我的样子调教夏天，我敢保证，用不了半年，保准跟小杨一个模子做出来似的。"

肖梅刚要说话，小杨的请示声又从厨房里传来："菜择完了，我还干什么？"

方芳对肖梅说："你先看电视，我去厨房看看。"说完，起身进了厨房。

肖梅端起葡萄汁喝了几口，用遥控器打开电视，电视里正在播一部古装电视剧，她身子仰靠在沙发背上看起来。开始注意力还很集中，不时被滑稽的情节逗笑。渐渐地，思绪回到了家中。

夏天在干什么？他吃没吃午饭？更让她担忧的是，那个邋遢鬼做什么不管不顾的，不知把家弄成了什么样子？还有，夏天吃完饭刷没刷碗筷？物品是不是乱摆，把操作台弄得凌乱不堪？花他浇没？给观赏鱼投没投饲料？

她有些坐不住了，心里像长了草。

10

其实，家里的情况远没有肖梅想象的那样糟。

肖梅一走，安静难得。夏天坐在书房，身子仰靠在摇椅上，闭上眼睛摇晃着身子，嘴里哼唱起《苏三起解》：“苏三离了洪恫县，将身来到大街前……”文人大都情绪化，夏天也不能脱离窠臼，可他的嗓音实在叫人不敢恭维，能把此歌唱成彼歌，调儿跑得拉都拉不回来。

晃着，夏天沉沉睡去。因长期用脑，夏天经常失眠。即便睡着了，也属于医学上所说的浅睡眠，他常常在睡梦中跟自己画中的人物对话，情节清楚可忆。

难得入睡，楼上却传来叮叮当当的声响，好像敲打家具的声音。睡意被扰，他的心情非常不好，望着楼顶喊道，多动症啊你！也无怪夏天说话难听，楼上的人太没素质，丝毫不考虑楼下居民的感受，继续叮当作响。夏天恼火，拿过疏通下水道的铁条当当敲打暖气管。楼上好像感觉到夏天的怒不可遏，这才作罢。

夏天看了下墙上的石英钟，十二点多了，肚子发出呱呱的响声，起身向门口走去。

夏天走出住宅小区，不远就是“飘香”餐馆，这家餐馆的厨师功夫了得，制作的菜肴不说飘香十里，却也赢得小区居民翘指点赞。人们隔三岔五过来消费，餐馆名利双赢。

夏天来到餐馆，点了两盘炒菜，要了一杯啤酒，价格不贵，大众消费。其实他对喝酒没什么兴趣，只是觉得来餐馆消费不喝点酒好像缺少点什么。

酒足饭饱后，他打着饱嗝来到了台球厅。除画画外，他还有个爱好，那就是戳几杆。因为常玩，熟中生巧，在台球爱好者中小有名气。

他在台球厅一露面，几位球友纷纷摩拳擦掌，会说话的说：“哎，夏高手，跟你汇报几杆！”不会说话的说：“臭手，过来，收拾你几局！”没想到球打得好也得罪人，夏天矜持地笑笑，一副艺高人胆大之范。他慢条斯理地说：“自作多情，你们以为本高手跟什么人都过招啊！”像捅了家雀窝引来一片愤怒的喧哗，瞧瞧把他涨包的，谁上，给他点颜色看看！夏天端着一览众山小的架势，从容不迫地脱掉衣服，拿过球杆，环视着对手们说：“胆肥的，上！”有位球友正处于技术上升期，前不久在全市台球大赛中跻身八强，自以为成为城中台坛无人匹敌的一流高手，挺身而出跟夏天拉开决战的序幕。最终还是夏天技高一筹，险胜。

如果说话低调一些，口不出狂言也不会触犯众怒。夏天却带着胜利者的笑容，视对手如草芥似的说：“跟你们玩，跌份！”众球友被激怒，狼群一样涌上来轮番战夏天。精神可嘉但技不如人，先后落败。看着垂头丧气的对手，夏天的心情像天空一样明朗。

傍晚，夏天带着胜利的喜悦走进茶吧，点了爱喝的铁观音，就着甜美的点心惬意地享受了一番，然后踩着飘飘欲仙的脚步打道回府。回到住宅小区，遇到两个熟人，说三缺一麻将难以成局，拉着夏天去了马鹰家。夏天爱搓麻将，技术也不错，几圈搓下来，想输都难。玩完麻将走在回家的路上，夏天惬意地想，老婆不在家真好，自己想干什么干什么。

肖梅在方芳家吃完饭，起身帮助表妹收拾碗筷，方芳不让。看见天色已晚，她告辞准备回家。方芳说她贱，让她住下来，等着夏天来接。之后，拿起电话打通夏天的手机说：“姐夫，忙什么呢？”

正斜倚在沙发上看电视的夏天说：“忙着发呆，什么指示，请说。”

方芳心怀叵测地问：“我姐在家吗？”

夏天敷衍地说：“她睡了，有什么话跟我说吧。”

方芳脸一沉，声音突然高起来：“信口雌黄，我姐病了在我家，你还有心情看电视！”她听见了夏天那边电视里的唱歌声，那是一首妇孺皆知的歌曲。

夏天一下子坐起身，说：“什么，她病了，什么病？”

方芳不假思索地说：“又哭又笑，魔怔了！”

夏天疑惑地说：“那怎么可能？”

方芳硬邦邦地说："信不信由你！"说完挂了电话。

夏天心里虽疑云丛生，但还是起身惶惶地出了家门。

夏天来到方芳家，看见肖梅安然无恙地坐在沙发上，有点恼火，质问方芳为啥骗他。方芳正想找碴儿说夏天，于是说："难道你把我姐气得离家出走不该来请吗？"

夏天生气地说："我家的事不用你管，真是咸吃萝卜淡操心！"

方芳眉毛一挑剑出鞘，说："夏天你要这么说，你家的事我还真管定了！"

肖梅见势不好，忙打圆场说："好啦好啦，消消气，我走了。"说着挎上小皮包向外走去，仿佛走迟了战火会波及自己。

方芳喊："姐，你不能走！"

肖梅没说话，走得更快，像要逃离这是非之地。夏天恨恨地看了眼方芳，掉头追肖梅而去。

方芳冲着肖梅的背影，恼火地喊："姐你要这样，往后受什么委屈别再来找我！"

11

果如预想，原本井井有条的家，一天的时间里就发生了巨大变化。

夏天的衣服散乱地丢在床上，沾满尘土的皮鞋横躺竖卧在地板上。地板乌蒙蒙的，上面印着几只污浊的脚印，还散落着纸屑和纸团。床头柜上的玻璃杯里残存着喝剩下的茶渣，杯下垫着肖梅最爱看的那本女性刊物，封面被溢出的茶水洇黄。屋内空气污浊，夹杂着叫人作呕的汗腥气和脚臭味。不难想象，自己不在家时，夏天是何等的自由主义泛滥。

肖梅心里来气，夏天也太不尊重自己的劳动成果了。夏天没顾忌肖梅的感受，走进卧室倒在床上就睡。肖梅跟进来，没好气地推搡下夏天："喂，起来！"

夏天不耐烦地说："干什么？"翻转过身又闭上眼睛。

肖梅伸手揪住夏天的耳朵往起提，恨恨地说："起来，我要收拾屋子！"

夏天恼火地说："干什么你，刚进门就折腾啊！"

肖梅说："看看家被你弄得跟破烂收购站似的，我不收拾怎么住人。"

夏天烦躁地说："哎呀，你行行好，让我睡吧，这打了好几个小时麻将挺……"说着，河马一样张大嘴巴长长地打个哈欠。突然他捂住嘴巴，意识到说话跑风泄密了。

肖梅一惊，没想到居然牵扯出窝案："什么，你搓麻将了？"她讨厌男人打麻将。在她心里，打麻将多与赌博有关。

夏天急忙申辩说："哎哎，你可别误会，纯属娱乐，与赌博无关，骗你我那个，真的。"那个是什么，他也不知道，总之不是好玩意。

夏天不赌肖梅相信，但常在河边站哪有不湿鞋的，说不准哪天夏天架不住诱惑，于是警告他说："我跟你说，以后不准你再玩了！"

夏天悬着的心定下来了，忙说："谨遵教诲。"为感谢肖梅不追究之恩，他跳下床，把皮鞋捡起来放回鞋橱，再用笤帚打扫地面，然后用拖布拖地板。因拖布多次使用没有涮洗，很脏，地板被拖得像五花脸。

肖梅看不下去，袖子一卷抢过拖布。她来到洗手间，戴上塑料手套，在水池里净过拖布，回到客厅开始干活。不管肚里有多大的气，一做家务肖梅心里的气就烟消云散，仿佛在做人生中最重要的事业。

无所事事的夏天进了书房，坐在桌前拿过同事新出的画集欣赏。可无论如何也集中不了注意力。他想，看书真不如打麻将惬意，心里盘算，过几天无论多忙，也要跟马鹰他们再搓几圈。想着脸上绽出向往的神色，赢的滋味真好，就像归来的王者。不过他很担心，肖梅知道了怎么办？于是心里开始琢磨怎么躲开肖梅的注意。

没多久，机会来了。

12

为提高业务素质，市教育局准备对所属从业教师进行业务考试，成绩作为日后晋升职称的参考。肖梅投入到紧张的备考中。

忙碌当前，肖梅不得不下放权力，委夏天以重任。

水费、电费和电话费该交了，肖梅让夏天去交。这是他们成家以来绝无仅有的。仿佛受到赏赐，夏天受宠若惊，信誓旦旦地表示保证圆满完成任务。他信心满满地出了家门，路上暗下决心，你不说我什么也干不好吗？今儿个我就让你瞧瞧本画家无所不能的风采。

按照肖梅给出的地点，夏天来到幸福大街商场路，看见前面有座房子上面写着收费的字样，夏天没做他想，推门走进去。门口横摆着一张桌子，桌子有些破旧，桌面漆层龟裂，像河滩上的沙地。一个头发花白的老头戴着老花镜坐在椅子上数零钱。夏天掏出水费缴纳通知单放在桌上说："交费。"

老头打个愣，目光穿过镜框看过来，疑惑地问："你还没方便交什么费？"

交水费难道还得先方便，这是什么规矩？夏天不懂。

老头觉得里面有说道，拿过桌上的水费缴纳通知单一看，笑了："你交水费跑这儿来干什么？"

夏天懵懂地问："这……这不是交水费的地方吗？"

老头刚要说话，一个人从门口急不可待地闯进来，直接奔里间而去。老头冲那人喊："喂，大便还是小便！"

那人没有回答，里间传出布匹撕裂的声音和惬意的哼哼声。

老头说："注意点，别拉到外面。"

夏天的脸腾地红了，话也不说，拿起桌上的水费缴纳通知单仓皇窜出门去，像犯事在逃。

出了收费厕所门口，夏天停下脚步，沮丧地想，难怪肖梅说自己什么也干不好，瞧瞧，交个水费竟然出这么大丑，这事如果传扬出去，还不叫人笑掉大牙。

有了教训，他不敢再冒失，向过往行人打听水费交费处。有的是外地人，真的不知道；有的操着当地口音，却也说不知道。城市人的德行夏天了解，好像只有人求他们，他们不求别人似的。毕竟不乏热心之人，有人告诉他，向东走一条街，再向北拐，钢铁路南就是。夏天按照那人指点的路线，来到一间楼下大厅门前，认真核对过门上悬挂的牌匾，得到确认后才走进去。

柜台里有两个姑娘坐在桌前闲聊，说到高兴处发出母鸡叫蛋般咯咯的笑声。夏天上前询问："这是自来水交费处吗？"谈性被搅，戴眼镜的胖姑娘不高兴地说："你没看见门口的标牌吗？"

夏天虽然对姑娘的态度有些不满，但没说什么，把水费缴纳单递进去。胖姑娘接过来一看，声音冷冷地说："怎么才来交？"

夏天知道水费交迟了，错在自己，赔着笑脸说："家里有事，耽误了，不好意思。"

胖姑娘不满地说："那不是理由，若是用户家里都有事，我们的水费怎么收？"

夏天说："以后一定注意。"

胖姑娘在电脑里查找到夏天的名字，然后说："一共是一百五十五。"

夏天纳闷地问："这么多？"

胖姑娘说："其中包括滞纳金。"

夏天耿耿于怀地说："我才迟交半个月，你们就……"

胖姑娘不耐烦了，翻着白多黑少的大眼生硬地说："那你还想拖多久，难道一年吗？ 别啰唆，交钱。"

夏天想抗命不遵，但他知道那样做无异于以卵击石，弄不好会受到停水的处罚。于是，忍着不快交了款。

13

市教育局通知，教师业务考试定于下个月八日，为方便周边各县教师考试，考试地点设在柳县所在地枣镇。该镇距离市区一百多里，是个僻静的小城。

还有十天就要考试，肖梅他们学校的老师商量，提前一个星期赶到枣镇，适应环境，安心准备功课。

去枣镇的火车是晚上的。

吃过午饭，肖梅就开始忙碌起来。她先到菜市场买了足够量的菜、蛋、火腿和烧鸡一类的食品，又买了一箱方便面和牛奶。回到家系上围裙奏响锅碗瓢盆交响曲，折腾两个多小时工程竣工，然后按照七天的量给夏天准备好伙食，分成若干份，在冰箱里单独放置，上面写明每天要吃的内容，忙完已经是晚上八点钟了。之后，肖梅到卫生间冲淋浴，晚上太阳能水温不高，三十度左右，有些凉，但肖梅还是洗了一澡。

忙碌完毕，肖梅长舒一口气，向夏天叮嘱些注意事项，拉上旅行箱去了火车站。夏天把她送上车，随着火车远去，心里生出脱钩之鱼的感觉。他打通哥们儿的手机，相约酒馆举杯邀月。文人感情易冲动，尽管夏天心里一再提醒自己，高兴一下就行，适可而止，结果酒杯一端就豪气起来了。

深夜，路上已经没了出租车的影子，酒醉的夏天身体沉重，哥们儿不堪重负，便求酒馆老板。老板是一哥们儿的哥们儿，就把拉羊的板车让他们用。他们推着车把躺在车上手舞足蹈的夏天送回了家。史哥们儿够意思，见家里没人，主动留下来照顾，直到夏天酒醒才离去。

酒醉醒了，胃里却难受，夏天翻箱倒柜找药，没找到，打手机问肖梅。肖梅问他怎么了？他推说吃食物不合适。因忙于画画，夏天吃饭经常不正点，冷一口热一口，所以落下了胃病。肖梅埋怨几句他不注意身体，告诉他放药的地方。夏天找出药，吃下去又喝了几杯水，胃里方觉好受许多。

肚里有些发空，夏天看下墙上的石英钟，八点三十五，心想再睡一会儿连中午饭一起吃吧。重新躺倒在床上，闭上眼睛就云里雾里地睡过去了。

说睡着也算睡着了，说没睡着也没睡着，楼道里人们来回走动的脚步声听得清清楚楚。他看见自己身穿坚实的铠甲，手执偃月大刀，乘坐枣红雄骑，山崩地裂一喝，纵马敌营如入无人之境，敌军闻风丧胆，屁滚尿流。他收住战马，横刀仰面大笑，顶天立地好不威风……他被自己笑醒了，心里像抹了蜜一样，自己终于轰轰烈烈了一回。

他斜头看向窗口，阳光很灿烂，白晃晃扎眼。他知道天已到中午，下了床穿上衣服，简单洗把脸出了家门。

他来到一家叫“好再来”的小吃部，老板娘笑吟吟地迎过来，她是江苏人，肤色白净，身材小巧，操着唱越剧般的软语问：“先生想吃点啥？”

夏天画画讲究，吃穿没什么挑拣，只要合胃口就可以，就说：“随便。”

老板娘长期在外经商，养成自来熟不拿自己当外人的性格，调侃地说：“先生说的好怕人呦，我们这里可没有你说的那种吃食。”

夏天觉得老板娘挺好玩，拿她开涮说：“那你不会发明一种，说不准会饮誉全城风靡海外呢。”

老板娘没文化但有见识，看出夏天是文人，眉眼上多了几分尊重。她给夏天倒了一杯茶送过去，热情地推荐几道她的家乡菜。夏天想吃完饭去打台球，就问：“你们这里什么最快？”

老板娘笑着说：“菜刀。”

夏天觉得老板娘很机智，挠着头自嘲地笑笑。他点了一盘麻辣豆腐，一盘炒豆芽，吩咐说快点。

老板娘问：“先生喝酒吗？”

一听酒夏天就想吐，忙说：“不喝、不喝。”

尽管不知道缘由，但精明的老板娘不愿放过一线商机。她知道北方人善饮，逢宴必喝，就嗲着声说："男人嘛，吃饭不喝酒没有道理嘛。"

尽管老板娘的话极具煽动性和诱惑力，但夏天还是拒绝了。酒是好玩意也不是好玩意，善饮者喝了，增添男人的风度；夏天喝了，只会失态。

14

吃过饭，胃里舒坦了许多，夏天出了餐馆直奔台球厅，那里有他的战场，能体现他另一方面的价值，还有既是对手也是哥们儿的朋友。

玩了整整一个下午，正应梦境，赢多输少，英雄盖世、扬眉吐气。

晚上回到家，觉得中午吃进去的饭菜被博弈出去了，肚里需要补充能量，拉开冰箱挑选一番，拿出爱吃的水饺。水饺是生的，需要煮熟。他往铁锅里放了适量的水，打开煤气灶，把饺子倒进锅里。

听肖梅说，饺子一鼓肚差不多就熟了。等啊等，饺子像患了不孕症，肚腩一直瘪塌塌的，他一再告诫自己别着急耐心等待。可煮了好一会儿，饺子就是不显怀。锅里的水锐减，已经到了最低水位。他关了煤气灶，在炊气袅袅中检查饺子。饺子已粘锅不说，而且身败名裂露了馅，说馄饨吧，饺子形状，说饺子吧，馅和汤融为一体。夏天气馁，恼火地把铲子扔进汤锅。他啊地一叫，铁铲溅起的水花烫了脸颊。他来到卫生间一照镜子，脸颊上骄傲地鼓起几颗水泡。他心里悲催地喊："哎呀，我的潘安貌，这下算毁了！"

夏天倔强，自己画都能画了，不信离开肖梅真的吃不上饭。他倒掉饺子，拿出蛋炒饭，在炒勺里热了一下。尽管热得不均匀，有凉有热，但肚中饥饿，顾不了许多，端起饭碗大口地吃起来。

吃过饭，他准备出去遛弯，穿衣时看见衬衣领口黑渍渍的，脱下来换上运动衣裤和鞋，把脏衬衣丢到一旁。忽觉不妥，肖梅出差短时不能回来，新衣服再脏了怎么办？他拿着脏衬衣进了洗浴间，把衬衣浸进水盆里，撒上洗衣粉，找个塑料马扎坐在上面，一本正经地揉搓起来，架势很正式，胜过业务熟练的浣衣妇。

洗完，把衬衣搭到阳台的晾衣架上。有了成功案例后，夏天激情高涨、斗志昂扬，他拿过拖布，学着肖梅的样子拖地板。拖着拖着蔑视之情油然而生，哼，干家务算什么，充其量是种简单的原始劳动，早在远古年代类人猿都会，说我干不了，嘁，那是你拦着不让我干，否则我非干出花来！

拖到阳台的地板时，晾衣架上的湿衬衣滴下的水点落在身上，凉凉的。他仰头去看，衬衣让窗外投射进来的灯光一照，薄如蝉翼，上面的污渍隐约可见。怎么会这样？夏天摇动摇柄降落下晾衣架，抻起衬衣对着灯光验看，结果比在远处看还糟糕，上面的污渍一圈套一圈，八卦图一样。他气恼地扯下衬衣扔在地上，狠狠踩了几脚。

茶几上的电话响了。夏天以为是画报社美术编辑打来的。上个月他投稿给这家画报社一幅油画作品，编辑前几天打电话告诉他，说他们准备采用。这家画报社在省内很有影响，画家们都以在他们画报上发表作品为荣。

夏天接听电话，却是一位同事打来的。对方告诉他，最近他在中心城区买了新住宅，明天中午在辉煌酒店宴请亲友，请夏天过去捧场。这几年不知怎么了，亲友情薄了，但五花八门的酒局却多了。比如孩子升大学，女人生孩子，乔迁新居……人们都会通知自己的亲友圈并设宴款待，亲友们一般都要随份子表示祝贺。大家你随我我随你，没完没了。夏天鄙夷这类变相敛钱的活动，每有这样的事情都由肖梅出面，夏天从不参加。现在不行，肖梅远在他乡，夏天又不能不去，便嗯嗯啊啊答应下来。

中午，创作灵感潮至，夏天饭也顾不上吃，坐在画布前奋笔挥毫妙笔生花，一画就是三四个小时。

门推开，那位请客的同事走进来。夏天这才想起来自己光顾画画，把参加酒宴的事忘了，刚要开口解释。同事却跟他翻了脸："夏天你牛什么，不就获了几次奖吗？真拿自己当画圣了！怎么着，这辈子你就不求人啊！"

同事的狂轰滥炸把夏天弄蒙了，心里虽生气，但毕竟是自己的错，夏天缄口不语，任由对方雷鸣电闪。

夏天此时感到特别需要肖梅。

15

女人无论走到天涯海角，心总是在家里。

在枣镇备考期间，肖梅常常想，夏天在干什么？他的衣服是不是脏了？是不是热一口凉一口把胃病吃犯了？是不是天天熬夜？……一想到这些，心就像被绳子提拎起来，眼前不由得浮现出这样的镜头：夏天蓬头垢面，衣服黑渍渍的，像刚从油缸里捞出来一样。脚上的皮鞋千疮百孔，袖口游荡着一条线头，像粘在上面的方便面条……

考完试，肖梅也不管考得好坏，刻不容缓地乘上南行的列车风驰电掣地回到自己的城市。

她打开房门进屋时，夏天穿着短裤裸露着上身躺在沙发上抱着靠背垫睡觉。肖梅环视下乱糟糟的屋里，心想，心真大，家里这么脏乱真能睡得着。她恼火地喊："夏天！"

夏天身子一震从沙发上掉到地板上，睁开睡眼一看是肖梅，恼火地喊："哎哎，怎么山崩地裂的！"

几天不见，夏天一脸倦容。她以为他又画画熬夜了，心疼地问："你怎么弄成这样？"

夏天却说："没怎么样啊，这不挺好的吗？"

肖梅说："还好呢，你照镜子看看，都啥样了。"

夏天拿过床头柜上的圆镜，举在手上前后左右照看自己，美滋滋地说："唔，好像胖了。也是，这几天我生活在没有噪音污染、心旷神怡的环境里，能不心宽体胖吗？”

家里环境一凌乱，心里就像塞进了麻团，肖梅顾不得计较夏天带刺的言语，脱下上衣挂在衣架上，忙碌着收拾起残局。

肖梅一折腾，夏天就无法睡觉，不悦地说：“你这咋一回来就上蹿下跳的。干嘛呀，故意折腾我啊！”

肖梅果然是操持家务的高手，很快就把凌乱的家收拾得面目一新，如果说家里刚才有点像装破烂的仓库，现在说是星级宾馆都不为过。

超负荷劳动使肖梅承受不了，半夜，居然发起低烧。夏天要送她去医院。肖梅是教师，知识面广，对一般疾病科普知识有所了解，知道自己低烧是过度劳累所致，她让夏天给她找一片止疼片吃了，身体果然舒服了许多，闭上眼睛沉沉睡去。

其实，人的勤劳是美德，早在几千年前老祖宗就盛赞过。特别是女人，勤快一直是男人娶妻的标准。也是，天下有谁愿娶好吃懒做的女人。脸蛋好固然赏心悦目，那能当什么，当吃还是当喝？

肖梅不仅勤劳，而且颜值高，可谓上得厅堂下得厨房。肖梅却觉得自己盛名之下其实难副，脸蛋好那是父母给的，没办法，想不好看都难。操持家务是女人的必备业务，再者说她爱干那个，一天不干心里就像缺少重要生活内容。正因为她秉持这样的理念，所以家务事件件亲为，不给夏天插手的机会。

16

其实，肖梅的出发点没有主观恶意，但客观上却给夏天以沉重打击，极大消减了他参与家务劳动的热情。从此不管肖梅多忙，他从不主动涉足家务，自封为甩手自在郎。

有时肖梅忙急了，对他的大少爷做派表现出不满。可夏天真要染指家务，她又不放心了。女人啊女人，唉。

没想到，肖梅的勤劳却给夏天带来麻烦。肖梅受到朋友们的盛赞，夏天的懒惰之名不胫而走。夏天知道众口铄金，唾沫星能淹没人，想干家务以正视听，可肖梅阻拦不让，像承包下一样。

夏天天生好动闲不住，于是，就请邻居到家下棋消磨时光。邻居小刘是棋痴，只要有棋局，不管多忙也要赴约。若是换成高手，是不会跟他下的，因为他是臭棋篓子，正朝著名方向发展。

下棋是件专心致志的事，肖梅的忙碌影响了小刘的注意力，本来棋艺就臭，加上不能聚精会神，大败。

对弈自然有输有赢，这很正常。何况夏天心眼活泛，智商弥补了棋艺不足，轻取小刘易如反掌。可偏偏小刘求胜心切，把输赢看得很重，觉得肖梅影响了他的发挥。对肖梅有意见不敢说，朝夏天发泄不满。

夏天被肖梅磨叽怕了，害怕耳边无休止的噪音，何况小刘大男人妇女嘴，心烦，忍不住说："技不如人，输了就输了，磨磨叽叽干什么，更年期啊你！"

输了棋本来就心里窝火，还受夏天抢白，小刘嘴上开始自由主义泛滥，边下棋边跟夏天斗嘴。就他那智商哪是夏天的对手，没几招就被夏天伶牙俐齿讥讽得口不能言。一生气，小刘把棋子一划拉不玩了。临走时，他发狠说："以后你就是用火箭去接我我也不来了！"

棋瘾没过够，小刘走后夏天的脸就拉了下来，说肖梅没素质，给他们捣乱。肖梅纳闷，说："你下你的棋，我干我的活，井水不犯河水，我碍你们什么了？"

还有一天，夏天和一位朋友在饭店喝过酒，性情中人的夏天请朋友来家里喝茶。朋友是多年的烟民，酒后抽得更勤，一根接一根像跟谁比赛一样，把个风清月朗的客厅弄得乌烟瘴气，宛如电影里的魔域。

开始肖梅没好说什么，后来看见那人肆无忌惮，把烟灰弄得满沙发茶几都是，忍不住拿起滚刷去滚。她的举止意味着什么？如果那朋友继续处于被酒精麻痹的状态就好了，可偏偏这时他酒醒了，以为女主人在变相逐客，于是干笑着讪讪告辞。

朋友走后，夏天跟肖梅拍案作色，斥责肖梅有病。夏天的话带有严重的侮辱色彩，肖梅承受不了，干嘛啊你，鼻子不是鼻子脸不是脸的？于是，他生气地回了卧室关上了门。

那位朋友不是省油的灯，不久便把肖梅的变相逐客的事情嚷嚷出去，朋友圈无人不知，从此再也没有朋友去夏天家做客。

夏天特别生肖梅的气，以至于好多天不跟她说话。

17

肖梅知道自己伤害了夏天，试图弥合两人的感情。

晚上，洗漱过后她早早地上了床。不知夏天何意，肖梅的意思非常明显，可他却坐在书房台灯下看起书来没完没了。

已到深夜，夏天依然雷打不动。肖梅有些不耐烦，从枕头上抬起头朝书房喊："哎，都快十二点了，怎么还不睡？"

夫妻间都有心照不宣的密语，内涵对方马上心领神会。若是肖梅之前这样喊他，夏天早屁颠屁颠地跑过去了，可他却说："你先睡吧，我还有点事没做完。"

肖梅不好再说什么，便打开床头灯，顺手拿起一本杂志翻阅。看完刊物，窗口已经虚白。还不见夏天过来，她下床朝书房走去。

脚一踏进书房，肖梅就来气了。夏天头伏在写字台上已经睡去，鼾声浅吟低唱。他什么意思？这不是有意晾自己吗？肖梅上前推推夏天，说："哎。"

夏天挪动了下身子，不耐烦地说："别闹，睡觉。"

肖梅提高声量："别趴在这睡，上床去。"

夏天嗯嗯两声，扭过身子鼾声再起。

肖梅气恼地注视了夏天一会儿，转身回了卧室，用被子蒙住头。

天亮了，夏天从书房里走出来，小心翼翼地看了眼卧室的门。门关着，像板着的脸孔。他悄悄走进厨房，想找点食物吃了去上班。

一进厨房，他愣住了。餐桌上摆着两碟小菜、一杯牛奶、两颗鸡蛋还有一碗黄澄澄的小米粥。他眨眨眼，是不是仙女下凡给自己做的早餐？他心里一热，为自己昨晚的负气行为懊悔。

他知道，肖梅昨晚一定没有睡好，也不去惊动她，悄悄吃过早餐，踮着脚尖出了家门。

肖梅对夏天的做法非常生气，把心里的不快跟方芳说了。方芳做酱油不咸，做醋准酸，她给肖梅出谋划策，归结起来一句话，以其人之道还治其人之身，坚决打掉夏天的嚣张气焰！

肖梅觉得有道理，如法炮制，不跟夏天说话，不跟他一起吃饭，形同路人。夏天被肖梅制造的咫尺天涯弄得很是愤怒，怎么着，想跟我玩明月两乡啊？

也合该事情闹大。一天夏天下班回家，走进住宅小区院中，看见肖梅在跟一个年轻男子说话。男子眉飞色舞，肖梅笑逐颜开，不是亲人胜似亲人。那青年男子叫张智，夏天认识，也居住在他们这个小区，是肖梅的同事。夏天曾多次听肖梅提及张智，说他如何学识渊博、才华横溢，是他们学校的青年才俊。夏天忽然想到什么，脸一沉。有风言传，说张智跟肖梅常在一起，关系非同一般。

这时，手机响了，是一位客户打来的。前几天夏天给他们公司环境做了美化设计，那人感激，请他吃饭。夏天知道肖梅反对他喝酒，他本意也不想去，可不知为什么，却爽快地答应下来。他家也没回，约上两个同事去了酒店。

夏天酒量不大，却是性情中人，酒杯一端便四海之内皆兄弟了，酒局结束，他的舌头已经不好使了。

同事把夏天送回家时，肖梅还没有睡觉，正坐在客厅等他。夏天歪歪斜斜地坐在沙发上，肖梅沏了一杯浓茶递过来。夏天抬手把茶杯打飞，声音含混不清地说：“不……喝，我……不喝！”

肖梅脸色涨红，说：“你……你要什么酒疯！”

夏天瞪着通红的眼睛，口中喷着浓烈的酒气吼道："我……问你，你为……什么对我冷……冰冰的，是……不是外……边有人了？"

肖梅又气又臊，一跺脚说："你瞎说什么，我有谁了？"

夏天狂躁地一挥胳膊喊："有谁你……自己心里清楚，你问……谁！"

肖梅眼圈红了："我是什么样的人你还不知道，你怎么乱猜疑！"

肖梅话音刚落，夏天鼻中已经响起鼾声。肖梅想，夏天喝酒了，自己怎么跟一个醉酒的人斤斤计较。她把夏天架上床，帮他脱了衣服，盖上被子。

第二天夏天醒来时，肖梅正在擦家具。他好像想到什么，一下子从床上坐起来，惶恐地问："我昨天晚上喝多了吧。"

肖梅停下手中的活，用责怪的口气说："你怎么可以喝那么多酒？"

夏天忙问："我回家说什么了吗？"

肖梅说："酒不是好玩意，喝多乱性，以后少喝点。"

夏天眨眨眼，又眨眨，他在揣摩肖梅的话的意思。

第十三章

1

肖梅发现个怪现象，自己每每在办公室一出现，张智的眼睛就聚光灯一样瞄过来，看似漫不经意，仔细观察，里面却游离着让人捉摸不透的怪异神色。

肖梅深感不安，因为上大学时，张智曾追求过她。肖梅嫌他娘，没给他机会。不是肖梅自作多情，她知道，张智还没结婚。果应预感，张智不久向她发出暗示。

那天，肖梅跟夏天赌气，没有回家吃饭。张智知情后，专门买了食物送过来，因有旧恋之嫌，肖梅怕引出闲话，拒绝。张智开始谴责夏天不男人，对肖梅不关心。虽然对夏天有意见，但肖梅容不得别人对夏天说三道四，故意大说特说夏天对自己的好。张智笑了，说肖梅自欺欺人。接着他把肖梅和夏天那点事准确无误地抖搂出来。肖梅很吃惊，她没想到张智对她和夏天的感情知道得这么清楚，显然，张智是处心积虑的。之后，张智的话更让她瞠目结舌，他说肖梅和夏天不是一路人，早晚得分道扬镳，如果真是那样，请肖梅给他一个机会。张智的话如晴天霹雳，炸得肖梅夺门而去。

肖梅没有回家，直接去了市九中。九中离他们学校不远，就在斜对过。因小提琴拉得出类拔萃，夏雨被省歌舞剧院调了过来，刘梦没有过人之长，只好回归老本行，调入市九中当音乐老师。市九中和肖梅的小学斜对过，没事，妯娌俩好往一起凑合。

看见肖梅气色不好，刘梦询问。肖梅便把不安跟刘梦说了。刘梦哈哈一笑，说肖梅太过谨慎，张智那是开玩笑。在她看来，张智除非有病，否则怎么会向一个有家室的女人示爱呢？肖梅想想也是，觉得自己太多心了，于是就把事情放到一边。

学校举办师生文艺会演，肖梅是文艺老师，作为特邀观察员前排就座，身边是张智。张智长得帅气，有音乐家一样的歌喉，天生搞音乐的材料，惹得女老师行星一样围着他转。

每个节目表演结束，观察员先各自发表看法，而后给节目打分。艺术没有统一尺度，常常仁者见仁、智者见智。因观点不同，肖梅和张智时有争辩。为避免公开场合争议，影响不好，两人私下经常在一起探讨交流，渐渐学校起了非议。

一天中午，肖梅和张智在学校食堂吃饭，因为肖梅爱吃炒鸡蛋，张智就把自己菜里的鸡蛋挑给肖梅，肖梅拒绝，两人推来推去。正巧刘梦过来找肖梅，看见这情景，感觉张智对肖梅确实超乎寻常。这话当面不好说破，决定找机会把事情告诉夏天。

晚上，肖梅和夏天在吃饭，夏天的手机响。

夏天拿过手机放在耳边说："喂，哪位？"

那边一说话，夏天迅速瞥肖梅一眼说："我正在吃饭，过一会儿我打给你。"

肖梅问："谁呀？"

夏天敷衍地说："一个朋友，你不认识。"

吃完饭，夏天说画院有事离开了家。

肖梅洗过碗，按部就班地洗衣服、擦地板，忙活完已经十点多钟了。她直起身捶打着酸疼的腰舒口气，夏天黑着脸推门进来。他坐到沙发上，点燃一支烟，眉头上聚个大疙瘩，像有难解的心结。

肖梅觉得奇怪，询问说："怎么了你，蔫头蔫脑的？"

夏天把烟蒂碾灭在茶杯里说："我问你点事。"

肖梅问："什么事？"

夏天没说话，伸手指着沙发示意肖梅坐下。如此严肃，史无前例，肖梅不由得有些紧张，忐忑地坐在沙发上等待夏天下文。

可夏天没有说话，又点燃一支烟抽起来。少时，屋里被弄得乌烟瘴气。

肖梅着急地问："什么事快说吧，我得早点睡，明天早晨六点钟以前必须到校，还要帮助学生排练文艺节目呢。"

夏天咳了一声清下嗓子，大说女人的为妇之道，引经据典，口若悬河。肖梅不明白，夏天讲这些何用？但她隐隐感到，夏天好像在责怪自己，她百思难解，自己没做错什么，他这是演的哪一出？

肖梅忍不住地问："夏天，别绕弯了，你究竟什么意思？直说好吗？"

夏天酸溜溜地说："什么意思你自己还不清楚？"

肖梅真的让夏天给八卦蒙了："我清楚什么，我什么也不清楚。"

夏天冷冷一笑说："那好，我问你，你是不是跟你们学校的某些男老师交往过密？常言道，男女授受不亲，你这样做让别人尤其是我怎么想？"

肖梅蓦地明白了，全身的血液好像一下全涌到脸上，没想到夏天的心这么邪！她吃惊地望着夏天，觉得他陌生起来。

夏天被肖梅看得有些心虚，说："你……你这样看着我干啥？"

突然肖梅拿起沙发垫向夏天掷去。

夏天掩住头大喊："哎哎，疯了你！"

肖梅眼噙泪水大声地吼道："干什么，打你这邪心霸道的玩意！"说着，扬起手中的沙发垫冰雹一样砸过去。

夏天挨不过，抱头窜出屋。

肖梅愤怒的声音追出来："滚，你永远也别回来！"

夏天站在门口发了会儿呆，觉得没趣，蔫头蔫脑地向楼下走去。走出不远，后面传来肖梅伤心的哭声。

夏天来到哥哥家，责怪刘梦没把情况搞准就乱说，委屈了肖梅。

刘梦辩解说："我只是说肖梅和张智表现过于亲密，也没说他们俩之间就一定有问题，你怎么可以那样呢！"

夏天有种被愚弄的感觉。转念一想，肖梅和张智都是搞音乐的，还同在一个办公室，关系比一般同事密切些也在情理之中。显然，自己被气蒙头，青红不分皂白不辨了。

夏天想，自己这是怎么了，干嘛做出这等不可理喻之事。

2

夏天来到公园，独自行走在柳丝依依的林荫路上。

他想起肖梅的诸多好处。自打他们结婚以来，家务活几乎都是她做，自己是典型的吃粮不管酸的甩手自在郎，居然还疑心生暗鬼无事生非地怀疑她。夏天开始痛恨自己，自己不但没给她带来幸福，反而让她劳累，使她痛苦，自己算什么男人！

夏天决定向肖梅负荆请罪。

他怀着愧疚的心情来到家门口，扬手咚咚敲门。屋里没人应。他拿手机往屋里打电话，没人接。他知道肖梅还在生气，他不怪她，要是换成自己也会的。

夏天低声说："肖梅，开门，我有话跟你说。"

屋里静如一泓波澜不惊的水。

夏天诚恳地说："这些天我心情不好，伤害了你，请你原谅，我向你赔礼了。"

屋里依然没有声响。

夏天无奈地说："那你歇着吧，我走了。"他转身慢慢向楼下走去。走几步停下来，重新折回到门前，他说："有句话我必须跟你说明白，你啥事也没有，是我疑神疑鬼以己之心度人之腹了。"说完这些话，他的心情轻松了许多，转身欲走。

房门蓦地打开，肖梅跑出来扑进他的怀中，随后他肩头发出剧烈的疼痛。

夏天轻轻拍拍肖梅的后背说："是我错了，你用力咬，我不怪你。"

肖梅把夏天拉进屋关上门，抱着夏天倒在地板上。他们在地板上翻滚、呻吟，直至折腾得精疲力竭。夏天这才领略到，肖梅不像自己想象的那样，她是那样的有激情、有活力。

3

夜里睡得晚，第二天七点多钟他们还没起床。

电话铃丁零零地响了，夏天揉着惺忪的睡眼把电话筒放在耳边，用含混的声音问："哪位？"

电话那边传来老太太的声音："是夏天家吗？"

夏天怔一下，兴奋地喊："妈，是您！您在哪？"

夏天妈说："我在火车站，省城这村子也太大了，我找不到你们家，就使公用电话给你打了电话，你快来接我吧。"

夏天忙说："妈，别到处乱走，您等着，我马上过去。"

酣睡的肖梅被惊醒，从枕头上翘起脑袋问："谁打来的电话？"

夏天下床急手急脚地就穿衣服就说："快起床，妈来了。"

肖梅美人迟暮的疏懒神色不见了，爬起床，把凌乱的头发往脑后一拢，用皮筋扎条马尾辫，快速叠好被褥。

夏天穿好衣服，刻不容缓地出了门。

肖梅从冰箱里拿出食物下厨做早餐，一番手忙脚乱后，一桌早点准备就绪。这时门铃响了，肖梅打开门，夏天搀扶着穿戴土气的妈妈走进来。

肖梅向婆婆鞠躬问好：“妈，您好。”

乡下人受不了这么大的礼待，夏天妈慌乱地说：“一家子人别这样，你这样我不自在。”

肖梅笑着接过婆婆手中的挎包，把她搀坐在沙发上，给她沏了一杯茶水放在面前，说：“妈，喝点水暖和暖和。”

婆婆打开包裹，从里面拿出豆包、年糕还有绿豆之类的土特产交给肖梅说：“城里没有，拿过来尝个鲜。”

肖梅接过来放进冰箱。

夏天妈性子急，喝着水说明来意。村里遭了水灾，家里的房子被泡倒了，他们准备盖新房，乡里虽补助了些钱但不够，她过来找夏天想办法。

夏天刚想表态，肖梅抢过夏天的话说：“妈，家里盖房我们是该帮助，可我们刚在城里安家，手头实在没钱，要不您找夏雨大哥再想想办法？”

婆婆眼中露出失望，叹口气说：“那就算了，我还是别刮擦你们了，夏雨那儿我已经打了电话，他说最近要买车，也没钱。”

肖梅现出不满的情绪，快言快语地说：“车暂时不坐可以，房不住不行，他怎么能这样呢？”

夏天宽慰地说：“妈，您别急，房今年咱一定得盖，要不你和我爸上哪住去。”

夏天妈沮丧地说：“盖房需要花大钱，那可不是闹着玩的，我们两手攥空拳咋盖？”

夏天咬下牙说：“妈，让我再想想办法。”

肖梅在一旁给夏天使眼色。

夏天浑然不觉，低头思索，突然眼一亮说：“有了。”他拿起茶几上的手机进了卧室，稍许里面传出打电话的说话声。

为时不长，夏天夹着公文包从卧室走出来说："您和肖梅先吃饭，我去给您取钱。"

夏天妈欣喜地问："钱弄到了？"

夏天说："应该差不多。"

夏天妈闭上眼睛长吁一口气："阿弥陀佛。"

夏天走出家门，肖梅尾随出来，急火火地问："你从哪弄的钱？"

夏天说："从朋友手里拆兑的，好啦，你就别操心了。"说完，丢下肖梅匆匆地下了楼。

一个多小时过后，夏天回来了，脸色很不欢气。

夏天妈知道儿子遇到难处，通情达理地说："孩子，你尽到心就成了，别着急，我回去跟你爸再想办法。"

夏天说："村里遭了灾，家家都需要钱，您和我爸上哪弄钱去，别忙，让我再想想。"

夏天把自己关进书房，在地板上来回踱着步，脚下趟着深深的焦灼。

肖梅看在眼里，急在心上，抄起电话拨通夏雨的手机，劈头盖脸地说："大哥，你们家的车先别买了，咱妈在我这，她需要钱盖房子，我们没把钱凑够，你是不是从买车款里……什么，钱你们已经交了！那怎么办，要不你们再想点别的办法？什么，没办法？大哥，那可是你的亲生父母啊，你是不是有点太那个了！"肖梅气咻咻地挂了电话。

客厅斜对门是书房，门敞着，肖梅看见夏天还在踱步。

肖梅一咬牙又拨通电话："妈，我是肖梅，您不是有些积蓄吗，我想用一下那些钱？干什么？您就别问了，总之我不会乱花。太好了，谢谢妈！"

放下电话，肖梅推开书房门对夏天说："你别走来走去的了，钱有了。"

夏天惊喜地问："你从哪弄的？"

肖梅说："你别管。"

夏天抓住肖梅的手，感激地说："谢谢夫人。"

4

夏天妈拿着钱高高兴兴地回了乡下，肖梅却和夏天恼了。

肖梅数落夏天说："阴天下雨不知道，家里没钱不知道。夏家两个儿子，也不只是你自己，你显什么能耐？"

尽管感到意外、惊讶和不快，但肖梅毕竟是有功之臣，夏天还是赔着笑说："妈来求咱们，你说我能袖手旁观吗？"

肖梅把手中的抹布扔在组合柜上说："她不是也求你哥了吗，他还是老大呢，为什么铁公鸡一毛不拔？"

夏天替夏雨打圆场说："他不是要换车吗？"

肖梅愤愤地说："他爸妈都快要流落街头了，他还有心思换车，难道坐车比老人住房子还重要？"

肖梅说得没错，夏天无法反驳，只好敷衍说："他肯定有难处。"

肖梅喊："我们刚买完房，手头正紧，难道就没难处吗？"

肖梅的脾气令夏天吃不消了。他想，肖梅今天是怎么了，以前她可不是这样的。肖梅突然一抻脖哇的一声，捂住嘴巴跑进卫生间，随后里面响起剧烈的呕吐声。

夏天嘟囔说："瞧瞧，这人气性多大，都气成那样了。"

肖梅泪眼婆娑地从卫生间走出来，人没到夏天跟前，恶心再次上涌，掉头又跑回卫生间。

夏天困惑地想，她病了？

夏天来到卫生间，关切地对肖梅说："到医院看看吧？"

对于来自夏天的关怀，肖梅眉眼上现出感动，用手指戳点下夏天的额头说："傻啊你！"

夏天犯蒙，不知道自己傻在什么地方。忽然他眼睛一亮，惊喜地问："你是不是有了？"

肖梅羞涩地点点头。

夏天高兴得手舞足蹈，说："噢，我要当爸爸了！"

肖梅嗔怪地说："疯什么疯，想让全世界都知道啊？"她动情地抓过他的手轻轻放在自己的肚子上，面带羞涩地问："感觉到什么了吗？"

夏天摇摇头说："没有。"

肖梅把夏天的头按贴在自己的肚子上说："你再听听。"

夏天认真地听了一会儿，依然无获。

肖梅娇嗲地说："儿子和你一样淘气，正在肚子里踢我呢。"

一听"儿子"两个字，夏天来了精神，兴奋地问："你怎么知道是儿子？"

肖梅天真地回答："因为我想要儿子。"

夏天说："你想要儿子就会是儿子？你也不是神仙。"

肖梅自负地说："我会猜，肯定是儿子。"

夏天小心翼翼地把肖梅搀扶到床上，说："老婆，从今往后你什么也别干，任务就是养好身体生儿子。"

肖梅说："我不干家里那么多活谁干？"

夏天一挺胸膛，说："我！"

肖梅打量着夏天说："你？"她轻轻摇摇头。

夏天的情绪被激起，衣袖一卷说："你别门缝里瞧人，你看我的。"

夏天提来水桶，浸湿布子开始擦地，吭哧吭哧很卖力。接下去擦家具，虽说擦得浮皮潦草，但态度却极其认真。肖梅觉得夏天有潜力可挖，躺在床上予以指导。若是往日，夏天早不耐烦了。现在不然，在儿子妈的指导下，他一丝不苟。夏天的可塑性让肖梅放心了，从那天起，她把家务活交给了夏天。

俗话说，不干不知道，一干吓一跳。操持一个星期的家务，夏天才体会到肖梅是何等的不易，心里对她肃然起敬。

干惯了家务，冷不丁退居二线有些不适应，肖梅总想重上火线一展身手，夏天阻拦不让，理由是怕抻着她肚子里的儿子。看见下班就忙碌的夏天，肖梅心里不落忍。每当夏天不在家时，她总是偷偷做家务替夏天分忧解难。

一天，她发现墙壁上的大镜子上面落着一层灰，踮着脚尖去擦。谁知脚下一滑，她跌了一跤。开始没觉得怎么样，后来肚子有点疼，渐渐地越疼越厉害。她情知不妙，捂住肚子下楼打出租车去了医院。

还好，经医生采取措施，胎儿保住了。

5

肖梅的肚子一显怀，夏天感到肩头的责任更加重大。儿子出生后，是需要大笔花销的，身为爸爸他得对得起孩子。于是他开始拼命画画。短短两个多月，创作出三幅画，一幅参加展览，两幅卖给画商，挣了一笔钱。他把钱存入银行，准备送给马上要出世的孩子。

市里要在站前广场画一张巨幅宣传画，这是全市的门面，要求省画院派出青年业务骨干担纲。经过院里研究，差事落在夏天的肩上。这是不能推卸的公差，夏天无条件接手，迅速组织起创作班底。

夏天一进入角色，就忙碌得顾此失彼。因为忙，有一次解手居然慌不择路，竟闯入女厕所，幸亏里面没人，否则挨挠那是一定的。因为忙，他吃住在站前广场边上的宾馆里。衣服顾不得换，以至内衣像涂了胶一样沾身子。头发顾不上理，长发及肩俨如行者，以至朋友相见不能相识。

不久，发生了一个令夏天伤心的事。

那天他正站在脚手架上画画，一个六十多岁的老爷子走过来向他打听。老爷子问：“大哥，去蓝天商城怎么走？”夏天怔住了，自己有那么老吗？更让他悲不自胜的是，下午竟有一姑娘亲切地喊他一声老爷爷，向他打听去农业大学坐哪路公交车？辈分直线看涨让夏天悲从心生，哎呀呀，照此下去，明天说不定有人会叫自己祖宗呢，他觉得自己快要变成耄耋老者了。

中间，肖梅过来看望了他几次，带来他爱吃的水饺和包子。看见夏天丐帮帮主的模样，心疼地劝他悠着点干，注意身体。夏天一笑了之，他怎能少干，单位交给他的任务他得完成，不能辜负领导的信任。他就是这样的人，做事情拼命，追求完美。

超负荷的工作使夏天体力不支，一天突然头一晕从脚手架上栽下来，额头上撞开条口子，血流如注。路人把他送进医院，伤口整整缝了五针。医生诊断，疲劳过度，大脑供血不足，需要卧床静养。

虽然站前广场的宣传画制作已经到了尾声，但是夏天干什么都性子急，第二天天蒙蒙亮他就起了床，摸黑穿上衣服，蹑手蹑脚地走出家门，找家小吃部喝碗豆腐脑吃根油条，就去了站前广场。

旭日东升，夏天穿上工作服开始了一天的工作。

中午下班，他拖着疲惫的身子去赶公交车，他发现路上的行人看着自己发笑。他感到莫名其妙，转悠着头在自己身上前后寻找，没发现可笑之源。他皱下眉头，不友好地嘟囔句脏话，走人。

走了一段路，看见迎面而来的人还是朝自己笑，夏天觉得自己身上真的有毛病了，前后左右认真查找，终于发现了问题所在。

早晨起床穿衣匆忙，右腿没穿到线裤里去，空裤管拖在脚后。别的颜色线裤可能还不那么醒目，偏偏他的线裤是红色的，那是自己本命年时老妈给他买的。红线裤在黑皮鞋的衬托下，显得格外鲜艳。夏天的脸一红，忙俯下身把空线裤管塞进外裤里，然后低头过街老鼠一样匆匆地走了。

来到住宅小区院中，笑话又发生了。因忙得昏头涨脑，他居然想不起来自己家住哪幢楼了。无奈，他打手机给肖梅，问清后才上了楼。

6

秋天是收获的季节，肖梅妈从绿岭市赶过来，肖梅被送进产房。

夏天坐立不宁，在产房门前焦急地来回踱步。当听到里面传出孩子响亮的啼哭时，他怔住了，像受了惊吓，随后泪如雨下。

听见医生喊自己，夏天激动地跑进产房。看着张舞着手脚啼哭的儿子，他俯下身啄木鸟一样吻了一下肖梅苍白的脸颊，轻声说："谢谢。"

自打有了孩子，夏天也变成了孩子，更爱说爱笑了，而且他的明媚心情也表现在画作上。以前他很少画儿童题材的作品，特别是儿女情长方面的。他认为作品是心灵的反映，真情实感的流露，一个大老爷们不具有童心，何必硬装出天真烂漫去画什么儿童画呢。即便画出来，也不会有孩子那种天然的情趣。如果用儿童的面孔包藏成人的情感，那样的作品真实吗？跟老妇卖萌有什么区别？现在不然，在他眼中，所有的景物都变得童话起来，儿时的天真仿佛又回到心头。于是，他带着童真，精彩飞扬地画起反映儿童生活的作品。

隔壁办公室的张老师推门进来，看见夏天手持画笔，面带明媚的微笑，身子仰靠在椅子上睡去，走到他的画作前观赏。画面上，一个扎着羊角辫的小姑娘蹲在羊羔羔身边，爱抚着羊羔，羊羔伸出嫩红的舌头舔着她的手。背后是一片郁郁葱葱的树林，碧绿的草地上迷漫着如纱的雾霭，看上去朦朦胧胧，很像童话里神奇的意境。画作不仅形似，而且神似，把儿童纯真的童趣和羊羔的稚嫩统一在神话传说般的背景上，美轮美奂极具艺术之美。张老师感到不可思议，他不知道夏天是怎么画出如此佳美之作。

果然，夏天这幅作品捧回全省油画展特别奖。一夜间，夏天声名鹊起，诸如著名画家、画坛新秀、油画奇才等桂冠接踵而至。

夏天从颁奖仪式上归来，进了卧室，向肖梅和襁褓中的孩子深深鞠一躬，说："谢谢，是你们母女成就了我！"

肖梅被弄蒙了，忐忑地问："你喝酒了？"

夏天说："没有。"他把嘴巴凑到肖梅鼻子前呵气："不信，你闻。"

肖梅困惑地问："那你这是闹的哪出？"

听见夏天的说话声，在厨房给女儿做饭的肖梅妈走过来："回来了，夏天？"

夏天没回答，把岳母扶坐在沙发上，深深地施一礼说："妈，谢谢您的支持，如果没有您帮我照顾肖梅和孩子，我是不会获大奖的。"他从怀中掏出厚厚一叠百元大钞双手呈上去："这是给您的，请收下。"

面对这么多钱，岳母吓得直往后缩，惊恐地问："这么多钱，哪来的？"

夏天说："这是我的奖金。"

岳母疑惑地问："一张画就值这么多钱？"

夏天说："这只是一部分，我衣兜里还有呢。"

岳母惊得张大嘴巴合拢不上："我的乖乖！"

肖梅在一旁笑着说："妈，夏天给您您就收下吧。"

岳母从里面抽出几张，把剩下的推给夏天："我一个老太太，一不买衣服，二不买化妆品，要那么多钱没处花，你们留着吧，等孩子长大，花钱的地方多着呢。"

夏天见岳母坚持不要，就把钱交给了肖梅。

7

肖梅出了满月，岳母就回绿岭市了。家里还有老伴，他身体不好，需要照顾。

岳母走后不久，肖梅的产假也快到期了，孩子照顾的问题迫在眉睫。夏天给乡下的老妈打过去电话。家里种着几十亩田，需要人手侍弄，老妈脱不开身。没办法，肖梅和夏天决定花钱雇人照看孩子。

经过挑选，选中一位四十多岁的下岗女工，但人家不愿到他们家照看孩子，要求把孩子送过去。暂时没合适人选，只好依从人家。每天早晨夏天和肖梅打车把孩子送过去，晚上再接回来。寒来暑往风雨不辍，辛苦自不必说。

为孩子辛苦这是父母的职责，关键是那女人不愿看小孩，夏天夫妇对她稍有不周，她就让他们把孩子带走，还怨孩子哭闹不省事。为了孩子少受委屈，夏天和肖梅忍气吞声赔笑脸说好话，甚至曲意逢迎，隔三岔五还给她送礼。

虽然夏天夫妇像对自己的妈一样对待那女人，可那女人依然不忠于职守，常常把孩子绑在摇篮里自己干别的活。有一天肖梅提前放学来接孩子，走到门前举手欲敲门，孩子的哭声从屋里传出来。孩子哭声嘶哑，不难断定，孩子哭了很长时间。

肖梅的心像被揪了一样疼，忍不住推门而入，看见孩子躺在摇篮里挥舞着小手哭闹，脸憋得通红，像秋后的海棠果。那女人却躺在一边睡觉，鼾声宛如拨丝弄弦。

肖梅用责怪的口吻说："大姐，孩子哭成这样，你怎么不哄哄她？"

女人被惊醒，阴沉着脸说："你们这是什么孩子，抱着就笑，放到摇篮上就闹，我抱他好几个小时了，这不刚想打个盹，你瞧瞧，又开始哭闹！"

肖梅忍住性子说："小孩子哪个不这样，要是都像大人那样省事，谁还花钱雇人照看。"

这话惹恼了那女人，她说："哟，你要这么说，孩子你抱走，高低我不伺候了！"

城里保姆难求，孩子没人照看，肖梅就得请假，她攒出笑脸低声赔礼说："大姐，刚才看见孩子哭我一时心疼，情急之下随口就那么一说，你别介意，孩子，我们还得请你照看。"

肖梅态度一软，那女人更硬气了，话一出口就像撇出石头："别别，你们的公子高贵，哭几声都不行，要是以后有个病，你们还不得把我送上法院，我可不敢倒那个霉，孩子你愿找谁看就找谁看，我是贵贱不看了。"

话说到这份上，没法继续对话，肖梅抱起孩子离去。

夏天兴冲冲地回到家，一进屋就喊："老婆，孩子，我回来了！"

喊了几声，没人应。

夏天觉得奇怪，来到卧室，看见孩子坐在床上抱着布娃娃玩耍，肖梅在一旁独自垂泪。

夏天惊讶地问："怎么了？"

肖梅泪水大作，说："夏天，怎么办呀，孩子没人看了。"接着，抽泣着把情况告诉夏天。

夏天顿时急了，孩子没人照看，他们怎么上班呢？

两人一商量，分别给亲戚朋友打电话，央求他们帮助雇请照看孩子的人。电话都快打爆了，事情总算有了头绪。

8

时隔几天，一个朋友领着一个乡下姑娘敲开夏天家的门。

那姑娘二十岁左右的样子，脸颊上有两团高原红，见人有些眼生，说话扭扭捏捏的。这样老实本分的姑娘夏天他们求之不得，当即留下。双方讲定，一个月工资一千二，管吃管住，姑娘的任务就是看好孩子，别无他事。

姑娘机灵勤快，忠于职守，视孩子为亲人，夏天夫妇非常满意，不时买些衣物送给她以示褒奖。姑娘很快由土变洋，穿戴举止也洋气起来。

不久肖梅发现，姑娘并不像他们想象的那样老实。

事情是从孩子的奶粉而起。

肖梅奶水不好，孩子吃不饱，常用奶粉补充。她发现这个月奶粉消费得特别快，上个月她买了五袋奶粉，到月底只剩一袋了。开始她以为姑娘不会沏，沏的过分黏稠，特意教了姑娘几次。可奶粉还是照样以同样的速度减少，但她没往别处想。后来她去住宅区对过的副食店给孩子买奶粉，女售货员困惑地问："你怎么还买奶粉？"

肖梅说："孩子奶粉不够吃，不买接不上顿。"

女售货员忽闪着眼睛说："不够吃，那你们家的小保姆怎么还托人往店里退奶粉呢？说孩子吃不了，怕过期。"

肖梅恍然大悟，火气油然而生，奶粉也没买，掉头回了家。

肖梅狠狠地说了姑娘一顿，声称要解雇她。姑娘害怕，痛哭流涕，老实交代了"贪污"的罪行，表示一定痛改前非重新做人。其实肖梅只是吓吓她而已，真把姑娘炒了，到哪去请看孩子的人啊。

经肖梅教育，姑娘确实老实了，孩子的奶粉消费量恢复正常。

一天要上钢琴课，肖梅发现，琴室的钥匙忘在家中了，便打车回家去取。

她打开锁，脚一踏进房门立刻目瞪口呆。小保姆跟一个长发披肩的小伙子抱在一起亲吻，忘我得如同老鼠吃大米，肖梅走进来他们居然毫无察觉。肖梅故意咳嗽两声，他们这才蓦地分开。

小伙子仓皇逃窜出屋，姑娘紧张得不敢抬头。

肖梅气急败坏地说："你……你怎么能这样！他是什么人？"

姑娘胆怯地说："是楼上的。"

肖梅问："你们是恋人？"

姑娘低声说："他说他爱我。"

肖梅吼叫道："要是犯罪分子爱你你也跟他……真是的，岂有此理！"

肖梅不是空穴来风，话是有一定根据的。那小伙子是经营家具的黄老板的儿子，人称混混。标准的地癞子，该干的不会干，不该干的却好本事，十多岁就驴唇不对马嘴写情书满大街追女人，最后追到劳教所里住了两年。

肖梅怕学生等她上课，顾不得多说，就向姑娘发出最后通牒，如果她再这样，马上走人。说完气冲冲地摔门而去。

9

姑娘改了，事情却坏了。

那是一个周日，肖梅在家洗衣服。她发现姑娘不到一小时捂住嘴巴跑了两趟卫生间。肖梅是过来人，知道这是怎么回事，也知道问题的严重性，当即打电话把介绍她过来的那个朋友请到家来，把姑娘怀孕的事情做了通报。好在那朋友是姑娘的亲戚，凡事能做主，否则可就麻烦了。

肖梅问姑娘："这事你打算怎么办？"

姑娘知道怎么办是什么意思，看来她对那小地癞子还是蛮有感情的，当即说："那是我自愿的，不怪他。"

她的亲戚说："那你肚子里的孩子怎么办？"

姑娘沉吟一会儿说："那……那就打掉吧。"她说话的表情轻松，就像卸掉身上的包袱一样。

不久，姑娘在她亲戚的陪同下去医院做了人流。肖梅和夏天原想炒她鱿鱼，可看刚刚做完人流的她有点不忍。后来在她亲戚的一再保证下，勉强继续留用。

堕胎事件令姑娘确实夹尾巴做人老实了一阵，可后来居然发生了叫人无法容忍的事情。

市里要搞中小学文艺会演，肖梅为了使自己的学校夺得好名次，晚上加班加点指导校文艺队排练节目，每天回家常常是深夜。

家里就剩夏天、孩子和姑娘。

一天晚上，夏天和小保姆坐在沙发上看电视，电视里播的是一部爱情剧。当看到男女亲嘴的镜头时，姑娘的眼光悄悄飘向了夏天。夏天心思在电视剧上，没有注意。姑娘胆子大起来，一点点往夏天那边凑过去。见夏天没反映，就明目张胆地把身子靠在夏天身上。

夏天吓了一跳，火燎似的推开小保姆，厉声呵斥说："干什么你？"

姑娘赤裸裸地说："大哥，我喜欢你。"

夏天感到脸上失火一样发烫，想大声呵斥，没敢，怕邻居听见。他恼怒地看了小保姆一眼，起身进了卧室关上了门。

姑娘追过来，在门外咚咚敲门说："大哥，你傻啊，到嘴边的肉不吃。"

夏天实在憋忍不住，冲门外大声吼道："滚，别不要脸！"

吼声太大，把孩子惊醒，孩子哇哇大哭。姑娘无动于衷，夏天只好打开门自己去哄孩子。

肖梅回来后，夏天把晚上发生的事情告诉了她。性格温婉的肖梅怒狮一样冲进姑娘房间，揪起睡梦中的她扬手就是一记响亮的耳光。

第二天早晨，姑娘拿着自己的行囊走了。

10

夏天和肖梅正为重新雇用看孩子的人束手无策时，门铃叮咚叮咚地响了。肖梅打开门，见是黄混混，脸就沉下去，说："哎哎，走差楼了吧？"

黄混混吊儿郎当地说："没差，就找你们。"抬腿就要进屋。

肖梅用身子挡住门口问："你找我们什么事？"

黄混混说："客人来了不让进屋，是不是有失礼貌？"

肖梅料定他没正经事，无非想蹭杯茶逗根烟抽，回身就要关门。

黄混混用手支住门不让关，说："那好，你要不怕被人听见，我就在这里说。我告诉你，你们家看孩子的马丫准备告你男人。"

黄混混的声音特别大，肖梅怕被邻居听见影响不好，就把门打开让他进来，然后扭头从卧室里喊出夏天。

黄混混像回到自己家一样一屁股坐在沙发上，跷起二郎腿，眼睛在茶几上寻觅，看见上面什么也没有，便问："烟呢？"

生出世态炎凉、人情纸薄的感叹。

夏天来到公安局，干警们对他进行讯问

得案情疑点多多，让夏天回去候查。

经过公安干警的严密侦察，案情真相大

马丫被肖梅打了一记耳光后，怀恨在心，

经策划，他们决定诈取夏天家的钱财。未遂后

他们是法盲，以为恶人先告状夏天就会受到法

他们被公安局拘留，罪名是涉嫌诬陷和敲诈

夏天闻讯，热泪盈眶，他和肖梅制作了

经此事件后，夏天和肖梅对选择保姆谨

条件高，人难找，一个月下来还没请到合适的

时间长了，单位有了意见，最后肖梅决定，

肖梅辞职对家庭经济没多大影响，夏天

绰绰有余。

人事部门批文下来后，晚上同事们宴请

夜半，酒醒，肖梅问夏天：“你说我这样

深得学校的器重和学生家长的赞扬。照此发展

夏天想说不值，但肖梅不辞职孩子就没

肖梅转头看向身旁熟睡的孩子。孩子肉

样翘起。她说：“将来你要不孝顺，我饶不了

夏天拍拍肖梅的后背，安慰地说：“你

肖梅把头偎进夏天的怀里，手臂紧紧抱

肖梅厌恶地说：“没有。”

黄混混嘴里不干不净地说：“你们家过的什么日子，连盒烟都不准备。”

肖梅不耐烦地说：“快说事，我们还忙着呢。”

黄混混对一旁的夏天说：“对我态度好点，你可能罪过还轻点，要是不老实，哼哼。”他狞笑两声，接着说：“看茶！”

肖梅不愿看混混的嘴脸，厌恶地说：“有话快说，没事走人，我们没时间跟你磨牙！”

黄混混斜睨着肖梅说：“你们给脸不要，那我也不客气了。”他把脸转向夏天，愤怒地说：“你知道吗，马丫是我未婚妻，她被你那个了，你说怎么办吧？”

夏天啪地一拍茶几，声色俱厉地说：“信口雌黄，谁怎么她了！”

黄混混却破怒为笑说：“哥们儿，我还没急你急什么，我看你还是好好想想，选择一个两全其美的解决办法。”

夏天站起身，指着门口吼道：“滚，你给我滚！”

黄混混冷笑着说：“我要滚，你就得进去。”

夏天刚要上前揪扯黄混混，肖梅伸手拦住他。她知道黄混混臭名昭著，弄急了他什么都敢干。为防止激化矛盾，她理智地问：“你说夏天那个马丫了，谁能证明？”

黄混混一拍胸脯说：“我！”

肖梅愣住，如果黄混混编造一个情节，跟马丫串通，事情还真挺麻烦。

夏天说：“恬不知耻，你诬陷！”

黄混混洋洋自得地说：“诬陷不诬陷不是你说了算，假如到法庭我死证着你，你能说得清吗？”

夏天语滞：“你——”

黄混混脸上露出鄙夷的笑容，往夏天跟前凑凑，用关切的口吻问：“怎么样，傻了吧？”

如果黄混混真心告夏天，就不会来
问："你究竟想干什么？"

黄混混说："既然你这样问，那我
了咱们对簿公堂；私了嘛，容易，给我
阳关道，我们过我们的独木桥，井水不
这是公然敲诈。

夏天犯了踌躇，私了吧，的确省事，可
为什么要花钱免灾呢？对簿公堂显然对
不懂事的孩子，他就是长一百张嘴也说不
肖梅了解夏天，坚信他不会干那种
也强硬起来："你走吧，你爱怎么办怎么
黄混混蒙圈，不明白为什么形势急转
正在他查找故障时，已被肖梅推出屋门。
黄混混对着门板狠歹歹地说："我
黑着脸走了。

夏天忧心忡忡地说："咱们这样会激
肖梅正气凛然地说："怕啥，咱身正

1

黄混混不是雷声大雨点小的人，他到
一天，夏天刚上班，院长通知他马上
磨蹭蹭不愿去，直到公安局那边来电话催
在画院走廊里，夏天碰到好多同事，
男同事低头佯装没看见，女同事纷纷躲避，

第十四章

1

有肖梅牢牢地巩固自己的后方，夏天没有了后顾之忧，背上画箱踏上北行的列车下基层去采风。

火车经过一夜的行驶，当夏天从睡梦中醒来时，已是朝阳灿灿的早晨。他下了卧铺，坐到车窗前向外望去。眼前碧草连天，一望无垠。绿地毯似的草原上，小河弯弯，宛如飘荡的淡蓝色纱巾。泡子亮晃晃的，像面一尘不染的镜子。泡子旁鸥鸟飞翔，此起彼伏，好似马头琴上跃动的优美音符。远方白云缓缓移动，不，那是洁白的羊群。马群在草地上奔驰，扬起漫漫黄尘，书写出雄浑的壮观。

夏天看呆了，以前他在电影里看过草原，没亲自到过。没想到比想象中的还要让他热血沸腾，他真想跳下列车，铺开画纸酣畅地画上一幅仙境图。

夏天盯着窗外旖旎的风光贪婪地赏看，巴不得把草原美景全部收入视野。瞧，那是草库伦；那是小牧村，洁白的蒙古包上摇曳着灰白色的炊烟，就像飘逸的柔纱；那是煤田，机器轰鸣，工人们正在往火车上装煤……

在夏天欣赏的过程中，列车停在一个小站，虽然离目的地还有两站地，夏天背上行囊迫不及待地提前下了车。

他选好景，打开画箱，支起画架，心怀澎湃的激情，挥笔在画纸上恣意挥洒。很快，醉人的诗情写入画中。

天空中不知什么时候布满浓云。有的像巨浪，有的似峰峦，还有的宛如山谷。云层很低，天地间看上去只有一线宽。风儿刮过，远方的云层中垂下灰蒙蒙的雨帘。夏天收拾起画具装入箱中，背在肩上快步离去。

他气喘吁吁地来到一座蒙古包前，扬手咚咚敲门。

门打开，一个身穿粉红色蒙古袍的姑娘用陌生的眼光打量着他问："你找谁？"

夏天向姑娘说明避雨之意，并拿出画家证递过去。天空中响起脆生生的雷鸣，姑娘踌躇一下躲开了挡门的身子。

夏天刚走进蒙古包，暴雨哗哗下起来，瓢泼一般。

蒙古包里飘散着幽幽的奶香，一位戴着老花镜的阿妈蹲在火炉旁，用勺子搅动着咕嘟咕嘟冒着气泡的茶锅，目光越过垂在鼻翼的眼镜向夏天笑笑。在姑娘的相让下，夏天坐在茶桌前，桌子上摆放着炒米、奶豆腐、酸奶、乌日馍、黄油、奶皮子和各种糕点。路上没有吃饭，肚里有些饿，见到诱人的食物，夏天忍不住咽口唾沫。他接过老阿妈送上来的奶茶，舀一勺炒米放进嘴里咔咔地咀嚼，又舀一些黄澄澄的黄油放进嘴里。姑娘在一旁噗地笑了，为夏天史无前例的吃法。

夏天被笑得莫名其妙，有些不知所措。

姑娘蹲在桌前，舀两勺炒米放进碗里，冲上热茶，配上黄油，再泡上奶豆腐，加少许白糖，调制好后把碗递给夏天。夏天看着碗中的食物，再看看姑娘，不敢吃。在姑娘的示意下，他小心翼翼地吃了一口，食物一到嘴里，奇香满口。他食欲大增，张开嘴巴铁马秋风地吃起来，须臾碗已见了底。他没吃够，眼睛又看向桌上的食物。姑娘没再给他调制，怕吃多了消化不了，给他续上一碗奶茶。

暴雨像急性子人发脾气，来也匆匆去也匆匆，外面风停雨住露出晴朗的天，一弯绚丽的五彩长虹在天空中横卧，像座美丽的天桥。

蒙古包外传来马的欢快嘶鸣，接着响起铿锵有力的脚步声。门开了，雨后的清新空气送进一个须发花白的老汉。老汉操着洪钟般的声音说：“啊哈，家里来了什么尊贵的客人，我的萨仁！”

萨仁姑娘迎上前接过老汉的礼帽，说：“阿爸，咱家来了位省城的画家。”

老汉和站起身迎接的夏天握手，热情地说：“欢迎啊欢迎！”

老汉请夏天坐在茶桌前，萨仁姑娘端上来奶茶，老汉边喝边和夏天聊天。

草原人好客，老汉听说夏天是来草原采风的，自告奋勇地给夏天当向导。夏天当然求之不得，连连向老汉致谢。

老汉不以为然地说：“不要客气，我们是朋友。”

2

第二天早晨，老汉套上牛车拉上夏天和萨仁姑娘向草原深处走去。

草原深处的风景和火车沿线的迥然不同，草更密，花更艳，水更清。悠悠的牛车摇出夏天的好心情，他按捺不住兴奋地跳下牛车，架上画架，挥笔作画。半个小时后，一幅风吹草低见牛羊的风景画色彩绚丽地展现在老汉和萨仁姑娘面前，老汉和萨仁鼓掌称赞。

之后，他们坐上牛车继续向草原深处走去。

走着，有马头琴一波三折的悠扬旋律飘来，琴声很美，像男中音在深沉地演唱。循声望去，泡子畔有位须发苍白的老马头琴手微闭眼睛正如醉似痴地演奏，这不正是夏天所要寻找的吗？他浑身血液沸腾，跳下车跑到老马头琴手跟前，请求给他画张像。老马头琴手爽快地应允了。

夏天选择好角度，支好画架作画。灵感涌动，时而运笔如飞，时而精雕细琢。一个多小时后，慈祥而又仙风飘飘的老艺人形象跃然在画布上。夏天画技高超，老汉和萨仁钦佩，他们要求夏天给他们画像。夏天爽快地答应。或许是心情愉快的缘故，夏天写生能力超常发挥，画得形神兼备。

老马头琴手告诉夏天，再往北走二十多华里就是罕山的余脉，那里草长莺飞，白桦林茂密，是这一带著名的风景区。

他们重新坐上牛车向草原深处走去。

越走道路越窄，草越长，人越少。

下午三点多钟时，他们来到罕山脚下。这里不比一般草原，看上去很原始，树密草高，牛车行走其间，犹如轻舟泛波。

停下牛车，老汉和萨仁去树林里采野菜，夏天选好风景，拉开架势画画，他一连画了三幅，想再一鼓作气时，已经是霞红日暮时分。

傍晚的森林百鸟噪枝，晚霞涂红树林和草甸，染黄潺潺流水。空中飘着牧归牛羊的哞咩之声，宛如动人的大合唱。暮霭草上漂浮，缠绕林间，使得罕山景色若隐若现，虚虚实实，胜似蓬莱仙境。

夏天画兴大作，欲罢不能，重新铺开画布快速画起来。

天渐渐地黑下来，画面有些看不清，夏天让萨仁帮他打手电照明，硬是画完了《暮色里的白桦林》。他感到心头特别畅快，觉得自己的画是世界名作。

他们来到一户牧人家，草草吃过饭倒头就睡。

第二天醒来时，已是九点多钟了。夏天的第一件事就是看昨天画的画，他把画一一铺展在地上，托着下巴颏反复观摩，思想完全沉浸在美的享受中。

草原上来了大画家的消息不胫而走，牧民们慕名而来，纷纷要求夏天给他们画像。夏天忙得顾此失彼，一天下来他居然画了九幅油画肖像。牧民的纯朴美深深地打动了夏天，他像不知疲倦的永动机。几天下来，画了厚厚的一摞，回城足够办个草原人物肖像画展。

夏天转移战场开始画心仪已久的牧村。在他的笔下牧村是那样的纯净，那样的神秘。蒙古包里盛满人情，挤奶的大嫂美若天仙，摔跤的孩子大有神武之风，勒勒车轻轻诉说着马背民族悠远的历史，白桦树干围成的院子，给人一种远古之美，那通往烟封雾锁天际的弯弯小路恍如是从画家心里流淌出来的曼妙心曲……

啊，草原，美。

3

采风结束，回到画院，夏天对草原写生进行了分类整理，挑选了十幅作品参加了小幅油画展销会。

美丽的风景，漂亮的色彩，以及作者对草原美的感受，深深地征服了购画者，夏天的风景画被高价抢购一空，他获得了一笔可观的经济收入。

经肖梅批准，夏天买了一辆轿车。

房有了，车有了，夏天变成同龄人中活得比较滋润的，他每天听到的都是奉承和赞扬之词。夏天有点飘飘然了，觉得自己要钱有钱，要名有名，已经是成功人士。

人都有惰性心理，夏天认为自己功成名就，不能活得太辛苦，在一些朋友的劝诱下，开始下酒店打麻将，寻欢作乐。肖梅觉得那样不好，劝他止步。夏天不以为然，心想不就是消遣消遣吗，有什么大惊小怪的。嘴里虽答应肖梅，可过后该喝还喝，该玩还玩。肖梅留意了一下周围其他人，别家男人不少也如此，便睁只眼闭只眼了。

对于吃喝玩乐来说，夏天更钟情玩。酒喝多难受，有伤身体。他对麻将情有独钟，开始只图玩个高兴，后来在麻友的倡议下，以钱财论起英雄。起初夏天心里有些顾忌，觉得自己作为公职人员，还是画家，这样不好。可看看不少麻坛玩家都来钱的，就心安理得地随波逐流了。

夏天手气好，一个多月下来，赢了不少钱，为此赌兴愈发不可收拾。

不知不觉玩上了瘾，一天不玩手就痒痒，心里总像有什么重要的事情没做完，吃饭睡觉都不香。于是夏天每天下班，连家都不回，首先去麻友家报到，玩几小时再回家吃饭。后来干脆就不回家了，由麻友在餐馆订餐，吃过后桌前开战，鏖战深夜，甚至通宵达旦。吃不好睡眠不足，几个月下来夏天的圆脸变成了长脸，颧骨鼓得老高，像倒扣的两个半拉碱大的馒头。特别是那脸色，极其难看，又黄又灰，好似黑铁蛋上落了一层清霜。

肖梅担心夏天长期玩下去，身体会垮的，屡屡相劝。

夏天当作耳旁风，拍着胸脯说："就这身体，经折腾，没事。"

一心沉湎于麻将中，工作难免应付。有画展来约稿，夏天置之不理。领导交办的任务能拖则拖，领导催促急了，他就随便画一幅应付了事。整整一年，夏天一幅获奖作品都没有。为此院领导和同事们对他有了微词。

院长找他谈话，夏天嘴上答应改过，过后依然驰骋在麻坛。这时市群众艺术馆缺美术辅导老师，画院就把夏天派过去，名曰去帮忙，实际是把他悬起来了。

夏天本应幡然醒悟，从麻坛退隐，可他走火入魔欲罢不能，以为闲职给自己在麻坛大展身手提供了大好机会，于是变本加厉，一发不可收拾。在朋友圈里玩觉得不过瘾，便四处探访麻坛高手斗法。两个多月下来，他输得很惨，几乎把家中的积蓄全部输光。

一天他和几个素不相识的高手过招，几个回合下来夏天丢盔卸甲。光顾跟对手逞强斗勇争高低决雌雄，忘了衣兜里的钱已输光，再次输局时，居然拿不出钱来，被那几个开始还挺哥们儿的家伙揍了个鼻青脸肿。

夏天回到家，肖梅看见他眼眶青紫俨如大熊猫，大吃一惊，问："哎哟妈呀，你这是怎么弄的？"

夏天一屁股坐在沙发上，却由衷地感叹道："真是天外有天人外有人，没想到麻坛还真是能人辈出，原以为我的手艺就很了不起了，看来还不成，得学！"

肖梅恨铁不成钢地说："还学，再学你就毁了。"

夏天训斥地说："女人家，你懂啥。"

晚上，夏天彻夜未眠，躺在床上辗转反侧嘟嘟囔囔查找自己的败因。第二天早晨，夏天说去上班，饭也没吃，匆匆走出家门。

夏天躲躲闪闪的目光引起肖梅的怀疑，她隐隐感到不对，往夏天办公室打过去电话，接电话的是夏天的助理。

肖梅说："您好，请给我找下夏天。"

助理说："夏老师没来上班，说家里有事，请假了。"

夏天居然撒谎旷工，肖梅特别生气，拿起电话打夏天的手机。

肖梅问："喂，你在哪？"

夏天迟滞一下，说："我……我在单位。"

肖梅忍着火气问："你忙什么呢？"

夏天支吾地说："还能忙什么，画画呗。"

夏天说这话时，肖梅隐约听见电话里传来哗啦哗啦的搓麻将声。

肖梅厉声说："你别骗我了，我知道你在哪，更知道你干什么，我跟你说，你马上给我回去上班！"

夏天也恼了："我干啥是我的自由，你管不着。"

肖梅坚定地说："这事我管定了！"

夏天轻蔑地说："你还靠我养活，没权对我发号施令。"说完，把手机关了。

肖梅心寒如冰，没想到夏天会说出这样的话，她委屈地落了泪。但她心里清楚，现在不是斗气的时候，把夏天从麻将桌上拉回来才是当务之急。

肖梅知道夏天手里已经没钱了，他拿什么去赌？忽然她想到了什么，快步走进书房，打开家里装钱的密码箱。夏天昨天刚发的工资不见了。肖梅软软地坐在椅子上。

呆坐了一个多小时，肖梅的目光一硬，伸手抓起桌上的电话。

4

夏天被警察抓了赌，公安局依法对他进行了教育和必要的处罚。

回到家，夏天脸色铁青，面目狰狞地把茶杯摔碎了。他咆哮着告诉肖梅，她这样做是徒劳，那只会增加他的反感，赌，他一定要进行到底！

夏天疯了一样翻箱倒柜找钱，搜寻个遍，一无所获，便把自己珍藏的画卷拿在手中。肖梅知道夏天要干什么，扑上去拉住他的胳膊。夏天利令智昏，一把推开肖梅向门口走去。

肖梅冲夏天的背影绝望地喊：“夏天——”

夏天踌躇一下，但没停住脚步。

肖梅哀求地喊：“夏天，我和孩子求你了！”她腿一曲跪在地上。

夏天身子一震，停住脚步但没有回头。

肖梅声泪俱下地说：“你想要过纸醉金迷的生活，就不应该生儿子，难道你也想把他带到赌徒的行列中去吗？夏天，你可以不替我着想，但你不能不想孩子，是我们把他带到这个世界上来的，你不能因为你的不轨而污染他的灵魂，否则你会受到良心的谴责！”

夏天的心灵被震撼了，是啊，肖梅说的何尝不是。人说，孩子是父母的影子，将来孩子也像自己一样，那该是多么痛苦的事情啊！

夏天回转过身，看见肖梅泪如泉涌，泪水滴落在孩子粉嘟嘟的脸蛋上。不谙世事的孩子伸着舌头舔着流淌到嘴边的泪水，泪水苦涩，他表情痛苦地咧下嘴巴。

夏天鼻子一酸，跑过去抱住肖梅和孩了， 家三口哭成一团。

夏天决心戒赌。

下决心容易，真正做起来难。开始戒赌的那几天，夏天整天魂不守舍，每每赌友打来电话，他的内心都要经历一番痛苦的挣扎。

肖梅这段时间对他格外亲近，一有时间总是跟他大谈特谈孩子的培养，将来孩子发展的走向。心绪不好的夏天有些烦，见肖梅说得有理有据，也不得不深入考虑孩子的培养问题了。

白天各种琐事纠缠，没时间想别的，夜深人静时，免不了回忆赢钱那激动人心的时刻，此时心里就像有无数双痒痒的手在抚摩。每每这时，肖梅就温情似水地钻进他的怀抱。缠绵使夏天顾不了回想赌事，完全沉湎于销魂蚀魄的风花雪月中。

肖梅的温柔加深了夏天对她的感情，夏天感受到了家的温馨。他想，为了这个家，他不能再穿新鞋走老路旧辙重蹈。他暗暗发誓，振作精神，从头再来，一定混出个人样来报答肖梅对自己的一片深情！

夏天拿起久违的画笔，重新站在画架前，日夜兼程地作画，一批表现家庭亲情的作品诞生了。夏天把作品陆续送展，时隔不久，佳讯传来，先后有两幅作品荣获省级美展金奖。

由于夏天改过自新，工作积极，业务能力突出，他被重新调回省画院从事专业创作。

他非常感谢肖梅。

第十五章

1

夏天正在画室里创作一幅作品，同事小刘推门进来神秘地说："喂，夏老师，有人前来拜访你。"

夏天正在创作兴头上，不愿停笔，皱着眉头嘟囔说："真是的，越忙越添乱，拜访也不分个时候。"

不高兴归不高兴，总不能给客人吃闭门羹，那样不礼貌。夏天放下画笔，工作服也没脱，带着满身斑斓走出画室。

来到办公室，看见沙发上端坐着一位身穿藕色连衣裙的女子。她虽然坐着，却掩不住她窈窕的身材，让人忍不住联想到春风摇弱柳的婀娜。男人谁不欣赏美，何况是搞美术的，夏天被对方的美丽撞开心扉，不由得打量起她来。女子大大的眼睛，宛如吐鲁番的葡萄。她长而浓密的头发披散在肩上，无拘无束很随性，也很罗曼蒂克。她的鼻梁高挺，像瓷白的工艺品。小巧的嘴巴，宛若点朱。柳叶之眉好似两弯皎月。她一条藕白的纤长美腿搭在另一条腿上，转着头寻看着室内的环境，左顾右盼流神溢彩。哦，好一个知性丽人，这不正是自己寻觅的所要入画的人吗?

他的心蓦地一动，仿佛飞出胸膛冲向女人那里。

看见夏天，姑娘站起身，扑闪着长长的睫毛，朱唇微启，彬彬有礼地说：“夏老师，您好。”姑娘的声音很好听，像播音员，但比播音员声音柔婉，对男人更具吸引力。

夏天探询地问：“您是……”

姑娘落落大方地自我介绍说：“我叫白冰，自由撰稿人，专门从事文艺娱乐方面的研究。”她把手中的报纸打开，指着副刊上面的画作说：“我看了您的作品专版，非常欣赏，特冒昧前来采访。我知道提前没有预约很不礼貌，但还是请您不要拒绝。”

芸芸众生，知音难觅。受到绝色美女的欣赏，怎么说也算是殊荣。夏天感动地说：“涂鸦之作难入大雅，感谢您的偏爱。如不嫌弃，我愿接受您的垂青。”

白冰嫣然一笑说：“夏老师，您谦虚了。”

像被电光击中，夏天呆住了。白冰的笑容太酥人了，夏天觉得美得足可以让鲜花黯然失色。

看见夏天呆呆地注视着自己，潮湿的红润染上白冰的脸颊。她声音莺歌燕啭地说：“夏老师，我能不能先欣赏下您的原作？”

夏天打个机灵，收回痴痴的目光，忙不迭地说：“当然。”说着，领着白冰去了自己的画室。

夏天有个怪癖，轻易不让外人进入画室观看自己未完成的作品。看来美女是受优待的，夏天为白冰开了先例。

夏天的画室是色彩缤纷的世界。画架上绷着画，墙壁上贴着画。有的是完成品，有的是半完成品。像彩蝶见到鲜花，白冰惊叫一声捂住嘴巴，满脸不可思议的神奇之色。

夏天不得要领，关切地问：“怎么了？”

白冰惊叹道："哇，太美了！"

夏天的心里泛起蜜意，自己的作品能被美女欣赏，是他的荣幸。

白冰快步走到画作前，眼中闪动着兴奋的贪婪，急不可待地逐一赏看画作。看到精妙处，忍不住伸手去抚摸。画作上面的油彩未干，粘在她手上，她忙用另一只手去擦抹，结果弄得两只手花红柳绿。夏天忍不住笑了，拿过来洗涤液让她把手上的油彩洗去。

白冰左看右瞧，对每幅画都爱不释手，久久不愿离开，嘴里自言自语地说："巧夺天工，简直太神奇了！"

突然，她转过头来，眼中闪动着强烈的渴求："夏老师，我……"

夏天奇怪地问："你什么？"

白冰迟疑一下说："我有个冒昧的请求，望夏老师满足。"

夏天说："你说。"

白冰胆怯地说："我想拜求夏老师一张画作做研究之用，不知可否？"

夏天沉吟不语。他的画不敢说价值连城，但在画市上价格已经不菲，除了挚友，他向来不馈赠于人。他有些拿不定主意。

白冰眼中的热望骤然降温，她说："是啊，这么好的作品白送给人不合适，这样吧夏老师，您出个价，我买。"

夏天心头一热，惭愧地想，俗话说，好鞍配骏马，对于赏识自己的伯乐，自己不投桃报李，那还是千里马吗？于是他慷慨地说："提钱就俗了，喜欢哪幅，您挑！"

白冰急忙说："不不，您的画是公认的精品，我不能白要。"

夏天说："瞧，客气了不是，您要我的画说明我的画还有一点价值，我感激还来不及呢。"

白冰说："您别这样说，画我不要了，您就当我开玩笑好啦。"

夏天没想到白冰会这样说，觉得她在责怪自己不男人。古人都能做到为朋友仗义疏财，自己对欣赏自己才华的美女却吝啬，于情于理说不过去。于是他挑选了自己的一幅得意之作送给了白冰。

2

正如白冰所说，夏天的作品在画市上很走俏，已经成为画商的抢手货，他开始翘尾巴了。对于一般画家，他根本瞧不上眼。同行们觉得夏天变得有些高不可攀，渐渐跟他疏远了。用他们的话说，你有才能，我们不理你总行吧！夏天感受到了这点，他不在自己身上找原因，而是觉得同行们嫉妒自己，于是更加高傲，跟同行们的感情渐行渐远。

有一次院里布置一张巨幅油画创作，指定夏天和陈画家主笔。上个月学院晋升职称，因陈画家资历老，晋升为正高职。说真的，陈画家业务也很精湛，但跟才华横溢的夏天相比，多少有些逊色。可他自以为职称高，不把夏天放在眼里。夏天岂能相容，憋坏刻意捉弄他，提出作品他俩各画一半。陈画家不知是套，自以为夏天对他望而生畏，欣然同意。

夏天挥毫泼墨，拿出看家本事，他那部分画得精彩绝伦。相比之下，陈画家那部分显得有些逊色。画院内议论纷纷，陈画家无地自容，方知上了夏天的当。想和夏天一争高下，无奈心有余而力不足，最后他委曲求全把夏天请到酒店，好酒好菜招待了一番，夏天才表示让陈画家挂名，自己独立完成创作，成果算两人共有。不过夏天也不让这位正高职画家赋闲，给他安排描花边的学徒活，捎带沏茶倒水点烟。

不久，画院里传出笑谈，说夏天牛气，点烟倒水都得教授伺候。

看把陈画家支使得像勤杂员一样，夏天扬眉吐气。

晚上下班回家，夏天和肖梅围在餐桌前吃饭。吃完一碗饭，电饭煲就在他身旁，可他自己不盛饭却把饭碗递给肖梅，趾高气扬地说："上饭。"

肖梅看不惯他那样，不给他盛，说：“你老太爷呀，自己不会盛，干嘛让别人伺候。”

夏天自命不凡地说：“让你盛饭是提拔你，别不知好歹。”

肖梅以为夏天开玩笑，笑着说：“我不用你提拔，还是你自己提拔自己吧。”

夏天悻悻地说：“在单位，你想伺候我还轮不到呢，起码他得是个教授。”

肖梅觉得夏天话里有话，问：“什么意思？”

夏天眉飞色舞地把调理陈画家的事说给肖梅听，之后炫耀地问：“怎么样，你老公有两下子吧？”

肖梅冷淡地说：“不怎么样，有能力之人不这样干。”

肖梅的话语深出夏天的意料之外 ：“你啥意思？”

肖梅夹一口菜放进嘴里边咀嚼边说：“你那不是能力，那叫恃才自傲、目中无人，知道吧？告诉你，这样浅薄下去，只会让人瞧不起。”

夏天心虚地说：“哎哎，怎么说话呢你！”

晚上，夏天失眠了。面对窗前明月，回味着肖梅的话，想了很多很多。

第二天上班，夏天进画室时，陈画家已经到了。他还像以往那样，正撅着屁股打扫卫生，看见夏天，好似学生见到老师，忙停住手中的活，冲夏天微笑着打招呼说：“来了？”

夏天说：“来了。”

换上工作服，夏天坐到画架对面的沙发上歪着头打量昨天画的画，觉得很不满意，色彩太亮，有点媚俗。

陈画家沏一杯茶水端上来，殷勤地说：“夏老师，喝水。”

夏天从审画中醒来，忙站起身接过水，连连致谢。看惯了冷脸，夏天一露笑容，陈画家有些受宠若惊。他不知夏天什么意思，神情紧张地注视着他，试图从夏天的表情寻找出什么蛛丝马迹。

夏天把陈画家按坐在沙发上，亲自给他沏杯水回敬过去，说：“陈教授，请喝水。”

陈画家骤然紧张，诚惶诚恐地问：“夏老师，你……什么意思？”

夏天抱歉地说：“这段时间，都是你伺候我了，想想这是不应该的，你是老大哥，应该是我伺候你才对。”

夏天把陈画家吓得慌了神，他手足无措地说：“夏老师，你……”他想说你是不是又想调理我，可没说出口。

夏天眉眼一攒，做出很好看的笑容，以为这样会减少陈画家的压力，谁料适得其反，陈画家愈发紧张。他说：“夏老师，求你别折腾我了好吗？”

看见陈画家惶惶不可终日的样子，夏天心里很不是滋味，他把陈画家扶坐在椅子上，至诚至真地鞠个躬说：“以前是我不好，不该拿您开玩笑，对不起！”

陈画家疑惑地问：“你当真不再耍弄我？”

夏天由衷地说：“真的。”

陈画家脸上现出欢娱，可这神色稍纵即逝。他抓住夏天的胳膊哀求说：“夏老师，你不能再出我的丑，那样我在院里就没法混了。”

夏天惭愧地拍拍陈画家的肩膀说：“啥也别说了，干活！”

这回夏天主动让陈画家画主体部分，自己协助，不合适的地方和陈画家商量修改。

半个月下来，画作交工，院领导和同事们非常满意。站在画前，夏天主动向大家介绍陈画家的得意之笔。院领导深信不疑，因为在那里可以看出陈画家的风格。

陈画家感激，逢人就说，见人就讲，到处推销夏天的高风亮节。

3

白冰打来电话，向夏天表示祝贺，并提出晚上请夏天吃饭。夏天爽快地答应下来。

晚上，他们来到一个古色古香、艺术氛围浓烈的包间。白冰不愧为知识女性，在吃饭这样的俗事上，挑选场所都追求文化氛围。包间的墙壁上悬挂着名人字画，房间内流淌着舒缓的古筝之音。置身其中，恍若身处艺术殿堂。

按常规，宴请有身份的客人，一般东道主点菜时总是大鱼大肉。白冰却不流俗，只点了几道清淡的特色菜肴，要了几听青岛啤酒。她的与众不同没让夏天觉得受到冷待，白冰在他眼中反而品位陡添，感受到高雅健康的饮食理念。酒菜上齐后，白冰举杯提议说："薄酒素菜不成敬意，请夏老师赏光。"

夏天做出一副甘愿效劳的神色说："你放心，我会不遗余力的。"

白冰用柔中含嗔的目光看向夏天。人都有各自美的角度，白冰转头看人时的神情特别美，风情无限、百媚千娇。她说："夏老师，您还是悠着点，让您受累我于心何忍？"

夏天做出憨态可掬的样子说："无妨，白小姐请客，我如果不感恩，那就太不厚道了。"

白冰会心地笑了，眼中闪出钦佩的神色，她啧着嘴说："夏老师不但画画得好，而且才思敏捷，小女子佩服。"

夏天一皱眉头，脸上呈现出痛苦状，挺拔的腰板佝偻下去。

白冰吃惊地问："您怎么了！"

夏天故作苦不堪言状说："白小姐的高帽太重，我实乃难堪重负。"

白冰恍然，脸微微一红，秀目含嗔地说："夏老师您不绅士了，变相捉弄女士，我得罚您。"

夏天问："怎么罚？"

白冰说："罚酒两杯。"

夏天说："其实责任不完全在我，起因是您的误导，从这点上说，您也当罚。"

白冰用无辜的眼神看着夏天，无奈地说："那好吧。"她举杯跟夏天碰杯，优雅地呷一口。

他们边吃边交谈，气氛融洽。

夏天了解到，白冰出生在塞北名城，爸爸是大学教授，妈妈是主任医师，她是家中独生女，现年二十八岁，艺术学院传媒专业毕业。因家境好，她不用为稻粱谋，大学毕业后因没有合适的工作，说白了，她想去的单位进不去，招募她的公司她不想去，于是做起了自己爱做的事情，当起自由撰稿人。

因为要写夏天，白冰对他的从艺经历刨根问底。跟美女畅谈自己的奋斗历程，是开心之事，夏天话匣子大开。

夏天自幼酷爱画画，应该说到了痴迷的程度。因偏爱，上其他课时心不在焉，总在私底下偷偷画画。老师讲课的姿势，同学听课的神态，男生的脚，女生的小辫几乎都成了他摹画的对象。后来他的秘密被老师发现，没收了他的画具，并斥责他不务正业。遭此打击，夏天不敢在课堂上画，就改在家里画。

没多久惹恼了父亲，农村不比城里，家中有永远干不完的活。一天夏天正在屋里画画，爹在院子中喊他去放驴。夏天画兴正浓，答应后便忘了。爹浇完小菜园回来，见驴还拴在棚厩中，火了，这哪是过日子人家的孩子，驴不放，画画玩。在爹眼中，画画毫无用处，画不来身上衣口中食。夏天画得正得意，见爹走进来，炫耀地把自己的作品递过去说："爹，你看我画得好不好？"用意很明显，他想得到爹的表扬。

爹接过画，看也不看，几把撕碎，恨恨地说："好个屁！"说着，扬手把纸片抛向空中，吼叫道："我再让你画！"

看着纷纷扬扬雪花一样下坠的纸片，夏天伤心地哭了。

自此以后，夏天不敢在家画画。可他画画的痴心不改，一天不画心里就像猫挠狗刨一般，无奈之下他想出个办法，自告奋勇上山放驴。

上了山，找块草好的甸子把驴固定好，掏出藏在怀中的本子对着山山水水尽情地摹画，半个多月下来，农田、树木、野花、老鹞子、小鸟、牛、马、羊、劳作的农民及奔驰的拖拉机均纳入他的画作中。后来爹看他画心难改，就默认了。于是，他秉持自己的意志，怀揣画家梦，高擎理想的旗帜，年年岁岁一路地画下去。

听完夏天的讲述，白冰眼中已噙满泪水，她说：“想不到你学画这样难。”

往事不堪回首，夏天叹口气。

白冰面带难以想象的表情说：“如果换成我根本就没法画下去。”

夏天慨叹道：“人啊，适应能力特别强，用我们农村的话说，没有吃不了的苦，只有享不了的福。现在想来，我还真感谢困境，是它成就了我，如果当时一顺百顺，说不定我坚持不到现在。”

白冰敬佩地看着夏天，再次举起酒杯：“来，为您的矢志不渝，也为您的英雄传奇干杯！”

夏天“哦”了一声问：“您这是褒扬还是贬损我？”

白冰认真地说：“这是我的心里话。”

4

酒店一叙，夏天对白冰的印象更为深刻，觉得她特有亲和力。

人有时就是怪，有的人相处几十年都成不了朋友，而有的人一见面马上就成为哥们儿。夏天觉得白冰就是自己交往已久的老朋友。自此她的影子总是在他眼前晃动，心里有什么话总愿第一时间跟她说。

有比较才有好坏。渐渐地，夏天看肖梅不顺眼了。他不明白，以前肖梅很通情达理，结了婚竟然变得婆婆妈妈，以前的温婉可人丝毫不见，好像柴米油盐成为她的一切。他觉得她庸俗，俗不可耐。每每看见肖梅上蹿下跳操持家务，夏天就觉得房子变成沉闷的坛子，憋得他透不过气来。特别是听到肖梅的唠叨声，他就心乱如麻，就想奔逸绝尘遁入深山，去过晨钟暮鼓、青灯黄卷的隐世生活。有时烦闷难当，很想跟肖梅吵上一架。可肖梅没错，他找不到发泄的机会。

于是，夏天开始逃避，隔三岔五找机会躲出去，或是酒吧或是歌厅，甚至小孩一样泡网吧。

看见夏天心神恍惚的样子，肖梅以为他病了，关切地询问。夏天总是面无表情地摇头，没有下文。直觉告诉肖梅，家里好像要发生什么事情。

什么呢？她不知道。

一天，他们正在吃晚饭，夏天的手机响了。夏天接听电话，脸上闪过慌张之色，随后走进卧室关上门。门关断了夫妻间的信任，夏天的神秘引起肖梅的怀疑，她决定探密。

夏天从卧室出来，目光躲闪地告诉肖梅，单位晚上加班，他可能要晚些回来，让肖梅不要等他，自己早点睡。说完匆匆走了，像有事情刻不容缓。

肖梅把孩子早早哄睡，打开电视，电视对她具有极大的吸引力，可她却看不下去，心里像生了草，慌慌的。

夏天究竟去干什么了？

夜色一程程走向深处，她心里愈发觉得空虚。女人灵敏的直觉告诉她，夏天一定有重要的事情瞒着她。

十一点多钟，夏天哼着欢快的小调回来了。看见肖梅坐在沙发上，他奇怪地问：“这么晚了还没睡？”

肖梅努力做出欢颜调侃地说：“当家的没回来，奴家焉敢先睡。”

夏天笑笑说：“整景。”

夏天脱去外衣，肖梅接过来，别有用心地问：“加完班了？”

夏天说：“嗯，加完了。”他举臂长长地打了个哈欠，慵懒地走进卧室。

肖梅喊：“先别忙着睡觉，水我都放好了，洗完澡再睡。”

夏天头也没回地说：“太累了，明天再洗吧。”

看见夏天走进卧室关上了门，肖梅叹口气，拿起夏天的外衣向壁橱走去。在往橱里挂衣服时，她闻到衣服上有股幽幽的芬芳，那是女人身上的香水味。女人就怕在自己的男人身上闻到跟自己无关的异性香水味，肖梅觉得必须向夏天问清楚。

肖梅上床时，夏天已经睡去，鼻中发出均匀的鼾声，像抒情的小夜曲。肖梅把酥手放在夏天的胸脯上轻轻摩挲，夏天无动于衷。肖梅把嘴凑到夏天的脸颊上柔情地亲吻了一下。夏天推开肖梅，翻过身又睡去了。

肖梅失望了，也清楚地感觉到，夏天变了。之前每次肖梅主动投怀送抱，夏天早就像馋猫一样急不可待了。

5

肖梅发现，每当手机响时，夏天都表现得很兴奋，接手机时一般都躲进卧室或卫生间。

女人的直觉真的很敏锐，肖梅意识到夏天外面有情况。趁夏天睡觉，她偷偷查看了他的手机，果然上面有个电话号码频频出现。她查看那个手机发来的彩信和短信，一无所获，显然已被夏天未雨绸缪地删掉。

为防止夏天红杏出墙，肖梅决定采取必要的措施。

一天晚上八点多钟，夏天接完手机，说朋友有事相约，目光躲闪地离开家。

肖梅把孩子托付给对门的大嫂，尾随夏天下楼。出了住宅小区，肖梅在大街上拦了一辆出租车钻进去，吩咐司机跟上夏天的车。走了几条街，出租车在怡然公园门前停下，夏天从车上下来。一个模特身材的时尚女人迎上前。两人亲昵地说着话走进公园里，绿荫淹没了他们的身影。肖梅痛苦地垂下头。

天上布满乌云，像沉重的青石板。风儿起，尘土、塑料袋及雪糕纸漫天飞舞。她浑然不觉，依然像雕塑一样站着。天上落下大大的雨珠，打得水泥路面啪啪作响。接着，雨珠串联成线，像女人的长发。为时不长，大雨倾盆，地面上弥漫起淡淡的雨烟。肖梅还是没动，任由暴雨鞭笞在柔弱的身上。很快，她通身湿透，水里捞出来一般。

冷雨一浇，她发热的心冷静下来，觉得有必要抽时间跟夏天好好谈谈。于是，打车回了家。

夜里，她发起烧，但没有上床歇着，吃过药坐在沙发上等待夜归人。夏天是爱面子之人，她不想让他无地自容，决定打草惊蛇，使其悬崖勒马。

午夜时分，夏天回来，他们夫妻进行了这样的谈话。

“这两个多月来你经常夜里出去，都忙些什么啊？”

“我不跟你说了吗，忙着加班。哦，你问这个干啥？”

“不对吧，你们单位以前可没有像现在这样频繁加班。”

“以前是以前，现在是现在。怎么，你怀疑我？”

“你慌什么，我只不过问问而已。”

“你呀，我看在家闲得有些神经了，净乱想。”

“不是我瞎想，你不觉得你最近行踪有些诡秘吗？”

“你啥意思？”

“你别跟我瞪眼睛。我跟你直说，今天晚上你根本没去单位加班。”

“我没加班干啥去了？”

“这就得问问你自己了。”

“你盯我的梢！”

“没做亏心事，你慌什么？”

“你别乱猜疑，反正我没做什么对不起你的事。”

“那就好。不过我得提醒你。无论你做什么事，应该对得起孩子，对得起这个家，也对得起你的良心。”

“你别说教，这些我比你更清楚。”

“但愿你别心里明白做傻事。”

……

6

夏天极其聪明，意识到自己和白冰幽会的事被肖梅觉察了。

不过，他没以为然。现代社会交际广泛，自己跟白冰只是正常交往，也没做什么出格的事情，肖梅干嘛大惊小怪的？夏天对肖梅的反感骤增，我们是夫妻，不是谁依附谁的奴隶，难道我连和异性正常交往这点自由都没有吗？如果这点信任都没有，那还是什么夫妻。

夏天觉得有必要和肖梅分居一段时间，让她冷静地思考一下。

在一个星期日的早晨，夏天把这个想法跟肖梅说了。肖梅怔住了，她不敢相信，夏天居然会做出这样的决定。她想跟夏天大吵一架，可没有，只是冷静地问：“我们不这样行吗？”

夏天坚持说：“这对你、我和孩子都有好处。”

肖梅问：“一定吗？”

夏天说：“最好是不要改变。”

肖梅说：“那好，我好长时间没回娘家了，我想跟孩子回绿岭住段时间。”

夏天沉吟一会儿说：“这样也好，你啥时候动身？”

肖梅说：“如果你没什么想法，那就明天吧。”

夏天说：“好吧，我去买点礼品，你给老人带上。”

夏天上了街，几小时后拎着大包小裹回来了。

肖梅有些感动，嘴上却说：“你买这么多礼品干嘛，我还带着孩子，携带不方便。”

夏天说：“好长时间没孝敬老人了，你还是受点累吧。”

夏天的话在肖梅的心里激起道道涟漪，若是夫妻间这样互尊互重该有多好啊！可世事总是不以人的意志为转移。

整整一天，肖梅怀着复杂的心情给夏天打理吃穿用之类的。看着肖梅忙碌，夏天心里五味杂陈。

第二天上午，肖梅抱着孩子乘上北去的列车。找好座位安顿下来，她让送站的夏天回去。夏天叮嘱些路上的注意事项，在孩子粉红色的小脸上亲吻一口，让肖梅到绿岭给他回个电话。之后他转身向车厢门口走去。肖梅想起什么，喊住夏天，叮嘱他少喝酒，别吃凉的食物。

火车拉响发车前的汽笛。

列车启动，肖梅看见渐渐向后退去的夏天，鼻子一酸，眼前一片水雾茫茫。

事实上，她犯下一个严重的错误。

回到绿岭市的家中，父母看见女儿郁郁寡欢，询问缘由。肖梅不想父母为自己操心，支吾敷衍。父母知道女儿心中有隐情，追问。肖梅委屈难遏，流着泪讲述了自己对夏天的猜疑。女儿在妈妈面前永远是长不大的孩子，肖梅需要妈妈的同情和安慰。妈妈听后，嘴唇颤抖，眼中现出愤怒之色。

不久，让肖梅始料不及的事情发生了。

一天，肖梅带孩子去表姐家散心回来，发现妈妈不在，问坐在沙发上看报纸的爸爸。爸爸告诉她，妈妈的闺蜜从外地回来，她过去住几天叙叙旧，很快就会回来。爸爸一向不撒谎，肖梅信了。

可肖梅哪里知道，妈妈在娘家侄子的陪同下，已经乘上了南下的列车。

7

火车到省城站已是晚上。肖梅妈和侄子在车站前的小餐馆吃了碗拉面，然后打出租车直奔夏天家。

真是无巧不成书，肖梅妈他们进门时，正赶上夏天和白冰坐在客厅高谈阔论。看见岳母，夏天一惊，结巴地说："您……您来了？"

肖梅妈拉着侄子坐在沙发上，说："怎么，来得不是时候吗？"

夏天忙说："不不，您别误解，我是说，来之前您咋不打个电话，我好去车站接您。"

肖梅妈冷笑着说："我提前打电话，那不惊扰了你们的雅兴。"她转头打量着白冰，赞赏地说："哦，好漂亮的姑娘，夏天你怎么不给我介绍一下？"

夏天尴尬地说："她叫白冰，是位作家。"

肖梅妈鄙视地看着白冰，讥讽地说："哦，我老眼昏花有眼不识泰山，原来是大知识分子。夏天，你真的是谈笑有鸿儒，往来无白丁啊。"退休前她是语文教师，所以嘴巴相当了得。

夏天咧嘴抽口冷气，表情极其尴尬。

肖梅妈果然不是凡人，明知故问地问："你们谈笑风生地在说什么？

夏天说："我有几幅画偶然获奖，白冰小姐专程过来采访我的。"

肖梅妈故作欣然地说："哦，这是好事。"说着她蹙下眉头："不过，采访干嘛不安排在白天，最好应该在画院，深更半夜孤男寡女独处一室，是不是有瓜田李下之嫌？"

夏天和白冰对视一眼，窘然无语。

肖梅妈穷寇猛追："哎，对了，夏天，你还没把我介绍给白作家呢。"

夏天迟疑一下，向白冰介绍说："这是我妈。"

肖梅妈更正说："是岳母。"

白冰脸颊的肌肉抽搐了一下，说："伯母，您好。"然后转身对夏天说："那我就告辞了，咱们改天再谈。"

肖梅妈说："我是不是打扰你们了？"

白冰表情不自然地说："没有、没有。"她也没跟夏天告辞，起身向门口走去，神色有点慌乱。

肖梅妈冷笑着吩咐夏天说："还不快去送送白作家。"

夏天抬手抓挠着脸颊，不知送还是不送。

肖梅妈命令地说："快去啊！"

夏天打个机灵，忙去送白冰。送走白冰，夏天折返回来，就跟肖梅妈急了："妈，瞧瞧您刚才说的什么？我跟您说，我和白冰啥事也没有，光明正大，问心无愧，请您不要怀疑我们。"

肖梅妈说："没事固然好，但作为长辈我有必要提醒你，你是有老婆孩子的人，男女间交往应该注意分寸。"

夏天气恼地说："男女交往是正常的事情，难道我做什么对不起肖梅的事了吗？"

肖梅妈柔中带刚地说："我不反对男女交往，但应该有个尺度，你们孤男寡女夜处一室，让我怎么想？"

夏天委屈地说："我再说一遍，我跟白冰真的啥事也没有，请您相信我！"

肖梅妈说："那就好，我只要求你对得起我女儿。你想想，在你最困难时，是她资助你完成学业，也是她冲破阻碍给你一个温暖的家。别人谁都可以对不起妻子，但你不可以！"

夏天的目光虚弱下去，嗫嚅地说："您提那些事情干啥，她对我的好我会铭记在心的。"

肖梅妈用教训的口吻说："不，我看你早忘了，现在你功成名就了，你嫌弃她了，你是不是太负心了？"

这时，白冰折返回来，她把轿车的钥匙落在沙发上了。进门时，恰好听到肖梅妈的话，心里非常不快，忍不住说："伯母，您教育您的女婿无可非议，请不要牵扯别人。我可以负责任地告诉您，我和夏老师只是普通朋友，不像您想得那样龌龊。如果您硬要强加给我们什么，对不起，我不接受。"到底是搞写作的，说话有理、有据、有节，非常到位。

自己行为不检点，还强词夺理，在肖梅妈看来，就是公然挑衅。她生气地一拍茶几，口气严厉地说："我就不明白了，你要貌有貌、要才有才，什么样的男人找不到，干吗非要介入别人的家庭？这样做你不觉得害臊吗？”

白冰没想到肖梅妈如此开诚布公，猝不及防的她张张嘴巴没说出话来。毕竟是女人，眼窝浅，少时眼中闪出泪光。

夏天觉得岳母做得太过分，指责地说：“您怎么能这样侮辱我的客人呢？请您搞明白，这是在我家，如果您再这样，那我只有请您……”

肖梅妈被夏天的不恭惹恼，声色俱厉地说：“闭嘴，你没权利这样跟我说话，我也请你别忘了，到目前为止，这还是我女儿的家！”

夏天气得嘴唇颤抖，说：“蛮不讲理，简直不可理喻！”

肖梅的表弟早就气得鼓鼓欲炸，只不过没有找到发泄点。机会有了，他怒发冲冠地挺身上前，凶狠地盯着夏天问：“你骂谁？”

夏天蒙了：“我骂谁了？我谁也没骂啊。”

肖梅的表弟说：“你别仗着是我表姐夫以为我不敢怎么样你，我告诉你，你要再敢乱说，就别怪我不认你！”

夏天不服气地说：“你姑姑根本就不讲理嘛！”

话音没落，夏天脸上重重挨了一掌，少时有热粘的血水从鼻子中流淌出来。

夏天捂住脸颊喊：“你为啥打人？”

肖梅的表弟说：“因为你骂我姑姑！”

当着白冰的面，夏天受不了这份羞辱，眼睛红了，吼叫道：“你再打我一下试试！”

肖梅的表弟蛮横地说：“打就打，怎么着！”说着挥掌再次向夏天打去。

夏天愤然还击，两人打成一团。

夏天一介书生，哪里是人高马大的肖梅的表弟的对手，何况对方自小练武，一身功夫，几个回合下来，夏天就倒在地上。夏天挣扎着从地板上爬起来，想做困兽之斗，自度不是对手，无奈地垂下头，一副斗败的公鸡状。

肖梅妈解了恨，对夏天和白冰说：“我警告你们，你们马上分手，否则咱们没完！”说完领着侄子雄赳赳地走了。

天下哪个母亲不疼爱自己的子女，肖梅妈的做法意在维护女儿的权益，谁知却加速了夏天跟肖梅的离心离德。如果说，以前夏天对肖梅曾经对自己的帮助心存感激，经岳母这一闹，感激被憎恶所替代。他想，我也没怎么肖梅，这怎么还全家老少齐上阵。

于是，他打通肖梅的手机，发出愤怒的呐喊。

8

夏天在电话里是这样说的：“喂，肖梅，我是夏天。”

夏天先打电话过来，说明事情有转机，肖梅有些兴奋，和颜悦色地说：“你是我省著名画家，妇孺皆知，我怎么会听不出来是你呢。”她想通过玩笑调节下感情。

夏天恼火地质问：“干嘛你，羞辱我吗？”

听口气不对，肖梅连忙打住玩笑问：“怎么了？”

夏天粗鲁地道：“我怎么了难道你不知道吗？”

肖梅愈发感到事情蹊跷，着急地问：“别怄气，说啊，究竟为什么？”

夏天讥诮地说：“你真是做演员的好材料，亲手策划的杰作难道这么快就忘了？”

肖梅急躁地说：“你说话别阴阳怪气的好不好，我策划什么了？”

夏天气急败坏地说：“不管你是真不知道还是装不知道，但我正式通知你，你妈领着你野蛮的表弟刚才兵临我家，对我百般侮辱，甚至大打出手，给我造成严重的精神和身体伤害！我请你转告你的亲戚，威胁和恐吓不是战斗，那只会增强我的斗志！”开玩笑惯了，他的话听上去严肃，但措辞却有失庄重。

肖梅不相信地说：“你说的是真的还是假的？这样的玩笑开不得的。”

夏天说："那你受点累给你妈打个电话问一下。"

肖梅说："夏天，如果真是那样，我向你赔礼了，请你原谅。我妈脾气不好，遇事好冲动，她对你粗暴无礼是不对的。"

夏天咆哮着说："难道你一句对不起就完了吗？"

肖梅问："那你想怎样？"

夏天一字一句地说："我要跟你们家断交，从今以后，井水不犯河水，永不往来！"他的声音很大，像宣言。

肖梅挂了电话，来到客厅，问正在给笼中鸟喂食的爸爸说："您跟我说句实话，我妈妈到底干什么去了？"

爸爸从肖梅的神色中看出，她知道了妈妈的行踪，他不好再隐瞒，便把肖梅妈去找夏天兴师问罪的事情说了。

肖梅一听急了："这么大的事你们怎么不事先跟我商量一下，为什么要擅自行动？"

肖梅爸说："我们做父母的，有权替你做主。我看你不用心疼，那花心郎应该受到教育。"

肖梅恼火地说："您知道吗，我妈妈指使我表弟把夏天打了！"

肖梅爸生气地说："这老婆子，我一再叮嘱她，适可而止，她怎么可以那样粗暴呢。"

肖梅顾不得和爸爸啰唆，打通表弟的手机。

表弟问："梅姐，干什么？"

肖梅冷漠地说："我跟你说不着，把电话给我妈。"

表弟说："哎哎，我也没得罪你，你这啥态度？"

肖梅问："谁让你打夏天的？"

表弟说："我姑姑。"

肖梅问："她让你打就打啊？"

表弟问：“他不该打吗？”

肖梅说：“那也轮不到你，你有什么资格？”

表弟声音高了：“哎，你怎么狗咬吕洞宾不识好赖人？”

肖梅厌恶地说：“别自我标榜，你压根就不是什么好人！”

表弟气恼地说：“你——”

肖梅说：“少啰嗦，让我妈接电话，快点！”

稍许，电话里传来肖梅妈的声音：“是我让你表弟打夏天的，有气你朝我撒。”

肖梅说：“妈，有话不会好好说，您那是干嘛啊？”

肖梅妈叹口气说：“你是没看见，他和那女……”她怕刺激到肖梅，打住了话头。

肖梅焦急地问：“他们怎么了？”

肖梅妈连忙偷换概念地说：“一想起他跟那女的来往我就生气，姑娘你放心，妈妈这次来，非给你好好出口气。明天我去画院找他们领导，非把他搞得声名狼藉不可！”

肖梅急忙说：“妈妈，您别这样！”

肖梅妈问：“为什么啊？”

肖梅说：“您想，我刚回到娘家你就前去兴师问罪，他会怎么想，这不明显是我背后支使的吗？”

肖梅妈说：“他爱怎么想怎么想，随他好了。”

肖梅说：“感情是我们俩的事，您的强势介入，只会加速我们之间感情的破裂。妈，难道您真想看到我们离婚吗？”

肖梅妈毕竟是过来人，听完女儿的话蓦地醒悟。是啊，自己本意是想夏天跟女儿重修旧好，如果支持他们离婚，干嘛来找夏天说话，这岂不是画蛇添足多此一举吗？她意识到自己好心帮了倒忙，如果夏天真的误会而迁怒肖梅，后果可想而知。

肖梅见妈妈没有动静，催问道："妈，您怎么不说话？"

肖梅妈虚着声音问："孩子，总之妈已经让你表弟把夏天抽了，无可挽回，你说怎么办吧？"

肖梅思索一下，用商量的口吻说："解铃还须系铃人，您能不能给夏天赔个礼？"

肖梅妈吓得一哆嗦："什么，你让我给他赔礼？不行不行、坚决不行！"

肖梅知道，妈妈是个很传统的人，怎么可以豁出老脸向晚辈赔礼，即便自己做错了。为防止妈妈跟夏天再生出枝枝蔓蔓，她说："既然这样，那您马上回绿岭吧。"

肖梅妈觉得自己是急流勇退的时候了，儿孙自有儿孙福，女儿的感情让女儿自己处理吧，爽快地应允了。

说服妈妈，肖梅打电话给夏天，诚恳地向他致歉，请他原谅。心里正窝火的夏天跟肖梅大吼大叫，把肖家说成了土匪。肖梅没有回敬，静听其指责。

9

中午，肖梅乘车回到省城。

肖梅来到家门口，门锁着。邻居告诉她，夏天住进了市第三医院。

肖梅到超市买了夏天爱吃的水果、乳粉和罐头，打车赶往医院。

夏天脸上红肿未消，正躺在病床上输液。看见肖梅，他把头扭转过去。肖梅把水果放在床头柜上，走到床前问："你感觉好点吧？"

夏天冷淡地问："你来干啥？"

肖梅说："看你啊。"

夏天怒声说："你别假装慈悲，我这样不正是你想看到的吗？"

肖梅解释说："你别误会，这事跟我真的无关。"

夏天冷笑说："当我智障啊？如果你不跑回娘家告状，你妈怎么会带领你那地痞无赖外加流氓的表弟来向我发难？”

肖梅哑口无言。是啊，夏天说的何尝不是。她知道，即便自己说出天花来他也不会相信。

夏天冷漠地下达逐客令：“你走吧，我们没什么好谈的了。”不是夏天绝情，而是肖梅表弟无情的巴掌打伤了他男人的自尊，误会让他对肖梅产生怨恨。试想，五尺热血男儿被人羞辱情何以堪？

肖梅没动。

夏天问：“你怎么还不走！”

肖梅说：“我走了谁伺候你？”

夏天说：“不劳你操心。”

肖梅说：“可我们是夫妻啊。”

夏天愤愤地说：“夫妻？说得好听，你怂恿你表弟抽我时想到我们是夫妻了吗？”

肖梅用哀求的语调说：“夏天，请相信我，这件事我真的一点都不知道，否则我是不会让它发生的。”

夏天说：“你不要再演了，我的脑袋没让门框挤坏。”

肖梅欲再解释。

夏天闭上眼睛，怒不可遏地吼道：“你走，马上给我走！”他的脸通红，额头上的血管蹦得老高，像粗粗的蚯蚓。

自己再待下去，只会引起夏天更大的愤怒，对他养病不利，与其那样不如让他一个人冷静一下，问题过后再谈。肖梅再次重申夏天挨打之事与她无关，又嘱咐他几句安心养病之类的话，转身离去。

走到门口，她险些与匆匆而来的白冰相撞。白冰不认识肖梅，没在意，径直进了病房。

肖梅站在门口，注视着病房里的夏天和白冰。

白冰询问过夏天的病情，坐在床沿用刀削水果给他吃。夏天不好开口吃，拿眼睛看向站在门口的肖梅。

白冰奇怪，询问夏天说："她是谁？"

夏天犹豫一下，说："我妻子。"

白冰神色有些慌张，但这种表情稍纵即逝，鄙视跳上眉宇。

肖梅受不了白冰那样的目光，想冲进去质问白冰为什么缠着夏天。但众目睽睽之下，她不能没有礼节，扭头咬着嘴唇走了。

第十六章

1

夏天身体痊愈，但心里的创伤却没有愈合。他认定，自己挨打就是肖梅背后作的祟。

出院后，夏天每天疯狂作画，一画就是五六个小时，他觉得只有这样才能排解自己心中的痛苦。

夏天的画作表现出一种躁动，一种迷茫。说他的作品高深吧，别人确实看不懂；说作品肤浅缺乏内涵吧，里面却有种明显的情绪。至于想表达什么，夏天自己也弄不懂。有人说，夏天的画风变了，正向神秘的领域拓展。夏天无奈地笑笑说：“扯淡！”

一天，白冰把夏天约到公园，跟他做了长谈。在她看来，夏天的作品已经具有很高的艺术价值，应该拿到市场上去检验。夏天不明白，作品艺术高低与市场何关？白冰认为，作品市场价格越高，其艺术性越高。夏天还是不能理解。白冰一句话叫他哑口无言。她说，纵观艺术大师的作品，哪件不价值连城？

夏天虽然不能完全苟同白冰的观点，但她说的也是不争的事实。他的理念悄然发生了变化。

在白冰的撺掇下，夏天同意了她的提议，但也有些为难。大多数画家只闷头创作，对市场并不十分熟悉，他不知道通过什么渠道把画作推入市场。白冰说，职业缘故，她跟画商很熟，可以做夏天的经纪人。夏天觉得可行，同意了。

根据市场需求，白冰向夏天布置了作业：一是画室内装饰油画。现在人们生活条件好了，在家里喜欢挂与家居环境相关的艺术品。油画作品写实、逼真，受到人们的喜爱；二是画水墨丹青，特别是花草虫鸟方面的。画油画夏天轻车熟路，但画水墨丹青有点赶笨鸭子上架。白冰鼓励说，你的油画画得那么棒，画国画肯定不成问题。面对白冰那充满信任的美丽大眼，夏天深受鼓舞，决定尝试国画创作。

夏天赶制完第一批商品油画，交给白冰。

不久，白冰把厚厚一摞现金放在夏天的桌头。夏天没想到画商品画这样赚钱，不由得心花怒放。为表示感谢，夏天分一半给白冰做劳务费。白冰坚决不收。

夏天对白冰的好感再增，觉得她是个纯粹的人。

接下来，为画好水墨丹青，夏天查阅了许多国画资料。他是个有灵性的人，加上幼时大量临摹过连环画，所以很快掌握了国画的基本技法。他试画了几幅，效果不错。于是信心大增，挥毫泼墨一发不可收拾。虽说技法远不及高手，因为他是夏天，所以粉丝们认可，作品在市场上销售也算顺畅。

夏天赚到钱了，白冰看他的目光愈发妩媚，像和煦的春风。

夏天不是坐怀不乱的柳下惠，美人秋波暗送，他怎能不心猿意马，两人的关系心照不宣地暧昧起来。

2

在一个圆月当空清辉如水的夜晚，白冰约夏天出去见面，说有话要跟他说。夏天正在赶制画商定制的作品，忙得恨不得把一分钟当两分钟用，他想让白冰改天再约。可听她的口气跟以往不同，有种叫他心跳的韵味。像有魔力牵引，夏天放下手中的工作，身不由己地去了温馨酒吧。

温馨酒吧不但名字好听，实则也确如其名，的确是个温馨浪漫的处所。夏天走进去时，酒吧里已坐满优雅的休闲青年男女，确切点说，是情侣和新婚夫妻。他们坐在酒桌或吧台前，温文尔雅地品酒，呢喃地说话，兼之室内弥漫着轻柔似水的音乐和朦胧暧昧的灯光，不由得叫人心潮澎湃。

白冰已先于夏天到来，独自坐在一个僻静角落的桌前，白净的脸颊上染着郁悒，眉头上锁着淡淡的感伤，看上去跟酒吧里表情愉悦的人们格格不入。夏天走过来，白冰没有发现，依然手托香腮沉思。夏天不由得想到“人比黄花瘦”的诗句，怜悯之情油然而生。他觉得美人应快乐，不该有愁。

夏天问：“你怎么了？”声音很轻，像怕惊醒梦中人。

白冰抬起头，脸颊上挂着两颗大大的泪珠，像桃花瓣上的点点朝露。她“有情芍药含春泪”的愁容叫夏天心疼，他想去给她擦，但没敢。

白冰梨花带露地笑笑说：“夏老师，你来了，快请坐。”

白冰的避而不答更勾起夏天的急迫，他问：“你哭什么，到底怎么了？”

白冰遮掩地说：“没有哇，你可能看错了，屋里太热，那是流的汗水。”

难道眼睛里会流淌汗液吗？夏天盯着白冰，疑惑地坐在她对面的椅子上。

白冰问：“夏老师，你喝点什么？”

夏天沉吟一下说：“来杯啤酒。”

白冰招下手，身穿蓝色制服的服务员走过来，面带职业微笑柔声问：“小姐，您有什么吩咐？”

白冰说：“请来一杯青岛啤酒。”

女服务员退去，稍许用盘子托着一杯啤酒放到桌上说：“先生，请慢用，如有什么需要，请吩咐，我随时为您服务。”

夏天点头致谢，女服务员退下。

白冰在桌上纸抽里抽出一张纸，轻轻擦掉眼角的泪痕。因流泪，她的眼圈和眼睫上的妆花了，在脸上留下两道黑线。经她一擦，黑痕扩散染黑面颊。她肤色特白，像洁白无瑕的白瓷，黑色看上去特醒目，像落在瓷面上的煤尘。

夏天忍不住笑了。

白冰莫名其妙地问："你笑什么？"

夏天指指她的脸颊，又哈哈笑了。

白冰知道自己的脸上出现了问题，侧身拿过桌面上的挎包，从里面掏出小圆镜一照，妈呀一声，难为情地看夏天一眼说："不好意思，让你见笑了。"美人就是美人，脸上的瑕疵并不影响她的美，相反却产生了另外一种美。

夏天没说话，痴痴地看着白冰，像彩蝶见到了芬芳的鲜花。

白冰害羞，嗔怪地说："你怎么这么看着人家？"声调有些嗲，百媚千娇。

自打相识以来，夏天还是第一次听到白冰用这样的语调跟自己说话。他准确无误地感受到，白冰是在跟自己撒娇。女孩可以向爸爸哥哥撒娇，向其他男人撒娇意味着什么？夏天心动了，眼中闪出炽热的钟情之色。他是过来人，不想因为误判被白冰视为自作多情，收敛住笑容，做出一本正经的模样，端起酒杯轻轻呷一口问："你找我出来啥事？"

白冰眼中的羞涩不见了，认真地问："你觉得我这个人怎么样？"

这话玄机太大，夏天不得不谨慎："不错，很好啊。"

白冰"哦"了一声："你真这样认为？"

夏天说："是啊，怎么了？"

白冰眨几下长长的睫毛，像采访一样穷追不舍地问："我好在哪里？"

夏天笼统地说："哪都好。"

白冰问："我知道你很忙，不过我还是想请你耽误点时间，具体说给我，好吗？"

夏天问："这对你很重要吗？"

白冰说："是的。"

夏天沉思一下，说："我也没认真考虑过，那就把我对你的印象简单地说说，不妥之处请你见谅。"

白冰说："你请说。"

夏天说："通过交往我觉得你有志气、有知识、有抱负，对人宽容，善解人意，是位传统和现代结合的女子。"

白冰不解地问："我没听明白。"

夏天想了想，解释说："说白了，你既有传统女子的贤淑，又有现代女孩的开明，你的优点是古代女子所不具有的，许多现代女孩不能企及的，我这样说你明白吗？"

白冰笑了，说："你说的可不是我，那是完美无缺的女神。"

为避免恭维之嫌，夏天摆出一脸认真说："别人怎么看我不知道，但我就是这么认为的。"

白冰的脸红了，面带盛名之下其实难副的忐忑说："我哪有那么好，还是请你谈谈我的缺点吧。"

夏天抬手抓挠几下脸颊，说："如果说有，那就是为人处世太理智。其实这也不算啥缺点，可能与你的工作性质有关。"

白冰失望地说："我不是完人，更不是圣人，怎么会没有缺点呢？夏老师是不好意思说吧？"

夏天言辞闪烁地说："如果还有的话，那就是……"

白冰紧紧盯着夏天的嘴唇，目光如钩，恨不得从夏天的嘴里掏出自己想知道的话："那就是什么？"

看见白冰急不可待的神态，夏天的嘴角一咧扯出一丝坏笑，故作沉吟地说："那就是……"

白冰着急地喊："哎哟你快说啊，我身上都失火了！"

夏天慢条斯理地说："那就是你太漂亮。"当然这也是他的真心话。

白冰一怔，气馁地噘起小嘴：“你还是在表扬我，你太让我失望了！”她看上去有些伤感，为夏天没有跟她真正交心。

既然话说到这份上，夏天不得不鸡蛋里挑骨头，说：“既然你能考上研究生，肯定是把全部心思用在治学上，我猜测，你可能在生活上不很精通，我觉得你应该加强这方面的能力，因为那也是人生的重要学问。”

白冰露出欢颜，频频点头说：“你说得对，我在这方面的确缺课，我应该尽快补上。”

白冰的情绪比刚才好多了，开始谈笑风生，魅力四射。

夏天很费解，白冰约他并没有什么重要的事情，不过是普通的聊天而已，打电话相约时干嘛要那么庄重？

3

不久，一件事坚定了夏天与肖梅离婚的决心。

单位晋升职称，不知为什么，夏天没过职工推荐这关，心里非常郁闷。夜里，他心里烦闷，想敞开心扉向肖梅倾诉。谁知肖梅却说：“睡觉吧，我很累。”说着闭上了眼睛。一天的家务劳作使得她特别疲惫，除了睡觉别的心思丝毫没有。

夏天的心里很不是滋味。自打有了孩子，肖梅把全部的爱转移，自己在她那儿已经可有可无。从家庭来说，肖梅是无可挑剔的妈妈，却不是自己想要的那种老婆。跟一个只知道柴米油盐的女人还有几十年要过，他不知怎么过下去。但他知道，那肯定不会幸福的。

他眼前出现白冰醉人的微笑。一想到白冰，他就热血沸腾，心里有种难以遏制的冲动。

夏天说：“哎。”

肖梅声音模糊地回答：“嗯。”

夏天说："我们……离婚吧？"

肖梅一下子翻过身来，说："你说什么？"

夏天重复说："我们离婚吧。"

肖梅的眼睛瞪得很大，在夜色里发出熠熠的光。她在夏天的脸上审视一遍，没发现开玩笑的意思，吃惊地问："你为什么这样，我有什么对不起你的吗？"

夏天说："没有。"

肖梅困惑地问："那你为什么要离开我？"

夏天认真地说："经过两年多的共同生活，我发现我们之间有越来越多的不协调之处，而且有许多是我们无法改变的。具体地说，我向往浪漫爱情，需要花前月下，而你呢，喜欢安静，热衷家务；我生活在精神层面上，热衷理想价值的追求，而你呢，沉湎于物质生活中，脑海里装满柴米油盐。志趣是爱情的基础，你说我们之间观念存在这么大的差异，能生活得和谐美满吗？"

听得出来，夏天的话是理智的，不是一时冲动。肖梅问："你下定决心了？"

夏天说："是的，请你理解。"

肖梅不像夏天第一次离开自己时那样震惊。可她还是不敢想象孩子缺爹少娘会是什么样子。她说："难道你不为孩子考虑一下吗？孩子生活在单亲家庭对身心是有影响的？既然咱们把他带到世上，就要为他负责。"

……

4

肖梅不甘心家庭就这么解体，想做最后一把努力。但她知道，想拉回来夏天，单靠自己的一已之力是不行的，便打手机给刘梦，把情况告诉了她，请求施以援手。

刘梦听罢，恼怒地说："这个夏天他想干什么，别着急，看我怎么收拾他！"

肖梅打电话时，正好方芳走进来，听完肖梅的话，明白过来怎么回事，当即义愤填膺，埋怨肖梅仁慈，把夏天惯坏了。之后，转身就走。

肖梅感觉到情况不妙，着急地喊："哎哎，你干什么去？"

方芳头也没回地说："你别管。"

出了肖梅家，方芳打车来到省画院，站在院中冲夏天的办公室高声喊道："夏天，你给我滚下来！"

喊声太大，惊动了工作人员，有的从窗口探出头，有的走出大楼围聚过来，询问怎么回事。方芳愤怒声讨夏天抛妻弃子的行径。工作人员议论纷纷，谴责夏天。

在画室作画的夏天被惊动，来到窗前朝楼下看，见是方芳，打个激灵，连跑带颠地走出来，气恼地说："你这是干什么，有话回家好好说不成？"

方芳怒视夏天，口气蛮横地问："我只问你一句话，你还离不离婚？"

夏天厌恶地说："我们家的事你少掺和。"

方芳针锋相对地说："事关我表姐的利益，你不让我掺和我就不掺和，你以为你谁呀。说，婚你还离不离？"

夏天没敢如实回答，怕激怒方芳，招来更大的难堪，便隐晦地说："你先回去，让我想想。"口气虽强硬，却有点求饶的味道。

方芳知道应该适可而止，不能逼得太急，否则效果会适得其反，就问："什么时候给我回话？"

夏天支吾不语。

方芳没商量地说："就三天，到时你如果不悬崖勒马，哼，有你好看！"

院领导和保安匆匆走过来，询问怎么回事。

夏天遮掩地说："我小姨子跟老公闹点意见，找我来诉苦。"

这不睁着眼睛说瞎话吗？为防止把事情弄得不可收拾，方芳撇一下嘴，没吱声。

院领导训斥地说："乱弹琴，这是单位，不是农贸市场，怎么可以这样喧哗！"

夏天忙表示说："是，我马上让她走。"

方芳叮嘱说："记住，就三天！"

夏天狠狠白了方芳一眼，掉头上了楼。

5

夏天回到画室，拿起茶杯摔在地上，他把方芳的行为归因到肖梅暗中唆使上。

桌上的电话响了，夏天接听。

电话是刘梦打来的，说家乡捎过来土特产，她做了一桌子菜，请夏天过去饱口福。夏天正在气头上，哪有心思去吃，找事由推辞。刘梦生气，指责夏天名气大了，不把夏雨和她当哥嫂了。话太重，夏天承受不了，只好应允下来。

坐在椅子上情愿恩仇一番，中午下班时间到了，夏天下了楼，到马路对面的商场买了些水果，驱车去了夏雨家。

夏天一进门，夏雨上前就给他个耳光。耳光很重，让夏天感到很痛。哥哥是个温文尔雅的人，这样粗暴对待他可是史无前例。他捂住脸颊问："干嘛打我？"

夏雨恼恨地说："难道你不该打吗？"

夏天问："我怎么了？"

夏雨凶凶地喊："你为什么要跟肖梅离婚？她哪点不好？"

夏天眨眨眼说："我没说她不好。"

夏雨厉声质问道："好你为什么要跟她离婚？"

夏天说："我们不合适。"他怕夏雨听不明白，解释说："婚姻像鞋子，合不合适只有脚知道。"

夏雨说："瞎掰，那你买鞋子前为什么不好好试试。"

话有道理，夏天张张嘴巴没说出话来。

一旁静观动向的刘梦开口了，她说："小叔子，不是嫂子说你，你这样做太那个了，真的有负肖梅对你的似海深情。肖梅对你的帮助姑且不论，就冲她顶着各方面压力嫁给你这个无业游民这一点，你就没有理由对不起她！"

夏天的心里百味杂陈，是啊，自己曾经羡慕富有，移情别恋丢下她跟梅丽厮混在一起。自己感情失败后，肖梅没有抛弃自己，伸出援手给了自己温暖，也给了他重新振作起来的力量。无论从精神到物质层面，她都做出了很大牺牲，自己怎么可以离她而去的。

刘梦又循循诱导说："结婚后，肖梅为了你的事业，主动辞去工作在家相夫教子，你睁开眼睛好好看看，现在有几个女人能够做到？"

嫂子说得何尝不是，肖梅对自己恩重如山。如果说离开，那也应是肖梅主动离开他，因为他没有资格。像梦中醒来，夏天突然意识到自己离轨了。

夏雨情绪激昂地说："弟呀，别怪哥打你，你真的是太气人了，你丢了咱老夏家的脸，知道吗？"看见夏天的脸上隆起几道红指痕，他有些心疼，伸出颤抖的手抚摸着夏天红肿的脸颊问："还疼吗？"

泪水从夏天的眼中流淌出来，他摇摇头。

夏雨也哭了，他说："弟呀，放弃吧，是咱对不起肖梅。"

其实，夏天的心结依然没有开释。岳母向自己兴师问罪，表小舅子抽他，方芳到单位闹事，哥嫂向自己发难，这一切的幕后推手就是肖梅。他承认，自己跟白冰是比一般朋友要好，但那只是好感而已，没做什么越雷池之事，肖梅怎么可以这样对待他呢？伤害了他的自尊不说，还严重地损毁了他的声誉，她还是自己的老婆吗？

按常规，夏天只要嘴巴尚在，他就会强词夺理。只有在知错时，才会缄口不言。既然夏天知错了，就不要相煎太急，让他自己好好反省一下。刘梦朝夏雨使个眼色。

6

就在夏天在哥嫂家吃午饭时，方芳来到花园住宅小区五号楼六单元五〇二室，按响门铃。门打开，露出白冰的芳容。

方芳张大嘴巴，无怪夏天迷恋于她，白冰的确惊艳逼人。

白冰打量着打工妹装束的方芳问：“你找谁？”

方芳问：“你是白冰？”

白冰说：“是，你找我有事？”

方芳目光一硬，扬手给了白冰一记耳光。

白冰被打蒙了，惊叫道：“你干吗打我？”

方芳又给了白冰一记耳光，说：“因为你臭不要脸，勾搭有妇之夫！”

白冰醒过神来，自己跟夏天眉来眼去的事情败露了。她不知方芳是何许人，询问说：“你是干吗的？”

方芳蛮横地说：“你管我干吗的。”接下来，双手叉腰，愤怒声讨白冰勾搭夏天的无耻行径。

方芳嗓门大，惊动了周围的居民，他们纷纷从门口探出头看热闹。如果方芳再广而告之，自己真的无颜在住宅小区混了。白冰连拖带拽地把方芳拉进屋去。

白冰意识到遇到了强悍的对手，明智地选择了哀兵之策。她请方芳坐在沙发上，倒杯水送过去，做出满面无辜状，向方芳解释和夏天的关系，并一再表示，说如果错误真的在她身上，她愿接受一切惩罚。原以为像白冰这样心高气傲的女子，一定会跟自己缠斗到底，没想到她是绣花枕头，自己一出手她就缴了械。如果白冰跟她硬磕到底，方芳还真不惧怕。白冰一软，她就不自在了，觉得自己是在恃强凌弱，于是斗志松懈，嗓门低了下去。

在白冰天衣无缝的巧言中，方芳气消了，觉得白冰一个大龄剩女也怪可怜的，女人何必为难女人。她把过错归咎在夏天身上，觉得他有了名气就翘尾巴，开始勾搭女孩。

中午饭点已到，白冰把方芳拉到楼下的小饭店，好酒好菜招待。方芳残存的成见消失，居然跟白冰成为朋友。

白冰智商不逊于颜值，她用计打发走方芳后，马上打电话给夏天，把方芳大闹她家的事情相告。她说得很有策略，没有像其他告状人那样鼻涕一把泪一把，而是委婉地叙述完方芳的闹事经过，最后故作一日三省吾身地问夏天，是不是她有过错？方芳的性格夏天了解，她前去找白冰兴师问罪，那还能善了？夏天钦佩白冰的度量，对她好感再增。

挂了手机，夏天想，事情跟方芳风马牛不相及，如果不是肖梅唆使，她怎么会上门找白冰的碴。

他对肖梅积怨加深，离婚念头坚定。

7

夏天离去后，刘梦打手机给肖梅，把夏天回心转意的事情相告，之后劝她不要只顾家务和孩子，应该跟夏天保持沟通，那样夫妻感情才能和谐。

刘梦的话提醒了肖梅。婚后，白天工作，晚上料理家务，她几乎顾不上读书看报。夏天谈画她却说柴米油盐，没有共同话题。特别是有了孩子后，她把心思差不多全部倾注在孩子身上，的确忽略了夏天。于是，她准备通过改变自己挽救婚姻。

她特意跑到书店，买了许多美术方面的书籍，每天抽时间研读，意在跟夏天拥有共同语言。

就在肖梅煞费苦心改变自己适应夏天时，夏天已经悄悄着手做离婚的准备。他拿出所有的压卷之作，反复赏看。看完，恋恋不舍地送到画店卖掉，把钱打到肖梅的银行卡上。他要给肖梅和孩子留下足够的生活费。之后，跟肖梅协商离婚的具体事宜。

肖梅知道夏天去意已决，无可挽回，同意离婚。

在孩子抚养和财产分割上，夏天很爷们儿，按照肖梅的要求，孩子归肖梅抚养，房子无条件地给了女方，他净身出户。因没有房子，他俩商定，夏天暂时离婚不离家。

一切商量妥当，两人去婚姻登记部门办了离婚手续。

原想瞒着哥嫂，谁知方芳却把他们离婚的事告诉了刘梦。

刘梦跟夏雨一起来到夏天的画室。夏雨指着夏天的鼻子说：“咱哥俩的情谊没了！”

刘梦说：“以后不准再叫我嫂子，我没有你这样的小叔子！”

这是什么？是决裂的宣言。夏天蒙了，直到哥嫂摔门而去的声响才把他惊醒。他把头深深埋在胸前，双手插入浓密的头发，用力绞扯着。

夏天的心里乱得不行，坐在画布前一待就是半天。中午下班时，他没有回家，直接去了画院对面的酒馆。他特别想喝酒。

一个多小时后，夏天如愿以偿地把自己喝高了。

尿急，他起身去卫生间，醉眼蒙眬找不到地方。他绕迷宫一样在酒馆里转悠了一会儿，实在憋不住了，找个旮旯解开裤腰带就撒，吓得女服务员捂住眼睛尖叫，好像被人怎么了。撒完尿，夏天系裤腰带，身子摇晃站立不稳，一踉跄跪在餐桌旁。他索性跪式操作，结果连桌腿都系在一起。系完，起身要走，却走不动，他嚷嚷道：“别拉着我，我还没喝好呢！”

店家把夏天告到画院。作为公职人员，而且还是知名画家，应该是道德楷模。下午，夏天被院长请到办公室。看见夏天脸色还很红，院长给他沏杯茶水放在跟前。夏天看着茶杯，搓着手不好意思地说：“怎么，咱哥俩再喝点？”

夏天还在酒醉中，院长哭笑不得。

快下班时，夏天酒醉彻底清醒，院长和他的谈话正式开始。

院长问：“夏老师，这些天忙什么呢？”

夏天实话实说：“没啥正经事，忙着喝酒呢。”

院长问：“喝出点什么体会来没？”

夏天挠挠头说：“酒是好玩意，可我没喝好，喝糟践了，啧。”他响亮地啧下嘴。

院长耐着性子问：“怎么会喝糟践了呢？”

夏天懊悔地说：“喝得太快，还没品出味来就蒙了圈。”

院长严肃地问："仅仅是喝蒙了吗？"

夏天极其认真地说："真喝蒙了，我不骗您。"

院长突然提高声音说："你不仅喝蒙了，而且还喝得放浪形骸，做出许多荒唐事，你还记得吗？中午你在酒店当众撒尿，严重损害了画家的形象和画院的声誉！"

夏天吓得一哆嗦说："院长，可不好乱说，我哪能那样。"

院长愤愤地说："你要不相信，可以打110查询，要不是你前妻肖梅女士代你向酒店服务员赔礼，你现在应该被拘留了。"

夏天吓得目瞪口呆，说："啊，会有这样的事？"

院长站起身在地板上走来走去，吐着粗气说："太不像话了，省文化厅让我院以你的酗酒事件为例，全面开展一次形象教育，你回去好好写份检讨，从思想上深刻认识，过些天在全体职工大会上公开检讨。"

夏天心有顾忌地说："院长，我……"

院长斩钉截铁地说："我什么，这是院里的决定，你必须照办！"

第十七章

1

时隔不久，白冰再次把夏天约到河畔。

一见面白冰就单刀直入地说：“夏老师，我爱上你了。”

如遭电击，夏天愣住，他没想到含蓄的白冰会这么赤裸裸地向自己表白。

白冰知道吓着夏天了，歉然地说：“对不起，我说话太突兀了。”

夏天惊魂未定地说：“这怎么可能，我一个半大老头有啥值得你爱的。”

白冰含情脉脉地说：“不，你在我眼里一点也不老，真的。”

夏天说：“我一个农村人，你爱我啥？”

白冰微笑着说：“我爱你才华横溢，追求事业锲而不舍，对我来说，一个男人具备这样的素质就值得我爱。”

好事来临，夏天却冷静下来，因为跟梅丽的前车可鉴，他吃一堑岂能不长一智。他觉得自己和白冰年纪相差十多岁，而且各自的生活背景和道路迥然不同，即便交往了，也难免不蹈与梅丽相恋的旧辙，与其到头来弄个满腹凄凉一怀悲伤，不如慎重对待。夏天理智地说：“不，我们各方面悬殊太大，你比如……”

白冰抢过话头说："你想说什么我知道，我以为在爱面前，那都不是问题。"

夏天怔怔地望着白冰，像陌路相逢一样。

白冰费解地问："你干嘛这样看着我？"

夏天喃喃地说："你……你简直是疯了。"

白冰的目光火辣辣地凝视着夏天说："我没疯，这个选择是我深思熟虑的结果，请夏老师接纳我。"

夏天语重心长地说："你不能太随性，拿着宝贵的青春肆意挥霍，你会后悔的，知道吗？"

白冰执着地说："跟我爱的人在一起，我心甘情愿。"

夏天的目光一硬，口气冷漠地说："如果我不接受呢？"

白冰大眼中含着幽怨，语调戚戚地说："夏老师，你怎么忍心拒绝一个纯情姑娘的真情？"

夏天说："既然你爱我，就应该离开我，这是对我最大的爱。"

白冰问："为什么？"

夏天说："因为你对我的爱只会把我搞得声名狼藉。"

白冰信誓旦旦地说："我知道你担心社会舆论，请你放心，出了事责任由我来负。"她从挎包里掏出早已打印好的文书递过去："这是我写的证明材料，这份材料就是你的保险箱，放心爱我吧，我保证你不会受到任何伤害。"

夏天低头去看文书。文书是这样写的：求爱协议书。

夏天急速看下去，字里行间耀动着白冰的真情。她把以后可能发生的责任全部揽到自己身上，也就是说是她追求夏天的，他们之间发生的一切事情都是她的意思，与夏天没有任何关系。

夏天吃惊地去看白冰。没想到一个弱女子为了爱居然这样义无反顾。

白冰微笑着说："夏老师，你收好，将来有什么麻烦，你可以把它交给法庭。"

白冰的炽情击碎了夏天的理智，一个女孩都勇于担当，作为男人怎么可以懦弱。

夏天头脑一热，张开双臂抱住白冰柔软而富有弹性的身体。

白冰嘤嘤地哭了，用白玉米粒一样的小牙咬住夏天的胸脯。

夏天暗下决心，自己既然接受了白冰的爱，就不能让她受任何委屈，要对她一生的幸福负责。他要忘掉烦恼，跟白冰谈场刻骨铭心的爱情。

2

夏天拼命画商品画，用所得给白冰买了轿车、高档住宅和名贵的衣服首饰。

白冰感恩，报之以桃。他们的感情更加深厚，说着恋人的疯话和傻话进入谈婚论嫁阶段。

一天，白冰打来电话，让夏天送五幅油画给艺辉画廊，说那边急等用货。夏天不敢耽搁，把画装上轿车，开车送过去。

夏天驾车来到交叉路口，南北向红绿灯还差几秒。按理说，夏天应该停车，可他没有，怀着侥幸心理继续前行。行驶到路中间时，有一辆轿车从另外一条街拐过来，车没有违章正常行驶。夏天发现，忙踩刹车。可为时已晚，他身子一震，重重地撞在轿车的前仪表台上……

夏天被送进医院。经仪器检查，轻微脑震荡，右臂多处粉碎性骨折。医生诊断，夏天的右臂可能从此废了。

夏天听后，众目睽睽之下呜呜地哭了。因为他知道右臂伤残对他意味着什么。画画对于他来说，不仅仅是职业，已经是他生命中重要的一部分了。他承受不了不能画画的打击，怀着绝望的心情打手机把不幸告诉了白冰。

白冰笑着说："别开玩笑，我胆小，吓坏我你要理赔的哦。"

夏天认真地说："我没开玩笑，真的。"

白冰怔了一下，急迫地问："情况真像你说的那样严重吗？"

夏天沮丧地说："是。"

白冰说："你别着急，我马上联系专家，一定治愈你的创伤！"

夏天心里一热。白冰真是位有情有义、体贴入微的女性，自己没看走眼。

翌日，白冰领着一位鬓角斑白的中年人走进来。白冰把对方介绍给夏天，他就是名贯全省的骨科专家。专家钦佩地说："夏画家，你的作品我看过，简直太美了！"

夏天谦虚地说："才疏学浅不值一提，您过誉了。"

专家说："不不，您不要谦虚，您确实是位杰出的画家。"

夏天说："谢谢您的鼓励，痊愈出院后我一定给您画一幅。"

专家说："谢谢，我翘首以待。"

闲聊一会儿，专家给夏天的手臂做全面检查，眉头蹙出一个疙瘩。

白冰急切地问："严重吗？"

专家没有回答，吩咐说："请把 CT 和 X 光片给我。"

夏天用下巴示意在床头柜里，白冰拉开抽屉拿出影像资料递给专家。专家审看一番，又看过医生的诊断，脸上的表情愈发凝重。

白冰紧张地问："怎么样，好治不好治？"

专家相告说："治愈的可能性有，但不大，请你们做好足够的思想准备。"

如雷击顶，夏天傻了，白冰颓然地坐在床上。

要么说，人的自我调节能力很强。经过一段时间痛苦的内心挣扎，夏天心里升腾起一缕慰藉，有白冰这样的美女相伴，即便手臂废了又有何妨。他挤出一丝笑容，安慰白冰说："别哭，治不好就治不好，大不了我干别的。"

白冰哀怜地说："你怎么能不画画呢，不画画你还是夏天吗？"

夏天故作轻松地笑着说："男子汉大丈夫干啥不能成就事业，我干嘛非画画不可。"其实，说这话时他的心在流泪，他是故作坚强给白冰看的。

白冰没吱声，拿眼定定地望着夏天。

夏天突然感到不寒而栗。

3

几个月后，夏天伤愈出院，但右臂已经弯曲。

他不相信自己不能画画，拿起画笔试着画画，手臂失去以往的灵巧，根本不听指挥，而且还伴有臂颤，画出来的画跟所要的效果相去甚远。他绝望地扔掉画笔，头深深地埋在胸前。

不能画画，可想而知，夏天的内心该是何等痛苦。夏天特别渴望别人的帮助，于是给白冰打电话，约她出来一谈。白冰说她在外地出差，不能赴约。

时隔半个月，旱苗盼甘霖的夏天再次致电。白冰称有事走不开。

夏天隐隐感觉到什么，担忧和焦虑与日俱增。

不久，白冰却打电话过来，约他见面。

他们的约会地是在树山公园。公园里古木参天，草长莺飞，小河清澈，更兼有飞檐翘首、雕梁画栋、曲径回廊的亭台楼榭，真是个谈情说爱的诗意场所。

他们没有游古寺，也没有览美景，更没有泛舟清波。两人谁也不说话，并肩默默地向前走，脚步很是沉重。

不知走了多远，夏天感到有些疲劳，说："我们歇一会儿吧。"

白冰坐到一棵古榆树下，顺手揪扯根草在手指上绞来缠去。

夏天挨着她坐下，安慰地说："既来之则安之，别愁眉苦脸的。"

白冰眉头紧蹙，像沉浸在痛苦中不能自拔。良久，她叹口气，自言自语地说："我的命好苦。"

夏天看见白冰像霜打的花一样，不落忍，沉思一下，往她跟前凑凑，神秘地说："我告诉你一件事，保证你高兴得跳起来。"

白冰抬起头，表情并没表现出热烈。

夏天说："我们下个月结婚吧。"

白冰木然地说："结婚？"

夏天以为自己宣布得太突然，白冰没有足够的思想准备，肯定地说：“是，我们结婚！”

白冰站起身说：“咱们回去吧，我很累。”

夏天一愣，心里的热望冷了下去。

4

白冰究竟什么意思？夏天不得而知，心里非常焦虑，于是忍不住打手机过去询问。起初白冰还接电话，后来干脆就不接了。夏天熬不住，打车来到白冰新迁入的住宅小区门口等她。这是高档住宅小区，全城数一数二。白冰之所以能入住这样的小区，一是自己以前有一些积蓄，二是通过经销夏天的画，从画商手中抽成，使她真正变成了白富美。

夏天坐在门口的树荫下抽烟，自打胳膊受伤后，烟抽得特别厉害。还好，抽几支烟过后，白冰扭着柔软的腰肢款款地从小区内走出来。

夏天迎上前质问说：“你为什么躲着不见我？”

白冰说：“我正在研究一个课题，不好分心。”

夏天不愿虚与委蛇，直奔主题说：“我们什么时候结婚？”

白冰面无表情地说：“我说过一定会嫁给你吗？”

夏天傻了：“啊，你……诓我！”

白冰漫不经心地说：“你爱怎么理解都成。”说完，看也没看夏天，扬头走了。

夏天追上去，大声地问：“为什么？”

白冰面带不屑地说：“你现在都这样了，请问，还有资格跟我谈婚论嫁吗？”

夏天不明白，他的手臂伤残了就不能跟女孩谈情说爱，这是什么道理？他问：“你什么意思？”

白冰望着远方说：“我需要能给我创造价值的男人，你觉得你现在还能吗？”

夏天有种被玩弄的耻辱感,但更多的是愤怒。白冰貌合神离地跟自己卿卿我我，实则是在利用自己作为她挣钱的工具。

愤怒让夏天变得幼稚，他怒不可遏地向白冰讨要自己为之付出的钱财。

白冰说：“你以为我能给你吗？告诉你，咱们那叫合理交易，你出钱我付情，咱们谁也没亏谁，知道吗？”

夏天吼道：“我要告你！”

白冰淡然一笑，说：“随你好了。”她用眼角的余光瞄了夏天一眼，招手拦住一辆出租车钻进去。

望着汇入车流的出租车，夏天脸色铁青地把手机摔在地上。

凉凉的风拂过，夏天发热的头脑渐渐冷静下来。他想，卖画钱的归属只有他和白冰知道。如果他起诉，白冰不承认把钱据为己有，自己用什么证明？他抬手掴自己一耳光，深为自己为情所困没有设防而懊恼。

夏天失魂落魄地回了家。

坐在沙发上，他痛楚地用拳头捶打自己的脑袋。肖梅从外面进来，以为夏天因为没有房子搬走而着急，因为最近他提起过几次，便宽慰地说：“别着急，找不到合适的房子你就在这儿住。”

夏天抬起头，泪眼婆娑地问：“你为什么还对我这样好？”

肖梅苦涩地一笑，说：“那还能为什么，你是孩子的爸爸啊。”

夏天哭出声。听得出来，那是从心里流淌出来的痛悔。

肖梅眼中闪出泪光，她说：“你不要为我们担心，放心吧，我们母子俩会好好生活的。”

夏天哑然失声，泪水大作。

第十八章

1

在肖梅的支持下，夏天四处求医讨药，花掉肖梅手里的大部分积蓄。臂颤好了，手臂却没有恢复灵活。

肖梅愁眉不展，焦虑与日俱增，夜里常常听到她的叹气声。

不久，她出现反常举止，常常躲进卧室很长时间不出来。

夏天起疑，蹑手蹑脚地走到门前，把耳朵贴在门板上听里面的动静。门关得太严，里面的声音听不清楚，肖梅好像在给人打手机。

突然门开了，夏天失去重心，身子向前扑去，若不是及时扶住门框说不定会弄个嘴啃地。

肖梅困惑地问："你在干什么？"

夏天尴尬地笑笑，遮掩地说："我想进去拿画册，谁知赶巧你把门拉开，嘿嘿，险些弄个前戗。"

肖梅来到客厅，从衣架上拿下外衣穿上，说："我出去办点事，孩子醒了你让他撒尿，别尿在裤子里。"交代完，她匆匆走出家门。

一个小时后，夏天正在给醒来的孩子喂水，肖梅回来了，垂头丧气的。

夏天纳闷地想，离开家时她还高高兴兴的，怎么出去一趟脸就拉得这么长？

孩子看见肖梅，张着胳膊兴奋地喊妈妈。夏天把孩子递给肖梅，肖梅撩起衣服给孩子喂奶。孩子扎到妈妈的怀里投入地吃起来，喉头发出咕咚咕咚吞咽奶水的声音。

夏天打量着肖梅的脸色问："你好像不高兴？"

肖梅笑笑说："没有哇。"

夏天说："你的脸色看上去真的很难看，莫不是病了？"

肖梅说："没有，你别乱猜疑，可能路走急了，累的。"

夏天不好再问什么，心里却疑虑重重。他感到肖梅有什么事瞒着他。

2

星期日，肖梅打完电话又称有事出去了。夏天抱着孩子跟踪过去。

肖梅出了住宅小区一直向南走去，在第一条街的三岔路口她上了一辆出租车，车掉头向东开去。夏天也钻进一辆出租车，对司机说："跟上前面那辆银灰色捷达出租。"

拐了几条街，捷达出租车停在挂着一块"职业介绍所"牌子的门前，肖梅下车推门进了屋。夏天乘坐的出租车驶过来，他下车抱着孩子来到介绍所窗口向里观望。屋里肖梅正向胸前佩戴着标牌的工作人员咨询，工作人员摇头。肖梅沮丧地向屋外走来。夏天怕被发现，忙躲到墙旮旯。

来到大街上，肖梅再次钻进出租车，车向北驶去。夏天坐上出租车如影随形地跟上去。出租车鱼一样在车流中游动，还好，没有堵车，一路顺畅。半个小时后，出了滨河区来到大甸区，这里是中心城区。出租车在繁华的梧桐路停下，肖梅下车，匆匆进入"市人才交流市场"的大厅。夏天意识到，肖梅是在找工作。他狠狠地一拳砸在大腿上。自己五尺多高的男子汉，竟让离婚的老婆找工作养活自己。

司机惶恐地问：“先生，您怎么了？”

夏天意识到失态，忙说：“没啥、没啥，请你把我送回去吧。”

回到家，夏天给孩子喂了些牛奶。孩子很省事，吃饱后玩耍了一会儿便含着大拇指睡着了。夏天心里郁闷，在屋里来回踱步。无意间，他发现阳台上的玫瑰有点发蔫。他用手捏了下花盆里的土壤，有些干燥，端水给花浇了水。看见床上堆放着几件脏衣服，他抱起衣服来到卫生间。把衣服放进水池中，撒上洗衣粉，用左手揉搓起来。

肖梅不知什么时候站在他身后，夏天没有发现，依然投入地洗衣服。肖梅鼻子一酸，眼中热泪盈眶。她绾起衣袖，推开夏天接过他手中的活。

夏天默默地注视着肖梅，心里有种说不出的滋味。以前肖梅做家务他认为是她的义务，天经地义。今天看来，却别有一番感触。肖梅干活的身姿是那样优美，唰唰的洗衣声胜似妙不可言的音乐。他由衷地说：“你洗衣服的动作真好看。”

肖梅不以为然地说：“嘁，洗衣服有什么好看的。”

夏天说：“真的，就像画上美丽的浣女。”

肖梅转过头去看夏天，目光怪怪的。

夏天费解地问：“你怎么用这种眼光看我？”

肖梅说：“行啊你，进步了，会哄女人了。”

夏天说：“我说的是心里话，不是廉价的恭维之词。”

肖梅打量着夏天，说：“哦，真没看出来，你哄人还挺深沉！”

夏天没有回应，呆呆地望着肖梅。他发现，如果说白冰属于现代美，那么肖梅当属古典美。

肖梅被看得有些不好意思，红着脸小声说：“看什么看，没看过啊！”

这时，睡醒的孩子哭了。就像接到命令，肖梅转身匆匆进了卧室。她抱起孩子给他喂奶。

3

夏天走进来，倚着门框看肖梅给孩子喂奶。他问："这些日子你神神秘秘地跑啥呢？"

肖梅说："没跑什么，见几位朋友。"

夏天问："是吗？"

肖梅觉察到夏天的语调反常，警醒地问："你什么意思？"

夏天说："你不用瞒我，我知道你在找工作。"

肖梅现出惊愕的表情，问："你跟踪我？"

夏天说："你不该出去找工作。"

肖梅说："我不能坐吃山空。"

夏天问："你想找什么样的工作？"

肖梅说："我是师范毕业的，想应聘教师。"

这倒是个不错的想法，夏天问："怎么样，有眉目了吗？"

肖梅迟滞一下说："正在联系，我想应该是差不多了。"

手机响了。肖梅看下来电显示，脸上泛起兴奋。她没有回避，当着夏天的面接听了电话。之后，她告诉夏天说："一个朋友给我介绍了一份工作，让我过去看看。"她把孩子交给夏天，整理下头发走了。

晚上六点多钟，肖梅回来了。夏天观察下她的神色，看不出高兴还是不高兴。

肖梅轻声问："孩子睡了？"

夏天说："睡了。"

肖梅问："你吃饭没？"

夏天说："吃啦，饭在电饭煲里热着，你去吃吧。"

肖梅挨着夏天坐下，说："朋友请我吃了。哎，你的手臂不灵活，以后别做饭了，等我回来做。"

夏天说："不碍事，只不过比你做得慢点，你就别操心了。哎，工作的事有眉目了？"

肖梅说："谈妥了，是家幼儿园，我跟他们已经签了合同。"说这话时，她把目光移开，去看阳台上的花。

夏天高兴地问："是哪家幼儿园？"

肖梅说："蓝天幼儿园。"她声音不大，身上好像很疲惫。

夏天说："那可是市里一流的幼儿园啊！"

肖梅交代说："明天我就去上班，早班，五点钟，以后家里的事你就多辛苦了。另外我雇了个乡下姑娘做保姆，她在城里的亲戚家住，在咱们家吃，每天七点上班。"

夏天说："记下了，你早点睡吧，明天还上早班呢。"

肖梅起身去了卧室。

4

肖梅早出晚归，披星戴月。一个多月下来，夏天隐隐感到不对，幼儿教师干的是室内活，风吹不着雨淋不着日晒不着，可肖梅却越来越黑，而且瘦了不少。夏天询问缘故，肖梅告诉他，六一儿童节马上就要到了，园里组织小朋友排练节目和队形，因没有大教室，只好在外面排练。肖梅的解释天衣无缝，夏天没有理由不相信。

时隔不久，事情真相大白。

夏天感谢孩子生病。

那是一个星期六上午，不知怎么了，孩子总是哭闹，小保姆怎么哄也无济于事。她来到客厅，焦急地对看书的夏天说："大哥，乐乐不知怎么了，你快去看看吧。"

夏天随小保姆来到卧室，见孩子的脸通红，伸手抚摸孩子的额头，大惊。孩子在发烧！夏天马上打手机给肖梅，不通。他让小保姆看护孩子，自己下楼去了。

出了住宅小区，夏天拦住一辆出租车钻进去，吩咐司机去蓝天幼儿园。出租车走了半个多小时，来到蓝天幼儿园大门前。夏天下了车，匆忙来到门卫室，向值班的保安打听肖梅。保安回答没有此人。

夏天说："您再好好想想，新来的，才一个多月。"

保安蹙眉想了一会儿还是摇头说："确实没有此人"。

夏天嘟囔说："怎么会呢，她明明告诉我就是这所幼儿园。"

保安不爱听了："你什么意思，难道我会骗你吗？我再说一遍，幼儿园绝对没有这个人！"

夏天一头雾水。孩子还病着，他顾不得多想，掉头钻进出租车向家里赶去。

回到家，夏天和小保姆抱着孩子去了医院。经医生检查，还好，没大事，普通感冒。护士给孩子打了针，夏天他们拿着医生开的药抱着孩子回了家。

晚上六点多钟，肖梅拖着疲惫的身子回来了。她跟夏天打过招呼直接去了卧室，接下去没了动静。夏天推开卧室门走进来时，肖梅已趴在床上酣然入梦。她的衣服皱皱巴巴的，有些脏，床边的鞋子上沾着泥巴。夏天很奇怪。肖梅爱清洁，这回来怎么没有洗漱就睡？再者说，幼儿老师虽说辛苦，可至于累到这种程度吗？疑问水泡一样从脑海里往外冒，夏天想推醒肖梅问个究竟，可看见她满脸的疲惫，最终没忍，悄悄退出卧室关上门。

翌日，窗外才蒙蒙亮，床头的闹钟尖着嗓子叫起来。夏天看见肖梅快手快脚地穿上衣服下了床，稍许厨房里传来热饭、吃饭的声音。过一会儿听见关门声响，楼道里响起噔噔的皮鞋声。夏天一跃而起，以军事化的速度穿上衣服，吩咐小保姆照顾好孩子，匆匆离开了家。

肖梅来到露天菜市场，在一个菜摊前脱掉衣服换上白大褂，推起身旁的板车来到一辆加长运菜车跟前。经过一番讨价还价，她买了许多蔬菜放到板车上推回菜摊，把蔬菜搬下来一一摆上摊位。一切就绪，天大亮，赶早市的顾客逐渐多起来。

肖梅亮开嗓子高声叫卖道："新鲜的黄瓜、豆角、茄子、土豆啊，买了买了！"

若不是亲眼所见，夏天是绝不会相信的。他目瞪口呆。

蓦地，夏天扭身跑出菜市场，一脸壮怀激烈，路人向他投去惊奇的目光。

5

回到家，夏天进入书房，支好画架，左手持笔笨拙地画起来。

整整一上午，他没有离开画架半步，人像定在画框前。后来小保姆哧哧的窃笑声把他从激情中拉出来，审视自己的画作，他的嘴角抽搐了一下，扔掉画笔抱头蹲在地板上。

窗口投射进来的阳光照射在他身上，很热。他抬起头向窗外看去。外面骄阳似火，窗前的树叶打了卷，饶舌的知了停止鸣叫不知躲到哪儿去避暑。树枝上落着一只麻雀，扑扇着翅膀张着嘴吐着舌头在急喘。夏天眼前浮现出肖梅在烈日下叫卖的景象，这大热的天，肖梅该是什么滋味，他的心在隐隐作痛。突然，他从床上一跃而起，从地板上拿起调色板和画笔，在画框上重新绷上一块油画布，嘴咬笔杆思索一下，挥笔继续作画，题目是《卖菜的女人》。

这次他改用右手，手臂不能灵活回转，就用身子配合，姿势怪异也很不雅，不像在作画，好似在跳原始舞蹈。画着，肖梅顶着炎炎烈日卖菜和起早贪黑不辞辛苦的画面不断地在眼前闪现，激情涌动，他的心里充满一气呵成的强烈欲望。因为激情，手臂也听使唤了，虽然速度慢点，但基本能表达出此时此刻的感情，下午三点钟时，就像钢琴家弹完最后一个音符，他戛然收笔，潇洒地掷笔一旁，仰面长吁一口气。

艺术是感情的产物。夏天观赏自己的画作，虽然技法笨拙些，画面也显粗糙，却把个吃苦耐劳的女人形象表现得淋漓尽致，具有强烈的艺术冲击力！夏天意识到，这件作品画成功了，极有可能成为自己画风的转折点，彻底摆脱无病呻吟之气，真正接触到“地气”。成功让他兴奋，他心潮澎湃地扭头冲客厅喊：“桃花，快过来，看我这幅画画得怎么样？”

农村孩子实诚，小保姆赏看一番也没有领悟其中的美妙，啧着嘴巴说：“大哥，你看你是咋画的，挺好看的城市大姐让你画得跟乡下妇女似的。”

夏天更加兴奋，一个不懂画的人说出这种话，正说明自己作品的成功，他画的卖菜女人要的就是这种效果，如果小保姆说画上的人是个大小姐那就证明自己画失败了。

见夏天没说话，脸色凝重，小保姆害怕了，低下头嗫嚅地说：“真的，不信你自个儿好好看看。”

夏天面无表情。

小保姆慌了，惊恐地说：“大哥，你别这样，你画的好看还不中，就算我说错了行不行？”

夏天说：“你没说错，我的确没画出你想的那种美，你忙去吧。”他意犹未尽地搬来另一个画架，在上面绷上画布，准备再画一幅。

小保姆忍不住说：“大哥，你已经画了一天，该歇歇了。”客厅里传来孩子的哭声，她匆匆跑了过去。

夏天没吱声，笔走如飞。画呀画，直到精疲力竭方才罢手。

夏天拉个椅子坐到画架前，一边活动麻木的手臂一边审视画作，眉宇上泛出满意之色。他朝客厅喊：“桃花，你过来！”

小保姆的声音从客厅传来：“大哥，你别找我看了，乡下人不会看，把画看瞎了你又该难过了。”

得，谈笑没鸿儒，连白丁都不屑一顾。夏天感到有些失落。此时他特别需要别人欣赏自己的作品，如果对方不吝啬地夸赞几句，那对他将是最大的鼓舞。虽然小保姆的话让他尴尬，但他还是说：“你过来，看瞎了我也不难过。”

小保姆走进来，犹豫一下说：“看是看，可我啥也不能说。”

夏天说：“中。”

小保姆来到画架前，看见画作眼睛一亮，拍掌大叫："哎呀，太好看啦！可比我们村张画匠的手艺好多了，他画不了这样。"

如果以前听到这样的话，夏天肯定会生气。可今天不然，虽说小保姆把他跟农村画匠相提并论，但夏天的心里却很高兴，就像前几年画展获得大奖。他敏锐地觉察到，他这种画法迎合大众的口味，可以在市场上赚钱。

夏天感到肚子很饿，问小保姆说："还有饭吗？"

小保姆说："有，中午的饭还在电饭锅里热着呢，你等着，我去给你端。"

夏天忙说："快点快点，肚子已经呱呱叫了。"

小保姆从厨房端来饭菜，夏天接过来狼吞虎咽地吃着。须臾，一碗饭和一盘菜见了底。

夏天问："还有吗？"

小保姆说："没了，怎么，大哥没吃饱？"

夏天放下饭碗说："既然没了，那就吃饱了。"

小保姆说："原以为你们城里人吃饭文绉绉的，谁知道，也跟八辈子没吃过饭似的。"

夏天不爱听了，责怪地说："你这孩子，说话怎么没个分寸！"

小保姆知道说话跑偏了，一吐舌头，急忙走开了。

夏天看见窗台上的玫瑰花有些打蔫，肖梅这段时间忙，常常忘记给花浇水，侍弄花的差事自然落到夏天的身上。渐渐地，夏天对养花产生了兴趣，他觉得养花是一种很好的爱好，既可以休息大脑、陶冶情操，还能培养审美情趣。

俗话说，有心栽花花不开，无心插柳柳成荫。夏天给花浇水时意外发现，花枝上已经结出许多花蕾，大的差不多有麻雀蛋大小，用不了多久，醉人的花儿就会破苞绽放笑闹枝头。

6

晚上，肖梅拖着沉重的脚步回来，一进屋就嗅到一股怪幽幽的气味，不由得用力吸吸鼻子。

肖梅冲卧室喊："桃花！"

小保姆闻声抱着孩子从卧室出来。孩子看见妈妈，张开双臂像燕归巢似的扑过去，跟肖梅亲热得不得了。

肖梅在孩子的脸蛋上亲一口，问小保姆说："屋里什么味？"

小保姆把肖梅拉进书房打开灯，夏天的画作映进肖梅的眼帘。肖梅奇怪地问："这是你画的？"

小保姆说："我哪来这么大本事，是大哥画的？"

肖梅说："别说笑话，他的手臂回弯都困难，怎么能画画？"

夏天腰系围裙，支着水淋淋的手从厨房走出来说："别门缝里瞧人，你怎么就知道我不能画？"

听夏天这么说，肖梅走到画作跟前认真观看。虽说画技笨拙，却也有几分艺术情调。她摇摇头说："你别骗我，这根本不可能。"

夏天说："你不相信？"

肖梅说："不信。"

夏天解下围裙丢到一旁， 拿起笔开始作画，寥寥数笔，几颗蔬菜跃然画布上。

肖梅激动地喊："夏天，你真的又能画画了！"

夏天颤声回答说："是的。"

肖梅的泪水泉涌而出，哦，那是欢乐的泪水。

夏天鼻子酸胀，忙说："上一天班挺累的，快去吃饭吧。"他拉着肖梅走进餐厅。

肖梅坐在桌前，夏天盛一碗饭递过去说："给。"

肖梅疑惑地问："饭是你做的还是桃花做的？"

夏天说："当然是我做的。"

肖梅意外地说："哦，真看不出来，长本事了。"

夏天故意一甩额前的头发，自诩地说："那是，没两下子敢留分头！"

肖梅娇嗔地说："你就自吹自擂吧。"

两人说笑着跟小保姆一起吃饭。尽管饭做得有点夹生，菜炒得有些咸，可肖梅吃得津津有味，因为这是夏天做的。

吃过饭，趁夏天看电视，肖梅走进卧室，从挎包里掏出钱数了一遍，一天下来挣了三百多元，不算少。如果坚持做下去，一家人吃饭不成问题。肖梅把钱放进床头柜的抽屉里，虽然身子非常疲惫，心里却像抹了蜜一样。她想，明天早点去，多进点儿菜，争取卖出个好价钱。

肖梅躺在床上刚闭上眼睛，夏天推门走进来。

夏天说："哎，先别睡，我问你一句话。"

肖梅声音慵懒地说："什么话，明天问不行吗？我很困，真的。"

夏天问："你究竟做的啥工作，能告诉我吗？"

肖梅有点慌，难道夏天发现什么了？但一转念，夏天从来不去菜市场，他不会发现的，于是说："我以前不是告诉过你吗，你还问什么？"

夏天说："我总觉得你不是在做幼儿教师工作，幼儿教师不会像你这样累。"

肖梅遮掩地说："我刚去，得好好表现，给同事们还有领导留个好印象。"

夏天暗示说："你如果不是做幼儿教师工作，是在做别的，咱不干了，别把你累坏了。"

肖梅心里一热，夏天原来也很会疼人，她故作不满地说："怎么，你怀疑我？"

夏天直视着肖梅说："我觉得你有事瞒着我。"

肖梅避开夏天的目光，心虚地说："我有什么事瞒你，别乱想了，睡觉。"

夏天想把事情说穿，阻止肖梅去市场卖菜，却没有勇气。自己的画能不能被市场认可还是未知数，家里需要有人挣钱贴补。

夏天回到自己的卧室，狠狠掴了自己一掌，很响亮。

肖梅听见动静，大声问："干嘛呢你？"

夏天说："脸上落只蚊子。"

第十九章

1

翌日，天刚麻麻亮，肖梅从家里出来，骑上自行车早早赶到菜市场，推上板车向路那边的蔬菜批发点匆匆而去。她批发了各类蔬菜，装了满满一板车，推着向自己的菜摊走去。

来到自己菜摊前，她支好遮阳伞，卸下车上的蔬菜，分门别类地摆在摊板上。市场里还没有顾客，她坐在折叠椅上小憩。一辆长途贩菜的加长货车开过来，停在肖梅身边。驾驶室的门被推开了，一个四十多岁的男人跳下来，看见肖梅，开玩笑地说："大妹子，这么早就出摊了，真是要钱不要命了。"

那男人她认识，叫郑财，是长途贩运蔬菜的老板。肖梅说："早吗？不早吧，连你这大老板都出山了，我还不该出摊了。"

郑财说："我是大老爷们，挣钱养家是责任。你不然，应该金屋藏娇才是。不是我说，你男人也真舍得，换成我，说什么也不让你受这份累。"

肖梅说："其实他也不想让我干，可我闲不住，愿意干。"

郑财开玩笑地说："要不咱商量商量，你给我做老婆吧，我保证让你穿金戴银。”

肖梅说：“我可没那福分。你那儿有茄子吗，批给我二百斤？”

郑财说：“别人要没有，你要没有也有，茄子在车上，自己去拿好啦。”

肖梅说：“那你给我称吧。”

郑财说：“都熟头巴脑的，还称什么，你自管拿好啦。”

肖梅说：“不行、不行，那怎么可以。”

郑财说：“那有什么不可以的，咱谁跟谁。”

肖梅佯装生气地说：“别不要脸，谁跟你谁跟谁。”这话要放在一个月前肖梅是羞于说出口的，现在不然，卖菜使她学会粗俗，甚至骂娘。

肖梅推上板车来到中年男人的货车前，爬进车厢，往袋子里装满茄子顺下来。袋子太重，往板车上装不上去，她求助地冲中年男人喊：“郑老板，过来帮我把菜装到板车上！”

郑财应声而至，帮肖梅把茄子袋子装上车，嘟囔说：“你这人胆真肥，连我这么大的老板都敢支使。”

肖梅从怀里掏出钱说：“结账，多少钱？”

郑财拍打着手上的尘土说：“结什么账，以后一块儿算吧。”

郑财跟别人比奸商还奸，跟肖梅却傻呵呵的。自打肖梅卖菜以来，没少得到他的关照。他看见一个文弱的女人风吹雨淋卖菜不容易，所以常常向她施以援手。

肖梅无功不受禄，忙说：“别别，一旦你忘了我也没记住，那你就亏了，咱都是做生意的，图的就是赚钱，你这样怎么可以。”说着把三百块钱塞进郑财手里。

郑财收下二百成本费，剩下的退给肖梅：“二百就够了，你给我这么多你还想挣钱呀？”

肖梅担心地说：“你收那么点钱会赔本的。”

郑财环顾下左右，压低声音说：“你知道我的茄子多少钱在辽宁收的？你给二百块钱我还赚你三十呢。”

肖梅感动地说："别看你像照着奸商的模样长的，其实是个实诚人。"

郑财说："那看跟谁，要不看你个女的做买卖不容易，我呀，就是铁公鸡路过我也得拔它几根毛。"

肖梅被逗笑，说："你真能白话。"说完，推起板车向自己的摊位那边走去。

郑财跑上前，把肖梅推到一边，往手心上吐口唾沫，弯下腰推起车。他弓腰蹬腿一用力，脚下一滑跪在地上，痛苦地抱住了腿。

肖梅一惊，俯身扶住郑财，关切地问："摔伤没？"

郑财朝肖梅笑笑以示没事，可笑容难看，有点像哭。

肖梅知道他磕得不轻，撸起郑财的裤管查看伤情，他的小腿被磕青了。

肖梅紧张地说："哎呀，磕这么重！"

郑财说："别虚惊，我也不是泥捏的，没那么娇嫩。"他站起身，推车向前走去。来到肖梅的摊位，他说："你受点累自己卸菜吧，我呀，还有点别的事。"他转身一瘸一拐地走了。

望着郑财远去的背影，肖梅感激地想，这个男人别看外表粗俗，其实心地蛮善良的。

2

看见肖梅风里来雨里去，夏天坐不住了。经再三权衡，他向画院打了辞职报告。

经过市场调查，他瞒着肖梅打出租车来到郊区簸箕洼村。他的舅舅住在这个村，来省城进修后，他几次前来探亲，跟村干部很熟。

进了村，他直接来到村主任家，唠会儿闲嗑，说明来意："陈主任，承包给我五百亩水浇地呗？"

陈学吓了一跳，说："你包那么多地干啥？"

夏天说："种绿豆。"

陈学恍然。绿豆市场走俏，一公斤已卖到二十多块钱。以他们村的地力，亩产一百八十斤那是裤兜子里抓家雀手掐把拿。刨去土地承包、种子化肥等项支出，亩赚一千块钱板上钉钉啥问题没有。陈学见他胳膊弯曲，怕他干不了农活田种赔了，担心地问："你老舅啥意见？"

夏天不以为然地说："我搞项目关他啥事？"

陈学挠几下脑袋，然后偷偷朝老婆郭云霞使个眼色。当年在陈学最困难的时候，是郭老爸力排众议把侄女嫁给他的。夏天承包土地是大事，他不能瞒着郭老汉，一旦夏天种赔了他怕落埋怨。知夫莫如妻，郭云霞会意，悄悄走出屋来到房后，打手机把夏天包地之事向老叔做了汇报。郭老汉果然急了，说："这孩子咋想起一出是一出，他知道绿豆怎么种，再说他那胳膊能干得了活吗？那要是鼓捣赔了，哎呀呀我怎么跟他爸妈交代！"郭云霞打完电话，折回屋朝陈学摇摇头。陈学不好意思地说："村里没有闲置的田，我真的爱莫能助。"

夏天垂头丧气地离去，准备另寻门路。

村里大多数男人外出打工，留守女人无力侍弄庄稼，都想把地包出去换零钱花。陈学知道夏天心里的小九九，也知道郭老汉的态度，更知道自己该咋办，便打电话过去，嘱咐她们不要把田包给夏天，由他负责处理。夏天上门提出租地，女人们一口回绝。

出师不利，夏天急得嘴角起泡。不久，他把目光瞄向南村。村主任是他画院同事的弟弟。经同事牵线搭桥，他与南村达成承包土地的意向。包地需要承包费，他不好开口向肖梅要钱，求助老舅。郭老汉指责他碟子扎猛子不知深浅，分文未出。他信不过年轻人，觉得他们嘴上没毛，办事不牢。

从老舅那没筹到钱，夏天急得上树爬墙，不久返回城里。时隔几日，携带着大笔现金回到老舅家。真是无巧不成书，昨天乡农机站财会室被窃，警察正日夜兼程地破案，郭老汉的心一下子提拎到嗓子眼。他关上门压低声音问："你的钱哪来的？"

夏天觉得奇怪，问：“您操这份心干啥？”

郭老汉愈发心慌，怪不得一大早眼皮就跳，难道真应了兆头。他颤声说：“你可要知道，你们老夏家祖宗三代都是本分人啊！”

外面有人笃笃敲门，郭老汉走过去打开门，身子一晃扶住门框，绝望地说：“他在、在屋里，你们去……去抓吧。”

“啥意思你？”

“他不是偷了农机站的钱吗？”

“哎哎，你咋往自己外甥的头上扣屎盆！”

“那你们来干啥？”

“致谢。”

“致谢？”郭老汉蒙圈，眨着眼茫然地看着警察。

前些日子夏天回到城里，从同学和同事手中筹到钱后马不停蹄地赶到乡里，来农机公司雇用播种机。适逢有人手里拿着几捆钱从里面慌慌张张地蹿出来。夏天断定一准没好事，上前拦住那人的去路。那人急眼，不顾一切地扑上来。夏天努力把对方制服。工作人员赶过来，把盗窃犯扭送到派出所。

3

时隔几日，村里的宣传广告栏上张贴出一则广告：招收绿豆种植工三十人，工钱一天二百，有意者，请与夏天联系。

事关重大，郭老汉打电话告知姐姐、姐夫。夏天父母听罢，只觉得后脊背直冒冷汗，让郭老汉阻止夏天。郭老汉受托跟外甥进行了严肃的长谈。夏天自始至终一句话，您好好歇着，这事不用您操心。郭老汉想履行舅舅的权利采取强制措施，可自己分文未出，说话底气不足。

播种那天，郭老汉的心情极其恶劣，一大早就坐在桌前喝酒。老郭家要别的没有，七大叔八大舅有的是，一划拉没有上百号也有八十，你夏天用得着花冤枉钱雇工吗？下秋绿豆丰收了好说，否则雇工钱不白花吗？郭老汉只觉得外甥脑袋让屁崩了，咚地把酒杯墩在桌上，铁青着脸走出家门。

来到工地，郭老汉火气更大。田间彩旗招展，大喇叭播放着气冲霄汉的歌曲，田边立块“绿豆种植示范基地”的宽大牌匾。种植绿豆你就老实种得了，这咋还载歌载舞整上景了。再者说，用自家的钱办公家的事，你他妈的八分熟啊？在他看来，种植示范是农技站的活，不应该是个人干的。他刚要进去捣乱，夏天陪着几位干部模样的人从远处走过来。郭老汉怵官，忙躲到树干后。夏天没注意在一旁的郭老汉，口若悬河地向来人介绍情况。渐渐地郭老汉听出了子午卯丑，嘴巴不由得张开，没想到外甥居然有那么大能量。

上次回城，夏天拜访了农业开发股份有限公司的老板，把自己筹建绿豆种植示范基地的想法说了。由于市场导向，种植绿豆的农民逐年增多。公司方认为这是新的经济增长点，准备规模推广。因农民缺乏技术，种子老化和种植方式五花八门，质量参差不齐，搞示范、做榜样势在必行。夏天的想法符合产业规划，经专家论证，公司决定立项：夏天负责项目实施，公司派技术员指导。项目费公司出百分之五十，剩余部分夏天自筹，秋后利润双方四六分成。

虽喝了酒，但郭老汉的头脑还是清醒的。用公家的钱发自家的财，这是打着灯笼难寻的好事。他气消了，倒剪双手哼着光棍汉娶妻的曲调回了村。

绿豆落种后，时间不长，豆苗破土而出。村里人都说，夏天真有发财命，看豆苗的长势，就缝条袋子准备下秋装钱吧。

谁知，突然天降暴雨，大地涝得像一点汤都不渗了，以往干燥得连鸭子都不光顾的老河谷窜出一股白流。夏天感到不妙，发疯似的跑到田边的山丘上。郁郁青青都不见了，眼前一片白水茫茫。他一跺脚抱头蹲在地上，手指深深地插进浓黑的头发里。

项目失败了，农业开发公司没有追究，不可抗拒的自然灾害谁也无能为力。

但朋友那边入股的钱夏天得赔付，他们在协议里明文约定，朋友只管投资，夏天负责经营，亏本由经营管理者负责。

没办法，夏天返回城里，卖掉自己的压箱之作做了赔付。

心里郁闷难当，夏天坐在河畔望着烟封雾锁的远方出神。滚滚红尘中有什么？好像裹藏着无尽的玄机。突然他大声唱道：“论成败，人生豪迈，只不过是从头再来……”

好歌果然有提气壮神的作用，很快他把自己唱得热血沸腾，心头升腾起“而今迈步从头越”的豪情：“我就不信我夏天有过不了的火焰山！”

4

返归城里的家中，肖梅看着夏天又黑又瘦，心疼，劝他不要干了，在家照顾孩子做家务。夏天不想大男人让女人养活，何况他们已经离婚了，没有同意。

稍事休整，夏天坐在电脑前浏览各种招工广告。他相中一家家具推销公司。经面试，公司招聘人员见他头脑灵活，能言善侃，便签下他做家具推销员。

为避免重复推销，减少同行间的竞争，公司实行划片负责制。夏天被安排到人口少、居民购买力差的城乡接合部，那里住的大都是进城务工人员，资深推销员不愿跑。初来乍到的他没资格挑肥拣瘦，只能逆来顺受。

吃过午饭，挣钱心切的他坐公交车直奔自己负责的地界。经考察，他发现实际情况不像想象的那样糟。主城区建筑已满，开发商已经在这里开发新楼盘，既有居民住宅也有工业园区。夏天觉得，如果自己肯下辛苦，钱还是有的挣。

他选准一个新开盘的住宅小区，逐家敲门推销。上赶不是买卖，他楼上楼下脚底板跑得火烧火燎地疼，家具没推销出去不说，还饱尝了白眼。但他没有气馁，做事得下辛苦，否则顾客手里的钱怎会轻易地跑进自己的口袋里。

他抖擞精神，继续实施拉网计划。

来到六号楼二单元五〇一室门前，尽管心里发怵，但他还是硬起头皮扬手敲响门。里面传出女人不耐烦的声音："敲什么敲，门没关，进来！"他推开虚掩的门进屋，客厅没人，便纳闷地四下撒觅。卫生间里响起女人愠恼的声音："你还有脸回来，你等着，看我一会儿怎么收拾你！"夏天一头雾水，站在门口发蒙。浴室门突然打开，有一个赤身裸体白条鸡一样的女人窜出来，随后响起尖锐的叫声。他意识到不妙，转身仓皇窜出门去，身子重重地撞在一个结实的躯体上，接着被只强有力的大手当胸揪住拖进屋去。男人问双臂交叉抱在胸前浑身瑟瑟的女人："他怎么你了？"女人低头嘤嘤地哭了。男人挥手给了夏天一记耳光。

为时不长，警察赶到。还好，女人没昧良心。

从女人家出来，夏天来到无人的旮旯掩面而泣，说："这咋啥倒霉事都让我撞上了。"他心灰了，意也冷了，萌生退出生意场的想法。可肖梅卖菜的身影浮现在眼前。他想，肖梅遇到难事也退却吗？答案是否定的，于是急流勇退的念头缩了回去。

第二天他花钱雇用一帮打扮得花红柳绿的中年妇女，在住宅小区门口扭起大秧歌。果然引来众多妇女围观。他把宣传单散发过去，然后请雇用来的"大白话"上台宣讲。"大白话"是地道的城市油嘴，巧舌如簧，把夏天的产品夸得无与伦比，好像连外国总统都惦记着。

女人感性，情绪容易受感染，她们架不住"大白话"云山雾罩的诱惑，有人开始掏钱买家具，销售局面打开，夏天顺利地推销出几十套家具，获得第一笔收入。

夏天发现，人们购买新楼后，入住前一般都要进行彻底清洁。现在生活好了，人也大爷起来，大都请家政服务人员来做。家政服务行当迅速升温，从业人员成了香饽饽。以前一见活他们抢着干，现在居然挑肥拣瘦了。郊区路远利小，无人愿意涉足。夏天瞄准商机，在工商部门注册了"家居美"家政服务队，租间房牌子一挂，噼里啪啦放几串鞭炮，对外正式营业。

栽有梧桐树，自有凤凰来。不久顾客上门，粉刷房子的、搞卫生的、修马桶的……

凡自己能做的大都亲自做，做不来的不碟子里扎猛子，花钱雇师傅干，自己从中抽成。许多师傅刚从农村进城，社会联系面不宽，活不接手，三天打鱼两天晒网。虽然要分一杯羹给夏天，但总比闲待着不挣强。于是一个愿打一个愿挨，两相情愿。自此夏天夹起皮包，专靠耍嘴皮子揽活为业。几个月下来，不闪腰没岔气挣了不少钱。

有老板别墅装修完毕，请夏天的家政服务队保洁。那是体力活，无须花钱雇人，他带上能干的哑巴亲自上阵。一个星期后，工作完成。老板过来验收，发现液晶电视机被换了，咬定是保洁员所为。事关声誉，夏天不肯承认强加之辞。老板报警。警察盘查，哑巴浮出水面。因赌博输钱，囊中羞涩的他动了邪念，夜半三更返回，换走老板家的进口电视机卖与他人。警察把哑巴带走，夏天的营业执照被工商部门吊销，从此，“家居美”家政服务队消失。

哑巴看上去那么老实，居然做这种下三烂的勾当，真是人心隔肚皮看皮，看不透瓤。盒子一样的房子憋闷得夏天透不过气来，仿佛再待下去人就会爆裂。附近有处露天服装市场，热闹异常。夏天需要热闹，热闹可以冲淡心里的郁闷，他走出家门去了市场。市场里聚集着众多个体服装经营者。小本生意，业主不敢花钱吃餐馆，大都是家人送过来或倒换吃饭。夏天敏锐地发现了商机，快马加鞭筹建起快餐部。因方便快捷，价格便宜，他的快餐很受欢迎，业务像水波一样蔓延开来。

5

温馨家园住宅楼开盘，那是全城最大的居民小区。夏天敏锐地感觉到商机，租下紧挨小区门口的商厅办起超市。尽管货物比其他商业区的价格要贵，可顾客依然络绎不绝，他们图的是方便。

果如预料，超市财源滚滚想不挣钱都难。

超市经销的蔬菜是从批发商手中进的货，中间被加了很大的利润。夏天想，如果自己直接从山东购菜，超市销售一部分，剩余的批发出去，中间的利润就完全归自己了。长途贩菜需要运输工具，花钱买车投入太大，雇车费用太高。夏天正在为运输车辆伤脑筋时，跑运输的朋友胃病复发，货车停置下来。他前去求援。车闲着也是闲着，何况夏天有恩于自己，朋友爽快地应允了。夏天跟山东蔬菜产地联系好，雇用司机连夜起程，第三天风尘仆仆地赶回来。菜一出手，大赚。

夏天不顾劳累，马不停蹄地再次驱车前往。连日奔波疲惫不堪，他不知不觉地睡去。他梦见自己挣了大把的钱，由肖梅和孩子撒着欢花……突然，巨大的震动把他惊醒。转弯处会车，司机师傅打轮，车跑偏跌入道沟。好在车速不快，道沟不深，否则后果不堪设想。人虽安然无恙，车却受损了。因受到惊吓，拉菜的兴趣全无，夏天让司机驱车原路返回。

夏天没敢告知朋友，出资悄悄维修好受损的货车。朋友闻讯心里很是不快，你挣钱把我的车撞坏修修就了事，这也太拿我不当回事了。朋友打电话过去询问，夏天矢口否定。朋友生恼，既然你不讲究，那就别怪我不客气，黑下脸提出赔偿。啥，这也太不哥们儿了！夏天眼睛惊得溜圆，像两颗跌打丸。

那车原是哥们儿吴大巴掌的。因脾气暴烈人缘不好，货源严重不足。车跑跑停停不挣钱。吴大巴掌泄气，求夏天帮忙把车卖掉。他向正想买车跑运输的朋友推荐，朋友相中。双方砍价，吴大巴掌狮子大张口。夏天从中斡旋，碍于哥们儿情面，吴大巴掌让步。朋友手头资金不够，提出分期付款，吴大巴掌不干，交易搁浅。夏天见朋友急得嘴角起泡，决心帮人帮到底，不管吴大巴掌同意不同意，硬让朋友把车开走。自己对朋友义薄云天，他居然见利忘义翻脸无情，夏天义愤填膺，决绝地甩出一句话："一分不赔，爱咋咋的！"朋友恼怒，一纸诉状把夏天告上法庭。

人倒霉喝凉水塞牙，放屁砸脚后跟。夏天还没从官司中完全走出来，超市又被工商部门下达停业整改的通知，理由是经营假冒伪劣商品。接着税管员上门查账，发现有偷税漏税的劣迹。如果说经营假冒伪劣产品是缺乏知识没、有能力发现所致，那么自己上没上税不会不知道。夏天懊恼极了。

6

夏天来到“风味小吃”，要了一屉包子、两盘炒菜和半斤老窖，准备一醉解千愁。这家小吃部以馅类面食为主打，其实做得很一般，但前来就餐的食客络绎不绝，这说明整个城市餐饮业馅类面食厨艺档次一般。

夏天心一动想到同乡郝学。

郝学嘴馋。至于馋到什么程度，有传说云，当年他嫂子坐月子，有人提着补品来下奶。老妈接过来送到厨房，郝学趁老妈陪客人说话，潜入厨房偷偷享用。老妈过来给客人杯中续水，看见儿子吃得满嘴流油，抡起巴掌把他好一顿揍，最后还不解气，故意从橱中拿出点心给女儿吃。郝学馋欲难忍，厚着脸皮讨要。妹妹手抠，不给，郝学眉头一皱计上心来。妹妹年少，爱玩过家家。郝学投其所好，佯装自己开商店，用她的点心做商品，让妹妹扮顾客。妹妹不知是计，欣然同意。后来她觉得不对劲，点心渐渐变少。原来郝学利用职务之便，瞅空子偷吃了。妹妹醒悟，向哥哥索赔。郝学索性彻底划拉起剩下的点心扬长而去。妹妹追上去抢夺。郝学撒腿就跑，边跑边往嘴里塞，跑了一条街，点心全部装进肚里。妹妹绝望，坐在地上蹬着腿哭起来。为此，郝学结结实实地挨了父亲一顿打。

因为嘴馋，郝学终日琢磨吃。爱好是最好的老师，渐渐无师自通学会一手好厨艺，什么食物出自他的手就别有风味。特别是他做的包子，皮薄馅大，咬一口满嘴香，村里人送他个外号叫“郝大包子”。因名声大，谁家有大事必请他去主厨。

夏天晚上乘上北行的列车返回家乡。

第二天一大早就出现在郝学家中，力邀郝学出山，“大包子”顿时乐得笑开了花。他曾无数次说过，等有钱非在城里买套房好好干几天。夏天提出每月给他工钱一千五，管吃管住。谁知“大包子”嘴巴一撇说：“你哄傻娘们上炕呢！”

夏天一咬牙说："好，看在乡里乡亲的面上，我再涨五百！跟你说，钱可不少了，这价在城里啥样的师傅都能雇得到。"

"大包子"冷笑着说："你不用看谁面子，告诉你，少于三千我不伺候。"

夏天嘴巴大张，好一会儿没有合拢。原以为井底之蛙没见过大天，谁知用工价码比他掌握得还准。

"大包子"讥讽地说："别以为自己在城里混见多识广，咱也不是'腰系麻绳，看场足球不知输赢'的土老帽，你呀，就别在神仙面前装鬼了。现在是啥时代，手指一动往城里打个电话或上网一查啥不知道，想蒙我，哼哼。"

夏天的幻想破灭了，看来用支香烟使唤对方半天的过去已经一去不复返了。一想掏那么多钱雇工，心就拧着劲疼，可仔细一推算，觉得也值，于是说："好，就按你说的办，三千就三千。不过得先试用一个月，要是你手艺不地道，我一分钱不给还炒你的鱿鱼。"

"大包子"艺高人胆大，不假思索地说："行，到时别说炒就是煎煮炖，想咋收拾由你！"

签下"大包子"，夏天马不停蹄地赶回城里。以前腰包没钱不敢想大饽饽，眼睛总往背旮旯盯。现如今不然，腰包鼓胀让他眼光高起来，他打出租车跑遍全城所有适合开饭店的地段，最后在繁华商业区的黄金地段选中一间气派的临街大厅。付过房租，联系装潢公司。两个月下来，一个从里到外地道农家风味的包子铺装修完毕。

包子铺正式营业后,"大包子"用一枝独秀的绝技折服八方食客,客人天天爆满，生意十分兴隆。

7

听完会计报账，夏天身子咚地仰靠在椅背上，摇头晃脑地唱道："微风吹，柳枝醉，花儿娇媚……”歌曲旋律原本很优美，问题他五音不全，出自他的口有点像马猴子叫。

常言道，三百六十行，行行出状元。夏天用超于常人的辛苦，以滚雪球的方式完成了资金积累，之后他趁势而上增花样建连锁变着法折腾，那钱挣的，横！

票子一多，夏天鸟枪换炮，在高档小区买了套住宅楼。

年底，他还被行业协会推荐为青年创业典型，表彰会上披红戴绿很是风光。

成功让人加码，经周密策划，夏天建立起富源经济开发公司，自任董事长兼总经理，准备大展宏图跻身大老板之列。

经营公司不像管理小企业，每天一睁开眼就有处理不完的事情，用他的话说，忙得脚后跟直打后脑勺。但他知道，忙是好事，不忙怎么能挣到钱，所以乐此不疲。高强度的劳动使他经常失眠，头发开始脱落。每天工作完回家，往沙发上一躺就像瘫了一样。

有外地客商上门推销大米，三块钱一斤，大米质量无可挑剔，问题是价格太贵，夏天不想把辛苦挣来的钱送进别人的衣袋，几经讨价还价达不成合作意向，他准备放弃，业务部门建议他收购，他拿不准，请亲友当参谋。亲友们认为业务部门不是小神仙，市场未必看得准，劝他不要收购。于是他听人劝放弃了收购。客商摇着头说，若不是他急等钱用，这价格大米他是不会卖的，临走丢下一句话，以后你后悔去吧！夏天没以为然，哪个推销商不王婆卖瓜。业务部门负责人心寒，自己鼎力相助，谁知道到夏天那儿却成了驴肝肺，长叹一声丢下一纸辞职书扬长而去。

朋友听说，验过货收购下大米。夏天冷笑，半认真半开玩笑地说，有你哭的时候。几个月后，大米市场行情看涨，朋友出手，因大米优质，挣得锅满盆足。夏天追悔莫及。送到嘴边的肥肉让自己睁着眼睛拨拉到别人的碗里，他狠狠地骂道，你心眼缺斤少两啊！此时他真的觉得自己“八分熟”。

某公司倒闭，处理存货。有几吨绒毛低价处理。夏天看到绒毛眼前一亮，在农村他跟爸爸养过羊，对羊绒不陌生，无论从绒毛洁白度和绒粗绒长上看，都可称为“软白金”，于是爽快地收下。

南方客商来收绒毛，夏天把自己的货物隆重推出，客商看过货物，索然无味地丢到一旁，提出按最低价格收购，那价格夏天无法接受，因为比他收购时的价格每市斤低三十元钱。客商一脸不高兴地说夏天经商不诚实，在货物上做了手脚。夏天蒙了，请来绒毛专家鉴定，果然绒毛上有猫腻。夏天想找原货主论理，可那家公司已经倒闭，货主不知去向。他狠狠地掴了自己一耳光。

夏天大赔，又回归到一无所有的原点。

第二十章

1

一天，肖梅刚摆好菜摊，有顾客光临。肖梅和客人一照面，慌了。顾客是夏天的同事陈画家，肖梅想回避已经来不及了，对方已经认出了她。

陈画家吃惊地说：“肖老师，是你？”

尊称戳疼了肖梅的自尊，她羞愧地低下头。

按理，陈画家应该识趣地走开，这样可以减少肖梅的尴尬。可这个迂腐的书生却没有，刨根问底地问：“肖老师，你怎么干这个？”

肖梅脸上发烫，喃喃地说：“我……我是替亲戚看一会儿摊。”

陈画家怀疑的目光在肖梅脸上游走一圈，带着满腹疑惑走了。

这时，有个满头黄发的年轻人走过来，趾高气扬地喊：“喂，卖菜的，菜花多少钱一斤？”

小伙子的涨包使心情焦躁的肖梅陡然来了脾气，她皱着眉头说：“嚷什么，我听见了！”

小伙子恼火地说：“牛什么牛，你不就是个臭卖菜的吗？”

肖梅此时最怕听到“卖菜”的字样，何况对方还冠以“臭”字，她火了：“嘴巴干净点，卖菜的怎么了，还轮不到你轻贱！”

小伙子蛮横地说：“就轻贱你了，你能把老子怎么样？”

按肖梅的修养，她应该会坦然处之，可此时心里只有一个念头，那就是跟人好好吵一架。

肖梅回敬说：“你给谁当老子？愿当回家去当！”话一出口，她有些吃惊，第一次发现自己很会骂人。

小伙子脸色铁青，冲上来一把揪住肖梅的衣襟吼道：“臭娘们，你骂谁！”

肖梅去掰小伙子揪她的手，可对方手硬如钳，哪里掰扯得开呢。她命令说：“你松手！”

小伙子凶凶地说：“老子就不松，你能奈我何！”

一旁密切关注动向的郑财走过来，跟小伙子赔笑说：“兄弟，消消气，咱大老爷们别跟女人一般见识。”说着掏出一支烟递过去：“来，点着。”

小伙子挥手把烟打飞，蛮横地说：“滚一边去，这儿没你的事！”说着手用力地一扯肖梅。

肖梅痛苦地呻吟一声。

郑财说：“兄弟，有话好好说，别这样，如果她有什么冒犯的地方，哥这厢给你赔礼了。”

小伙子扫郑财一眼问：“你是她男人？”

郑财说：“不不，不是。”

小伙子粗鲁地说：“那你跟着掺和什么？”

郑财笑着说：“好兄弟，给哥个面子？”

小伙子鼻子哼一声说：“给你面子，不如给大马猴屁股？怎么，她是你的小情人啊！”

肖梅大怒，张开利指抓过去，小伙子捂住脸颊尖叫一声。

肖梅愣住，看着自己的手嗫嚅地说："我挠人了……"

小伙子劈手揪住肖梅，扬起手掌就打。

郑财抓住小伙子的手臂说："有话好好说，不能打人！"

小伙子骂道："滚开，你再拦我，别怪我连你一块儿修理！"

郑财脸色一沉，将小伙子推个趔趄，呵斥道："你五尺多高的大老爷们，殴打女人算哪路英雄！"

小伙子怒视郑财说："你充他妈什么好汉，敢管老子的闲事，成心找不自在是不是！"

郑财面呈愠恼色说："我就是懦夫也不能看着你在市场上耍横，走，咱们去派出所说话。"他伸手去拉小伙子。

小伙子浓眉一立，挥拳就打。郑财没防备，挨个正着，霎时鼻子和嘴角流出鲜红的血水。

郑财盛怒，狠狠地擦去鼻血，扑上去跟小伙子打成一团。郑财不是血气方刚的小伙子的对手，几个回合下来就处于劣势，只有招架之功，没有还手之力。肖梅看见不妙，忙掏出手机打了110。不一会儿巡警赶过来，把他们三人带上了警车。结果，小伙子被处以拘留，并赔偿了郑财的医疗费。

从派出所出来，肖梅看着郑财色彩斑斓的脸忍不住笑了，但心里却想，郑老板真是好人，如果不是他挺身而出，自己不知会受到什么样的侮辱呢。

2

经此波折，肖梅与郑财的关系密切起来。

一天散市，郑财提出请肖梅吃饭，肖梅觉得不合适，想谢绝，但看见郑财热切的目光，想起他对自己的帮助，于心不忍，犹豫一会儿说："既然你实心实意邀请，那好吧，我答应。"她给夏天打了个电话，说外面有事，要晚些回去，让夏天不要等她自己，先吃饭。

郑财领着肖梅来到停在市场门口的一辆轿车旁，拉开车门殷切地说：“请吧。”

肖梅惊讶地问：“这是你的车？”

郑财惶恐地说：“车不好，别嫌弃。”

肖梅羡慕地说：“这车还不好。”意思是车已经很好了，暗示郑财不要妄自菲薄。

得意跳上眉梢，郑财炫耀地说：“过些日子我想换辆更好的。”他驾车拉着肖梅行驶了几条街，停在气派的“老板酒家”门前。一位头戴贝雷帽、身穿红上衣和白裤子的男服务生快步上前，拉开车门，彬彬有礼地说：“您好，欢迎光临。”

肖梅看着气派的酒店大楼，惊讶地说：“在这里吃饭，你招待贵宾呢？”

郑财笑着说：“你就是我的贵宾，请吧。”

肖梅和郑财下车，走进铺着红地毯的酒店。

一位身穿蓝旗袍的服务员把他们引进一间叫“挚友”的包间。肖梅和郑财在桌前坐下，女服务员给他们倒茶。肖梅环视着豪华的房间，心里很是不适应，表情看上去很忐忑。

郑财问：“这地方怎么样？”

肖梅说：“挺好。”

郑财遗憾地说：“原想领你去一个更好的地方，可打电话过去，人家说客满。啧，看来你没那福气。”

肖梅说：“你别客气，这酒店已经很上档次了。”

郑财说：“看来你是不常来酒店，这跟那地方比哪到哪，简直天上地下，那才叫高级呢，人间天堂知道吧？”

肖梅自嘲地说：“我卖菜女一个，哪配在那地方吃饭，一旦把我娇惯了，你还要担责任，多不好。”

郑财钦佩地说：“瞅瞅，到底是文化人，就是会说话。不像我们这些大老粗，再好的话一说出来就变味。”

服务员递上来菜谱，郑财豪爽地点菜，要不是肖梅阻拦，他非点一桌子不可。

大酒店果然不同于那些小餐馆，上菜速度快，他们一杯热茶还没喝完，三个亭亭玉立的女服务员手托木盘走进来，把色香味俱全的菜肴摆在桌上。领班服务员声音甜润地介绍过菜名说：“菜上齐了，请慢用。”

郑财拿起筷子，以主人的身份谦让说：“来来，别看着，吃吃。”

或许是久不下酒店的缘故，肖梅觉得菜很好吃。

女服务员给郑财的杯中满上酒，来到肖梅跟前。肖梅阻挡，对郑财说：“我不会喝酒，你自己喝吧。”

郑财不依，说：“这哪行，到酒店不喝酒说不过去。再说了，哪有主人喝酒让客人看着的道理，今儿个你说什么也得喝点。”

肖梅为难地说：“我真的不会喝。”

郑财吩咐服务员说：“别愣着，满上满上！”

显然酒不喝是不行的，肖梅请求地说：“那我就喝点啤酒吧。”

郑财迟疑一下说：“成。”

服务员给肖梅的杯中满上啤酒。

郑财举杯齐眉提议说：“认识这么久了，难得一聚，来，我们干一杯。”

他们的杯子一碰，喝酒。

肖梅看着桌上的菜肴，心疼地说：“只有我们两个人，这么多菜吃不完都浪费了。”

郑财炫耀地说：“我这个人啊，没心没肺，有时还缺点德，可就是不缺钱，这几盘菜仨瓜俩枣的值几个钱？不足挂齿。”

肖梅被逗笑了，觉得郑财挺好玩。事实上，郑财不是自诩，他有经济头脑，思维敏捷且健谈，做生意确实如鱼得水。

两个人继续喝酒。

或许是出于女人的天性，或许是酒精松懈了谨慎，话题不知不觉地触及男女间的敏感区。

肖梅问："嫂子在哪里高就？"

郑财没说话，端起酒杯把酒倒入口中，一抹嘴巴狠狠地说："跟野男人跑了。"

郑财的粗鲁把肖梅弄怔了，她以为他在开玩笑，可看他的神色，不像，知道自己问了不该问的问题，忙说："对不起。"

郑财不问自叙，向肖梅讲述了和前妻的故事。声声悲、句句泪。

为了安慰郑财，一向不喝酒的肖梅主动出击频频跟他喝酒。郑财来者不拒，很快就喝高了。

郑财开始喋喋不休地赞叹肖梅是好女人，之后把头伏在桌上呜呜地哭了。男儿有泪不轻弹，只是未到伤心处。肖梅慌了，好言劝慰，可越劝他哭得越厉害。

忽然，郑财拉住肖梅的手。

像被火燎一样，肖梅急忙向外抽手，说："你……喝多了。"

郑财用被酒精烧红的眼睛盯着肖梅说："我没喝高，脑瓜子清醒得很。"

肖梅提醒说："我的手都被你抓疼了，快松开。"

郑财冲动地说："如果你想嫁人，能不能给我个机会？"

肖梅打个激灵说："你……你怎么这样说话！"

郑财说："我喜欢你，真的。"

肖梅慌乱地说："不不，这不可能。"

郑财不解地问："你不是已经离婚了吗？"

肖梅张张嘴巴，没说出话来。这座城市看上去很大，其实很小，郑财连她和夏天离婚的事都知道。

3

回到家，肖梅的心情久久不能平静，郑财的身影一直浮现在眼前。

说真的，郑财对自己多有帮助，是个心地善良的暖男，当然也是能人，对女人体贴又有经济实力，这样的男人哪个女人不喜欢？但婚姻生活使肖梅走出花季少女的浪漫，看问题客观了许多。她知道，夏天的事业坠入低谷，何时东山再起前程未卜，也许一辈子会穷困潦倒。如果自己答应郑财，马上就会过上阔太太的生活。可她不能。虽然夏天事业受挫，但他是意志坚强、求取上进的人，困境面前他逆水行舟、奋发崛起，虽然没达到预期但他努力了。从这点上看，他就是值得她留恋的男人。何况一日夫妻百日恩，自己怎么可以丢下正需要帮助的夏天而不顾呢？

肖梅的心里很矛盾。

一连几天，肖梅总是魂不守舍，卖菜时不是称错菜就是找差钱，屡遭顾客训斥。她不时在心里提醒自己，这样下去不行，必须快点走出这种精神状态，可丝毫无济于事，心里反而越发烦乱。

肖梅不是圣人，也有七情六欲，感情渐渐地倾向郑财。她觉得自己跟夏天夫妻一场，有必要把这事告知他。

一天收了菜摊，她不顾身体疲惫，把夏天从书房里喊出来。

看见肖梅脸色不好看，夏天担忧地问："找我有事吗？"

肖梅想向夏天摊牌，不知为什么，话一出口却拐了弯："你起早贪黑地画，怎么样，有进步吗？"

一谈画夏天来了精神，他目光熠熠地说："看过我画的人说，我的画比以前大有进步。"

肖梅心不在焉地说："你心太实，人家那是客气。"她想说，你还是别耽误时间了，该干什么干什么去吧。但没说出口，觉得那样说有损夏天的自尊。

夏天没注意到肖梅的反应，依然兴奋地说："不是大家客气，我的画也请杨教授看了，他也这样说。"

肖梅心里说，人家那是同情你，你怎么连话都听不明白。

她觉得不能再绕了，想实情相告，但怎么也没鼓起勇气，于是转着弯问："你和白冰的事怎么样了？"意思不言而喻，她在为下面自己想说的话做铺垫。

夏天的嘴角抽搐一下，嗫嚅地说："我知道对不起你，不是已经向你道歉了吗，难道你还不原谅我？"

夏天诚心悔过的态度让肖梅自责，自己不该这样对待迷途知返的夏天，应该给他改正的机会，于是将她和郑财的事搁置下来。

4

省美术家协会筹备专业画家油画展，夏天闻讯眼睛一亮。画展规模虽不大，却是高手的比拼。他觉得自己除因臂伤限制，无论在思想、审美等各方面都可与那些画家相媲美，于是向组委会提出参展的要求。

组委会觉得以夏天当前的实力，难望那些顶尖级画家的项背，但夏天毕竟曾是红极一时的青年画家，不好直接拒绝。画院杨教授看过夏天近期的画作，觉得他已经形成以拙朴见长的另一种绘画风格，于是向组委会做了特别推荐。组委会经再三思考，并看了夏天的作品，觉得虽不及那些画家的大作，却也有自己的艺术特色，批准他参展。

接到组委会的邀约后，夏天闭门书房，全身心投入到创作中。

首先，他拿自己当前的实力跟那些佼佼者进行了认真比较。从技法上，他确实无法跟他们相比。但他博览群书，特别对诗词歌赋多有涉猎，他比他们眼界广，情怀深，更富有文化涵养。只要扬长避短，在思想和审美上突破，跟他们还是有一比的；二是他通读美术史，对现当代绘画有深刻的了解，知道画什么具备个性色彩。艺术贵在创新，自己画独到的题材，不落俗套，肯定会有所成就的；三是他自幼生活在农村，生活积淀厚重，熟知民间艺术，如能把学院派画技和民间艺术相结合，画自成一格的作品也是不错的选择；四是自己当前画技幼稚，如能因势利导，用儿童的绘画技法，表现自己对生活的热爱、认知、审美体验，或许也能别有风格。于是，一套创作想法渐渐形成。

主意拿定，开始构思。肖梅早起晚归顶风沐雨卖菜的情景强烈地撞击着他的心房。对，就以她为题材，创作一幅反映女人直面困境锐意拼搏的油画。具体怎么表现，他想了很多。从他跟肖梅恋爱，到因梅丽介入自己移情别恋，以及白冰的出现，自己因创伤绘画事业中辍，家庭经济陷入低谷，肖梅面对困境默默承担起挣钱养家的重任，和对自己生活的照顾，精神上的抚慰。他的眼睛湿润了，一个完美的女人形象在心里形成，且有着强烈的偶像色彩，俨如女神。

于是，他带着澎湃的激情和难以按捺的创作冲动，一鼓作气画完构思草图。接下来，不分昼夜地画素描稿。

要么说艺术创作情感非常重要，他画得非常成功，以至于让他感觉到，即便自己手臂完好时也没画出过这么出彩的素描稿。素描完成后，他设计了几幅色彩草图，最后选中一幅暖色调的，觉得那种色调才能跟肖梅的暖情匹配。

进入正稿创作阶段，夏天在书房闭关整整一个月。画作完成后，他又精雕细琢一番，觉得达到了自己所要的效果，这才走出家门。

5

院中红男绿女来来往往，孩童在院心广场兴高采烈地玩耍，花坛里鲜花绽放姹紫嫣红，灿烂的阳光给人和物罩上童话的传奇色彩，夏天心里生出“让我们荡起双桨，小船儿推开波浪”的纯真。

一位相识的居民走过来。久不相见，夏天感到格外亲切，迎上前打招呼。那人一愣，低头惶惶地走开，像在逃。夏天奇怪，自己也不是外星人，干嘛啊他这是？

就在他百思难解时，住宅小区的保安匆匆赶来。夏天跟保安熟，询问他们忙什么去？保安一改热情的常态，一点也不笑地打量他，好像在搜寻什么。

夏天奇怪地问："你们看什么？"

高个儿保安小心翼翼地问："夏老师，你还好吗？"

夏天以为他在问自己的伤臂，抬起胳膊抡了几下，突然他睁大眼睛，伤臂比以前灵活多了。他兴奋地喊："我的手臂好了！"

高个儿保安害怕，向胖保安使眼色。胖保安是新来的，不认识夏天，冲上前把他抱住。

夏天莫名其妙，大喊："放手，你抱我干嘛？"

胖保安抱得更用力，仿佛一松手夏天就会为非作歹似的。

夏天挣动企图脱离束缚，可哪里做得到啊。好在邻居路过，他了解夏天，上前为他解脱了束缚。

高个儿保安抱歉地说："刚才我们接到报案，说……"他打住话头，冲夏天嘿嘿笑了几声。

夏天不知道他什么意思，带着满腹疑惑走了。

走出住宅小区，他进了一家茶吧，过去他经常光顾，是这里的常客。谁知，脚一踏入门槛，那些花枝乱颤的女服务员慌忙躲到墙角，惊骇地看着夏天，仿佛他是洪水猛兽。夏天坐到桌前，朝服务员摆手："一杯滇红。"他的胃不好，常喝红茶暖胃。

女服务员你推我我推你没人愿意上前。

夏天费解地想，自己招谁惹谁了，他们怎么不理睬自己？一生气，茶也不喝，来到马路对面的台球厅，自打臂伤后，他一直没打台球。现在臂伤有了极大的缓解，他想打几杆。可刚进屋就被老板粗鲁地推了出来："去去，一边溜达去！"

以前夏天跟老板感情算不上好，却也说得过去，这怎么一个多月不见，翻脸